LIBRETTO

SERGE FILIPPINI

L'HOMME INCENDIÉ

roman

Préface de
FRANCK BOUYSSE

LIBRETTO

I.S.B.N. : 978-2-36914-594-3

Pour Danièle

Il repose. Il a voyagé.
JOYCE

GIORDANO BRUNO
L'HOMME ÉCLAIRÉ
(1548-1600)

par Franck Bouysse

Je me souviens de ce jeudi de septembre 1991. Comme chaque semaine, après le travail, je me rendis chez mon libraire à la recherche de textes qui me feraient vivre de nouvelles expériences, me porteraient en territoires inconnus, par l'histoire et par la langue. Ce jour-là, mon regard fut d'abord attiré par un détail d'une toile du Caravage en couverture d'un livre posé sur une table : *Saint-Jérôme écrivant*, que je n'allais pas tarder à rebaptiser *Giordano Bruno écrivant*. Il s'agissait de *L'Homme incendié* de Serge Filippini. Je lus la première phrase, ainsi que j'en ai l'habitude : « 10 février 1600, jeudi. J'inscris cette date avec une plume exécrable, sans lunettes et tandis qu'il me reste sept journées à vivre, si vivre est aussi croupir dans la puanteur d'un cachot. » Une vive émotion me saisit aussitôt, sans que je me l'explique sur le moment, et, une fois rentré chez moi, les heures de lecture qui suivirent ne démentirent jamais cette première impression.

Trente années ont passé, et aujourd'hui, j'ai envie de dédier cette préface à l'heureux lecteur qui va découvrir le prodigieux roman de Serge Filippini, ce lecteur que je fus et que je demeure.

L'Homme incendié est un livre d'une telle richesse qu'il vous accompagne toute une vie – source merveilleuse de réflexion, de plaisir et d'émotion –, tant il recèle de fonds secrets.

Pour commencer, mieux vaut laisser l'homme se présenter lui-même : « Mon nom est Giordano Bruno de Nola. Peut-être vous a-t-il déjà frôlé l'oreille, peut-être pas. Qui suis-je ? Non point un acteur, messieurs, mais un philosophe, un astronome et un écrivain. » Bruno omet de préciser qu'il est aussi bénédictin et, connaissant l'homme, ce n'est certainement pas un hasard, plutôt une provocation, tant il lutta corps et âme contre une Église aux pouvoirs légitimés par la force.

Dieu, affirme-t-on dans la Bible, créa le monde en sept jours. Sept jours, c'est également le temps qu'il fallut à Giordano Bruno pour consigner sa vie sur le papier. Alors qu'il est enfermé depuis huit ans dans un cachot, condamné pour hérésie par l'inquisition romaine, Giordano Bruno consacre ses derniers jours à transformer son existence en un destin tragique ; à écrire sa vérité ; à témoigner de l'obscurantisme chrétien qui étouffe tout progrès scientifique ou philosophique ; à visiter son passé aventureux à l'aide d'une plume aiguisée, trempée dans l'encrier d'une prodigieuse mémoire ; à cartographier la société de l'époque et tourner en dérision la bimbeloterie intellectuelle d'une église figée dans ses certitudes ; à apprivoiser la mort promise en pleine lucidité. Ses mots empreints de culture et d'intelligence seront ses ultimes armes pour combattre le dogme et la bêtise de ses pairs. En esprit libre aux géniales intuitions, il théorisa sur les ombres, sans jamais pouvoir s'extirper de celle de la puissante église qui n'admettait pour seule vérité immuable que le ciel pétrifié d'Aristote, quand le sien se déployait vers un impensable infini. Il osa épouser la thèse de Copernic, selon laquelle la Terre ne serait pas le centre de l'univers, mais qu'elle tournerait sur elle-même et autour du Soleil, alors devenu astre de référence. Comment ne pas voir en cet héliocentrisme les prémices des flammes qui finiraient par l'incendier ?

Même derrière des barreaux et sous une voûte de pierres

noircies de crasse, Giordano Bruno demeura citoyen de l'univers, d'un grand Tout, sans murs ni cloisons, un grand Tout fait d'amour, d'art et de beauté. Telle fut sa vérité. «Une vérité qui ne rejoint pas la beauté est une vérité fausse.» Pour lui, Dieu n'est pas une entité omnisciente extérieure à notre entendement, il est partout dans le vivant et l'inerte, dans toute création terrestre et au-delà, déclinable en une multitude de mondes jusqu'aux confins les plus reculés de l'univers. Dieu est ce grand Tout qui héberge l'*Anima mundi*. «Le monde est une immense et accueillante forêt, l'âme s'y manifeste tout entière dans chaque souffle d'air circulant sous les branches, dans le cœur frémissant de chaque animal, dans ses yeux, ses membres et ses organes internes, les excréments, les brindilles, les pierres.» En ce sens, la pensée de Bruno préfigurait la philosophie de Spinoza, qui comme lui, dut fuir l'Inquisition tout au long de sa vie. Tous deux défendirent l'idée d'une identification de Dieu avec la nature, une conception de l'homme délivré des sectes religieuses. «Je suis un serviteur de la nature qui est pacifique et bonne par essence, du soleil qui nourrit les âmes et éclaire la raison de l'univers infini, tel qu'il se réfléchit en mon esprit.»

Giordano Bruno se considérait comme citoyen de l'univers, partout chez lui. En esprit tout au moins, il se plaçait au centre de l'univers et en explorait les confins à la barbe de prélats simplement soucieux de leur opulence. John Charlewood imprima un de ses livres au temps de son séjour à Londres et inscrivit «imprimé à Paris» en page de garde. Giordano Bruno s'étonna de la mention et en fit part à Charlewood, qui lui demanda alors :

«Car vous êtes de Paris, non ?

– Je suis comme Socrate : citoyen de l'Univers.

– Eh bien, sur le prochain, nous inscrirons : Imprimé dans l'Univers.»

Chaque humain connaît l'inévitable issue de l'existence, mais lequel possède en lui assez de force et de conviction pour en explorer les rives au crépuscule de sa vie, comme l'a fait Giordano Bruno ? Quel homme capable de croire encore en des symboles tracés dans une langue universelle, de vagabonder vers les étoiles, de repousser les limites de l'espace et du temps, pour au final n'en accepter aucune, pas même dans la mort ? En homme libre et intègre, Giordano Bruno aura arpenté le monde connu et d'autres inconnus, tous les territoires du passé, depuis les origines, sur lesquels s'étayait une pensée perfectible, en perpétuelle évolution, affirmant qu'une théorie énoncée porte déjà en elle les germes de sa destruction, telle une nécessité permettant de mener à une autre. Malgré son corps contraint entre des murs épais, sans espoir d'échapper à ses bourreaux, son esprit demeura plus libre et intègre que jamais.

Le roman foisonnant et érudit de Serge Filippini ne laissera personne au bord de quelque chemin trop abscons. Au contraire, sans jamais rien concéder à la facilité, il est de ceux qui ouvrent l'esprit, remettent en question les idées reçues, de ceux qui font confiance à l'intelligence du lecteur prêt à se laisser emporter dans cette folle aventure.

Au lecteur désormais de découvrir sa folle épopée. Adulé ou détesté, il ne laissa personne indifférent tout au long de son extraordinaire parcours. Ce texte est tout à la fois livre d'aventure aux accents picaresques, fresque historique et objet de réflexion. Laisser le charme opérer, le temps de la lecture et bien longtemps après, se faire disciple de Giordano Bruno, qu'un pape et ses sbires firent taire en clouant sa langue sur un mors et en embrasant son corps mortel, croyant ainsi se débarrasser de son âme.

Au lecteur d'entrer dans la nuit étoilée de Bruno, un univers en expansion dont il fait cadeau dans ses ouvrages.

« Chaque écrivain n'est-il pas en droit d'attendre de son lecteur l'once de patience et d'amitié sans laquelle il n'existerait en ce monde ni art, ni philosophie. » Et s'il en fallait plus pour convaincre le lecteur du bonheur à venir, lui dire qu'il voyagera entre Gênes, Noli, Padoue, Savone, Turin, Venise, Padoue, Brescia, Naples, Chambéry, Genève, Lyon, Toulouse, Londres, Oxford, Prague, Francfort... ; qu'il croisera sur sa route William Shakespeare, Michel de Montaigne, le jeune Kepler, Henri III, le peintre Arcimboldo ; qu'il verra disparaître Prospero dans les flots déchaînés au milieu de *La Tempête* ; qu'il rencontrera bien d'autres personnages hauts en couleur, connus ou anonymes, tel Jean Hennequin son fidèle disciple, toujours prompt à défendre son maître, par le verbe ou l'épée, à la manière du Petit Jean de Robin des bois, et aussi le beau Cecil, le grand amour de Bruno. Dire encore que, en suivant les traces de l'homme illustre, le lecteur ne pourra s'empêcher de penser à Guillaume de Baskerville, le moine Franciscain du *Nom de la Rose* d'Umberto Eco. Deux hommes attachés aux règles de vie de Saint Thomas d'Aquin, ennemis des fastes de l'Église, deux intelligences se fondant sur la connaissance et la science pour faire évoluer les idées, n'admettant aucune censure de nature à brider la pensée. Pour s'en convaincre, il suffira de relire les premiers mots du *Nom de la rose*, la confession d'Adso de Melk qui accompagna Guillaume de Baskerville en une mystérieuse abbaye bénédictine située entre Provence et Ligurie, comme si les trajectoires des deux moines se rejoignaient en un même projet : « Arrivé au terme de ma vie de pécheur, tandis que chenu, vieilli comme le monde, dans l'attente de me perdre en l'abîme sans fond de la divinité silencieuse et déserte, participant de la lumière immuable des intelligences angéliques, désormais retenu par mon corps lourd et malade dans cette cellule [...], je m'apprête à laisser sur ce vélin témoignage des événements admirables et terribles auxquels […] il me fut donné d'assister, en répétant verbatim tout ce que je vis et entendis, sans me hasarder à en tirer un dessein, comme pour laisser à ceux qui viendront (si l'Antéchrist ne les devance) des signes de signes, afin que sur eux s'exerce la prière du déchiffrement.» *Laisser à ceux qui viendront des signes de signes*, voilà bien en quoi consistait ce projet : témoigner de leur vérité par la grâce des mots écrits.

Giordano Bruno pensait que l'art était la seule façon d'habiter durablement les mémoires. À l'instant même où un prêtre lui apprenait la nouvelle de son exécution prochaine, il lui indiqua un passage des *Confessions*, en guise d'épitaphe : «Je franchirai donc à mon tour cette énergie de ma substance pour monter par échelons vers Celui qui m'a fait. Sur ce, me voici dans la mémoire.»

Je ne sais si Giordano Bruno est parvenu à Celui qui l'a fait, mais une chose est sûre, il est dans ma mémoire, et, en manière d'hommage, puisqu'il aimait avoir le dernier mot : «Les mots voués à l'oubli qu'a tracés ma misérable plume ressemblent à des pierres soulevées le long d'un chemin, et dont chacune cachait sa brassée d'accidents, de circonstances, de hasards et de visages.»

10 FÉVRIER 1600, JEUDI

J'inscris cette date avec une plume exécrable, sans lunettes et tandis qu'il me reste sept journées à vivre, si vivre est aussi croupir dans la puanteur d'un cachot. Vivre, mourir. Ici, les extrêmes ont tendance à se vouloir confondre. Mais le diable, qui ne perd jamais son temps, a fait en sorte qu'il y eût dans ma dernière chambre une table, un tabouret, une froide clarté tombant d'un soupirail ; et je suis une vieille bête résolue à ne pas perdre la raison, quitte à ployer jusqu'au bout sous le fardeau en quoi s'est résumée ma vie. Voilà pourquoi j'ai exigé de l'encre et du papier. Orazio m'a obéi sans hésiter :

– Écris tant que tu veux, Brunus. Tout sera détruit.

Merci, geôlier. Et rassure-toi : je ne te causerai pas le moindre ennui. Je sais parfaitement que ces notes n'ont aucune chance de devenir jamais mon dernier livre. Ma seule ambition sera d'être sept jours durant lecteur de moi-même. Après quoi on me brûlera, et ces feuilles. Un soupir, un tressaillement imperceptible du monde auront lieu et Giordano Bruno, écrivain, professeur de philosophie naturelle, ancien conseiller du roi de France, héros de la mémoire, des lettres, des sciences et des arts magiques ne sera plus qu'un souvenir – un mauvais souvenir, pour certains. Aux flammes l'hérétique ! Adieu le goût des choses, la chair des garçons, la crépitation des disputes. Au seuil d'une impossible vieillesse, le temps emportera mon corps et mes pensées. Que tout ce qui fut moi disparaisse ! Restera ma mort abominable comme seule revanche – une trace de pas sur la neige : quelqu'un, dira-t-on, est passé.

C'était hier, à la mi-journée. Flaminio Adriano, notaire de l'Inquisition universelle et sacrée, s'apprêtait à donner lecture de la sentence. Les gardes ont imposé le silence à la foule qui battait la semelle en plein courant d'air dans le palais de Madruzzi et se répandait par les portes ouvertes jusque sur la piazza Navona. Peuple de vauriens ! Peuple d'intrigants invité à entendre ses maîtres ordonner la mort ! On nous avait pour ainsi dire, le frère Cyprien et moi, expulsés de notre cellule du Saint-Office et traînés une dernière fois devant l'assemblée des neuf cardinaux élargie aux conseillers. Un évêque, moyennant salaire, était chargé de la double dégradation, et Rieti, gouverneur de Rome, prêt à prendre livraison des deux obstinés. Jamais la Sainte Église ne se salit les mains ! Elle condamne, le siècle exécute. On vous estrapade, on vous gonfle d'eau comme une outre, mais quand le prisonnier s'effondre sur son grabat, n'aspirant qu'à l'oubli, le corps dont on l'invite à reprendre possession est censé être pur de toute mutilation, afin que Dieu point ne s'en trouve offensé.

Adriano se racla la gorge. J'observai pour la dernière fois – aucun ne me rendit mon regard – mes juges vêtus de pourpre siégeant derrière la longue table : Deza, l'Espagnol richissime et dépravé ; Bellarmin qui examinait ses mains fines comme des lames ; Santaseverina, le plus haineux de tous, avec sa tête en forme de boulet… Madruzzi, lui, roulait des yeux tourmentés et paraissait avoir été assis de force à même une chaise de torture chauffée au rouge. Dieu qu'ils l'insupportaient, les va-nu-pieds qui se pressaient en jacassant dans sa maison ! Suite à un signe empreint de mauvaise humeur qu'il lui adressa, un garde s'approcha de moi. On m'avait obligé à m'agenouiller; le sbire me força à incliner la tête.

S'éteignirent les derniers murmures. J'entendis le notaire énumérer les noms des présents, puis la liste de mes crimes. Aux huit prétendues erreurs et hérésies rédigées en langue chrétienne par Bellarmin, mais qui du moins se rapportaient à ma doctrine, venaient s'ajouter plus de vingt motifs ineptes issus de témoignages produits par les délateurs de service, singes flagorneurs et gibiers de potence employés par la Curie! Avant même que je fusse debout, les gardes se précipitèrent pour me contraindre à plier le genou. Couvrant la voix d'Adriano, je m'écriais déjà:

– Misérables chiens apeurés! Vous me condamnez, mais vous tremblez plus que moi qui subis la sentence!

Je reçus un coup violent au visage. Autour de moi, la piétaille grondait, vociférait, montrait le poing, houle méchante et criarde dont se détachaient, tels graillements de corneilles stupides, insultes et menaces en patois romain. À mort! Au bûcher! – Oui! Vous l'aurez votre bûcher, votre spectacle, votre mystère, votre purge morale! Un peu de patience! Déjà je suis à terre!

– Assassins! soufflai-je. Analphabètes!

Nouveau coup sur la tête. Madruzzi est debout, l'air égaré. Il aboie, exige le silence, du renfort. Du renfort, par le Christ! Des hommes! Cette racaille en furie! Elle va tout briser! Tout envahir! Enfin les armes se dressent. Rien de tel qu'un ballet de pertuisanes pour les calmer. Et l'on s'apaise en effet. Presque aussitôt. À bête qui mord, courte chaîne. La masse s'ébroue, étonnée de sa propre audace, non rassasiée. Le feu de la tempête s'est éteint. Les cardinaux peuvent enfin se rasseoir.

La tempête! N'est-elle pas mon élément, depuis toujours?

Je revois Naples, le monastère : déjà, il fallait savoir se faire entendre. Les ânes y tenaient le haut du pavé. J'étais jeune et je ne voyais partout que corruption, vulgarité, ignorance et cruauté, les quatre sœurs méphitiques installées à chaque étage de la hiérarchie. Qui voulait exister devait commencer par donner de la gueule. Dieu sait que la parole, je n'ai jamais hésité à la prendre depuis, et toute ma vie durant, faisant de nécessité vertu... Vengeance impitoyable de la destinée, c'est finalement la langue emprisonnée dans un mors de bois que j'aurai écouté ma sentence, à genoux et courbé entre deux gardes. Le notaire Adriano expédiait son texte aussi vite qu'il pouvait :

– ... aussi commandons-nous que tu sois dégradé et chassé de notre Sainte Église, t'étant montré indigne de sa miséricorde ; et que tu sois livré à la cour séculière, en la personne du gouverneur de Rome ici présent, afin qu'il te punisse en adoucissant, autant qu'il lui sera possible et sur notre requête bienveillante, les rigueurs de la loi. De plus, nous condamnons et censurons tous tes livres comme contenant erreurs et hérésies, et ordonnons qu'ils soient brûlés en place Saint-Pierre, au pied des escaliers, et comme tels mentionnés dans l'index des ouvrages prohibés – ainsi soit-il.

Le mors m'empêchait d'avaler ma salive et sans doute l'évêque requis pour cette tâche – un pauvre bougre aux yeux effrayés – se souviendra-t-il longtemps d'avoir dégradé non le héros d'une vérité insoupçonnée, mais une espèce de forcené rouge de colère et dégouttant de bave. Après que j'eus envoyé au diable d'un coup de poing les instruments sacerdotaux (et reçu une autre rossée), il exigea des gardes qu'ils me tinssent les mains et, tandis qu'il débitait ses formules à vive allure, me blessa en me taillant maladroitement les ongles du pouce et de l'index, l'air craintif et écœuré, comme s'il se fût agi de griffes malfaisantes. Le rituel était accompli. Je n'assistai pas à la dégradation du frère Cyprien car Rieti ordonna à ses hommes que je fusse jeté sans attendre au cachot. Un valet de Madruzzi leur indiqua une porte donnant sur l'arrière, qui permettait d'éviter la foule. On traversa une cour majestueuse, cinq ou six ruelles battues par un vent de tramontane, et le groupe que nous formions – une poignée de sbires mécontents entraînant un malheureux à moitié étouffé – déboucha sur une avenue plus large où, adossée au Tibre, se dressait Tor di Nona, ma nouvelle, ma dernière prison.

Le gardien à qui l'on m'a remis, Orazio, est un hercule à l'œil crevé. Tout en m'entravant les jambes, il m'a confié qu'il avait, lui aussi, grandi à Naples, près de la bien nommée piazza Perdura où sa mère faisait la putain.

– Ville de brigands et de sodomites, grogna-t-il. Les prêtres et les étudiants pires encore que les autres. Passaient leur temps à se bagarrer et à préparer leurs mauvais coups – puis, se décidant enfin à me libérer la bouche : Mon pauvre vieux, comme ils t'ont arrangé.

Il m'a autorisé à cracher un filet de sang dans une écuelle, m'a tendu une cruche de vin et a repris :

– Ici, les exécutions ont lieu le jeudi, mais je n'ai pas eu vent que ce serait pour demain. Allons, les frères noirs peuvent encore venir.

Les frères de San Giovanni Decollato sont des laïcs, en réalité, qui occupent leurs loisirs en assistant, comme ils disent, les suppliciés. Seigneur ! que je les hais ces êtres friands de processions à la nuit tombée, de prières aux agonisants, de têtes tranchées et corps livrés aux flammes…

Ma réponse fut un gémissement rauque :

– Le plus tôt sera le mieux.

– C’est ce que je pense, moi aussi. Guère envie de voir défiler du monde dans ta cellule pendant une semaine. Ouvrir aux gens, les conduire jusqu’ici. Tor di Nona n’est pas un moulin. Quelque chose me dit que tu ne dois pas être un client facile, toi, à en juger par ce truc qu’ils t’ont fourré dans le bec...

– Quand saurai-je, pour... l’exécution ?

– Tu as peur, hein ? – il me grondait en agitant un doigt charbonneux aussi épais qu’un bâton. Vous êtes bien tous les mêmes, allez. Tant qu’il s’agit d’agacer le lion, vous vous croyez les plus malins, mais qu’il vous tienne, lui, entre ses pattes, vous tremblez comme des moutons ! Le diable t’emporte : il fallait réfléchir avant ! À croire que vous autres curés n’êtes que des grandes gueules, des fanfarons sans rien dans la cervelle.

Je me suis penché de nouveau sur l’écuelle. À genoux, il vérifiait mes fers.

– Quoi qu’il en soit, Brunus, si tel est bien ton nom, ne t’avise pas de m’attirer des ennuis. Orazio n’est pas un mauvais bougre, tu verras, et le condamné à mort ne possède rien de plus précieux que son geôlier, quand celui-ci est honnête.

Sur ces paroles, il m’offrit une nouvelle rasade de vin, tout en me présentant son regard borgne, blessé, où luisait peut-être, en effet, un éclair de bonté. Je répétai ma question.

– Compte deux bonnes heures après la tombée du jour. Si tu n’as rien vu venir, alors ce sera à coup sûr pour jeudi prochain.

Sa silhouette massive s’est effacée derrière la porte. J’eus de la peine, tant ces chaînes sont lourdes, à ramener mes jambes sur la planche dépourvue de paillasse. Dans le jour de souffrance, là-haut, le ciel n’a pas tardé à s’assombrir. Il ne me restait plus qu’à trembler, tous les sens aux aguets, au fond de la nuit épouvantable.

Contrairement à celle du Saint-Office, où j’ai vécu ces

sept dernières années et qui résonne en permanence de mille disputes et éclats de rire entre frères, la prison sénatoriale me paraît hantée par un terrible silence qu'aucun gémissement ne vient troubler, tel un univers où même les larmes n'ont plus cours. Nul appel, nul message ne filtre entre ses murs glacés. Un verrou grince contre son huis. Un gardien rôde en traînant les pieds le long du couloir. Quelque part, on ouvre et referme une herse. Combien de condamnés ont grelotté avant moi dans cette cellule de coupable envahie par les rats, hypogée pour un reste de vie où, soudain, se précipitent en désordre images et réminiscences ? Je vois Socrate s'allonger sur la pierre avec un frisson, tandis que le froid gagne ses jambes et son ventre. Des amis pleurent à son chevet ; lui n'écarte le voile qui recouvre son visage que pour prononcer les phrases simples qui ne doivent jamais mourir. Mes amis à moi, où sont-ils ? Hennequin, Besler, Sidney... Le fier, le gracieux Sidney a disparu à trente-deux ans après avoir servi dans les Flandres, étincelant comme un dieu au milieu des combats. Bon cavalier, merveilleux poète, le jeune prodige fit don un jour à la beauté de sa vie et de ses rêves, en un insolent refus de vieillir qui m'arracha des larmes d'admiration et de douleur. Besler mourut à Francfort, emporté par la fièvre alors qu'il s'épuisait à écrire sous ma dictée, Jean Hennequin à Paris en voulant protéger une de mes innombrables fuites... Et toi, Cecil, la mort t'a épargné, n'est-ce pas ? Quelles passions ta maison de Malamocco abrite-t-elle aujourd'hui ? Quel damné homme d'État ou puissant seigneur s'enivre-t-il de tes lèvres, à l'heure où je crève de solitude, abandonné et maudit ? Ah ! Je l'entends ronfler, le drôle, gavé de tes coûteux plaisirs, nu comme au premier jour, vaincu et endormi contre ta hanche indifférente ! Guidée par quelque songe, sa main cherche à tâtons sous le drap parfumé le souvenir d'une douce épaule. Mais ton regard déjà s'est absenté, fasciné par les flammes qui animent les ombres autour d'une cheminée de marbre. Puissent tes pensées me rejoindre, Cecil, fût-ce le temps d'un éclair, car les murs du cachot où l'on m'a jeté exhalent l'odeur du tombeau. Ton Philippe, le sais-tu, a giflé la mort une fois de plus, à coup sûr la dernière, et ce ne seront pas mes amis, non, mais mes ennemis qui pleureront à mon chevet, et jusqu'au bout m'accableront de leurs sinistres psalmodies.

Bien que la crainte me torture de voir Orazio ouvrir la porte à une théorie de frères noirs, la spirale des images s'enchaînant les unes aux autres finit par franchir le rideau arachnéen qui sépare la veille du sommeil. Je marche soudain, dans une maison inconnue, sur un pavement à motif géométrique. Peint à même le mur, un enfant trop confiant s'éloigne du rivage à bord d'un frêle esquif, sur l'océan qui va bientôt l'engloutir. Où suis-je ? À Londres ? À Prague ? Je monte un escalier majestueux dominé par Hermès et pénètre dans une chambre. Depuis le lit où il est étendu, un Cecil vieillissant me regarde approcher, triste, immobile, et nul frémissement de plaisir n'anime son visage. Cecil ! Par un de ces tours dont les rêves ont le secret, la distance qui nous sépare ne cesse à présent de s'accroître, et mes jambes entravées par des fers s'alourdissent à chaque pas. Me glace soudain la terrible certitude de progresser ainsi vers la mort. Crier ? À cause d'un coin de bois qu'on m'a enfoncé dans la bouche, aucun son ne peut jaillir de ma poitrine. Déjà les griffes d'une bête sauvage se ferment sur mon épaule... C'est cette douleur imaginaire qui me délivre de mon cauchemar pour céder la place à un éblouissement : une lanterne danse devant mes yeux. Je distingue une face caverneuse penchée sur moi – celle d'un cyclope nommé Orazio qui m'apporte une écuelle de soupe.

– Ils ne viendront plus, soupire-t-il.

Son fade bouillon me fait du bien. Un fils de pute, ce Napolitain, au sens littéral, mais un précieux ami peut-être. Quand l'aube éclairera le soupirail, je lui demanderai de quoi écrire.

La mauvaise plume crisse entre mes doigts. Suis-je malheureux ? Non : je connais la date exacte de ma mort. Et pour avoir subi, il y a deux ans, deux fois quatre traits de corde, je sais qu'il n'est pire chose en ce monde que la douleur physique, quand elle est administrée par l'homme. On m'a précipité dans le vide, on m'a disloqué les épaules, mais je n'avais pas encore renoncé à vivre et une force luttait en moi pour que mes bras ne fussent pas arrachés comme cela arrive parfois. Bientôt les flammes me lécheront les pieds, grilleront les poils de mes jambes et de mon ventre, entameront mes chairs, et j'accepterai ce supplice. J'accompagnerai même la nature dans ses efforts pour détacher de moi mon âme. Serais-je indifférent au tourment qui m'accable et sans larmes pour ma propre mort ? Non plus. La sentence prononcée contre moi, je l'affirme, est l'expression de la mienne volonté : elle vous condamne pour l'éternité, mes juges, tandis qu'elle exhausse mon œuvre. Mon corps, vous le brûlerez. Ma mémoire, vous la souillerez. Mes quarante livres, vous les prohiberez. Mais la postérité divine saura reconnaître le réformateur des cieux et du savoir, cependant que vous croupirez à jamais dans les limbes de l'ignorance. Chacun de mes traités, chacun de mes discours et conférences, chacune de mes décisions fut un défi à la peur qu'au monde vous inspirez. Il me reste à adresser un dernier signe à l'univers, et ce signe sera mon agonie, telle qu'elle viendra couronner, éclairer, unifier les accidents de mon existence. Selon votre dessein, j'eusse dû me rétracter, renier ma doctrine et accepter de finir d'une mort douce, repenti, exilé en quelque monastère, oublié. Mais je veux moi que la science se souvienne de Giordano le Nolain ! Et je veux que l'on dise, parlant de lui dans les temps à venir, non pas « Il naquit ici ou là », mais « Ainsi a péri cet homme », car ce périr est le sens et l'origine de ma vie.

Un philosophe doit-il raconter l'histoire de sa propre existence ? Oui, car elle est aussi celle de ses opinions, telles qu'il les a caressées, embrassées, nourries, livrées à la fureur des hommes, telles qu'à travers son être corporel elles se sont frottées au monde. Je laisse derrière moi quarante traités et dialogues en lesquels scintillent, comme autant d'étoiles inaccessibles, les feux de la conscience ; mais le cri de douleur du poète ? Mais ses soupirs et ses joies ? Que serait la doctrine de Platon sans les affections, les combats, le jugement, la condamnation et la mort de Socrate ? Au coucher du soleil, le serviteur des Onze broie une once de poison dans une coupe ; et l'humble geste du bourreau est le dernier mot du divin savoir. La matière mouvante, je l'ai moi aussi transformée en pensée, en amour, en orgueil, en courage. Aujourd'hui mes idées, mes sentiments et mes vertus me corrompent et anéantissent mon corps. Cette destruction de mon être est-elle étrangère à mon œuvre ? Voici ce que fut ma vie, telle qu'à moi-même je la raconte. Voici mon dernier acte, mon dernier labeur, mes dernières souffrances. Voici mes dernières pages.

Je vis donc le jour à Nola, Royaume de Naples, le trente janvier de l'an quarante-huit. Mon prénom de baptême, Philippe, évoque peut-être quelque cavalier légendaire, spectre surgi des chimères paternelles, mais plus sûrement le tyran espagnol qui régnait alors. J'ouvris les yeux dans une masure inconfortable que ma mère avait reçue en dot et qui se cramponnait au flanc d'une colline dite des Cigales. Le paysage alentour est un coteau en pente raide que gravit un sentier scabreux, entre un ravin semé d'éboulis qui donne le vertige et une forêt peuplée de chênes, ormes et cornouillers. Notre maison voisinait avec les ruines d'un château ancestral d'où l'on aperçoit, quand la brume n'est pas trop dense, le sommet du Vésuve ouvert sur le ciel comme une bouche aux lèvres déchiquetées par le feu.

Fraulissa Savolino, ma mère, passait sa vie en mornes gémissements, assise près d'une fenêtre et fixant au loin d'un œil rancunier le quartier San Paolo où continuaient de vivre ceux qui l'avaient mise au monde. Son père, remâchait-elle, l'avait donnée à un gentilhomme plus pauvre qu'un gueux. Comme si un simple enfant eût pu être la cause d'un tel malheur, je subis jusqu'à ma septième année les fers de son amertume et de son tourment, amer, craintif et tourmenté moi-même, battu avec méchanceté, enfermé jusqu'à en perdre la raison dans des réduits obscurs. Cette femme qui, je crois, haïssait Dieu et la religion – quoique sans aucune passion – ne me fit pas même l'aumône des rudiments de piété grâce auxquels j'eusse pu prier le ciel qu'il me délivrât d'elle.

Le manque de fortune contraignait mon père, Gioan Bruno, à vendre ses talents de cavalier au vice-roi pour une solde de soixante ducats l'an. Peintes sur un écusson de bois poussiéreux suspendu au-dessus de la cheminée, ses armoiries figuraient un lion dominant une montagne qui n'était autre que la colline des Cigales. Était-ce là le rêve qu'il poursuivait aux quatre coins du Royaume, toujours occupé à des guerres dont il ne parlait jamais ? Je l'ignore, et peut-être l'ignorait-il lui aussi. Il ne rendait visite à Fraulissa qu'en de rares et brèves occasions et je ne le connus pour ainsi dire qu'à travers ses interminables absences. À chaque retour il posait un regard chargé de tristesse sur son domaine étroit, misérable et déserté par sa femme qui, dès son arrivée, courait se réfugier chez les Savolino. Mécontent, Gioan soupirait sur son sort, tandis que son cheval affamé lançait des hennissements désespérés, attaché dans le jardin au tronc du vieux figuier qui surgissait du mur. Mon père n'avait de cesse qu'il ne quittât cette maison et ne s'enfuît au plus vite vers son indéchiffrable destin. Bientôt, je le voyais s'éloigner de nouveau le long du sentier caillouteux, raide et énigmatique, casqué, bardé de fer, la lance à l'épaule. Après l'avoir accompagné jusqu'au pin déchiqueté par la foudre qui se dressait au pied de la colline, notre chien revenait rôder dans mes jambes ; et je me demandais à quoi pouvait bien ressembler le monde, au-delà du chemin.

Fraulissa semblait n'avoir d'autre but que de torturer mon âme. Aussi, à une telle mère préférais-je la forêt voisine, corps habité d'êtres innombrables, visibles et invisibles, que je pénétrais et explorais durant des journées entières, parfois jusqu'à la nuit tombée – et au péril de ma vie, pensais-je en prévoyant la pluie de coups qui m'attendait au retour. Oui, là était le ventre de l'univers, ma seule vraie demeure. À genoux, je reniflais les excréments laissés par les bêtes, j'en étudiais la taille, la forme, la chair, le grené, l'assiette, avant de déposer les miens en des lieux plus précis que les points cardinaux ; des uns comme des autres, au fil des jours, je surveillais la lente et fatidique corruption. Dieu que je l'aimais l'humble anéantissement de la matière ! Sous un enchevêtrement de ronces et de racines, j'avais de mes mains creusé un gîte où disparaître moi-même. Là, dans des senteurs de glèbe, j'oubliais jusqu'à l'existence du jour en quêtant avec frénésie, au cours d'un simulacre de mort, les éclairs blancs du plaisir. N'était-ce pas comme si, en une mystérieuse congression avec elle, j'eusse voulu mêler mes humeurs salées aux humeurs de la terre ?

C'est dans ce bois immense strié par d'obliques et frémissants rayons de lumière que jaillirent les prémices de mon intelligence. Je ne possédais ni livre, ni maître, ni ami ; pourtant je voyais déjà mon imagination concevoir – oh ! très grossièrement – les linéaments d'une hiérarchie possible du vivant : le minéral, le végétal, l'animal. J'examinais la forme des pierres chez qui l'usure du temps était imperceptible, je délivrais de sa bogue une châtaigne afin d'en caresser l'écorce neuve, j'assistais en écoutant battre mon cœur à la mise à mort d'un mulot par le serpent. Soudain m'envahissait l'intuition de ma nécessaire présence en cette forêt, monde à l'intérieur du monde, corps à l'intérieur d'un corps ; et de ce sentiment naissait une jouissance d'un genre nouveau. « Chaque chose n'en contient-elle pas une autre ? » questionnais-je à mi-voix, brûlant d'excitation. Une bourrasque de vent s'engouffrait entre les branches. Allongé sur la terre, je m'abandonnais à l'ivresse, plongeant du regard vers l'abîme, par-delà une voûte de grands arbres noirs qui glissaient sous les nuages. Beaucoup d'êtres naturels et surnaturels peuplaient ces fourrés. Appartenions-nous tous à la même espèce ou étais-je le seul à éprouver des sentiments aussi étranges ?

Sans doute Gioan entrevit-il, flamme timide brillant dans le songe nébuleux qui lui tenait lieu d'existence, mes véritables inclinations. Il donna l'ordre à ma mère que je fusse instruit et celle-ci m'envoya suivre les leçons du vieux Joseph Provenzale, un juif connu pour ses violentes sautes d'humeur et les colères légendaires dont se délectaient ses élèves, mais qui avait permis à des générations de petits Nolains turbulents d'ânonner leurs rudiments de latin. Son école bon marché se réduisait à une pièce garnie de bancs et éclairée par deux fenêtres sur les rebords desquelles s'entassaient, pêle-mêle, les premiers livres qu'il me fut donné d'ouvrir. Enfant sauvage, j'avais grandi librement dans la compagnie des fourmis et des serpents, pourtant j'appris à lire et écrire sans difficulté, sous sa férule, la langue de Cicéron et de Valère Maxime. Bientôt je récitai par cœur des extraits des *Commentaires* de César, conjuguai les verbes actifs et passifs, déclinai les noms sans risque d'erreur. Mon étonnante mémoire ne manquait pas d'aviver la jalousie de mes camarades; elle força l'admiration du maître d'école. En outre, bien qu'ayant vécu jusqu'alors à l'écart de toute religion, je semblais manifester un penchant prononcé pour la métaphysique – si métaphysique veut dire art de poser des questions. Nombreux étaient en cette ville ceux qui se piquaient non seulement de grammaire, mais de philosophie, et Provenzale en faisait partie. Un jour, je lui lançai, perfide :

– Maître Joseph, est-il vrai que Dieu possède un corps ?

Le vieux fou me considéra d'un air méfiant. Ses yeux immobiles brillaient comme des cristaux de lave.

– Le nom de Dieu, biaisa-t-il, est celui qui nous est le plus obscur…

– Oui mais…

– … et le plus familier…

– Pardonnez-moi : les prêtres ne parlent pas de Son nom, mais de Son corps. J'en suis sûr. Je les ai entendus prêcher à Santa Chiara…

Provenzale ne put contenir son irritation :

– Ah ! Le dieu des prêtres !

Il était mûr, prêt à sortir de ses gonds. Feignant une suave innocence, je m'étonnai :

– Il existe donc plusieurs dieux, maître Joseph ?

Les élèves qui se pressaient sur les bancs laissèrent échapper des ricanements sournois auxquels se mêlèrent, prononcées à voix basse, les habituelles insultes à l'égard du juif. Esquivant d'un bond la volée de taloches qu'il me destinait, je me précipitai dans la rue et me mis à courir entre les plages de lumière, grisé par un étrange sentiment de triomphe.

Étrange et dérisoire sentiment de triomphe, devrais-je dire, et qui ne m'a jamais quitté ! Le petit morveux qui, à peine l'avait-il découvert, se plaisait à jouir du pouvoir des mots ignorait encore que cette scène allait se répéter d'innombrables fois jusqu'à devenir un des motifs essentiels de sa vie. À combien de reprises ai-je été obligé de fuir – et avec quelle jubilation, Seigneur ! – les conséquences de mes paroles ? Ce sont elles aujourd'hui qui se retournent contre moi et, selon mon propre présage, *me font mourir sous leurs dents cruelles*. En sera-t-elle apaisée, la longue cohorte de mes adversaires malmenés, humiliés, furieux et tout congestionnés de colère ? Joseph Provenzale aura en quelque sorte été le premier d'entre eux, et mon cœur lui a toujours conservé une pointe d'affection, car ce fut grâce à son insistance qu'on se décida à m'expédier à Naples, au collège. Mon esprit, ma mémoire et mon jugement, arguait-il, trouveraient à s'y développer plus favorablement qu'à Nola en sa propre école.

Pauvre Provenzale ! Le collège, en effet, osait s'enorgueillir du nom d'*Academia*, mais qu'était-il d'autre qu'un repaire de cuistres dont le seul talent consistait à tourner le latin en grec et le grec en latin ? La froide rhétorique qu'on y servait sentait le rance, vieille soupe dans laquelle de prétendus professeurs de lettres pêchaient du bout des doigts les citations anciennes afin d'en goûter, disaient-ils, la saveur poétique, comique ou tragique. Eux étaient comiques ! Ridicules ! Et qui plus est méchants comme des ânes. Je les tins en tel mépris que je m'enquis au plus vite d'un maître digne de moi. Mon père, qui guerroyait alors avec sa compagnie entre les Pouilles et les Abruzzes, me faisait la charité d'une maigre part de sa solde. Cet argent paierait les leçons particulières. Mes pas, ou le destin qui guidait mes pas, me conduisirent à l'illustre Teofilo da Vairano, le seul vrai maître de philosophie qu'il me fut donné d'avoir. Quand je le rencontrai, il était déjà parvenu au sommet de sa gloire et avait renoncé à honorer de sa présence l'affreux collège.

Sous sa direction, j'étudiai Augustin qu'il aimait à lire à voix haute, debout derrière son pupitre. Les intonations du sage épousaient jusque dans ses moindres replis la forme du texte, la mémoire d'Augustin et l'intention de Dieu, peut-être, telle qu'en cette mémoire elle se dévoilait. Accroupi sur un méchant tabouret, je laissais mon doigt courir d'une ligne à l'autre au fil des pages de mon exemplaire. La voix et le signe ne faisaient qu'un et ce latin-là parlait à mon cœur. Si le verbe existe en son essence au-delà de la grammaire, pensais-je, alors le verbe est poésie, murmure divin, souffle ridant la surface de l'eau à l'origine du monde, création ; et, comme autrefois dans la forêt mouvante, je sentais que mon âme toucherait bientôt à la substance de l'être.

– À toi de lire, maintenant, entendis-je.

Je levai les yeux. Vairano ne souriait jamais. Des fils de lumière jouaient sur son visage vénérable. J'eusse donné ma vie pour obéir à cet homme ! Ayant refermé puis ouvert au hasard le volume, je tombai sur un passage où Augustin, parlant de son père, évoque le jour où celui-ci, aux bains, aperçut chez son fils les premiers signes de la virilité, le *vêtement frémissant de l'adolescence*. Le pouvoir des mots, encore ! Je lus donc, avec application ; et sous l'œil du maître mon propre vêtement frémit à son tour. Un sentiment nouveau m'étreignit le cœur, qui menaçait soudain de me couper la parole. Par un effet magique, le texte m'avait transporté aux bains d'Hippone : je n'étais plus l'élève courbé sur son livre, mais le jeune Augustin en personne, assis nu à même la pierre tiède ; et contre mon ventre ruisselant se dressait, offerte aux regards impassibles, ma puberté naissante. Je cessai de lire. Le divin égarement venu agiter mes sens troubla Vairano qui détourna les yeux. Interrompant la leçon, il me donna congé.

Aucun doute : je me trouvais, tel Augustin au sortir de l'enfance, à la recherche d'un objet d'amour, et le sage était devenu cet objet. Grâce aux lectures, il avait commencé par créer pour moi un monde neuf où, par-delà la variété infinie des choses, se révélait sa vraie richesse, l'unité secrète et nécessaire qui préside à tout ordre, à toute beauté, à toute justice. Mais à compter de ce jour, il se manifesta personnellement dans la plupart de mes songes, au cours des brûlants cérémonials qu'échafaudait chaque nuit mon imagination. Comme celui des inconnus aux bains d'Hippone, son regard enveloppait alors mon corps dénudé et je ne jouissais plus qu'en invoquant sa présence, la main serrée sur mon *telum*.

Le maître ne donna aucune suite à mon amour déclaré. Bien au contraire, redoublant de sévérité, il s'appliqua à effacer de nos rapports les marques de tendresse et d'affection qui avaient pu s'y glisser, afin d'orienter nos entretiens vers le seul but qui lui parût utile : mon instruction philosophique et religieuse. Dans le secret de mon cœur, j'enrageais : les deux actions étaient-elles à ce point incompatibles ? Y avait-il quelque discordance à vouloir éveiller un esprit tout en l'aimant d'amour ? Il semblait en avoir jugé ainsi, et c'est en vain que j'épiai, au fil des jours, l'augure d'un changement d'attitude de sa part. Dans une courte lettre qu'il m'adressa bien plus tard de Palerme – en fait peu de temps avant de mourir –, il m'avoua s'être alors servi de la peine qui m'affligeait comme d'un ferment pour mon esprit, après avoir mesuré à quel point celui-ci se nourrissait des bouillants efforts que je déployais en vue de le séduire. La répression de son propre désir, écrivait-il, lui était apparue plus nécessaire que son accomplissement.

Le livre que, par ce moyen, il m'avait conduit à pénétrer – ces *Confessions* où brûlaient d'un feu vif les passions d'Augustin – ne devait pas seulement enivrer mes nuits d'affolantes images, il recelait aussi les principes susceptibles d'exciter l'esprit du *petit homme parleur* que j'étais devenu. Non, décidément, Dieu ne possédait pas de corps ! Il contenait le ciel et la Terre, et en même temps les remplissait de Son être. Il était l'extérieur et l'intérieur du monde, son origine et sa fin, son âme invisible, son moteur, sa pensée et sa substance, l'Unique immatériel sans extension ni pesanteur. J'ai écrit et enseigné que Dieu est présent dans la nature comme la voix dans une chambre : nul ne peut L'observer ni Le toucher, mais tous L'entendent, car nous sommes les auditeurs de l'Un. À mon tour aujourd'hui je confesse : cette mienne philosophie est née des lectures que nous fîmes à voix haute, Teofilo da Vairano dressé comme une digue devant les forces de l'amour, et moi luttant pour le conquérir.

Un jour le sage m'annonça sans cérémonie qu'il s'apprêtait à quitter Naples. Le prince Colonna, dont il était l'hôte permanent, venait d'être élu vice-roi de Sicile et il avait choisi de le suivre.

– Est-ce là ma dernière leçon ? balbutiai-je.

– Tu n'as plus besoin de mes leçons, assura-t-il.

Mais c'est de vous que j'ai besoin ! criait une voix venue du fond de ma surprise ; l'entendit-il aussi distinctement que moi ? Comme pour couper court à cette protestation silencieuse, il ajouta :

– Tu entreras l'année prochaine chez les dominicains. Fra Ambrogio Pasqua est un homme éclairé. Je l'ai convaincu sans difficulté.

Quelle difficulté ce prieur eût-il pu soulever ? Je savais le latin et le grec mieux que les soi-disant professeurs du collège ! Je possédais une mémoire phénoménale, une élocution parfaite. Était-ce l'indigence de ma famille qui aurait pu offenser les prêtres ?

– Moins l'indigence elle-même que ses conséquences, répondit Vairano qui, selon son habitude, lisait dans mes pensées. On raconte que tu gagnes ta vie en jouant les postillons pour les putains de Santa Maria del Carmino…

– Personne ne peut vivre sans argent, protestai-je.

– Fra Ambrogio est supposé accueillir dans son monastère des novices qu'anime, disons, un peu de foi. Et celle-ci n'a pas la réputation de faire bon ménage avec la prostitution…

La détresse et la colère se disputaient mon cœur.

– Mon ambition n'est pas de devenir un ecclésiastique, répliquai-je avec insolence, mais un sage, comme vous, fra Teofilo !

– Le couvent est-il donc une si mauvaise voie pour y parvenir ? répondit-il en feignant la surprise.

Et, pour la première fois, il ne réprima point le sourire qui naissait sur ses lèvres.

Les Dominicains possédaient à Naples quatre monastères, dont celui, illustre, de San Domenico Maggiore entre les murs duquel le bon docteur d'Aquin avait autrefois respiré, médité, et enseigné sa théologie contre un salaire d'une once d'or par mois. Là il avait écrit la troisième partie de sa *Somme* universelle, et un reliquaire abritait encore un fragment de son propre squelette. Depuis, le couvent était devenu le siège de l'université. Après deux tremblements de terre – dont le second avait détruit la moitié de la ville – et l'incendie de 1506, l'église avait été restaurée, ainsi que les trois vastes salles de cours du rez-de-chaussée, dont l'une, celle-là même où avait professé le Sage, était réservée aux arts, à la philosophie et à la théologie.

Je franchis la porte du cloître à l'approche de ma dix-septième année, le bachelier Ambrogio Pasqua da Napoli étant prieur de l'endroit, et un certain frère Reginaldo maître des novices – des *pueri*, comme on nous appelait. En présence de trois pères, je fis serment d'être entré au couvent selon ma volonté, non contraint par la violence ni – conjecture risible : aucun des deux ne se souciait plus de moi – sous la pression de mes parents. Puis je prononçai les vœux qui me soumettaient à la règle et jurai obédience absolue à Dieu, à la Vierge et à saint Dominique. On me baptisa du prénom de Giordano et je revêtis le froc brun du moine.

La mission du frère Reginaldo consistait à dresser nos âmes et nos corps enfiévrés à la discipline du clerc et aux renoncements qu'elle implique. Pourtant, lui-même serait un jour chassé de l'ordre et condamné à rembourser des dizaines de ducats volés. Jeune ou non, le dominicain connaissait ses devoirs : fréquenter l'office, les sacrements et les processions, pratiquer l'humilité, la prière, les lectures autorisées, éviter les disputes et les calomnies, respecter la volonté de ses supérieurs, observer le silence et demeurer de longues heures tête baissée, dans la solitude de la chambre. Mais les autorités avaient fort à faire avec les manquements à la règle et il était courant qu'un moine fût expédié aux galères, tandis qu'un autre mourait au cours d'une rixe avec les maquereaux napolitains. Ceux de mes camarades qui n'avaient pas renoncé à leurs vœux aussitôt après les avoir prononcés semblaient irrésistiblement attirés par les péchés du siècle, et les diablesses aux yeux sales de Santa Maria del Carmino n'étaient pas difficiles à convaincre, qui se vendaient aux novices pour une poignée de monnaie. Chaque nuit, plusieurs *pueri* en rut franchissaient la fenêtre du dortoir et, après s'être laissés glisser le long du mur, détalaient vers les ruelles entourant le port. Je savais le mépris que les putains réservaient à cette clientèle morveuse, coupable et traîtresse à ses vœux, car j'avais, moyennant salaire, travaillé pour elles à affriander le client. En guise de faveur, il m'était même arrivé de les pratiquer une fois ou l'autre, et gratuitement ! Mais leur foutoir huileux comme une sentine m'avait donné la nausée ; ce sexe à mes yeux n'était que molle pantoufle, ô combien inférieure en qualité à l'anneau rétif que le jeune mâle offrait à l'amitié. Mamelles pendantes, étreintes cagnardes, regards désespérants où seul brillait le veule éclat du vice, ventres dépourvus d'ornements que Nature avait fendu d'un coup de lame ! Non ! Rien de ce que possédaient les femmes ne m'avait ému, ni les femmes elles-mêmes, et moins encore que les autres la prétendue vierge qu'afflige, au fond des chapelles, le souvenir d'avoir mis bas un dieu – celle-ci me rappelait par trop ma mère, sans doute, et ses sempiternelles lamentations. Pendant que les novices besognaient les putains, j'ouvrais, moi, les bras à mon ami de l'époque, un nommé Félix qui devait être plus tard jeté en prison pour avoir frappé d'un coup d'épée un lecteur de droit canonique, et qui mourut à Paris, étranglé dans un cachot. Lui respectait et vénérait avec une ferveur exaspérante les images de la Vierge qu'au cours d'un accès de jalousie je déchirai. Félix me dénonça à Reginaldo. Celui-ci faisait régner la terreur chez les novices. Je fus traîné dès le lendemain devant les pères du couvent qui me sermonnèrent. Aucune idole, plaidai-je, ne mérite dévotion.

– Les images de la Vierge et des saints de l'ordre, des idoles ? s'étrangla fra Ambrogio.

– Je ne m'agenouille que devant mon Dieu invisible, répliquai-je.

J'avais forgé la formule au cours de la nuit et je la trouvais si belle qu'elle me gonfla le cœur de fierté au moment où je la prononçai. Mais agenouillé, pour l'heure, je l'étais bel et bien, et aux pieds de trois moines dont la face prosaïque n'exprimait nulle mansuétude divine. Je fus sévèrement puni, et j'observai pour la première fois que l'estime en laquelle me tenaient les autorités du monastère pouvait fort bien se muer en méfiance : dans cet univers façonné par la peur où chacun abusait bravement de sa parcelle de pouvoir, rien n'était propre à éveiller les pires soupçons qu'un éclair d'intelligence et de liberté jaillissant soudain de l'esprit d'un étudiant.

Qu'il était loin mon bon maître, mon guide, mon cher Teofilo ! Mais je lui restais fidèle et ne laissais ni la terrible monotonie des études, ni l'ignorance et la méchanceté de ceux qui les dirigeaient effacer le souvenir quasi charnel de nos lectures d'autrefois : souvent, à la lumière d'une lampe à huile, je me replongeais en secret, les lèvres tremblantes, dans les confidences d'Augustin. Me saisissait alors une étrange sensation, un frémissement intime – celui-là même qu'avait éprouvé, à l'abri de la forêt ténébreuse, bien des années plus tôt, l'enfant à jamais mort en moi.

L'ordre de saint Dominique a été créé pour opérer le salut des âmes grâce à la prédication. À San Domenico Maggiore, la fade rhétorique ecclésiastique s'appuyait sur un commentaire quotidien d'Aristote ou de Quintilien, auteurs des plus indigestes qu'on nous forçait à parer de la prononciation idoine et d'une série de postures pour ainsi dire liturgiques. À ces exercices aussi éloignés de la vraie philosophie que Mercure l'est de Saturne, s'ajoutaient les joutes hebdomadaires voulues par les maîtres afin de contrôler les progrès académiques de leurs élèves. En celles-ci, naturellement, j'excellais, car j'étais un bon combattant, un guerrier farouche et impulsif. Certes, nulle connaissance nouvelle ne venait récompenser ces heures interminables passées à disputer un point de grammaire, mais j'y cultivai l'art oratoire qui me devait rendre célèbre à Paris et à Londres. J'y mis au point le savant registre de répliques permettant de décocher à un adversaire, d'une voix exactement placée, le trait qui le réduira au silence et, si nécessaire, le couvrira de ridicule.

Quant aux vraies nourritures qu'exigeait mon âge, je ne les trouvai pas en fuyant le monastère, comme mes camarades, mais en fréquentant la riche bibliothèque qui en était l'âme et le centre. Celle-ci était gardée par un frère à demi fou nommé Marcellus, une sorte de brute au passé sulfureux qu'il fallait corrompre pour avoir accès aux ouvrages dont ni fra Ambrogio ni le maître des novices n'eussent jamais autorisé l'étude. Le bougre, murmurait-on, avait tué autrefois. Je revois son visage tourmenté, son crâne chauve, ses yeux faux qui toujours se dérobaient. Bien qu'il gardât le silence sur la nature de ses voyages, de sa folie et de ses condamnations, son secret était facile à deviner. L'ayant percé à jour, je résolus, en vue de l'adoucir, de le rejoindre dans sa chambre après complies. Selon ses propres dires, il avait fréquenté les livres toute sa vie, qu'ils fussent ou non autorisés, et le domaine sur lequel il régnait à présent recelait un trésor d'énigmes imprimées. La convoitise était-elle le seul mobile de mon geste ? Non : à l'évidence je brûlais aussi de dompter la peur que m'inspirait cet homme.

À peine eus-je gratté à sa porte que Marcellus m'ouvrit. Par un effet d'étrange discordance, l'antre du monstre était tapissé de centaines de vignettes dorées et enluminées où figuraient, ivres d'amour et de paix, tous les bons saints de l'ordre. Le frère me fit asseoir à ses côtés et, sans laisser à aucun moment nos regards se croiser, évoqua l'aventure d'Actéon, ce chasseur légendaire qui fut transformé en cerf et dévoré par ses chiens, après avoir entrevu la beauté. Peut-être le conte lui renvoyait-il l'écho de son destin. J'étais incapable de juger si le bibliothécaire s'adressait à moi, à quelque interlocuteur surnaturel, ou tout simplement à lui-même.

– Chasse et connaissance sont filles du désir, grommela-t-il. Et le désir mène à la mort.

Disant cela, il me pétrissait le flanc d'une main nerveuse passée sous ma chemise. Cet homme était laid et fourbe comme le diable, son haleine empoisonnée, mais je refusai de m'enfuir. Alors se produisit ce que j'avais moi-même secrètement désiré : je suffoquai bientôt entre ses bras assassins, écrasé par son corps qui exhalait une odeur de bête. Voulant savoir de quoi le drôle était capable et jusqu'où il pouvait aller, je fis mine de me refuser à lui. Une pluie de coups sur la tête fut ma récompense ; et je dus céder bien vite. Tandis que ses pouces m'écartaient les fesses, il recommença à marmonner l'histoire du chasseur dévoré par ses chiens. Je l'entendis me souffler à l'oreille :

– Actéon était trop habile veneur. Tu finiras comme lui…

Et toi, vieux dément, tu brûleras en enfer ! pensai-je, à demi étourdi par la rossée que j'avais reçue. Des larmes de douleur me brûlèrent les yeux. Comme s'il eût marché vers la mort, mon hideux amant chercha à se libérer de sa semence en poussant des râles désespérés et je jouis à mon tour, sans pouvoir rejoindre le souvenir qui pourtant me hantait, aussi fragile et mouvant qu'un reflet dans l'eau trouble, de Teofilo da Vairano, le bon maître disparu. Ce fut en me menaçant d'un couteau à manche de corne qu'il tenait dissimulé sous sa paillasse que le bibliothécaire fou me jeta dehors à coups de pied.

– Parle et je te tue.

Je ne parlai pas. Qui sait si un éclat de raison et de liberté ne subsistait pas au fond de cet esprit saccagé ? Désormais un pacte silencieux sembla nous unir, le frère et moi, un lien d'étrange amitié tissé par quelque démon sous l'étoffe des apparences : à compter de cette nuit, je fus autorisé à lire tout ce que je voulais.

Entre leurs pages blanchies par la colle de la censure, les livres que me procurait Marcellus abritaient, flammèches vivantes de l'esprit, d'éblouissantes parcelles d'univers. Oui, il existait, à portée de mes sens, une langue *vraie* qui remplissait le ciel et la Terre. Je ne pouvais plus ignorer que le monde, las de rester captif des syllogismes décharnés d'Aristote, n'aspirait qu'à se réfléchir dans une généreuse profusion de signes. Et moi-même, combien de temps encore allais-je supporter la réclusion, cette forme illusoire de sagesse ? Ma liberté s'exerçait pour l'heure au sein de la bibliothèque, dans la compagnie nocturne des ouvrages prohibés, mais chacune de mes étapes vers la vérité aux mille visages érodait ma patience, éveillait en moi le désir de parcourir et de dominer le siècle. Marcellus ronflait à quelques pas de moi : sa chambre jouxtait les collections de livres. Accablé de fatigue, je piquais du nez à mon tour sur le lutrin, tandis que me visitait à chaque fois le même rêve : j'étais enfin élu docteur. Un homme qui me ressemblait – mais dont les traits, bien sûr, rappelaient aussi ceux de Vairano – avait ouvert à Rome, à Paris ou à Rotterdam une école entourée d'un jardin, académie lumineuse, épicurienne, où la philosophie se confondait avec la vie même, et qui voyait se succéder des générations de *pueri* à la nuque angélique. Depuis mon entrée à San Domenico Maggiore, le cercle de mon existence n'avait cessé de s'étrécir, mais au centre de ce cercle, tel le macrocosme dans le microcosme, se dévoilait l'horizon d'une autre existence possible.

Car l'infiniment petit rejoint l'infiniment grand, de même que le mouvement le plus pur s'évanouit dans l'illusion de l'immobilité. Ces paradoxes, je les avais caressés dans un livre plus que centenaire publié par un certain cardinal de

Cusa et dont le titre semblait avoir été forgé exprès pour exciter un jour ma curiosité : *La Docte Ignorance.* Féru de mathématiques, le cardinal appliquait à tous les domaines son idée d'une coïncidence des contraires, et ma mémoire avait retenu la plupart des exemples qu'il donnait à l'appui de sa découverte. Divisons à l'infini les côtés d'un polygone inscrit dans un cercle, enseignait-il, et nous verrons le droit s'identifier au courbe. Fouettons une toupie, et l'accélération atteindra sous nos yeux à l'immobilité parfaite. La nature tout entière n'obéissait-elle pas à de telles lois ? La prétendue immobilité de la Terre, notamment, exigée à grands cris par les aristotéliciens, ne dissimulait-elle pas quelque invisible mouvement que ces derniers eussent été incapables de concevoir ? L'absolue finitude du vivant ne coïncidait-elle pas avec l'absolue infinité divine ? Ces révélations me faisaient battre le cœur aussi furieusement que la passion d'amour. Qui étais-je ? Philippe, rebaptisé Giordano ! Où étais-je ? Sur une Terre lancée à grande allure dans le ciel noir d'un univers sans limites, peut-être incréé ! Et Toi, Dieu tout-puissant, qui étais-Tu, sinon cet Univers, souffle sans début ni fin, fleuve incommensurable roulant et pétrissant les atomes de son être, forme du Tout, âme du monde et monde lui-même ? Les sages existent pour les fous et les fous pour les sages, devais-je écrire un jour. Une sagesse nouvelle se dessinait bel et bien en moi au fil de mes lectures ; et la clef de cette sagesse, je la devais à un dément !

Les pères ne se contentaient pas d'étouffer sous le boisseau de leur censure les doctrines anciennes, de peur qu'elles ne vinssent, ainsi parlaient-ils, nourrir les germes de l'hérésie ; l'index du couvent frappait aussi les Modernes et, comme si elles fussent nées sous ma propre plume, je me délectais des railleries qu'un voyageur infatigable nommé Érasme adressait à tous les cuistres, pédants et prédicateurs qui, tels des singes, s'emploient à mimer la vertu et à farcir d'extravagances la tête de leurs auditeurs. J'étudiais aussi les écrits du Catalan Ramon Llull dont les fameuses roues mnémoniques me fournissaient les principes d'organisation d'une mémoire déjà sûre. Enfin, je découvris le traité d'astronomie du chanoine Copernic qui décrivait un cosmos proprement *immensum* – non mesurable ; et qui surtout renversait cul par-dessus tête celui, bas et mesquin, des aristotéliciens.

« Même leur ciel est faux ! » m'écriais-je en abattant le poing sur la table. La flamme de ma lampe vacillait. Dans la chambre contiguë à la bibliothèque, Marcellus cessait alors de ronfler et poussait un grognement mauvais. Les prémices de l'aube venaient de dévoiler la haute fenêtre. Je soufflais la bougie. Révélation ô combien extraordinaire ! Dans le monde limpide et aérien du chanoine, le soleil occupait le centre ! Jouant du compas, j'avais dessiné et redessiné toute la nuit les orbes concentriques de sa carte du ciel où, mus par leur seule volonté, se déplaçaient harmonieusement Mercure, Vénus, Mars, Jupiter et Saturne, mais aussi la Terre, astre parmi les astres, étoile rendue à sa noblesse. Toutefois, le cercle qui nécessitait la plus large ouverture du compas continuait de symboliser une sphère supportant des planètes fixes, limite supposée du monde… Pourquoi diable Copernic s'est-il arrêté en si bon chemin ? m'étais-je demandé avec rage. Pourquoi conserver cette famille d'étoiles immobiles dans un univers où tout est mouvement ? Pourquoi une limite ? Voulait-on détruire une prison pour nous enfermer aussitôt dans une autre ? Pris de frénésie, je plantais la pointe du compas aux quatre coins du ciel, créais de nouveaux soleils et, autour de ces soleils, de nouvelles orbites immatérielles enchevêtrées les unes dans les autres. Y roulaient cent planètes inconnues parcourues de fleuves, hérissées de montagnes, couvertes d'océans, enveloppées de nuages, toutes filles du temps éternel, sœurs bienveillantes et rondes par moi baptisées d'un nom divin et secret…

Quand le bibliothécaire me chassait de son domaine, l'oraison du matin était terminée depuis longtemps.

L'automne de soixante-huit fut la date de mon premier séjour à Rome, à l'âge de vingt ans. Qu'étais-je d'autre qu'un obscur étudiant gavé de lectures, un simple frère certes toujours prêt à batailler, mais plutôt solitaire et dont le visage maigre et terreux trahissait la fatigue des nuits de veille ? Voici que j'avais reçu une invitation de Pie V en personne à lui venir décrire, me dit-on, quelques procédés mnémoniques ! L'art de la mémoire est certes un art dominicain, mais j'ignore toujours par quel truchement et sur quel rapport des maîtres le pontife avait eu vent de mes talents personnels en la matière. N'ayant à l'époque jamais mis les pieds hors du Royaume, j'accueillis l'autorisation exceptionnelle de m'éloigner du cloître comme une caresse des dieux sur ma nuque.

Au moment précis où je m'apprêtais à monter en voiture, un vigoureux aquilon acheva de laver le ciel du rideau de nuages gris acier qui l'encombraient, tandis qu'un soleil triomphant irradiait ensemble et le *cortile* du monastère et la vierge aux couleurs craquelées peinte sur la façade de l'église. Réunis en grappes sous les arches, les moines grommelaient en se poussant du coude et m'adressaient des regards obliques. Fra Ambrogio me bénit. L'espace d'un instant, le doux balancement de sa main me fascina, tel un geste évoquant le mouvement infini de l'univers et la fusion de ses accidents innombrables. La tête me tourna. Le voile du monde se déchirait et mon être de chair et d'esprit n'aspirait qu'à s'engouffrer dans cette ouverture. Une peur délicieuse colora mon vertige et j'eus un tremblement de plaisir, comme quand on vole, en rêve, au-dessus de la terre, le sexe gonflé de vie prêt à rompre les digues et la tête traversée par un grand rire fou.

Deux jours plus tard, je baisais le pied du pape Ghislieri. Quelle pitié que ce vieillard chétif, ridé, barbu, probablement malade et oublié par le Seigneur au fond d'un palais glacial ! Je songeai que seule la peur rôdait en ces lieux. Le pontife était flanqué d'un camérier à tête d'assassin et de son bras droit, le cardinal Rebiba, homme détestable s'il en fut. Après avoir obéi au protocole, je me remis sur mes genoux et continuai à lui présenter humblement une tonsure rafraîchie le matin même par un barbier ambulant.

– Sa Béatitude t'écoute, ordonna Rebiba.

Alors, bombant le torse, j'y allai d'une traite et en hébreu de mon psaume appris par cœur. Aussi immobile qu'une statue dans une niche, le Saint-Père ne manifesta aucun signe d'impatience. Après que j'en eus terminé, un mauvais sourire naquit sur les lèvres du cardinal qui fit observer :

– Quel accent abominable a ce garçon.

Pie V parut ne pas avoir entendu la remarque.

– Remercie Notre-Seigneur, soupira-t-il, de t'avoir offert une telle mémoire, mon fils.

C'était à peine si l'on pouvait voir remuer ses lèvres derrière la barbe mosaïque. Le bruit courait qu'il portait toujours le vieux froc dominicain sous l'équipage pontifical. Ce bonhomme a gardé les troupeaux quand il était enfant, pensai-je, et maintenant le voilà pape, pauvre chose au sommet de sa puissance…

– Sa Béatitude est infiniment bonne, murmurai-je en m'inclinant jusqu'à terre. Mais il existe aussi un art antique de la mémoire. Je l'ai étudié…

– Oui ?

– Dans un ouvrage de Ramon Llull.

– *Ars raymundi*, grogna le Saint-Père dont le regard brilla d'une lueur méprisante. Ces assemblages arbitraires de lettres et de symboles sont-ils susceptibles d'intéresser un prêtre ? N'y a-t-il donc rien d'autre à lire dans ton monastère ?

– Ce ne sont pas des assemblages arbitraires, si Sa Béatitude veut bien pardonner mon audace, mais une voie de la connaissance...

Pie V avait levé une main lasse et détourné les yeux : mes procédés mnémoniques, il s'en souciait comme d'une guigne. Paraissait l'intéresser, en revanche, le climat qui régnait dans les couvents napolitains. D'une voix mourante, il reprit :

– Et quels autres ouvrages extraordinaires ton prieur t'a-t-il autorisé à consulter ?

Fra Ambrogio n'autorisait rien du tout ! Le moine pécheur chargé de la bibliothèque, par contre...

– Récemment un traité de Copernic sur les orbes célestes...

– De qui ?

– Nicolas Copernic, Votre Sainteté, un Polonais...

Sur le front du pontife, les rides se creusèrent un peu plus.

– Vous connaissez ? demanda-t-il doucement à Rebiba.

– Le nom me dit quelque chose, hésita l'autre en se tâtant le menton. Attendez... oui : une fantaisie solaire, mathématique, il me semble...

Je précisai :

– On peut en effet lire cet ouvrage comme... une sorte de jeu, mais il contient – du moins est-ce mon avis – une vérité cachée...

Pie V m'interrompit d'un geste :

– Il y a beaucoup de livres dans les bibliothèques. Peut-être plus qu'il n'est nécessaire. Certains paraissent séduisants, à première vue. Le tout est de ne pas se laisser aveugler par une lumière trompeuse. Que tiens-tu à la main ?

– Que Sa Béatitude excuse ma vanité : c'est un livre de plus, justement. Écrit par moi. Pour Elle.

– Et de quoi traite-t-il ?

– D'une arche. *L'Arche de Noé*. C'est son titre. Il s'agit d'une… allégorie, disons. La Connaissance y est représentée par… par un âne dressé à la poupe du bateau…

– Un âne, maintenant ! s'énerva le Saint-Père.

Le monde se déroba sous mes genoux : me frappait le souvenir d'une gravure luthérienne qui avait circulé sous le manteau au couvent, représentant le pape déguisé en baudet, jouant de la cornemuse sur son trône ! L'irrévérence nourrit la révolte, et la révolte l'hérésie. L'image interdite venait-elle de visiter en même temps que le mien l'esprit suspicieux du vieillard ? Pour couper court et comme on récite une leçon, je poursuivis :

– L'ignorance recèle parfois grande sagesse et grand savoir, Votre Sainteté, ainsi que l'enseignait le divin Socrate, lui-même fort sage et fort savant, quoique bien ignorant en un sens. Inversement, il arrive que l'habit de docteur masque une profonde sottise – exceptionnellement, j'entends…

Rhétorique trop ronflante qui achevait de blesser l'âme de Pie V. Rebiba s'impatienta :

– La robe de profès suppose elle aussi quelque sagesse ! Sa Béatitude est affligée par les nouvelles venues des provinces. On n'y entend parler que de prêtres armés jusques aux dents, vols, forfaits et délits de toute nature – sans compter les femmes ! Ajoutons-y à présent l'insolence des clercs envers leurs maîtres, et la coupe sera pleine…

– Il n'y a aucune insolence dans mes paroles, Monseigneur. J'ai écrit une fable, un conte, une… une fantaisie…

– Qu'il s'en aille ! Qu'il s'en aille ! soufflait le pontife en agitant une main transparente.

Le camérier, qui avait retenu ses bâillements durant tout l'entretien, me dévisageait avec un air de profond mépris. Rebiba se pencha vers son souverain qui se mit à lui parler à l'oreille – de tout autre chose, sans doute. L'audience était manifestement levée. Il ne me restait qu'à emporter mon *Arche de Noé* en franchissant, à genoux et à reculons, les vingt pas qui me séparaient de la porte.

Ghislieri avait par le passé occupé la charge de Grand Inquisiteur – qu'il fallut d'ailleurs lui retirer, tant son zèle effrayait les cardinaux ! –, et les travaux par lui ordonnés des nouveaux locaux du Saint-Office étaient bien avancés puisque les ouvriers perchés sur les échafaudages en achevaient déjà le premier niveau. Le troupeau de moines visiteurs vêtus de blanc auquel on m'avait agrégé découvrit bientôt le chantier au sortir du palais. Là seraient bientôt détenus et interrogés les hérétiques, nous informa-t-on.

– Une belle prison toute neuve ! lança un des maçons en découvrant ses dents gâtées. Pour les canailles de votre espèce !

Cette aimable prophétie populaire s'adressait-elle à moi ? Toujours superstitieux, les clercs se mirent à tripoter leurs chapelets. J'ignorais encore ce qu'il fallait *vraiment* entendre par hérésie : le genre d'accusation universelle dont ceux qui gouvernent usent constamment, une machine sûre destinée à supprimer qui les dérange... Ce maçon ne croyait pas si bien dire. Se doutait-il que je passerais les sept dernières années de ma vie entre les murs qu'il bâtissait ? Sur le moment, sa vaticination fut d'autant plus vite oubliée que me démangeait l'idée de fausser compagnie aux pâles idiots qui me tenaient lieu de collègues. Ah ! Me mettre enfin en quête de ce qui m'intéressait au plus haut point : les livres.

La librairie que l'on m'avait indiquée s'abritait à l'angle d'une ruelle encombrée de voitures à bras et qui débouchait sur la piazza del Duca. Mais à Rome aussi bien qu'à Naples

les vide-goussets étaient légion à courir les rues et son propriétaire, un nommé Jacobi, hésita à ouvrir sa boutique à un gamin, même tonsuré et habillé en moine. Un personnage fort bien mis, qui pouvait avoir dans les trente-cinq ans, me sauva la mise. Le quidam déclara s'appeler Jean-Antoine de Baïf, homme de lettres vénitien, mais vivant à Paris – ville située en France, crut-il devoir préciser.

– Je sais où se trouve Paris, répliquai-je. Et je m'appelle Giordano Bruno de Nola, écrivain. Je cherche des ouvrages sur les sciences nouvelles.

Le riche Jacobi était, lui, vêtu avec sobriété. Il affichait des traits et des manières on ne peut plus agréables et les livres, au contact de ses mains, devenaient fragiles comme des fleurs. Il nous montra un opuscule imprimé soixante ans plus tôt à Strasbourg et dont le frontispice s'ornait d'un navire emporté par le souffle de l'esprit.

– *Discours sur la dignité de l'homme*, dit-il.

Et, tout en caressant d'une loupe voluptueuse les pages du volume, il ajouta :

– L'auteur s'appelait Johannes Picus a Mirandola. Bien tourmentée fut sa vie, croyez-moi. Les belles opinions n'ont pas toujours la faveur du monde.

– Mieux vaut s'en tenir à la poésie, affirma Jean-Antoine, catégorique. Payez-vous la tête des puissants avec des rimes, vous les ferez sourire. Inventez une science qui les dérange, ils vous jetteront au cachot…

– Il arrive que les poètes aillent en prison, eux aussi, observa le libraire avec un léger sourire.

Pour ma part, j'étais foudroyé : au fond d'une des chapelles, à San Domenico Maggiore, il existait un portrait de ce Picus ! Et personne là-bas pour oser prétendre connaître sa philosophie ! Me saisissant du livre sans la moindre civilité, je questionnai :

– Qu'enseignait-il ?

– L'homme possède la faculté d'atteindre aux vérités divines, telle était sa doctrine.

– Par quel moyen ?

Par *sumpathia* (le sage avait emprunté l'expression aux Grecs) avec ce qui lie naturellement entre eux les éléments de l'univers, force appelée amour, sortilège mariant l'ambre et la paille, l'orme et la vigne, deux êtres attirés l'un par l'autre et naturellement le ciel et la Terre ; Harmonie inspiratrice de toutes les harmonies, en somme, que l'âme humaine pouvait, devait apprendre à pénétrer.

À croire que ce cher Pic me parlait directement par la voix du libraire, mais loin de m'étonner ses vues ne faisaient qu'éveiller l'écho de ma propre religion. Oui, celle-ci serait mûre bientôt ; pour l'heure elle tendait vers sa forme. Au fil des ans, une patiente alchimie avait su modeler ensemble intuitions de l'enfance, leçons de Vairano et livres secrets ; à présent le procès était près d'aboutir. J'écoutais en hochant la tête les explications de Jacobi, mais déjà mes idées couraient plus vite que celles du mirandolien. Dieu un jour prononce Son Nom, spéculais-je, et un tel acte est l'univers à chaque instant créé et recréé. Cet enchantement sans début ni fin, les sages kabbalistes l'ont voulu contempler autrefois en déchiffrant à l'infini les Quatre Lettres du Nom ; moi je me pencherais sur l'âme du monde, l'*anima mundi*, telle qu'en l'homme elle se reflète. L'esprit de Moïse et d'Hermès Trismégiste a su tromper l'attention des gardiens de l'ignorance et leur souffle m'est parvenu – ô magie du langage, de l'évocation et des signes qui franchissent, comme une mélodie la muraille, les remparts où la raison est retenue prisonnière…

– Les Anciens, qui en savaient plus que nos académiciens, connaissaient ces mystères, poursuivait Jacobi. Nous, nous les avons oubliés. Pic estimait de son devoir d'inviter l'Église à les redécouvrir, car eux seuls sauveront nos religions malades qui ne font plus aujourd'hui que séparer les hommes...

– Ce que j'entends recouvre mes propres méditations, affirmai-je.

– Sans doute, admit-il – et, pris de ferveur, il déclara : Le philosophe moderne ne sera pas un grammairien, non, mais un mage possédant la faculté de communiquer avec Dieu...

– L'inspiration, l'intuition du Vrai...

– L'extase ! s'emporta le marchand.

Il frissonnait d'émotion et semblait traversé par d'étranges visions.

– L'extase ! répéta-t-il. Mais attention : trop puissante, elle risque d'entraîner la mort en détachant l'âme du corps. *Mors osculi*, comme Pic appelait cette expérience...

– La mort par le baiser...

– Les Égyptiens la pratiquaient déjà.

– Dites-moi, bonhomme, intervint Baïf, soupçonneux, c'est de la magie ce que vous nous chantez là !

Le libraire sursauta et parut reprendre ses esprits.

– Il y a magie et magie, mon cher. Celle de Pic est savante, docte et salutaire. Il s'agit d'une philosophie naturelle. Rien à voir avec les maléfices des sorciers...

Mais le poète insistait :

– Êtes-vous bien certain que le petit bouquin que vous allez faire payer une fortune à ce garçon n'est pas à l'Index et ne risque pas de le mener droit en prison, pour revenir à ce que nous disions tout à l'heure ?

Froissé, Jacobi se saisit du volume et l'emporta sans plus de cérémonie dans l'arrière-boutique. Je protestai :

– Attendez !

Mais le libraire reparut les mains vides.

– L'ouvrage contient une lettre imprimée, affirma-t-il,

dictée autrefois par Alexandre VI pour absoudre l'auteur de tout soupçon…

– L'actuel pontife, coupa Baïf, ne ressemble guère à Alexandre, que je sache. Les papes se suivent…

– … de tout soupçon d'hérésie, disais-je. Quant à le vendre, je crois bien qu'en effet le prêtre n'aura pas de quoi le payer. Je ne vous retiens pas, messieurs.

Déjà il ouvrait la porte, mais j'avais encore un mot à dire :

– J'ai écrit un livre, moi aussi ! Tenez. Je l'ai présenté à Pie V en personne, aujourd'hui même.

Je lui tendis mon manuscrit. Jean-Antoine éclata d'un rire plein de gaieté.

– Il a présenté son livre au pape ! Voyez-vous cela !

– C'est la vérité !

– Et pourquoi ne l'a-t-il pas gardé, le pape, ce chef-d'œuvre ? Il ne sait pas lire, peut-être ?

– Le sujet ne lui plaisait pas !

– Dans ce cas tu n'as aucune chance, mon ami. L'excellent libraire que voici ne revend que des écrits dont la valeur est attestée par les pontifes.

Et il rit de nouveau, produisant un mouchoir brodé dont il s'essuya le coin des yeux. Le marchand, qui s'était rembruni, tournait une à une les pages de mon *Arche de Noé*.

– Prenez-le, Jacobi ! insista joyeusement Baïf. Prenez ce livre. Je vous garantis une affaire. Vous ne flairez donc pas le prodige chez ce petit curé ?

– Non, s'obstina l'autre. Son pensum n'est même pas imprimé. Que voulez-vous que j'en fasse ?

– Vous le vendrez deux fois plus cher que vous ne l'avez payé, parbleu ! Prenez-le, libraire ! Achetez-lui son elzévir, et moi… tenez : je vous achète le Pic ! Je parle sérieusement. C'est combien, au fait ?

Merveilleux garçon que ce Jean-Antoine. Il devait créer un

peu plus tard une authentique académie de musique et de poésie à Paris. Mais ses propres dizains étaient hantés par trop de nymphes dansant en rond parmi les fleurs pour m'émouvoir, et je ne me donnai jamais la peine de lire jusqu'au bout aucun de ses recueils. À l'heure où j'écris ces lignes, une pointe de remords me punit de ma discourtoisie et ce n'est que justice : chaque écrivain – et l'aimable Vénitien plus que tout autre – n'est-il pas en droit d'attendre de son lecteur l'once de patience et d'amitié sans laquelle il n'existerait en ce monde ni art ni philosophie – ni même la moindre entente entre les hommes ? Baïf, que je retrouvai plus tard en France et qui fit tant pour mon succès, est mort voici onze ans, et je ne suis plus en mesure de rien réparer. Sans doute avais-je entrevu chez lui une poésie légère, trop frivole à mon goût, et qui contrastait par avance avec mes desseins grandioses – rien de moins qu'une réforme des cieux !

Toujours est-il qu'il déboursa ce jour-là deux gros écus. Il me remit aussitôt le traité de Pic en déclarant :

– Un cadeau, l'ami ! Maintenant, fais-toi payer ton dû et allons-nous-en, si tu veux bien.

En échange de *L'Arche de Noé*, je reçus du libraire Jacobi un misérable *carlino* guère plus brillant dans ma main que ceux qui circulaient à Naples.

Malgré l'acharnement développé par Pie V pour repousser, à force de brimades, les prostituées romaines vers le Trastevere, nous en croisâmes de nombreuses qui esquivaient le guet, affamées, rencognées dans l'ombre des ruelles menant de la via Giulia au Tibre. Époque lugubre que cette fin des années 1560 à Rome ! Putains et courtisanes étaient le cauchemar du pontife qui leur menait la vie dure. « Mais chaque souverain a ses caprices, devisait Baïf, et nous en subissons tous les conséquences un jour ou l'autre.» Selon lui, la ville ne manquerait pas de voir bientôt refleurir ses sirènes penchées aux fenêtres.

– Spécialité romaine, mon cher, ô combien nécessaire. Et le pape n'y peut rien.

Devant l'entrée d'un pont, d'un mouvement gracieux de sa canne, il avisa l'autre rive. Nous avions le choix, dit-il: d'un côté des filles pas chères et souvent guère appétissantes, sans compter le risque de se faire détrousser en chemin. De l'autre, le luxe raffiné et gratuit, à condition d'avoir ses entrées dans les bonnes maisons – et lui les avait.

– Seul privilège des poètes, affirma-t-il – et brusquement il ajouta: Quant au danger d'être poignardé en pleine rue, ma foi, il rôde partout. Mais j'y songe, as-tu le droit de t'amuser un peu ou es-tu censé regagner quelque couvent avant la tombée de la nuit?

Je me rappelle avoir retenu un geste d'humeur.

– Là n'est pas la question.

– Alors suis-moi! En ce qui me concerne, je préfère le luxe gratuit.

Et, tournant le dos au fleuve, il s'engouffra résolument dans une ruelle en direction de Capodiferro. Je ne bougeai pas d'un pouce.

– Eh bien? Pourquoi restes-tu planté là comme un piquet? Viendras-tu à la fin?

– Je ne fréquente pas les femmes, répondis-je. Elles me répugnent.

Jean-Antoine revint sur ses pas.

– Grave erreur, chuchota-t-il. La science est la clef de la réussite, mais l'amour est celle du plaisir, peut-être du bonheur. Et c'est pour y introduire l'amour que Nature a séparé l'humanité en deux genres…

– Pardonnez-moi: vous confondez amour et génération.

Les autres espèces ont subi la même division. Connaissent-elles pour autant ce que nous appelons amour ? La différence dont vous parlez sert à la reproduction, rien de plus. Quel plaisir trouvez-vous à besogner une femme ? Ces chairs écœurantes…

Le poète m'effleura les lèvres du bout des doigts.

– Plus un mot sur ce sujet, l'ami. J'ai compris. Là où je t'emmène, il y a des mets pour tous les appétits.

Artichauts macérés dans l'huile, dorade farcie d'amandes, dragées, figues, soupe d'orange et raisins charnus cueillis le jour même par des moines misérables au mont Célius composaient le souper maigre que s'apprêtait à donner, en son palais gardé par des sbires de la piazza Capodiferro, le cardinal Vita. La tête toujours au chaud sous un bonnet et le corps drapé dans une chasuble couleur de cendre, le prélat passait pour avoir l'esprit dérangé. Ses convives étaient au nombre de douze, parmi lesquels un peintre hollandais arborant un nez aquilin, un rimailleur à la face cynique, plusieurs gentilshommes, sans compter un troupeau de femmes aux lèvres ourlées de poudre noire… Le maître de maison errait de l'un à l'autre en produisant des gloussements rauques, ainsi qu'une bête sauvage – mais Baïf ne m'avait pas menti : déjà un être aux yeux plus sombres que la nuit accaparait mon attention, qui semblait jouer aux côtés du *monsignore* le rôle de favori…

– Comment s'appelle-t-il ? m'enquis-je auprès de mon compagnon en lui pinçant nerveusement le bras.

– Cecil.

Cecil ? Deux syllabes inconnues de moi. L'amant du cardinal était né en Angleterre, poursuivait Jean-Antoine à voix basse, d'un chevalier et d'une courtisane française qui avait eu son heure de gloire à la cour d'Henri II. Tout en l'écoutant, je suivais les évolutions de celui dont nous parlions. Était-ce pour complaire à son maître qu'il avait choisi de dissimuler son évidente beauté sous un mystérieux vêtement de ténèbres : pourpoint foncé à broderies noires, chausses de soie aux reflets nocturnes ? – Baïf semblait parfaitement bien informé à son sujet :

– Toute sa famille vit en *Britannia* : un père gouverneur d'Irlande, un demi-frère de quatorze ans, un oncle en odeur de sainteté, dit-on, chez la reine Élisabeth...

– Belle paire de cuisses, fanfaronnai-je.

– Pas si fort !

Et il afficha soudain son sourire plein de gaieté : dans la robe sépulcrale, Vita s'approchait de nous, paraissant glisser sur le carrelage brun de la pièce. La surprise arracha au prélat une expression muette où se lisait l'effroi. En se pinçant le nez, il tourna vers son mignon une mine désespérée : d'où sortait ce moine chaussé de sandales, au froc crasseux puant le rance ?

– Giordanus Brunus Nolanus, s'empressa de déclarer Jean-Antoine. Un savant, ou futur savant. Il a rencontré Ghislieri aujourd'hui même...

Le cardinal haussa les épaules en poussant un grognement sourd et s'éloigna. Cecil me toisa, impassible.

– Soyez le bienvenu, dit-il simplement.

Lui et Vita restèrent silencieux pendant la plus grande partie du souper ; on eût dit qu'ils se satisfaisaient d'entendre leurs invités gémir sur les méfaits du pontife, un dévot ennemi des arts qui couvrait les manants de largesses et abandonnait les rues aux mains des voleurs. Cet homme, assurait le peintre en trempant les doigts dans une aiguière d'argent, n'ambitionnait rien de moins que de transformer la ville en couvent.

– On raconte qu'il brûle tous ceux qui font mine de lui désobéir, questionnai-je. Est-ce la vérité ?

– Sans distinction de naissance, confirma une des femmes.

– Ignorez-vous, intervint l'écrivain à tête de chien, qu'un poète vient d'être expédié au bûcher pour une simple pasquinade…

– … placardée il est vrai sur les nouvelles latrines du Vatican, ajouta la femme en roulant des yeux gourmands.

Jean-Antoine sourit avec le plus parfait détachement.

– Et que disait-elle, cette…

– Tout Rome la connaît par cœur !

– Mais encore ?

Une expression de joie méchante déforma la physionomie du rimailleur qui se pencha vers lui et récita :

Pie V ayant eu pitié
De tous ceux qu'il avait fait chier
Ordonna que fût érigé
À la porte de son palais
Ce joli merdier.

– Très amusant, admit Baïf en croquant une amande – et, avec une grimace, comme si le fruit avait été mauvais : Tout de même, le bûcher pour si peu…

– Je suppose, intervint une drôlesse en secouant sa chevelure dorée, qu'il faudra l'enterrer en cachette, ce pape, de peur que son cercueil ne soit lapidé…

Un dominicain morveux à peine débarqué de sa lointaine province était-il tenu de laisser courir la conversation sans y prendre part ? Non pas, mais seul me captivait le doux, le silencieux favori. Tout en spéculant sur le genre de pensée susceptible de traverser la tête d'un être aussi étrange et grave, j'enviais sa beauté, sa grâce, ses manières et jusqu'à sa façon de piquer la nourriture d'un coup de fourchette afin de la porter sans la moindre difficulté à sa bouche – de cet instrument, ô supplice, il me fallait quant à moi découvrir péniblement l'usage !

– Mangez donc avec vos doigts, siffla, à mes côtés, une courtisane confite dont les mamelles menaçaient de jaillir de la robe.

Le pourpre me brûla les joues, tandis qu'une légère nausée envahissait mon cœur. Fuyant l'haleine corrompue qu'exhalait l'intérieur de cette femme, j'implorai, sans même le vouloir, un secours dans le regard de Cecil. Celui-ci ne détourna pas les yeux, mais son visage refusa de trahir aucun sentiment. S'adressant à Vita, il dit tranquillement :

– Selon Baïf, vous avez un savant à votre table, monseigneur. Peut-être devriez-vous l'interroger…

La phrase eut pour effet d'interrompre le cours de la conversation. Je vis Jean-Antoine sourire comme un idiot, le peintre hollandais darder sur moi ses yeux d'aigle et le méchant poète opter pour une expression goguenarde. Les femmes se tortillaient sur leurs chaises comme si des vers leur eussent rongé le trou du cul. Tel un homme arraché par le silence au dédale de ses méditations, le cardinal sursauta et, pour toute réponse, cracha une arête dans son assiette.

– Seriez-vous devin ? questionna ma grosse voisine d'une voix traînante. On raconte qu'il existe en France un mage qui prédit l'avenir à coup sûr…

– Michel de Notre-Dame est son nom, précisa aimablement Jean-Antoine.

Et le Hollandais :

– Vous êtes théologien : comment finiront les guerres religieuses qui déchirent les pays hérétiques ?

Du regard j'interrogeai Baïf : ce genre de débat était-il de mise à la table d'un monsignore ? Le poète m'encouragea d'un battement de cils.

– Je n'ai jamais mis les pieds dans les pays hérétiques !

m'écriai-je alors, oubliant de maîtriser les coassements de mon accent naturel. Peut-être m'y rendrai-je un jour, si Dieu le veut. Quant aux guerres dont vous parlez, j'ai lu le *De pace fidei* du cardinal de Cusa qui vécut sous le pontificat d'Aeneas Sylvius. Ce savant caressait l'espoir de voir naître une religion unique appuyée non sur un dogme complexe, mais sur les principes élémentaires qui fondent la vie des peuples...

– Pourquoi le moine crie-t-il si fort ? se plaignit une femme en se protégeant les oreilles.

– Ce cardinal fut-il brûlé par Aeneas ? s'enquit quelqu'un.

– Pas le moins du monde ! Cessons d'habiller les hommes du passé des oripeaux de notre époque !

Ma déclaration avait-elle éveillé une pointe d'intérêt ? Selon toute vraisemblance la plupart des convives attendaient que je poursuivisse. Quant à Cecil, il me dévisageait avec attention, la main sur la joue. Je poursuivis donc, et j'évoquai sans transition la corruption des frères napolitains, l'ignorance des ânes qui encombraient les chaires, la fourberie des prédicateurs qui imposaient au peuple stupide d'adorer des images, des idoles, des os enfermés dans une boîte ! En moi le rhéteur s'enflammait. On s'était plaint autour de cette table de Rome et du pontife ? À mon tour de récriminer ! Jusqu'à quand ce vieux bouc d'Aristote allait-il impunément forcer la raison, armé de ses concepts obscurs ? Jusques à quand la sagesse devrait-elle rester confinée dans les geôles de la théologie ? Je vomis d'un coup tout ce qui me pesait sur l'estomac et le flot de mon discours charria une féerie de détails et exemples amusants, piquants, comiques, hilarants, grotesques, monstrueux, ignobles – bref : napolitains ! Mon auditoire en fut conquis. Le vin aidant, j'entrepris de décrire mes propres travaux, et je ne manquai pas pour finir de vanter mes lectures interdites. Bientôt je mentionnai Ramon Llull (oui, madame, on peut prédire le futur, grâce aux roues lulliennes ! Grâce aux nombres aussi !), Denys l'Aréopagite, Ficin, Plotin, Érasme, Copernic et même le bon Pic de la Mirandole dont je me fis fort d'exposer la doctrine, bien que je n'en eusse entendu parler que l'après-midi même chez le libraire Jacobi. Ayant marqué un arrêt, je bus une longue rasade de vin et constatai en reposant le verre que ma main tremblait. Continuez, continuez, crus-je lire dans le regard noir de Cecil. Mais la lave de ses yeux ne trahissait-elle pas quelque tempête qui faisait rage en lui ? Qu'importe ! J'étais sûr de mon talent. Comme on dévoile un mystère, j'abordai la mort par le baiser, figure ancienne, précisai-je solennellement, et même antique, égyptienne sans doute, dont…

– En voilà assez ! tonna le cardinal en abattant le poing sur son assiette.

L'esprit et le corps de cet homme étaient depuis toujours en proie à la démence. Je ne sus jamais ce qui avait déclenché un tel éclat : mes paroles ou les terribles images qui se disputaient son âme ?

– Ce n'est rien, se contenta de déclarer Cecil d'une voix glacée – puis, tourné vers moi avec colère : La mort par le baiser, disiez-vous ?

Dieu sait qu'il ne manqua pas, lui, un peu plus tard, de donner à l'expression un tout autre sens. La nuit s'apprêtait à se retirer. Égayés par couples dans les chambres du palais, les convives luttaient contre leurs propres cauchemars. Après avoir erré d'une pièce à l'autre en chassant avec des cris de rage les démons agriffés à sa robe, Vita s'était enfin réfugié dans un réduit secret interdit à quiconque, et Cecil avait pu refermer sur nous la porte d'une alcôve tendue de rouge, flanquée d'un boudoir où reposaient un luth au ventre bombé, un trictrac, une écritoire, des cartes géographiques, des livres…

– Pourquoi tiens-tu à ce point à réformer le monde ? me lança-t-il, furieux. Ne vaut-il pas mieux se contenter d'en jouir ?

– Comment jouir d'un navire qui prend l'eau de toute part, d'une demeure qui menace de tomber en ruine ? Non : il faut en changer…

– Parle moins fort ! Tu es à Rome ici ! Pas dans ton couvent ! Le navire dont tu parles a toujours été ce qu'il est…

– Pas du tout : les Anciens connaissaient le Vrai…

– Le Vrai n'existe pas, telle est la vérité.

Nos voix couraient dans le silence. La sienne était de cristal, la mienne grondait comme un torrent. Au terme d'un jeu de circonstances voulu par les dieux, un seul et même charme nous poussait l'un vers l'autre – poussait nos corps l'un vers l'autre, devrais-je plutôt écrire, car chacune des paroles que nous échangions semblait n'être destinée qu'à démembrer, rompre, séparer ce que Nature, présentement, voulait unir.

– La nature ! s'emporta Cecil. Prends garde qu'en s'alliant aux hommes, elle ne décide un jour de se venger de toi !

Et, de derrière un paravent à motifs d'impénétrables stryges entrelaçant leurs queues velues, il surgit, irréel, nu comme le marbre et dépourvu, lui, du moindre *Pilus* ! Ô prodige ! Ce corps sans défaut dans peu de temps allait m'appartenir ! Le diable emporte le monde, les astres, la nature, les hommes et les animaux, les dieux de l'Olympe et le Tout-Puissant en sa Trinitaire et stupide personne… Je dénouai la corde qui me tenait lieu de ceinture et, à l'instant de me dépouiller de mon froc, j'atteignis à une plénitude inconnue de mon être. Mon seul dieu, mon dieu de l'instant ne frémissait-il pas à deux pas de moi, intègre, immaculé ? Nu à mon tour, je vins contre son dos, respirai sa senteur, touchai sa hanche fine. Puis je cherchai, au fond du cul bien tendre, la planète brune qui tout à l'heure deviendrait bague, fourreau d'or pour mon épée. Enfin j'accueillis l'idée de ma propre complexion : oui, j'étais petit, noiraud, râblé, terrien, têtu… Dieu que de différences entre nous ! Mais plus qu'entre la paille et l'ambre ? Plus qu'entre l'orme et la vigne ? Séquence du mouvement universel, une *sumpathia* agissait, notre *sumpathia*… Cecil brusquement me fit face et, tel un gamin insolent, se mit à branler du bout des doigts son éperon blanc. D'un geste vif, comme on attrape un oiseau, je le lui dérobai.

– Il est parfaitement vierge, affirma-t-il avec arrogance. Il n'a pénétré nulle part, et ne le fera jamais…

Je m'agenouillai comme pour une prière et ma bouche affolée entreprit aussitôt de rendre caduque une telle affirmation. À deux mains, Cecil me frappa, me repoussa. De la lutte qui s'ensuivit, l'issue était écrite. Jetés l'un contre l'autre, nous roulâmes sur le pavement froid. Nos haleines se mélangèrent – ô Seigneur ! que je le désirai, l'esclave vaincu et tremblant de rage, le prisonnier aux lèvres sèches qui tentait de reprendre son souffle entre l'étau inflexible de mes bras ! D'une voix sans force, il décocha sa dernière flèche :

– Oublie tes rêves et ton ciel idéal, Philippe. Mieux vaut être craint comme un prince qu'aimé comme un poète…

Une larme me piqua le fond des yeux : justement, je n'aspirais, moi, qu'à être *aimé* ! Ah, Cecil ! Cecil et ses maudites prophéties ! Fut-ce pour ne point les entendre que je lui écrasai les lèvres ? Leur goût précieux ne devait plus me quitter. Elles me dévorèrent à leur tour, jusqu'à l'oubli, jusqu'à cette autre *mors osculi* – éclair d'éternité en lequel tout s'anéantit.

Il me fallut attendre près de onze ans avant de le revoir. Onze longues années ! D'après un simple calcul, trois mille neuf cent cinquante journées dont aucune ne passa dans mes veines sans avoir été colorée par la réminiscence de cette poignée d'heures évanouies dans l'aurore, à Rome, en soixante-huit. Je me rappelle avec précision un jardin planté d'orangers et trois têtes de lion sculptées dans le marbre au-dessus d'une fontaine ornée de grands S. Tel un tableau mnémonique à partir duquel se recompose le mouvement exact de la vie, l'image en est restée imprimée en moi : grave et de nouveau vêtu de sombre, Cecil s'en va retrouver son cardinal dément, tandis que je m'apprête à fuir par une porte dérobée. À peine nous connaissons-nous que déjà nos chemins commettent le crime, l'injustice de se séparer. Pourtant, si bref soit-il – et il l'est, presque toujours ! –, le bonheur que procure Amour emplit l'existence, comme Dieu le monde, d'une vibration invisible et nécessaire. Ainsi j'allais devoir vivre, selon la définition de Pétrarque, *col ferro avelenato dentro al fianco* : avec, planté en moi, un fer trempé dans le poison d'Amour, doux martyre, indispensable douleur, tourment qui jamais ne laisse l'âme en repos. Le nom du célèbre Toscan vient de se présenter sous ma plume et j'en sais la raison : en traversant le boudoir, au sortir de l'alcôve, j'avais dérobé à Cecil – non sans son consentement – un livre de lui ; dans le coche qui me ramenait à Naples le jour même, un père s'étant mis en tête de me confisquer le précieux ouvrage, je fus pris de fureur et m'emportai au point de le menacer de mort.

Oui : en trois journées à Rome, j'étais devenu un autre, et c'est sans plaisir que je retrouvai Naples, les murs du monastère, les froides études et la trogne des maîtres – en laquelle, comme en un fidèle miroir, se reflétait celle de leurs élèves. L'incident survenu dans la voiture fit le tour du couvent et une méfiance teintée de jalousie ne manqua pas d'alimenter les murmures autour de moi. Excité par ses sycophantes, fra Ambrogio se souvint du jour lointain où j'avais déchiré les images pieuses de Félix et il m'accusa d'orgueil. Je lui répondis par une phrase de Platon :

– *Qu'ils le puissent tenir entre leurs mains et tuer, ne le tueront-ils pas ?*

– Que veux-tu dire ? marmonna le prieur en explorant sa propre réserve de citations.

Tel le prisonnier qui avait vu la lumière, expliquai-je avec hauteur, j'étais de retour dans la caverne, parmi des ignorants à qui la peur de la vérité ne laissait d'autre choix que de me haïr.

Consterné, fra Ambrogio laissa tomber de vagues menaces et me donna congé.

J'eus aussi, avec le bibliothécaire, une altercation qui faillit tourner mal. La déclencha mon refus soudain de satisfaire plus longtemps ses sombres appétits.

– Pourquoi ? grogna-t-il, affolé.

Ce fut la seule et unique fois qu'il osa affronter mon regard. Le corps nu de Cecil tremblait devant mes yeux.

– Plus envie, me contentai-je de répondre.

– Dans ce cas, plus de livres, répliqua-t-il en soulevant sa paillasse.

Sans lui laisser le temps de s'emparer du couteau à manche de corne, je le saisis à la gorge de toute la force de mes griffes. Cet assassin voulait-il me contraindre ? J'étais jeune, agile, vigoureux, pugnace ! J'étais un demi-dieu ! Ayant précipité la brute sur le sol, je l'empoignai aux cheveux et lui écrasai par deux fois le visage sur les dalles de la chambre. Éveillé par la violence, un instinct mauvais commandait sans doute mes actes car je me surpris à arracher rageusement, en un geste aussi méchant qu'inutile, les saintes images qui tapissaient son intérieur. Tout en reprenant ma respiration avec peine, je dissimulai l'arme dans ma poche.

– Je veux continuer, dis-je, à lire ce qui me plaira ; et que tu continues, toi, à m'y aider…

– Non !

Le bougre m'obligea à user d'un mensonge :

– À Rome, j'ai vu Ghislieri et son bras droit Rebiba. Ils savent qui tu es et n'ont plus rien à me refuser. Une lettre de moi et on te réexpédie sur une galère. Aurais-tu par hasard envie de recommencer à voyager, Marcellus ?

Pie V disparut quatre ans plus tard (les Romains ne lapidèrent pas son cercueil), à l'époque où je fus ordonné prêtre. Marcellus mourut peu après dans de mystérieuses convulsions, ainsi que fra Ambrogio. L'ancien maître des novices croupissait en prison, et beaucoup de mes compagnons d'autrefois avaient quitté l'ordre. Certains étaient devenus des bandits de grand chemin, d'autres fomentaient des troubles contre les Espagnols et l'Inquisition.

Pressé par le Vatican, désireux d'apparaître aussi zélé que possible, le nouveau prieur, à peine installé sur le siège de son prédécesseur, se mit en tête de nettoyer la bibliothèque des livres hérétiques qu'elle était supposée abriter. Mais il découvrit bientôt que tout écrit est par essence passible d'un tel soupçon, et nous le vîmes marquer le pas devant le caractère titanesque de la tâche à accomplir. Saisi de vertiges, ce divin justicier se rabattit sur un misérable expédient, celui qui consistait à brûler publiquement une trentaine de livres choisis presque au hasard. La cérémonie se déroula au pied des escaliers de San Domenico Maggiore, en présence de l'archevêque et d'une foule de gueux venus des *bassi* et rameutés à coups de trique. J'étais libre alors d'aller et venir à ma guise, mais le hasard voulut que j'y assistasse depuis la fenêtre de ma chambre. Parmi les livres jetés aux flammes, je crus apercevoir le volume d'Érasme sur la joyeuse folie qui m'avait naguère tant diverti, un ouvrage de Platon édité à Florence par Marsile Ficin, et même un exemplaire du *De anima* d'Aristote !

– S'il n'y prend garde, cet âne de prieur finira par brûler son missel.

– Que se passe-t-il ? s'enquit le novice qui se trouvait alors avec moi.

– *Auto da fe.*

– Je vous demande pardon ?

– « Acte de foi ». En portugais.

À cette frénésie de pureté ponctuée de nombreuses morts, naturelles ou non, répondait un désarroi des âmes qui confinait à la folie (guère joyeuse, celle-ci !), une soif indomptable de désordre propre à gagner tous les esprits. On ne comptait plus à Naples les scandales provoqués par des frères qui tous semblaient vouloir témoigner du délabrement moral que l'austère, l'inflexible Ghislieri n'avait fait qu'exaspérer. Quant à son successeur, il multipliait les décrets – défense d'aller seul par les rues, de porter une arme, d'entendre une femme en confession avant d'avoir trente-cinq ans ! –, mais c'était en vain car le mal, à n'en point douter, ruinait les fondations de l'édifice ; et si l'Église romaine voyait se dissiper son autorité sur les clercs comme brume au soleil, c'est qu'elle était elle-même corrompue, cruelle et tout occupée à ressasser, telle une vieille fille sa vertu, un dogme désormais stérile. Malhonnête, le religieux se réfugiait dans le crime ; sincère, il aspirait à une spiritualité réformée, relisait les auteurs anciens, consultait les doctrines concurrentes. Pourtant, lui aussi serait traité ainsi qu'un scélérat : qu'il pense librement, ils l'appelleraient hérétique. *Hérésie !* Ils n'avaient plus que ce mot à la bouche ! Il fallait les entendre le prononcer comme s'il eût contenu le fiel de toutes les œuvres du diable passées et à venir – comme s'ils eussent craint d'abriter, en leur propre sein, le germe de quelque sournois maléfice dont il était la clef, et grâce auquel on ne tarderait pas à les ruiner, à les jeter en prison, à les interroger sous la torture ! Pourtant, chez les Anciens, le grec *haìresis* avait-il rien signifié d'autre que « préférence », « inclination », « choix », modalités ô combien humaines et naturelles ?

– Choisissez donc vous-mêmes qui vous entendez aimer et suivre ! lançai-je un jour aux écoliers. Laissez vos maîtres ronger leur Aristote comme une vieille croûte de fromage, et lisez Érasme, Pic de la Mirandole…

– Mais ce sont des hérétiques, frère Giordano ! s'écrièrent en chœur ces petites femelles hypocrites.

– Ces hérétiques, comme vous les appelez, s'expriment parfois avec plus de bonheur que vos grammairiens attitrés !

Docteur en théologie depuis peu, grisé par une autorité toute neuve, j'assurais enfin un enseignement. Mon ambition visait à inaugurer une doctrine lavée de tout pédantisme, une pensée qu'eût tramée le fil d'or de la vie et en laquelle se fût manifestée la part la plus secrète de l'âme. Mes leçons s'émaillaient de métaphores merveilleuses : la Terre était un grand et généreux individu parcourant le firmament, l'esprit une voix qui chantait aux oreilles du monde, l'être un scintillement infini d'accidents. Outre Augustin et Nicolas de Cusa, j'encourageais les *pueri* à découvrir, des poètes, les Philosophies et Dialogues d'Amour, car dans ces œuvres aussi, affirmais-je, on pouvait voir miroiter l'éclat de la sapience divine – et ces paroles me servaient à invoquer ta présence, lointain Cecil ! Ainsi m'enivrais-je de ton souvenir et de ta philosophique beauté !

Naturellement, mes leçons se nourrissaient surtout d'une opposition farouche à la scolastique officielle. Celle-ci n'était plus selon moi qu'écorce de pastèque, fruit évidé de sa pulpe, assemblage de notions périmées que l'on rabâchait en latin, sans plus en saisir le sens originel, avec pour seule fin d'asseoir une supériorité factice. Le vieux langage de l'École, dont tout savoir s'était absenté, menaçait de nous dessécher le cerveau, disais-je, et venait l'époque de boire à la fontaine des vraies sagesses !

Mais l'air ne cessait de s'alourdir, à Naples, en ces temps d'incertitude où le monde changeait d'apparence. Et quelle sagesse a jamais habité les esprits alors que gronde l'orage ? Je le savais par intuition : le frère Giordano ne faisait que précipiter l'instant où il lui faudrait fuir le couvent, la ville de discorde qui l'avait créé à son image, et même le Royaume. D'ailleurs, n'était-ce pas là mon cher et mystérieux désir ? J'étais docteur, après tout ! Où que j'aille, je pourrais ouvrir une école qui me rapporterait cent cinquante ducats l'an ! Me faudrait-il rester toute ma vie prisonnier de ce viscère palpitant couché au pied du Vésuve ? Rome existait ! Et à Rome Cecil...

Je devais bientôt quitter Naples, en effet, et pour n'y plus revenir. Afin de m'y aider, le destin y députa le père Montalcino, un pédant obèse et vaniteux venu de Lombardie prêcher son Aristote au couvent. On organisa une dispute. Comble pour la circonstance, la salle réservée à la théologie fut l'arène où nous nous affrontâmes. Les hérétiques sont des ignorants, avait commencé le Lombard, puisqu'ils ne se conforment pas aux usages de la scolastique... Bel argument en vérité ! Je l'apostrophai sans ménagement :

– Permettez, mon père, vous mélangez tout : chacun s'exprime à sa façon. L'intelligence est autre chose que le respect servile d'une règle de grammaire ! Certains philosophes savent se faire entendre, quand bien même ils ne tètent pas à la mamelle d'Aristote.

Toujours friands de ces joutes oratoires qui finissaient

parfois en pugilats, les moines entassés sur les bancs étaient possédés par le rire. Une clameur monta de l'assistance. Je ne connaissais pas de médecine plus roborative qu'un bon auditoire. Ma pugnacité naturelle y rencontrait un écho subtil dont je savais généralement tirer parti avec quelque brio. La face lunaire de Montalcino s'éclaira d'un sourire aimable, pacifique – lui aussi était rompu au débat.

– Lesquels ? questionna-t-il. Donnez-nous un exemple…

– Pardonnez-moi, mais le stratagème vous ressemble : il est un peu gros. Si je cite le nom d'un seul auteur, vous en conclurez aussitôt que je penche en faveur de sa thèse, et me soupçonnerez d'hérésie à mon tour.

– Citez toujours, fra Giordano. Nous verrons bien.

– Prenons Arius, hérétique selon votre critérium…

– Il nie la nature divine du Christ !

– C'est votre interprétation ! Pour moi, il tient seulement que Père et Fils sont de substances différentes. Ce qui n'est pas mal raisonner à mon avis…

– Affirmant cela, il est hors la loi de Dieu et de l'Église. Et j'observe qu'en effet vous prenez sa défense avec grande passion…

Ma voix claqua comme un fouet :

Nous y voilà ! Il est hors *votre* loi. Les lois de Dieu, ce sont les lois naturelles. Du reste, je ne me suis pas prononcé sur le fond. Je ne fais que vous donner un exemple puisque vous l'exigez. Qu'il ait tort ou raison, Arius exprime son point de vue avec clarté, contrairement à certains…

Le prêcheur ne voyageait pas sans ses séides, des individus fort gracieux qui vous eussent cassé un bras rien que pour vous apprendre à penser chrétiennement ; et Montalcino était l'hôte du prieur. Quelqu'un eut la charité de me prévenir de ce qui m'attendait : une nuit de plus passée à Naples et c'était – déjà ! – l'arrestation pour hérésie. Le procès eut bel et bien lieu, mais il se déroula sans moi. Le soir même, près de Cuma, sur un ruban de sable blanc d'où une poignée de marmots en guenilles lançaient leurs filets à la mer, je m'embarquais pour Rome à bord d'une felouque.

L'Urbs, m'avait prévenu le marin, n'était guère plus sûre qu'au temps de Ghislieri. Mollesse de caractère, grand âge et santé précaire empêchaient Grégoire XIII de régner ; et l'on ne pouvait imaginer pire capitaine que son fils Giacomo, nommé pourtant gouverneur de la forteresse Sant'Angelo et gonfalonier de l'Église. Seigneurs et cardinaux, à qui on laissait la bride sur le cou, avaient conservé l'habitude de s'entourer de malfrats armés jusques aux dents et les rues étaient le théâtre de rixes sanglantes entre bandes rivales – les rues et les bords du Tibre, aussi : on ne faisait pas que passer son ennemi au fil de l'épée, il arrivait qu'on se jetât tout bonnement sur lui à plusieurs pour le précipiter dans le fleuve après l'avoir assommé. Un autre fléau alimentait les rumeurs : la peste. Le charretier qui transportait du sel, et avec qui je terminai mon voyage depuis Ostie, m'affirma qu'elle sévissait déjà à Venise, Milan et Padoue, et donnait lieu à la douane à un contrôle accru des arrivants. On risquait aussi, dit-il en lorgnant mon bissac, de me confisquer mes livres. Nous les dissimulâmes sous le siège du haquet, ainsi que mon froc et, grâce à une casaque qu'il me prêta, je réussis à me faire passer pour son commis.

Piazza Capodiferro, une bande de coquins réunis en grappe sur un banc de marbre m'interdit l'entrée du palais Vita. Le cardinal était mort depuis peu, m'assura-t-on en me lançant des regards méfiants. Quant au nom de Cecil, il ne déclencha que plaisanteries vulgaires et ricanements sournois. Je ne pus rien tirer non plus des habitants du quartier qui, à mes questions, opposèrent le mutisme des imbéciles. Dépité, je m'apprêtais à renoncer quand j'aperçus un homme portant des livres et dont les traits distingués ne m'étaient pas inconnus : Jacobi. Sa boutique, en effet, se trouvait à deux pas. Il m'apprit qu'elle avait été pillée par une horde de religieux.

– On brûle les ouvrages hérétiques, dit-il à voix basse. Et les hérétiques eux-mêmes. Après le sac de ma librairie, un cardinal du Saint-Office m'a convoqué, questionné…

– Torturé ?

– Non. Simple avertissement. On m'a invité à consulter l'Index, à l'avenir. Du coup, je ne vends plus rien.

Avisant avec une moue dédaigneuse ceux qu'il tenait à la main (une petite *Rettorica* et un recueil de cantiques à la gloire de la Sainte Vierge), il ajouta :

– Les livres autorisés n'intéressent personne.

– Et Baïf ?

– Jamais revu. Retourné en France, à ce qu'on raconte. L'air de Rome n'est pas sain, croyez-moi. Sans parler de la peste qui arrive… Veuillez m'excuser mais j'ai à faire ; on m'attend aux *banchi*…

Je le retins par le bras.

– Connaissiez-vous le cardinal Vita ?

– Un de mes clients. Un bien étrange personnage. Mort il y a trois mois…

– Et Cecil ? Où est Cecil ?

– Le mignon ? Un grand amateur de livres, lui aussi. Il espionnait pour le compte de Venise, le saviez-vous ? Son jeune frère est venu de Londres étudier en Italie et tous deux se sont enfuis ensemble sans crier gare. On raconte que c'est son départ qui a tué le cardinal, mais les légendes vont si vite à Rome…

– Où sont-ils allés ?

– Je l'ignore. Un ami des livres, disais-je. À ce propos : il est venu dans ma librairie peu de jours avant…

– Oui ?

– Non. Rien. Pardonnez-moi, je suis très pressé. Et ces gens qui s'approchent de vous ne m'inspirent rien qui vaille.

– Attendez !

Mais déjà le libraire filait en direction de la piazza del Duca. En effet, un soldat du guet accompagné d'un prêtre à capuche s'étaient arrêtés à ma hauteur.

– Qui cherchez-vous ? questionna le garde.

– Et que transportes-tu dans ce bissac ?

– Je n'ai pas à vous répondre.

– À l'officier vous répondrez, croyez-moi.

Et ils m'emmenèrent, sous les gloussements de plaisir des canailles du quartier. L'officier, il ne me fut pas donné de le rencontrer, car nous obliquâmes bientôt vers la gauche. Je compris que l'on m'entraînait vers le Tibre, sans autre dessein que de me détrousser, de m'occire peut-être. Une fois de plus, je vis à quel point les rues de Naples avaient été une bonne école : la mêlée fut courte. Mauvaise recrue aux réflexes lents, le soldat y perdit son casque, glissa sur la rive en pente et tomba lourdement dans l'eau en se blessant avec son épée. Quant au prêtre, un Calabrais leste et vigoureux de même taille que moi, j'entrepris de le semer à la course. En amont, j'apercevais le secours possible d'un groupe de pêcheurs, près d'un bateau arrimé à une corde tendue d'un bord à l'autre du fleuve. Mais mon bissac me freinait et le gredin, m'ayant rattrapé, se suspendit de tout son poids à mes épaules. J'avais tiré de ma ceinture le couteau volé un jour (un jour ? il y avait un siècle, me semblait-il !) au bibliothécaire de San Domenico Maggiore. Nous roulâmes sur la grève que salissaient les algues et les cadavres de poissons déchiquetés par les rats. Quand je me relevai en titubant sur mes jambes tremblantes, le prêtre était mort, la lame enfoncée de deux doigts dans son cœur.

– À présent te voilà défroqué, au sens propre du terme.

Debout près de la fenêtre tendue d'un rideau de brocart à motifs de putti et de pampre, le frère da Lucca, prieur de Santa Maria Sopra Minerva, souriait en me toisant de la tête aux pieds. Ce chrétien délicat et haut placé était connu pour ne reculer devant aucun paradoxe. Homme que tout en ce monde paraissait amuser, il consacrait une part de son temps à lutter contre l'hérésie – la luthérienne, notamment – et à promouvoir Aristote. Pourtant, il m'avait offert sans la moindre hésitation l'hospitalité de son couvent ! J'y occupais depuis cinq jours une chambre confortable aux murs tapissés des meilleurs livres, et dont le feu était entretenu par un vieux moine fort aimable, bien que sourd et muet. Mais sans doute l'heure du départ approchait-elle : pour remplacer mon équipage trop compromettant, le prieur venait de m'apporter une paire de chausses, un vieil habit de serge et des souliers neufs. Par un entrebâillement du rideau, il se remit à considérer distraitement, comme il disait, le cul du Panthéon.

– Quelles nouvelles ? questionnai-je en jouant à déchirer, avant de les précipiter dans les flammes à l'aide d'un tisonnier, des lambeaux de mon froc.

– De Naples, mauvaises : ton procès est terminé – et, après un silence : Tu es excommunié.

Je fermai les yeux car aussitôt mon âme menaça d'éclater. On m'avait voulu docteur, rhéteur, professeur, théologien, maître de dispute, et voici qu'on me chassait comme un infâme, comme un scélérat ! J'assistai soudain à un soulèvement d'images plus violent qu'un cauchemar : dressé sur l'escalier de San Domenico Maggiore, l'archevêque bénit un incendie de livres et le bibliothécaire surgit du néant, armé de son couteau à manche de corne, l'œil plus fuyant que jamais. Quelque part, fra Ambrogio agonise en marmonnant ses malédictions ; ailleurs, Reginaldo torture les *pueri* ; des clercs vicieux rôdent sous les arcades du cloître ; les grammairiens vantent leur marchandise en suçant les os de leur latin décharné – grotesque, infernale société à laquelle ne manque pas même le jeune frère Giordano, adolescent imberbe que je vois se prosterner face contre terre, au cours d'une cérémonie lointaine. Être admis chez les Dominicains ! Vairano avait voulu autrefois cette épreuve. Sans doute abritait-elle déjà – mais le savait-il, par Dieu ? Le savait-il ? – les germes invisibles de ma présente humiliation...

– Je m'y attendais ! m'exclamai-je. Ce Montalcino est un âne enragé ! Si je n'avais pris la fuite, il m'aurait fait jeter en prison...

Je rouvris les paupières et me tournai vers da Lucca qui hochait aimablement la tête, souriant de nouveau.

– Pardonnez-moi... Et de Rome ?

– Mauvaises aussi.

On recherchait partout, dit-il (allait-il enfin l'effacer de ses lèvres, ce maudit sourire ?), le moine porteur d'un bissac qui avait attaqué un garde au bord du Tibre et tué le prêtre qui l'accompagnait. Des témoins m'avaient vu parler à un libraire de la piazza del Duca, et l'homme ne tarderait pas à révéler mon nom. L'inquisiteur, lui, ne manquerait pas d'opérer le rapprochement entre l'assassin et l'hérétique napolitain fraîchement excommunié... *L'hérétique napolitain !* Le désespoir refermait déjà ses ailes sur mon cœur et, malgré les flammes qui crépitaient dans l'âtre, je tremblai sous mes vêtements séculiers.

– Et moi qui voulais ouvrir ici une école...

– Mieux vaut fuir au plus vite.

– Certes, mais où aller ?

– Le Nord.

Ayant provoqué une tempête de brandons en jetant le tisonnier au feu, je m'écriai :

– C'est vous qui me conseillez les pays hérétiques, frère da Lucca ?

– Pourquoi pas ? Tu seras peut-être plus chanceux sous d'autres gouvernements.

– On en dit tant de mal !

J'imagine qu'une telle phrase contenait moins de crainte que de fascination. Le prieur ne s'y laissa pas tromper.

– Dieu aime ceux qui voyagent, ajouta-t-il simplement.

Je devais beaucoup, beaucoup voyager. Et la liste des villes qu'il me fut donné de traverser jusqu'à mon arrestation à Venise, il y a huit ans, constituerait à elle seule une de ces poétiques et vivifiantes énumérations qui ont toujours fait mon régal : Florence, Gênes, Turin, Chambéry, Genève, Lyon, Valence, Montpellier, Toulouse – pour ne citer que les premières d'entre elles... Mais le soupirail, là-haut, sera bientôt effacé par le noir, et c'est à peine si je puis encore distinguer les lignes sur le papier. Ô Cecil ! Ô mon passé ! La mort par le baiser a ce soir le goût de ces tisanes anglaises au lourd parfum d'amertume – et pourtant elle existe, si elle a existé, et le monde lui-même qui bruit dans cette maudite cellule comme vent dans le feuillage d'automne ! Pour la première fois j'ai écrit aujourd'hui sans volonté de rien construire. Les mots voués à l'oubli qu'a tracés ma misérable plume ressemblent à des pierres soulevées le long d'un chemin, et dont chacune cachait sa brassée d'accidents, de circonstances, de hasards et de visages – et Dieu que je les aime, ces circonstances !

Qu'ils me sont chers, ce soir, ces visages ! Est-ce la proximité de la mort qui aiguillonne ainsi la réminiscence ? À la fin de ma vie, ma vie se manifeste et fait entendre une clameur, une noise que je ne puis endiguer. Et je sais que le sommeil, s'il vient, ne me sera d'aucun réconfort – car en lui l'univers continue de tramer ses mystères.

11 FÉVRIER 1600, VENDREDI

J'ai toujours eu des nuits mouvementées, peuplées de ces songes que nourrit le *spiritus phantasticus* pour obscurcir les énigmes de l'existence, et qu'il me fallait, au prix d'efforts titanesques, déchiffrer au réveil. À cet écart temporel près, la vie nocturne n'est guère différente de sa claire et transparente sœur. Toutes les deux offrent à l'intelligence des épiphanies d'ombres et d'images qui, semblables aux signes d'une langue étrangère, ne prendront sens que sous l'effort de la raison – à condition de savoir l'alphabet utilisé par Dieu. Telle fut précisément mon ambition : percer à jour cet alphabet. Si je n'ai point atteint mon but – mais qui l'atteindra jamais ? –, du moins l'ai-je approché, et au plus près qu'il soit possible à un humain, suivant en cela l'exemple des Agrippa de Nettesheim, Pic de la Mirandole, Marsile Ficin, Denys, Plotin, Socrate, Zoroastre, Hermès Trismégiste, et de tant d'autres initiés, dont Iesu, sans doute, qui n'était pas un dieu, non, mais un mage, lui aussi. Les catholiques s'y entendent à abuser le vulgaire et ils ne se sont approprié la mémoire du pauvre Nazaréen qu'en vue de le transformer en idole. Mais mille motifs peuvent pousser un homme à se proclamer fils de Dieu ! Iesu ne s'exprimait-il pas grâce à des paraboles ? Pourquoi lui faire l'injure de prendre ses déclarations au pied de la lettre ? Comme nous autres, il connaissait le pouvoir des mots qui, rendus à la pureté de leur sens, entrent soudain en harmonie avec la pensée divine et la nature spirituelle du monde, vous suggèrent tout à coup le Vrai – éblouissement magique, poétique qui vous saisit jusqu'à l'âme… Allons, ce sage était assez habile à percevoir les *sumpathia* qui circulent entre les êtres pour mériter le titre de philosophe. Iesu Christ? Un collègue, en somme, sensible à l'importance des noms propres et doté en outre d'un goût prononcé – quelque peu infantile, disons – pour la prestidigitation, forme assez vulgaire de magie – d'où ses prétendus miracles… La récompense de son talent fut de mourir pendu à une croix, tel un brigand, trahi par Judas qui lui donnera un baiser pour le désigner à l'officier romain. *Mors osculi*, en quelque sorte, mais consécutive à une de ces fatales erreurs d'appréciation qui vous coûtent rien de moins que la vie. Un délateur se cache sous le manteau du disciple et vous voilà gibier de potence, traîné en justice, condamné à mort! Et quelle mort, par le démon! La pire, toujours, et la plus longue. Mon faux disciple, je l'ai connu à Venise et lui dois déjà huit ans de prison. Et voici mon Pilate, semble-t-il, en la personne de Clément VIII. Nous ne nous regardons pas dans les yeux, lui et moi, mais on dirait qu'il m'observe soudain avec une bienveillance toute politique, puisqu'il n'hésite pas à me dépêcher ses messagers.

Tandis que je hurlais dans le noir comme un forcené sous les coups d'une furie (ma mère, je suppose, arrachée par mes notes d'hier à son sommeil éternel), Orazio, cette nuit, a éclairé brutalement de sa lampe mon cachot. Il était porteur d'une bannette à fond plat garnie d'une écuelle de soupe chaude, d'un quignon de pain, d'une pomme et d'une cruche de vin. Il pose le tout et sa lanterne sur la table jonchée de feuilles. Est entré avec lui un Turc de douze ou treize ans vêtu d'une cape noire. Un jeu d'ombres mouvantes découpe le visage de l'enfant que pétrifie la peur. L'hercule m'ordonne de manger et d'écouter ensuite. Tous deux me regardent tirer sur mes chaînes, m'asseoir, boire la soupe à même l'écuelle, planter mes dents encore saines dans le pain dur. Le dessert, j'y renonce.

Le garçon est un émissaire du pape Clément, m'informe Orazio, venu du castel Sant'Angelo accompagné de deux gardes et chargé d'un message pour moi. En clignant les yeux sous la visière de ma main, je réponds par une question :

– Et où est-il, ce message ?

– Il ne doit pas laisser de trace : on le lui a fait apprendre par cœur.

Sur ces mots, il sort et verrouille la porte.

– Je t'écoute, dis-je au tremblant émissaire.

Cet ange sait-il qu'il mourra tout à l'heure ? Voici qu'il me délivre en latin l'exhortation personnelle du pape Aldobrandini, petit chef-d'œuvre de diplomatie auquel ne manquent que l'odeur d'encre et de papier, les arabesques de l'écriture. On m'y voue aux gémonies, on m'y promet l'enfer, mais en laissant percer sous les menaces la caresse flatteuse d'une pointe d'admiration envers l'ancien professeur en Sorbonne, agent et ami du roi de France, hôte du prince Rodolphe… Au nom d'une sagesse que je suis supposé avoir tirée de ces nobles fréquentations, et en échange de la vie sauve, le Florentin m'adjure de renoncer à ma mortelle ambition et d'accepter le salut d'une confession humble, sincère, prononcée dans la plus grande discrétion devant les seuls cardinaux inquisiteurs. Je bénéficierai d'un transfert clandestin, assure-t-il, aux frais du Vatican, vers la retraite de mon choix – hors d'Italie, dans l'une de ces contrées hérétiques que j'affectionne tant, par exemple. Afin de respecter la sentence, mes livres seront néanmoins brûlés, ainsi qu'une effigie me représentant…

Tu n'es qu'une triste canaille, Aldobrandini, et ton misérable calcul plus clair que le cristal. À peine tes reîtres m'auront-ils arraché à cette geôle et éloigné de Rome qu'ils m'égorgeront comme un voleur au coin d'un bois – crois-tu que je l'ignore ? Voici ce que je pense, si jamais tu lis ces pages : l'année qui s'ouvre est celle du jubilé et la commencer en faisant dresser le bûcher n'est en effet guère politique. Tu crains pour ta tranquillité, bien sûr, et tu es prêt à toutes les infamies plutôt que de laisser à ton prisonnier le bénéfice d'une mort héroïque. Je t'imagine caressant secrètement, à l'abri de ta forteresse, l'espoir de quelque idéale réconciliation entre le peuple et ses maîtres… Diable ! La voici compromise avant même d'avoir vu le jour par un infidèle soudain plus opiniâtre qu'une ânesse ! Je me souviens des rumeurs qui parvenaient encore à mes oreilles il y a peu de jours : on chuchote partout que trop d'exécutions, au cours des derniers mois, ont exaspéré les Romains et que le souvenir de cette jeune parricide – allons, comment s'appelait-elle déjà ? Oui : Béatrice Cenci – torturée, puis décapitée en septembre après un procès grotesque, hante encore toutes les mémoires comme un spectre de peur. De mauvaises langues ont même murmuré qu'après le supplice tu avais légué tous les biens des Cenci à l'un de tes neveux ! Est-ce la vérité ? Naturellement ! Et l'usage est des plus coutumiers ! Mais il semble qu'on en ait assez de certaines coutumes – la hache du bourreau étincelant sur les échafauds de Campo dei Fiori et de Ponte, ta famille remplissant ses coffres d'écus volés. Sans parler des malheureux importuns qu'on expédie aux fosses communes du mur Torto sous prétexte d'hérésie ! Tes conseillers n'ont sans doute pas manqué de te mettre en garde également contre les séditieux qui donnent du fil à retordre à l'Inquisition dans les pays du Sud : en voici des centaines qui n'attendent qu'un faux pas des autorités et risquent fort de redoubler de fureur en apprenant le martyre de l'un des leurs, n'est-ce pas ? Ô mon ennemi ! Ô mon tyran ! À seule fin d'apaiser la plèbe, tu veux à présent brûler une effigie et faire une flambée de quelques-uns de mes écrits ! Et le sage que tes valets ont emprisonné, questionné, jugé et condamné devrait tout à coup se prosterner devant ton caprice, accepter l'humiliation d'une mort clandestine !

– Récite-moi encore une fois cette lettre, petit.

Bien qu'exténué, caduc, plus mort que vif, enivré par la soudaine colère qui bouillait en moi comme sous le couvercle d'une marmite, je voulais repaître mon cœur des lâches atermoiements de Clément, mais le messager a éclaté en sanglots. Vif comme l'éclair, un démon a dessiné dans ma conscience le fer qui tout à l'heure trancherait la gorge pure de l'enfant, couperait net le fil de sa vie ; et la lettre apprise par cœur n'a plus eu soudain la moindre importance, que dissoudrait bientôt le néant. Péniblement, je me suis dressé sur mes jambes affaiblies et blessées par les chaînes, j'ai tendu vers ce camarade une main décharnée – geste ô combien dérisoire, inutile. Voici que l'humaine et philosophique condition se résumait à un cachot sanieux où nous étions – lui jeune encore et moi vieillissant – à la merci du sort, à quelques pas de l'éternité et du dernier abîme. Déjà le verrou grinçait. Déjà la brute napolitaine exhibait sa face de cyclope dans la lumière vacillante. En le voyant se saisir de l'émissaire aux yeux suppliants pour l'entraîner au-dehors, je n'ai pu retenir un gémissement.

– Que t'importe la vie d'un Turc ? a fait le gardien avant de disparaître.

Elle m'importe, devais-je murmurer en sanglotant à mon tour dans le noir, tel un qui attend son heure sur la rive du gué. Orazio et nul autre incarnerait Charon, le passeur immortel, et Tor di Nona serait ma dernière demeure – la première fosse de l'enfer.

L'ange nocturne à la voix mélodieuse est mort à présent et seule l'ombre de son âme suppliciée affleure à la surface du monde, entre ces lignes tremblantes. Quant à moi, je suis ce matin un pauvre fou continuant de tracer des mots les uns après les autres, et qui trouve encore à s'indigner de la barbarie de ses semblables, après avoir pourtant traversé un demi-siècle de cruautés.

J'observe que la plupart d'entre elles furent nommées religieuses, comme l'effroyable tuerie survenue à Paris à l'époque de mon ordination, et dont l'écho ne manqua pas d'atteindre San Domenico Maggiore. Je me rappelle les *Te Deum* chantés par tout le monastère quand les maîtres apprirent que la Médicis et son fils Henri – mon futur protecteur, par le ciel ! – avaient commandé le massacre des hérétiques. Ceux-ci étaient nombreux à Paris. Commencé aux premières lueurs de l'aube, un dimanche de Saint-Barthélemy, le carnage dura paraît-il plusieurs jours ; on n'y expédia pas moins de quatre mille vies, calvinistes ou réputés tels pour l'occasion, poursuivis et égorgés en pleine rue, roués de coups jusqu'à ce que mort s'ensuive, pendus, noyés dans la Seine, tandis que le sac de leurs maisons rapportait aux catholiques ses deux millions d'or.

Cinq ans plus tard, j'errais au nord de l'Italie et chaque jour me rapprochait davantage des foyers d'hérésie qui couvaient, disait-on, au-delà des hautes montagnes. À cette époque j'allais mendiant l'hospitalité d'auberge en monastère et, pour gagner mon pain, enseignais au hasard de la chance Aristote à des débutants, l'art de la mémoire à quelque chevalier richissime, l'astronomie à une poignée d'étudiants réunis sur les bancs d'une église cathédrale. Le pasteur Calvin avait certes été rappelé par son Dieu treize ans plus tôt, mais la toute proche hérésie de Genève, sur laquelle on colportait le meilleur et le pire, nourrissait encore les récits des voyageurs. À Chivasso, un banquier lyonnais, qui venait de franchir les Alpes et marchait en direction de Venise, m'affirma que le peuple calviniste vivait aussi libre que les Hébreux après que le Très-Haut les eut délivrés de la servitude. L'ordre qui régnait là-bas ? Un modèle de réformation sincère, assurait-il. La foi de ces gens était selon lui un miroir de vrai culte et il jugeait leur ville plus belle que Paris et Londres réunies, telle que ses yeux l'avaient vue, sise bien tranquillement au bord d'un lac et entourée de monts enneigés d'où des colonies d'anges veillaient sur elle. Inversement, l'aubergiste hargneux chez qui je m'arrêtai à Turin en brossa un portrait infernal, celui d'un repaire d'excommuniés et de moines apostats, tous scandaleux et las de servir le Seigneur, qui remplissaient les bénitiers d'immondices, brisaient les sacrements et s'acoquinaient avec les voleurs, bandoliers et ivrognes qui y pullulaient.

L'avouerai-je ? Plus que celle du banquier, ce fut la description de l'aubergiste qui excita mon désir et piqua ma curiosité ! Contre le salaire d'un teston d'argent, un guide me précéda sur le chemin caillouteux du Mont-Cenis ; de là-haut, je ne tardai pas à découvrir une vaste plaine verdoyante agrémentée de lacs qui miroitaient sous un vif soleil d'automne. L'air ici n'était plus italien, ni la langue. Je congédiai le passeur et redescendis seul vers Lanslebourg d'où je comptais gagner Chambéry.

Cette ville possédait un couvent de dominicains. Ayant revêtu à la hâte un scapulaire acheté à Milan en prévision de ce genre de circonstance, je réussis à y être admis pour quelques jours et, grâce à l'hospitalité du vénérable prieur, j'y vécus finalement tout l'hiver. Quelle ne fut pas ma surprise de retrouver là Félix, l'adorateur de la Vierge qui avait été mon protégé au temps du noviciat ! Le pauvre garçon aux traits durcis par de longues années de prison s'abritait à présent derrière une attitude soupçonneuse et sous le faux nom de frère Saturnin. Il lui manquait trois doigts de la main droite, écrasés à coups de pierre puis arrachés par des compagnons de détention, m'avoua-t-il.

– Officiellement, il s'agit d'un accident. Veille à ne pas me trahir. Et toi, Philippe ? Des ennuis ?

– On m'a excommunié, lui confiai-je à mon tour.

L'air méfiant, il détaillait mon vêtement neuf.

– Je voudrais me rendre à Genève, ajoutai-je.

– Folie !

Nous sortions de l'église. Sa main mutilée plongea dans un bénitier en forme de conque. Nous passâmes sans mot dire devant un cercle de moines qui jacassaient tant et plus. L'ami d'autrefois ne reprit la parole qu'après un long silence. Comme l'aubergiste turinois, il m'en conta de belles sur la ville réformée – calomnies apprises par cœur, pensai-je. Les vicissitudes d'un destin injuste semblaient avoir ancré son âme dans la foi catholique, religion à laquelle il se cramponnerait furieusement jusqu'à son dernier soupir.

– Ce Calvin doit rôtir en enfer, se réjouit-il avec une soudaine méchanceté.

À l'entendre, l'homme n'avait été qu'un brigand, un tyran habile à empocher et à distribuer à ses amis, sous couvert de prédestination, l'argent collecté pour les pauvres. La vérité était-elle jamais aussi simple ? Et quel plaisir pouvait-on éprouver à la damnation d'un mortel ? Sentencieux, un peu ridicule, Félix-Saturnin maugréa :

– Perverse doctrine, selon laquelle le salut dépend de la seule volonté de Dieu – et, indiquant le nord d'un geste nerveux : Tous vivent là-bas comme les pires infidèles, convaincus que leur sort est joué d'avance par un effet de la grâce…

– On dit que la vie y est libre. Je n'aspire pour ma part qu'à travailler en paix, à écrire…

– Écrire ! s'emporta Félix comme s'il se fût agi d'une idée insupportable. N'as-tu donc pas entendu parler d'un certain Gentile, humilié publiquement et condamné à jeter ses propres livres au feu ? Et ce médecin espagnol, Servet, qui niait la divine Trinité…

– Je la nie moi-même volontiers !

– Tais-toi, par le Christ ! Ignores-tu que le doux et miséricordieux Calvin a fait précipiter son corps vivant dans les flammes ?

Pauvre Félix ! Servet avait selon lui bel et bien mérité son châtiment, mais que l'ordre du supplice fût venu d'un infidèle lui arrachait des cris d'indignation ! Quelle pitié de voir l'amère bigoterie conquérir ainsi les cœurs malmenés par la vie ! Tout en approchant de sa nuque une main caressante, je tentai une plaisanterie :

– Affectionnes-tu toujours les images de la Sainte Vierge, Félix ?

– Ne prononce pas ce nom ! souffla-t-il en s'écartant. Ici, je m'appelle Saturnin !

Nous étions arrivés au fond du jardin et déjà le lâche tremblait d'être surpris en ma compagnie dans une attitude déshonorante. Je le saisis brusquement par les épaules et l'adossai de force contre un prunier. Sa bouche affolée tenta d'échapper à la mienne. Pris de colère, je le punis d'une bonne gifle.

– Petite peste ! Serais-tu par hasard devenu chaste en prison ?

– Oui ! fit-il, arrogant.

Nullement adouci, il essayait encore de se libérer. Une mèche de cheveux belliqueuse tremblait sur son front. L'accès de cruauté qui tourbillonna alors en moi voulut que je m'amusasse un peu de ses vains efforts. Souriant, sans lâcher prise, je lui baisai vivement le cou.

– Dis-moi, murmurai-je tout près de son oreille, pourquoi t'ont-ils écrasé les doigts ?

Quelle perfidie dans ma question ! Mais cet idiot ne m'avait-il pas exaspéré ? Tout à coup il ne fut plus qu'un jouet entre mes mains. Comme prévu, il cessa bientôt de lutter et je sus que des larmes mouillaient son pauvre visage de chien humilié. Puis il parla, en quelques phrases entrecoupées de sanglots. J'avais deviné juste, et je n'eus aucune peine à imaginer le cachot infect, le dépit des bandits à qui il s'était refusé, l'ignoble vengeance par eux fomentée, les phalanges promptement immobilisées sur une pierre, l'autre pierre qui s'abattait sur elles pour les faire éclater, une fois, deux fois, vingt fois ! Cent fois, peut-être ! – le châtiment imaginé par ces gueux visait la main coupable des plaisirs solitaires auxquels leur victime, ainsi qu'ils ne pouvaient l'ignorer, n'avait pas le courage de résister. L'agrémenta sans aucun doute l'habituel répertoire de moqueries insultantes. Ô Seigneur ! Le souvenir me visita brièvement d'un Félix intact et déjà voué au malheur, celui du temps où nous étions *pueri* ; tout à sa coquetterie, l'innocent prétendait alors choisir lui-même ses amoureux. Nous savions qu'il souffrait en réalité le martyre de ne pas aimer les femmes ou, qui sait, de ne point en être une. Son âme, pensai-je, était restée une âme de fille, une âme inachevée, chétive, insignifiante et veule… Oui : un jouet tombé entre mes mains.

– M'aideras-tu à filer à Genève ? dis-je en saisissant affectueusement le pauvre organe à jamais informe.

Il m'aida, en effet, malgré ses convictions pitoyables. Son rôle consista non seulement à m'enseigner les rudiments de français qu'il possédait, mais aussi à me mettre en rapport avec certain juriste de Chambéry, un nommé Lagrange, calviniste fort bien introduit chez ces messieurs de Genève. Celui-ci possédait une maison confortable, une femme et trois ou quatre enfants. Il nous reçut dans son cabinet de travail encombré de registres. Un poêle y ronflait paisiblement, au pied duquel dormait un chat noir. Le protestant échangea un regard avec Félix et posa sur moi des yeux d'inquisiteur. Le temps d'un éclair, je m'interrogeai sur le lien qui unissait deux êtres aux vues si opposées, conclus inévitablement à une liaison clandestine et devinai que Lagrange avait jadis délivré le moine infortuné de son immonde prison. Après cent questions sur ma condition présente et passée (Félix-Saturnin me pressait de lui dire la vérité vraie, sans rien omettre), le bonhomme dut estimer que j'étais mûr pour embrasser sa religion car il m'ordonna, l'air satisfait, de prendre ma plus belle plume et de rédiger en français une lettre à l'intention du Conseil de la ville réformée.

– N'oubliez pas de la truffer de citations latines, précisa-t-il, et de mentionner que vous êtes marié.

– Mais je ne le suis point !

– Vous feindrez de l'être, répliqua-t-il sans hausser le ton le moins du monde.

La stupéfaction me laissa muet. Il reprit :

– Nous avons à Chambéry une dame Morgana, originaire de Naples comme vous, et qui comme vous souhaite gagner Genève. Qu'elle tente d'y entrer seule, on la prendra aussitôt pour une fille, n'est-ce pas, et elle sera soumise aux embarras imposés par un importun célibat. Inversement, les Genevois n'apprécient rien tant que les bonnes épouses.

L'homme suit le Christ, disait Calvin, et la femme l'homme. *Christum homo sequitur…*

– Je préférerais que votre cliente en suivît un autre, monsieur Lagrange. Je n'ai nulle intention de m'encombrer…

– Je m'en doute, me coupa-t-il en effaçant l'objection d'un geste, mais rassurez-vous : l'encombrement sera de courte durée, pour elle comme pour vous. Il s'agit d'un simple stratagème, une formalité destinée à faciliter le passage de la douane. Une fois sur place, vous divorcerez – feindrez de divorcer, plutôt…

– Je vous demande pardon ?

– Ah ! Je vois que vous ne connaissez pas le mot, ou cet usage du mot. Il vient du latin, naturellement. *Divortium itinerum* : embranchement de deux routes. C'est dans Tite-Live, je crois ; et Cicéron : *divortium facere*. Bref : la loi de Genève autorise cela, vous verrez.

Comme si l'affaire eût été conclue, il s'était levé pour nous donner congé. Déjà sa main atteignait la poignée de la porte.

– Je ne puis accepter un tour pareil ! protestai-je en lançant un regard courroucé à Félix.

Celui-ci se contenta de sourire d'un air timide. Dans quel piège le fourbe m'avait-il entraîné ? Tout en nous poussant dehors, Lagrange s'étonna suavement de me voir marquer une hésitation devant un mensonge de si faible importance, moi qui dissimulais mon état d'excommunié – ou Dieu sait quoi de plus grave encore, insinua-t-il – sous un scapulaire d'emprunt, volé peut-être… Mon cœur cessa de battre : pourquoi grands dieux m'étais-je ouvert à cet escroc ? Le prieur du couvent serait-il bientôt informé de mes mésaventures ? Nous redescendions alors de l'étage par un de ces *virolets* où l'on manque de se briser le cou à chaque marche.

– Surtout ne vous tourmentez pas pour le petit service que je vous demande, poursuivait Lagrange en tenant bon la corde qui courait le long du mur. Tout se passera bien ; et je vous fournirai en échange la meilleure des recommandations.

Nous arrivions au rez-de-chaussée.

– Ces gens du Conseil sont très vigilants, savez-vous ? assura-t-il. N'oubliez pas la lettre, surtout. Je la transmettrai moi-même. Saturnin vous dira pour le vocabulaire… Par le Christ ! Il a neigé de nouveau !

La neige était si épaisse sous ces climats qu'elle effaçait tous les chemins et ceci fut une raison supplémentaire de remettre mon départ au début du printemps. Le monastère constituerait un abri sûr pour l'hiver qui s'annonçait des plus rudes. Quant au vieux prieur, il avait voyagé autrefois en Italie et à Naples. En trois ou quatre conversations centrées sur ses souvenirs, je m'en fis un ami et reçus bientôt l'autorisation de travailler en paix dans la bibliothèque – certes une bibliothèque trop étroitement surveillée pour être à mon goût, mais ma besace ne contenait-elle pas la plupart des livres dont j'avais besoin ? Les marges de ceux-ci étaient noircies d'un entrelacement serré de notes et commentaires qui formaient déjà les linéaments de mes futurs ouvrages. Je méditais en particulier un traité de la mémoire qui, tel le temple de Khios, eût montré un visage rébarbatif à qui désirait y entrer et un rieur au bienheureux qui parvenait à en sortir. N'était-ce pas dans la nature même de toute énigme que de se présenter sous l'aspect le plus dur, afin de s'adoucir une fois résolue ? Ma philosophie serait ainsi bâtie : obscure et indigeste pour les ignorants et pédants de tout poil, claire et bénéfique pour les esprits aventureux. J'avais en vue un dialogue conduit par un personnage de mon invention, porte-parole de moi-même ; l'alphabet y figurerait l'attribut divin, ce jeu extraordinaire de deux dizaines de signes susceptibles d'être unis de cent mille façons, trame du possible infini où se trouvent déposées toutes les pensées du monde.

Courbé sur la table d'écriture, enveloppé dans une mante épaisse, je dressais des listes de noms assemblés sur des roues lulliennes selon leur rapport à la lumière et aux ténèbres – sombres et nocturnes la sorcière, le crapaud et le basilic ; diurnes le lynx, le cygne, l'aigle et le phénix. L'étrange inventaire intriguait Saturnin qui, silencieux comme une ombre, entrait avec pour moi un bol de lait chaud et du pain d'avoine. Tel était mon déjeuner, après lequel je me replongeais dans mes notes, animé par l'espoir qu'un pâle et amical rayon de soleil tombant de la croisée me réchaufferait tout à l'heure les doigts.

Quand revinrent les beaux jours, ces pensées occupaient mon esprit comme une présence vivante, n'attendant que le moment d'être couchées sur le papier, métamorphosées en écriture. Prêt aussi était l'enseignement qui me permettrait à Genève de gagner ma vie comme professeur. Grâce aux leçons de Saturnin et aux très pétrarquistes dizains d'un certain Scève dont j'avais acheté le livre (je m'en rappelle même le frontispice : quatre angelots soufflant depuis les nuages sur un rocher dressé en pleine mer), ma connaissance du français s'était fort améliorée. J'interrogeai le moine :

– Me faudra-t-il vraiment emmener avec moi cette… comment s'appelle-t-elle déjà ? Morgana ? As-tu parlé à Lagrange à ce sujet ?

– Il est formel, intraitable, répondit Saturnin qui feignait de s'en montrer désolé.

Je n'avais encore jamais vu la Napolitaine de mes yeux, mais mon imagination dressait chaque jour le portrait d'un abominable succube tapi dans l'ombre de ma vie. Ayant chassé ces images, je délaissai un moment mes travaux et rédigeai la lettre exigée par le juriste :

AUX MAGNIFIQUES
& HONORÉS SEIGNEURS,
SYNDICS ET CONSEILS DE GENÈVE,
GIORDANO BRUNO DE NOLA,
SALUT

Peut-il ou non vivre heureux celui dont on dit : *« Abiit in regionem longinquam »* ? Telle est la triste condition, Magnifiques Seigneurs, en laquelle m'ont jeté un sort funeste & la cruauté de ceux qui, après m'avoir nourri aux mamelles d'Aristote, puis offert le gîte & le couvert, me chassèrent de leur maison à coups de pied & me condamnèrent à l'exil. Certes j'avais goûté à d'autres mets que ceux bouillis en leurs cuisines & parcouru quelques méchants ouvrages selon le critérium de ces fines gens, mais où est l'offense ? Leur propre maître, le grand Thomas d'Aquin, ne conseillait-il pas : *« Cave hominem unius libris »* ? Non, point ne voulais être l'homme d'un seul livre. Alors, pourquoi faut-il que je rencontre partout volonté d'embrasser un dogme, à l'exclusion absolue des autres, celle-ci étant synonyme de conversion forcée, de supplice & mort ? Pour ma part, j'ai étudié toutes les doctrines & conclu que chacune possède sa parcelle de vérité. Plutôt que d'en épouser une, répétais-je souvent, mieux vaut les étudier toutes – & voici que sur la route périlleuse me parvient d'au-delà des Alpes divines le message céleste, l'écho de votre Jérusalem ! Je n'ambitionne que de vivre en paix, ô Magnifiques Seigneurs, tel que je suis, tel qu'on m'a fait, académicien de nulle académie, & pour cette raison me résous ce jour à vous supplier par cette lettre malhabile qu'il vous plaise de m'octroyer un logement en votre belle ville. La baignent un lac paisible & philosophe à ce qu'on m'a appris, & ce Rhône à l'âme souple, selon l'étymologie de son nom. Vous me direz : que ferons-nous d'un péripatéticien ? N'est-ce pas de corroyeurs que nous avons besoin, d'orlogeurs & faiseurs de bésicles ? Je répondrai que *Natura & Caelum* m'ont voulu expert à instruire les *pueri & studentes* de toutes les vérités visibles et cachées que recèle le monde, & qu'en ces temps incommodes où l'on ne sait plus *ubi est aux Solis*, il n'est pas mal de confier leur instruction à un qui sait non seulement sa grammaire latine, mais encore la vraie & juste & aimable philosophie.

Vous pourriez craindre, ô Magnifiques, que je vienne mettre la belligérance en votre cité & briser la concorde qui règne chez vous ; vous auriez tort. Je suis il est vrai d'un pays où tonne le volcan, mais j'ai désappris à me nourrir de querelles, n'aimant que les livres – ceux que je lis, ceux que je fais – & la douce paix de l'étude, n'usant que d'une seule pointe, celle de ma plume. N'ayez peur non plus que, bardé de la réputation attribuée à ceux de l'autre côté, je vienne convoiter vos femmes : j'en ai déjà une – ô non pas belle divinement comme la Délie à la suave haleine de ce Mauricius Scaevius dont je goûte en ce moment les vers, au contraire la plus laide & la plus sotte de toutes ; mais c'est ma femme, corbleu, de race napolitaine, & je jure qu'elle me contraint ! *Omnis regula exceptionem patitur*, voyez-vous, Messeigneurs.

Je m'ose recommander d'un homme de bien, le sieur Lagrange de Chambéry, juriste de son état & que je charge de cette lettre ; étant dans la nuit, j'attends le jour, Magnifiques Seigneurs, & votre avis sur ma requête, afin de pouvoir dire une fois de plus, mais confiant en mon sort, quel qu'il puisse être : *Surgam & ibo.*

VALETE

Morgana était-clle vraiment la plus laide de toutes les créatures du sexe ? À vrai dire je n'en sais plus rien, si je l'ai jamais su. Mais quelle que fût sa véritable nature, il fallait qu'elle surgît ainsi des élucubrations de mon esprit : un corps de portefaix, des mamelles comme deux outres, une tête aplatie aux joues avalées ! Quant à sa voix, Dieu tout-puissant, elle me déchira les oreilles, tel le pire son que j'eusse jamais entendu, en comparaison duquel le nasillement des canards qui pataugeaient dans la boue des fossés aux portes de Genève semblait un doux et délicat murmure ! Je le répète : un mauvais génie guidait mon destin. À peine m'eut-il uni à cette femme que j'imaginai la bougresse fondant sur moi, pareille à la fièvre, la toux, la scrofule, la dysenterie, la gravelle, les hémorroïdes et autres plaies, ulcérations, varices, infirmités et calamités cuisantes, purulentes, provisoires ou éternelles qui toutes sont du genre féminin. Ainsi je la considérai aussitôt comme une sorte de maladie, une affection qui allait contaminer mon existence et dont le sein corrompu nourrirait à coup sûr mes futurs tourments.

Selon la soudaine disposition de mon esprit, Morgana devait posséder une âme plus féroce encore que celle de Fraulissa. Son père, m'apprit-elle, l'avait donnée naguère en mariage à un armateur de Naples qui finit ruiné et malade avant d'avoir atteint la vieillesse. J'en conclus aussitôt que le pauvre homme avait succombé, au terme d'une agonie atroce, à quelque électuaire acheté à une sorcière des *bassi*.

– C'est faux ! protesta-t-elle.

– Tu le détestais, je le devine…

– Je ne l'ai pas empoisonné !

Mais je n'en voulus point démordre. Poursuivant mon inquisition, je découvris, ou crus découvrir que plusieurs de ceux dont elle avait encombré l'existence étaient morts de mort violente, tel le dernier d'entre eux, ce pauvre diable ami des lettres, aux braies duquel elle s'était agriffée, semblait-il, et qui fut tué dans une auberge, à Suze, au cours d'une querelle religieuse. Naturellement, partout où elle était passée, la maudite avait semé des nourrissons, tous de son sexe, fruits de ses sombres entrailles, marmots exposés, vagissant aux portes des églises ou abandonnés à des marâtres inconnues. À l'écoute de ces malheurs, un noir pressentiment alourdissait mon âme, mais il était trop tard : l'affaire était bel et bien conclue et le sieur Lagrange, la veille, avait empoché ses deux belles poignées d'écus. La furie n'allait-elle pas à présent jusqu'à oser lorgner, l'air attendri, mon bissac bourré de livres ? Ne prétendait-elle pas aimer les arts, la musique, les vers et la philosophie ? Ne venais-je pas de l'entendre évoquer, dans son baragouin méridional, le bon sentiment qui déjà lui gonflait le cœur d'espoir en me voyant pousser une brouette chargée de *nos* biens ? À peine eûmes-nous franchi le pont-levis à la porte de Rive qu'elle se voulut incontinent ma femme, et bien décidée à le rester. Quant au fameux *divortium* tant vanté par le juriste, il ne pouvait selon elle en être question.

– Toutes les femmes ont besoin d'un homme, décréta-t-elle.

– Mais…

– Et tous les hommes d'une femme !

– Pas tous, par le Christ ! Pas tous ! Entends-tu ?

Nous nous connaissions depuis un jour à peine et seul le dégoût que m'inspirait l'idée de toucher son corps me retenait de l'étrangler !

– Je trouverai le moyen de t'obliger à tenir parole, dis-je en empoignant les bras de ma brouette.

Ainsi j'entrai à Genève en poussant devant moi le fardeau de la fatalité, accompagné de mon ombre maléfique et convaincu que les pires menaces pesaient sur mon sort. Nous traversions un marché et un troupeau de chèvres bêlantes m'empêcha bientôt d'avancer. Levant les yeux, je vis le pilori où rugissait une brute au visage ensanglanté. Un frisson me parcourut le corps : la police qui régnait ici était-elle vraiment plus douce et libérale qu'ailleurs, ou avais-je été abusé par l'éclat trompeur d'une fausse liberté ?

La ville abritait alors des colonies d'étrangers, dont un grand nombre d'Italiens, marchands venus du Piémont, de Lombardie, de Venise, mais aussi lettrés, artistes et savants exilés de Rome ou du Royaume de Naples qui avaient réussi à échapper aux poursuites de l'Inquisition. Sur les recommandations de Lagrange nous dûmes nous présenter au dénommé signor Marchese, un Napolitain respecté au-delà de tout bon sens. Cet homme puissant, dont la famille avait été jadis spoliée par les catholiques, régnait sur la communauté italienne et considérait comme son devoir, disait-il suavement, de tendre à chaque réfugié une main secourable. La vérité montrait une autre figure : sous couvert d'aide charitable, le fourbe s'enrichissait en frappant le nouvel arrivant d'une sorte d'impôt anticipé sur ses futurs gains !

Sa maison était sise dans le quartier dit du Molard, tout près des eaux noires du lac. Il nous reçut dans son poêle, autour d'une longue table en chêne. Son accent fleurait encore le ramage napolitain, mais avec des intonations désagréables. Une ombre vêtue de gris – sa femme ou sa fille – avait apporté une cruche de lait et deux jattes.

– Ainsi, commença-t-il, vous voulez rejoindre l'Église réformée ?

– Parfaitement, répondit Morgana dont la face aplatie aux lèvres mouillées de lait s'éclaira d'un franc sourire.

D'une bourrade, je lui imposai le silence et déclarai, sur un ton des plus aimables :

– Les églises ne me valent rien, signore. Et j'ai déjà été excommunié une fois. Je n'ai d'autre intention que celle de travailler…

– Ici, tu n'as rien à craindre de la religion, bien au contraire ; la doctrine genevoise entend convaincre, et non forcer par la violence. Notre arme, à nous, c'est la miséricorde, pas l'excommunication…

– Pardonnez-moi de vous interrompre, signor Marchese, mais toutes les religions sont bonnes, prises sous l'angle de leurs principes. Ce sont ceux qui les servent qui me font peur…

Jugea-t-il la remarque insolente ? L'air souffrant, tourné vers Morgana, il demanda :

– Vous ne souhaitez pas vivre sans Dieu, tout de même ?

– Non ! Par la Madone ! s'écria cette idiote.

– Je vis avec Dieu à ma façon ! proclamai-je alors en haussant la voix. Mais surtout : j'écris. J'ai en tête cent projets de livres. Des traités, des dialogues à la manière genevoise…

Morgana se tortillait sur son tabouret en gloussant de vanité.

– Tu auras besoin d'une bibliothèque, dit Marchese, d'une imprimerie, de collègues partageant ta foi…

– J'ai peur que ma foi appartienne à une espèce trop singulière pour être partagée, répliquai-je.

Après cette sortie, je vis que l'opinion de mon interlocuteur était définitivement arrêtée : un avantageux, ce Nolain, à qui il faudrait bientôt rabattre la superbe. Avant qu'il eût fini de peser un commentaire approprié, je repris la parole en le regardant droit dans les yeux :

– S'il faut embrasser le calvinisme pour avoir accès à une bibliothèque, alors je veux bien consentir un effort. Inscrivez-moi sur vos listes…

– Oui, oui, inscrivez-nous ! approuva Morgana.

Et moi d'ajouter :

– Mais c'est pour vous être agréable que j'accepte cette condition, sachez-le.

Marchese répondit par un mauvais sourire. Abordant la question des subsides, il me proposa d'un air cauteleux un emploi de correcteur dans une imprimerie tenue par un Florentin nommé Giovanni Bergeon. J'acquiesçai en silence, tout en avalant une courte rasade de lait. Enfin il poussa ses derniers pions avec prudence et précisa que je serais considéré ici comme un étudiant. Il me faudrait fréquenter régulièrement l'université, assister aux cours, lire Aristote… Je reposai brusquement ma jatte sur la table.

– Aristote ? Mais je le connais par cœur ! Vous oubliez que je suis docteur en théologie !

– Je crains que ce ne soit à prendre ou à laisser ! cria soudain le bienfaiteur.

Voilà qui augurait mal de mon séjour chez les calvinistes. Telle était donc la belle générosité du dévot ! D'abord il marchande son aide, puis il la retire, car seul compte le bénéfice de son Église – ou le sien propre.

– Très bien, admis-je. C'est une humiliation pour moi, mais là encore j'accepte, par égard envers la ville qui a la bonté de m'accueillir. Je vous prierai seulement de noter, Marchese, que mon attitude est des plus civiles…

– Je te conseille de n'en point changer, Brunet. Il n'est pas de citoyen plus jaloux de sa tranquillité que le Genevois.

Sur cette charitable monition, il fit venir l'ombre vêtue de gris, pauvre chose d'une maigreur ascétique qui descendit l'escalier grinçant et surgit les bras chargés de vêtements. Un rôle fut ouvert dans un cahier, où Marchese porta gravement le montant de notre créance, et c'est habillés de neuf – pour moi : cape, chapeau, souliers à double semelle et même une épée, grands dieux! Jupons, robe et ridicule coiffe à rubans pour *ma femme* – que nous quittâmes cette maison où tout conspirait contre la science et la vie.

Nous étions logés chez une Romaine du nom de Silvestri, mégère âpre au gain qui possédait une auberge dans les Rues-Basses. Notre couvert s'y réduisait à un galetas miraculeusement muni d'un poêle et que nous devions partager avec un autre couple, les Borzello, des Napolitains bien entendu – à croire que Genève était gouvernée par un véritable parti italien! Lui, un géant né à Cuma, gagnait sa vie comme arquebusier du guet; elle vendait des volailles au marché du Molard. Tendus sur une corde, notre linge et les draps en lambeaux fournis par la propriétaire constituaient la seule séparation de la pièce.

Dormir avec une femme! Quel crime avais-je donc commis pour mériter pareille pénitence? Et dans la puanteur de quel infernal dortoir! À peine l'heure de la retraite avait-elle sonné – à grand renfort de cloches et roulements de tambour, selon l'usage de là-bas – que nous nous retrouvions tous les quatre prisonniers d'un temps immobile, dans le plus odieux des mélanges nocturnes. Telle une machine à produire des ronflements, des éructations, des pets, des borborygmes, des plaintes et des cris de douleur, Borzello meublait la nuit – notre nuit! notre nuit commune! – de ses coliques et de son désespoir. L'enfer sans étoiles de Dante n'était rien, comparé au cauchemar que cet homme nous faisait subir; et quand d'aventure le drôle parvenait à se libérer de ses songes et à chasser les esprits de son immense carcasse, c'était pour obéir au commandement du pire instinct de l'espèce. Combien de fois ai-je dû souffrir de l'entendre besogner sa marchande de poulets! Couché à l'extrême bord du lit, fou de rage, la tête protégée par un amas de couvertures, il me fallait renoncer à mes méditations et imaginer malgré moi la congression monumentale à laquelle l'affaire donnait lieu. Sa femme s'y adonnait de tout son être, naturellement, en râlant comme si la terre se fût ouverte en deux. Quant à la Morgana, pouvais-je espérer dans ces conditions qu'elle se fût endormie ? Grands dieux non ! Je savais même l'autre supplice qui me guettait : contaminée par l'ardeur de nos voisins, elle s'approcherait tout à l'heure de moi en poussant des gémissements étudiés, impatiente de s'essayer sous ma robe à d'humiliants attouchements, à d'horribles caresses, artifices et stratégies. Sans doute s'agissait-il là des manœuvres ordinaires du sexe pour envoûter le mâle et éveiller son appétit ; elles ne produisaient chez moi que vomissements, douleurs de tête, suffocations, fermentation du sang et irritations de toute sorte, jamais au grand jamais le désir d'étreindre son corps morbide, encore moins celui d'y pénétrer par ce défaut de la nature, cette voie béante, cette fenêtre aveugle, cette entaille en pleine chair, ce sépulcre malodorant, cette varaigne percée entre ses cuisses... Prudente d'abord, puis effrontée, acariâtre et furieuse enfin – la résistance acharnée que je lui opposais n'y était certes pas pour rien –, ma persécutrice voyait bientôt la folie submerger son âme impure, son âme bestiale et prostituée. Comment me défendre autrement qu'en la rouant de coups, Seigneur Dieu ? Je la corrigeais donc – ô injuste nécessité ! – jusqu'à en perdre la raison, ou plus exactement jusqu'à ce que Borzello se fût jeté sur notre lit pour nous séparer en tâtonnant dans le noir et m'eût précipité à terre en jurant qu'il me romprait un jour les os.

– Tu l'as épousée devant Dieu ! criait-il en m'étrillant. Tu dois l'honorer et non la battre !

– Cette putain n'est pas ma femme !

– Mensonge ! hurlait Morgana entre deux sanglots. Nous sommes inscrits comme époux à la Maison de Ville !

Eussé-je voulu l'*honorer*, comme il disait, que la chose m'eût été interdite. Michel de Montaigne, un gentilhomme français de mes amis, l'a écrit quelque part : de tous nos membres, le viril est le plus libre et indocile, qui se plaît à n'obéir qu'à sa seule volonté. Je ne tardai pas à me rendre à l'évidence : le mien, plus chétif et ridé à présent que celui d'un vieillard, semblait avoir perdu toute sa force, tant l'infâme condition voulue par le sort contraignait ma liberté. Depuis mon arrivée à Genève, mille fléaux accablaient mon corps – faible appétit, pâleur mortelle de la peau, étourdissements soudains, abcès, fièvres –, mais le moins supportable était sans conteste la débilité qui frappait mon désir. Certes il m'arrivait, tandis que je gravais les bois et corrigeais les épreuves chez Bergeon, de lorgner les apprentis qui transportaient les casses, les balles de papier ; aucun d'eux cependant ne parvenait à m'émouvoir. Ni les étudiants assis sur les bancs de l'université, que je jugeais veules, mal dégrossis, dépourvus de beauté. Mes sens n'acceptaient de s'éveiller que grâce aux productions de ma mémoire, à l'occasion d'un bain, par exemple, en l'étuve de Longemalle. Revivaient alors en moi la fine épaule de Cecil, ses lèvres fraîches comme douce pluie, l'anneau violet au profond de ses reins. Certes ce n'étaient là que lointaines, trop lointaines images ; du moins voulaient-elles bien s'imprimer dans ma chair. Je connaissais alors un bref bouillonnement, une réminiscence de bonheur – pauvre plaisir qui me laissait tout nu et tremblant de froid, plus solitaire qu'un misérable au cœur déserté par l'amour.

Quant à travailler à mon œuvre, je m'en montrais incapable, comme si la force de créer et de découvrir m'eût abandonné du même pas que celle d'aimer, tandis que le métier de correcteur et la fréquentation de l'université se liguaient pour m'accabler de fatigue et dévorer mon temps. Mes rares instants de liberté, je les passais à errer sous les dômes, entre les étals des marchands, déambulant d'un pas exténué, songeant avec amertume à mes livres, notes, dessins et commentaires à jamais abandonnés au fond d'un sac, dans le galetas de la Silvestri.

Un certain Jean Pruss, dont le laboratoire voisinait avec le temple de Saint-Pierre, acceptait mes visites. L'alchimiste avait été le disciple du médecin errant surnommé Paracelse qui voyait en l'homme un firmament complet. Tout comme le monde, lui avait jadis enseigné ce maître, le corps humain est peuplé d'astres. Jupiter s'y nomme le foie, Vénus les reins, Mercure le poumon et la Lune le cerveau. On appelle sagesse la recherche d'un équilibre entre les deux ciels.

– Qui atteint cet équilibre connaît l'univers, répétait Pruss, et ses pouvoirs sont infinis.

Les possédait-il, lui, ces pouvoirs infinis ? Je le vis un jour de mes yeux guérir un seigneur allemand qu'un coup d'épée avait privé de son nez, en lui greffant sur la figure l'appendice d'un de ses laquais. L'opération fut couronnée de succès et on ne parla plus à Genève que de l'Allemand au visage miraculeusement réparé. Mais le malheur voulut que le laquais vînt à mourir de quelque fièvre. À peine est-il enterré que le greffon du seigneur se décompose, répand une odeur putride, se détache : il était lié par essence à celui à qui il avait autrefois appartenu et se devait donc de rejoindre avec lui l'au-delà.

– Ainsi que l'univers, soupira le mage, le corps de l'homme est un, et l'homme lui-même.

Afin d'aider à la communion avec les forces occultes, son antre abritait, accroché au mur près de l'athanor, un tableau aux riches couleurs représentant l'intègre nature et le miroir des arts. L'ingéniosité humaine s'y trouvait figurée par un singe assis sur une sphère. D'une main l'animal tenait un lien d'or, et ce lien l'attachait à une femme, une déesse sans doute dont la chevelure s'écartait pour découvrir les seins, le ventre, la fourche nocturne voilant les prétendus attraits. Un second fil unissait la divinité à un nuage où flamboyaient les Quatre Lettres du Nom Hébraïque – le *Tétragrammaton*. L'âme de chacun de nous n'est-elle pas un monde au centre du monde, à toutes choses, désirs et pensées attaché ? Comme si la vue de ces formes peintes eût rompu les digues qui retenaient mon âme prisonnière, je m'ouvris à l'alchimiste de ma mélancolie, mentionnai la désolation, la honte et l'impuissance dont ma vie était la proie à Genève, prononçai en réprimant un sanglot le nom de Cecil… Le mage m'écoutait-il ou songeait-il à autre chose ? D'un tiroir où il les tenait celées, il sortit de nouvelles gravures qu'il déroula tranquillement sur sa table.

– Si une *sumpathia* existe entre vous, dit-il d'une voix apaisante, alors vous errez en des lieux différents, forces qui aspirent à se rejoindre et qui, n'aie crainte, y parviendront tôt ou tard…

– Ne peut-on accompagner la nature de quelque artifice ? insistai-je. La fumée de ton athanor est d'elle-même attirée par le ciel, n'est-ce pas ? Tu lui as pourtant construit une cheminée… Seigneur ! Que représentent ces dessins ?

Ce que voyaient mes yeux eût effrayé le plus insensible des mortels : commc s'il se fût agi d'un simple vêtement, un homme d'âge mûr assis sur une pierre soulevait lui-même la peau de son ventre afin d'exhiber ses viscères ! Ce long boudin aux mille replis et circonvolutions, était-ce donc…

– L'intestin, oui. Le chyme y voyage jusqu'à l'anus, telles les marchandises sur nos routes sinueuses. Et voici le foie, Sa Majesté le Foie…

Philosophe, j'avais déjà songé à mon propre crâne invisible et pareil à une allégorie sardonique de la mort, mais observer ainsi la complexion intérieure d'un corps me donna à ce point le vertige que je dus m'asseoir à mon tour : je venais, l'espace d'un instant éphémère, d'occuper en imagination la place de cet être élu par le sort pour offrir à jamais aux regards des vivants le spectacle de ses entrailles, peut-être de son âme mystérieuse ; et mes jambes avaient menacé de me trahir. Sans se préoccuper le moins du monde du trouble qui me gagnait, Pruss continuait de me montrer ses images – un écorché impassible dont tous les muscles des bras, des épaules, de l'abdomen, des cuisses étaient à vif ; un individu à la mine pensive, mais entièrement ouvert lui aussi, pareil à un buffet où eussent été rangés sa rate, ses reins et sa vessie ; la boîte crânienne d'un trépané ; la matrice d'une parturiente, fendue comme une pastèque, en laquelle se recroquevillait un fœtus. Quand un cœur plus palpitant que nature suspendu à sa broussaille de nerfs et de vaisseaux surgit devant mes yeux, ma raison chancelante manqua une première fois de basculer dans le néant. La syncope se produisit une minute plus tard, à la vue d'un sexe découpé en tranches, encore uni à ses testicules ovoïdes, nus, dépouillés de leurs bourses.

Le picotement du vinaigre au fond de mes narines réveilla lentement ma conscience. Un sage était penché sur moi, qui souriait dans un halo de blonde lumière. À qui appartenait cette barbe frissonnante ? À Teofilo da Vairano ? De quel aujourd'hui s'agissait-il ? De quel point éphémère sur la roue du temps – et de quel lieu, Seigneur ? Était-ce l'étuve de Longemalle, les bains d'Hippone ou la chambre de lecture de mon vieux maître ? San Domenico Maggiore ? Une alcôve romaine tendue de pourpre ? L'alchimiste parla et je distinguai de nouveau l'athanor, le singe assis sur la sphère...

– Dis-moi, Pruss, as-tu pratiqué...

– Des anatomies ? Bien sûr.

– Les planches que tu m'as montrées…

– Oui ?

– … figurent-elles la vie ou la mort ?

– Tu as la fièvre, Giordano, l'entendis-je murmurer.

Et le lourd rideau de la maladie retomba devant mes yeux. La vie est dans la mort, et la mort dans la vie – telle eût été, sans doute, la réponse du sage, mais elle ne me parvint pas car je m'évanouis une seconde fois. Aidé du disciple qui vivait sous son toit, Jean Pruss me porta jusqu'à un lit.

Alors, tel le cimetière des pestiférés de Nola, mon esprit ne fut plus hanté que par des chimères et il me fallut errer des jours durant dans une de ces régions enténébrées de l'âme où la raison renonce à sa puissance. Les noirs rochers qui s'y dressaient semblaient maudire un ciel de cendre, fermé comme une coupole, où tournoyaient tous mes démons. Les plus cruels d'entre eux s'incarnaient dans d'abominables sœurs jumelles : Fraulissa et Morgana. Le supplice favori de ces bourreaux hystériques consistait à explorer un palais étrange meublé de mes organes internes – mon foie, mes poumons, mes reins ; et leur perquisition déclenchait en moi – mais existait-il encore, ce moi ? – d'insupportables nausées. Quant à la voix stridente de Morgana, elle habitait tous ces rêves sans exception, telle une crécelle annonciatrice de mort. Combien de fois me suis-je vu bondir hors de ma couche en hurlant d'effroi, les mains sur les oreilles pour ne plus l'entendre !

Afin de me guérir, Pruss me donna la saignée à plusieurs reprises, tandis que son obéissant élève me nourrissait de savantes médications. Quand le mal se fut éloigné, il laissa passer deux dimanches avant de m'autoriser à sortir de chez lui et je vécus là quelques moments paisibles, lisant et écrivant près de l'athanor, les pieds sur une chaufferette, ou méditant devant la cheminée, dans le claquement sec des tisons. Pour mettre à profit ce repos forcé, je dévorai les livres de son maître Paracelse, écrivain qui forçait le respect, tant il avait été détesté de son vivant. Les hommes me paraissaient affectionner si naturellement la méchanceté que, par l'habituel jeu des contraires, celui qu'ils haïssaient devenait aussitôt le plus aimable à mes yeux. Et puis, comment ne pas admirer chez ce collègue l'infatigable pèlerin de la science ? Son étude des forces qui agissent le corps me fascina. J'appris qu'il avait su se montrer aussi habile en l'art métaphysique qu'en celui de la médecine. Selon une sienne doctrine, le mal qui me frappait venait d'un *pouvoir venimeux* qui avait subverti mon être – de cela je n'avais jamais douté, étant même capable d'identifier avec précision le démon dont il s'agissait.

Les surprenantes gravures de mon hôte se trouvaient à portée de ma main ; il ne tenait qu'à moi de les dérouler. Ayant recouvré santé et jugement, je les réexaminai toutes, et d'un œil plus philosophique. La peau n'est pas une frontière plus fermée à la raison que la sphère des étoiles fixes d'Aristote, conclus-je, si dans ce franchissement réside une part de la divine vérité.

Post tenebras lux, proclamait un cartouche sur le portail du collège. Jolie maxime, certes, mais derrière ces murs, la philosophie était tenue en si faible estime que la chaire s'en trouvait occupée par le plus parfait gredin qui se pût rencontrer ! Tout indiquait que le régent Antoine de la Faye avait été élu à ce poste par protection, en attendant que ces messieurs et magnifiques seigneurs lui eussent procuré quelque autre charge rémunérée où personne n'aurait à souffrir de sa cruelle absence de talent. À l'évidence, ce malheureux ennemi de la pensée, médicastre de son état, supportait son ignorance comme d'autres une infirmité : en cultivant la haine du destin. Le personnage était chétif de corps et d'esprit, avare de réputation et plus hargneux qu'un chien battu. En outre, il n'avait jamais ouvert un livre d'Aristote. C'était pitié que de le voir découvrir les difficultés couchées dans le *Traité du ciel* en même temps que les étudiants à qui il était supposé les expliquer. Son seul commentaire consistait à répéter d'un air pénétré la phrase qu'à grand-peine il venait de déchiffrer un instant plus tôt. Il savait certes se montrer habile à feindre l'assurance, pourtant il lui arrivait souvent de trébucher sur un terme inconnu.

– Le monde, affirma-t-il, est contenu dans une sphère solide dont la partie convexe constitue la limite de l'univers.

– Concave.

Le regard courroucé du pédagogue fouilla une assistance composée de quarante étudiants entassés sur de simples planches. D'où venait l'interruption ? Sans hausser le ton, je précisai :

– Pas convexe, monsieur : concave. La partie convexe n'est nullement limitée. C'est d'ailleurs ce qui discrédite la théorie d'Aristote, si vous voulez bien me permettre une objection, car en admettant qu'existe cette étrange sphère, où est situé le monde ? Dans rien ?

– Les objections ne sont pas autorisées ! cria la Faye.

L'avais-je insulté ? Non pas, mais sans doute l'usage lui commandait-il de vociférer dès qu'un auditeur exprimait une opinion. Certain que l'incident était clos, il se radoucit et dit en replongeant dans son texte :

– Veuillez vous contenter de suivre la leçon sur votre manuel, Brunet…

– Je n'ai pas de manuel et vous le savez. Le *De caelo*, je pourrais vous le réciter par cœur : je l'ai étudié à Naples pendant des années. C'est un livre plus farci d'erreurs que la tête du curé de Grandazzo. Et nous ne sommes pas des *pueri* pour qu'on nous interdise d'objecter...

Sans être des *pueri*, les étudiants étaient tous plus jeunes que moi. L'un d'eux, pourvu de larges oreilles rougeâtres, me suggéra à voix basse d'y retourner, à Naples, Grandazzo ou quel que fût le trou perdu d'où je sortais – afin d'y garder les chèvres, ajouta-t-il. Cette remarque ouvrit aussitôt les hostilités. Un de ses camarades lui donna pour toute réponse une bonne claque de ma part et, à l'annonce d'une franche mêlée arrosée d'une pluie de coups, tous commencèrent à se trémousser en émettant force ricanements vengeurs. Je disposais bel et bien d'une poignée de fidèles dans cette classe. Que n'étais-je assis, moi, à la place de ce parasite cramponné comme une chauve-souris à son ministère ! D'une voix qui couvrit la confusion, j'implorai :

– Autorisez-moi au moins à disputer devant ces écoliers contre le syllogisme sur le mouvement, monsieur ! Cela ne prendra qu'un instant...

– Non ! glapit la Faye.

– Si ! Une dispute ! exigèrent mes disciples, parmi lesquels le jeune Jérôme Besler, qui devait devenir mon secrétaire bien des années plus tard, se démenait comme un beau diable.

– Que cet Italien aille se faire bourriner chez lui ! grogna l'élève aux larges oreilles.

Il reçut de nouvelles gifles. Besler se jeta sur lui avec l'intention de l'étrangler et un banc se renversa dans ce début de bagarre. D'un geste, j'exigeai le silence.

– Vous tous, écoutez-moi ! Voici le beau syllogisme forgé par Aristote pour empêcher la Terre de tourner...

– Cessez immédiatement ! hurla mon adversaire.

Je poursuivis :

– Majeure : l'infini est immobile...

– Le diable l'emporte, ton infini !

– Majeure : l'infini est immobile, répétai-je. Mineure : or le monde est en mouvement. Vous me suivez ? Conclusion…

– Conncloustionn ! bêla un imbécile qui voulait imiter mon accent.

– Laissez-le continuer, par l'enfer !

– Conclusion, répétai-je : le monde n'est pas infini ! Cela ne vous semble-t-il pas extraordinaire ? Voulez-vous savoir maintenant comment je réfute cette savante démonstration ?

La Faye m'interrompit en agitant un index vengeur :

– Votre rôle ne consiste pas à donner ici des leçons d'astronomie, Brunet ! À en prendre, plutôt !

– Je ne suis pas étudiant, mais docteur ! criai-je en le dévisageant avec arrogance. Et capable, contrairement à vous, de contredire Aristote ! Pourquoi m'empêche-t-on d'ouvrir une école ? Pourquoi suis-je obligé de suivre votre enseignement en paiement de ma sécurité ?

– Justement, pensez-y un peu à votre sécurité !

Pour nous singer, quelques auditeurs couvrirent cet échange de soudains aboiements. Tous étaient plus énervés que des bêtes sous le grondement de l'orage. Depuis le dernier banc, un grimaud entreprit de lâcher des séries de pets. La confusion atteignit son apogée. Le rire s'empara de moi. Ayant d'un seul mouvement drolatique levé la jambe et tourné le dos à la Faye, je demandai au farceur :

– Commanderais-tu à ton cul, tel le prodige d'Augustin ?

Une bonne, une féroce hilarité secoua l'assemblée. Étoiles filantes accompagnées dans leur course par les clameurs des mortels, des exemplaires du *De caelo* traversèrent les airs corrompus. Ici-bas, la guerre se déchaînait. On se frappait à coups de béret. Le sang giclait des lèvres fendues – ô que je l'aimais la plénitude qui venait apaiser mon être quand le vent souillait les sombres embruns, courbait avec violence les rangées d'arbres noirs, libérait les cieux ! Oui : le monde parfois se soulevait comme un furieux océan ! Tel un porc qu'on égorge, le pédant me hurlait des insultes, menaçait d'appeler le guet, mais je l'entendais à peine, tout absorbé que j'étais par la plus étrange sorte de bonheur qui fût. Ce tumulte, je le laissai grandir et s'épanouir ; je m'en délectai. Puis, tourné vers les écoliers, je levai la main pour exiger un peu de calme. Enfin, je déclarai d'une voix douce et pleine d'assurance :

– La majeure d'Aristote est fausse, messieurs.

Et ce que j'avais voulu se produisit : le vacarme devint murmure et le murmure silence. Je poursuivis :

– Fausse, ou du moins arbitraire. Pourquoi l'*infini* – ce mot prononcé avec toute la gravité nécessaire – serait-il condamné à rester immobile en sa perfection ? Et pourquoi n'existerait-il qu'en puissance ?

Une brève agitation anima la classe : ma poignée de fidèles se rassemblait autour de moi, tandis que s'en allaient les autres étudiants, les ignorants, les imbéciles, les éclopés de l'intellect ; et la Faye lui-même.

– Voulez-vous dire, questionna le jeune Besler, que l'infini en acte est le principe qui gouverne tout : la nature, la matière et les cieux ?

– Ces trois entités appartiennent au même monde, répondis-je. Elles sont de même essence, animées par une seule et même force. Mais laisse-moi plutôt t'interroger. Écoute : Dieu est-Il ou non perfection et cause infinie ?

– Bien sûr !

– Le monde est donc Son œuvre, Son effet ?

– Certes.

– Dans ce cas, pourquoi voudrais-tu qu'une cause infinie et parfaite produisît un effet fini et imparfait ?

Besler demeura bouche bée – et visiblement heureux. Stigmate de la bagarre de tout à l'heure, une goutte de sang achevait de se coaguler sous sa narine.

– Selon vous, intervint un deuxième en plissant les yeux comme pour produire un raisonnement difficile, l'univers est infiniment infini, donc dépourvu de toute limite…

– Exactement, dis-je. Comme la raison elle-même…

– Attendez… et tout, absolument tout ce qui en fait partie est en mouvement ?

J'opinai d'un signe de tête. L'élève laissa courir autour de lui un regard inquiet.

– Donc, la Terre sur laquelle nous nous trouvons en ce moment serait en mouvement…

– C'est contraire à l'enseignement des sens ! s'exclama un troisième. Regardez : tout paraît immobile ! Et ce mouvement de la Terre, qui l'a jamais éprouvé ?

– Et pourtant, elle tourne ! affirma fougueusement Besler.

– Oui, confirmai-je, elle tourne. Aristote voulait qu'elle fût immobile au centre d'un firmament limité par une sphère solide – imaginez, je ne sais pas, une grosse bille inerte, tenez, serrée sous une cloche à fromage. J'affirme moi qu'elle tourne autour du Soleil, pareille aux autres planètes, dans un espace infini peuplé de mondes innombrables.

M'adressant à mon contradicteur, j'ajoutai doucement :

– Tu invoques les sens. Veux-tu te condamner à la cécité philosophique en te fiant à leur seul témoignage ?

– Les sens n'ont-ils pas été créés pour nous permettre de percevoir…

– Les sens nous sont nécessaires. Mais en tant que facultés vulgaires, trompeuses et mensongères qui ne perçoivent jamais que ce qui est présent et fini. Inversement, l'intellect juge et rend compte des choses absentes, subtiles et invisibles, les seules vraies, importantes entre toutes, comme Dieu, l'âme, l'infini…

– La liberté, enchaîna Besler en fermant les yeux sur ses rêves.

Un court instant je me crus revenu à Naples, au temps où le jardin du monastère accueillait mes premières armes de professeur et les réunions clandestines de *pueri* que lassait déjà le froid enseignement des moines. Les lieux différaient, de même que la lumière et les parfums de l'air – nul parfum ici, du reste ; ah ! ces murs plus gris et froids que ceux d'une prison ! –, pourtant les mêmes idées traversaient nos esprits et faisaient naître l'émotion dans nos âmes...

Le retour du régent interrompit la leçon improvisée. La Faye était accompagné d'un magistrat et d'un garde casqué porteur d'une lance.

– Le voici, dit-il en me désignant du doigt. Occupé comme d'habitude à farcir d'idées fausses la tête des écoliers.

– Êtes-vous l'étudiant Jordan Brunet ? questionna l'homme de loi.

Tout en m'inclinant, je rectifiai :

– Giordano Bruno de Nola. Non pas étudiant, mais professeur de philosophie naturelle et de théologie sacrée...

– Brunet, quel que soit le titre que vous vous attribuez, je vous ordonne de quitter ce collège...

– Quel mal ai-je fait ? – et, tourné vers la Faye, feignant une terrible indignation : M'accuserait-on, tel Socrate, de corrompre votre belle jeunesse ? C'est trop d'honneur, vraiment...

Besler et ses amis corrompus laissèrent échapper quelques rires approbateurs.

– Sortez, souffla le régent.

Le garde s'approcha de moi.

– Tout beau, messieurs ! Je connais le chemin et n'ai aucune envie de dormir ce soir sur la paille de vos cachots. Je m'en vais, puisque vous l'entendez ainsi. Les seules joutes qui m'intéressent sont celles de la raison. Malheureusement on m'empêche ici de disputer, tout en me forçant à suivre les cours de ce monsieur…

– Les disputes ne sont pas autorisées, me coupa froidement le magistrat.

– Fort bien, admis-je.

Sous la menace du sbire qui avait abaissé son arme, je m'étais dirigé à reculons vers la sortie, tous me suivant des yeux – la Faye, lui, avec dans le regard les éclats d'une haine féroce. Je m'arrêtai un instant sur le seuil et lui lançai :

– Puisque l'on m'interdit la dispute, j'imprimerai mes objections, monsieur le régent, et je les placarderai dans tout Genève !

Ayant dit, je tournai les talons et m'en fus en courant sous les applaudissements des écoliers. J'entendis leur maître de philosophie s'étrangler de colère :

– Imprimez ! criait-il. Imprimez et je vous traîne devant le Grand Consistoire !

Depuis qu'une troupe de comédiens venus de Naples avait obtenu de s'établir à l'intérieur des remparts, au pied de la tour Maîtresse, il m'arrivait souvent de fuir le grenier de la Silvestri pour aller passer la nuit en leur compagnie. Ces gens contraints de vivre dans la boue et de s'abriter de la pluie sous leurs tréteaux possédaient plus de talent que de fortune et savaient se montrer aussi habiles en filouterie qu'en l'art de jouer la comédie – mais celle-ci est-elle rien d'autre que l'ombre d'une ombre, qu'une forme de duperie élevée à la dignité esthétique ? Le fait est que ces saltimbanques devinrent bientôt mes amis. À la lueur des lampes à huile, nous cherchions ensemble le réconfort en vidant des bouteilles de vin rugueux comme de la ponce et en maudissant en chansons Genève et Calvin :

Miroir d'orgueil, Jerusalem charnelle,
Vieil plomb doré, reblanchie paroy,
Presches tu Christ et tu es infidelle…

Après avoir bien bu, trop bu sans doute, nous improvisions des bouts de spectacle en puisant dans nos souvenirs pour ajouter de nouveaux rôles à leur répertoire de masques et de grotesques. Mon adresse naturelle à trousser un dialogue trouva à s'y perfectionner, comme ont pu s'en rendre compte les lecteurs qui se sont un jour donné la peine d'ouvrir mes ouvrages. Celui qui dirigeait la bande s'appelait Sanguino. Cette sympathique canaille originaire du Borgo di Santo Antonio devait plus tard prêter son nom à l'un de mes personnages, ainsi que Carubina, sa jeune femme, un être au regard louche qui s'efforçait de déployer – action aussi vaine que charitable – toutes les facettes de son art pygocole dans l'espoir de me distraire de mes multiples soucis.

– Tu perds ton temps, lui avouai-je, franchement désolé. La nature m'interdit d'aimer ton sexe, voilà tout.

Sans cesser de bistourner du bout des doigts mon membre ratatiné, elle dit, l'air compatissant :

– Pauvre chandelle – et, soudain plus excitée qu'une nonne : Pourquoi ne pas me prendre comme si j'étais un garçon ?

Comme si j'étais un garçon ! La charogne qui remuait au fond de ses jambes écartées incommodait ma vue. Je lui rabattis la robe sur les cuisses et répondis avec une grimace :

– Ce n'est pas si simple, ma pauvre Carubina. Pas si simple. Dis-moi plutôt : où donc se cache ton Sanguino ?

La médecine que m'avait prescrite Jean Pruss – racine de mandragore, cervelle de colombe et testicules de coq, le tout broyé et mélangé à un liniment – ne m'avait pas guéri de ma nonchalance et, à l'exception des rêves ceciliens à l'étuve de Longemalle, aucune sollicitation mentale ou manuelle n'y changeait rien. Non, c'était bel et bien à la source du *pouvoir venimeux* qu'il convenait de frapper. La cause de mon tourment s'appelait Morgana et je voulais au plus vite l'exorciser de ma vie. Il semblait justement que le destin…

– Sanguino ? fit la comédienne en retirant prestement la main de mes chausses déboutonnées. Le voici.

– Je l'emmène. Attends-nous ici.

Un instant plus tard, nous marchions lui et moi à pas de loup le long des courtines en direction de la porte Cornavin où, je le savais, Borzello montait ce soir-là la garde. Dissimulés derrière un charroi, à cinquante pas du poste de guet, nous aperçûmes les arquebusiers qui jouaient aux dés à la lueur d'un feu de bois. La silhouette du bastion se découpait par intermittence sur le ciel en mouvement. Les dernières effilures d'un nuage ondulèrent devant la lune et la chance, je crois, me sourit, en commandant au lourd Borzello de se détacher du groupe sans même prendre son arme, pour venir dans notre direction.

– C'est notre homme, soufflai-je.

Arrivé tout près du charroi, le sbire nous tourna le dos, dénoua ses aiguillettes et nous montra son derrière. Puis il s'accroupit comme pour méditer, tel un dieu dans un jardin. S'approcher à pas feutrés, lui passer un lacet autour du cou et le tenir en respect fut un jeu d'enfant pour Sanguino qui murmura :

– Un seul cri et je serre (on eût dit qu'il lui glissait une tendre parole à l'oreille). Veux-tu connaître la mort espagnole ?

Mais aucun cri ne jaillit de la gorge de l'arquebusier qui tomba assis sur son excrément.

– Quelle puanteur ! gémit le comédien.

Ayant à tenir le lacet à deux mains, il n'était pas autorisé à se pincer le nez ; quant à moi, je me protégeai les narines d'un mouchoir et jetai à Borzello :

– Tu as sans doute remarqué, fourbe, que Morgana est enceinte…

– Que veux-tu que cela me fasse ? grogna le sbire.

– Penses-tu qu'elle puisse l'être de mes œuvres ?

– Que m'importe, par le Christ ? Allez au diable, toi et ta bonne femme…

– Serre un peu, Sanguino, je te prie.

Le lacet entailla lentement la graisse du cou.

– Qui a engrossé ma femme, dis-moi ? repris-je d'une voix douce.

– Comment le saurais-je ? râla le prisonnier qui tentait en vain de se débattre.

– Serre encore, l'ami.

Borzello leva des yeux exorbités et prit une pose extatique, tel un saint contemplant les cieux infinis. Entrevit-il là-haut les ombres de l'enfer ? Des gouttes de sueur lui emperlèrent le front, tandis que son visage s'assombrissait.

– Tiens-tu donc à mourir ainsi, vautré comme un porc sur ta propre merde ? dis-je en le giflant de toutes mes forces. C'est toi qui lui as fait un enfant, n'est-ce pas ? Avoue donc !

Je crus lire un acquiescement dans son regard que baignaient les larmes de la souffrance et de l'agonie ; d'un signe j'ordonnai à Sanguino de relâcher un peu l'étranglement. Une nouvelle gifle et ce cochon parut revenir à lui.

– Que me veux-tu ? questionna-t-il d'une voix éteinte.

– Épouse-la. Et emmène-la loin d'ici.

– Je suis déjà marié.

– N'as-tu donc pas entendu parler du *divortium*, bougre d'ignorant ? Morgana t'appartient, dorénavant, et le rejeton qu'elle porte. Si tu ne me débarrasses pas d'elle, je donne l'ordre à mes hommes de vous étrangler tous les deux.

– Je sais qui tu fréquentes ! souffla-t-il dans un sursaut d'insolence. Je te dénoncerai pour sorcellerie.

– Paisibles sont la nuit et la mort espagnole, chantonna Sanguino en tirant à nouveau sur son lacet.

– Non ! fit Borzello.

– Tu es sûr que c'est bien de philosophie qu'il s'agit ? m'interrogea Giovanni Bergeon en considérant d'un œil soupçonneux la feuille que je lui tendais.

– Lis toi-même.

L'imprimeur, dont le nom italien – *Bercione* – avait évoqué autrefois le souvenir d'une famille connue pour brailler sur les marchés toscans, était ce genre d'homme vif, rond comme un tonneau et dont les joues respirent la santé. Quand je ne fréquentais pas le collège, il me fallait travailler des heures durant à six sols la journée sur ses maudits almanachs, ses catéchismes et ses livres illustrés conçus pour dénigrer le pape et propager les idées huguenotes. Quelle dilapidation de temps, d'encre et de mauvais papier ! pensais-je en imaginant les savants et polémiques ouvrages de magie et d'astronomie qui eussent dû sortir de ses quatre presses à bras. Le Florentin n'était pas méchant patron, certes, mais de si faible intelligence et de si peu d'audace ! Né protestant à Genève, il avait consacré ses années de jeunesse à voyager en Allemagne et rapporté de là-bas, disait-il, son métier. Somme toute, le climat d'ici lui convenait à merveille, se plaisait-il à répéter – il parlait du climat religieux, je suppose, qui lui permettait de s'enrichir chaque jour un peu plus. Son principal souci ? Ne point fâcher ces messieurs du Consistoire :

– Qu'un livre contienne des erreurs, sais-tu, ils te mettent en chemise et t'obligent à crier merci à Dieu devant un auto da fe !

Ayant fixé ses bésicles, il posa mon manuscrit sur un lutrin et le parcourut en remuant les lèvres, tandis que son index suivait les lignes, hésitait sur un mot...

– Sphères concentriques, mondes sublunaires, premier mobile... énumérait-il. Ces termes n'ont aucun sens pour moi. Rien ne me prouve qu'il ne s'agit pas d'incantations magiques qui auront tôt fait de nous expédier tous les deux en prison...

– Qui te parle de magie ?

– Ne te voit-on pas rôder en compagnie de ce Jean Pruss ? Quant à la bande de saltimbanques, qui sait si ne s'y dissimule quelque sorcier napolitain...

– Il n'y a aucune phrase illicite dans cette feuille, rassure-toi. Ce ne sont que des points de doctrine. J'ai dressé la liste des erreurs commises par la Faye au cours d'une seule leçon sur Aristote, savant qu'il n'a même pas pris la peine de lire...

L'imprimeur ôta ses verres et frotta de deux doigts son nez rougi par le pincement, tandis qu'une moue épaisse trahissait ses craintes intérieures. On a déjà vu un simple papier tiré à quelques dizaines d'exemplaires vous obliger à fermer boutique, pouvais-je lire dans ses pensées.

– Antoine de la Faye, reprit-il, est ce qu'on appelle un homme puissant, protégé par plusieurs syndics...

– Un analphabète.

– Certes, certes... Tu me garantis que ces phrases ne contiennent aucune sorcellerie, n'est-ce pas...

– De la philosophie, Bergeon. Rien que de la philosophie.

– Pas d'insulte non plus ? Ce mot, là : sublunaire ; ne cache-t-il pas une raillerie voilée, une malice...

Je soupirai avec impatience.

– Tu n'as rien à redouter, te dis-je ! Voici le titre du factum, écoute bien : *Réponse au sieur Antoine de la Faye, régent du collège de Genève, sur vingt erreurs que comptait sa leçon du jeudi 30 juillet 1579, par Giordano de Nola, docteur en philosophie et théologie sacrée.* Je veux que ce libelle parvienne aux syndics et aux professeurs, et que tu envoies tes apprentis le placarder sur les murs autour du collège. Je prends l'impression à mes frais…

Songeur, Bergeon considéra la page couverte de mon écriture et, au-delà de cette page, la volée d'ennuis qui assombrissait déjà le ciel de l'avenir.

– Et je paie d'avance, ajoutai-je en lui glissant une bourse dans la main, seul geste susceptible de le convaincre.

– Quel est le but d'une telle entreprise ? demanda-t-il.

Je répondis sans hésiter :

– Démontrer qu'à Genève l'enseignement de la philosophie est confié à un ignorant.

Ayant soupesé, puis empoché la bourse, l'imprimeur se tourna vers une de ses presses et enchaîna, l'air désapprobateur :

– Et qu'il existe un candidat plus compétent que lui à la chaire occupée autrefois par Calvin, peut-être…

– Peut-être bien, oui.

Ce modeste placard dépourvu d'intuition, ce catalogue des âneries commises par un cuistre est le seul écrit philosophique qu'il me fût donné de produire à Genève, tandis que les ambitieuses spéculations qui m'avaient occupé tout un hiver à Chambéry semblaient condamnées à rester lettre morte au fond d'un sac. Pourtant, les muses se souciaient de moi. Soucieuses de me délivrer d'une honteuse léthargie, elles vinrent me chuchoter à l'oreille. Je n'écrivis point alors pour la science, mais pour le théâtre ; et si j'en fus le premier surpris, je n'en éprouvai aucune gêne, car il n'existe rien de plus métaphysique que le mystère – comme nos ancêtres appelaient la vie représentée. Mon très improbable lecteur a-t-il jamais ri à une comédie intitulée *Candelaio* (elle devait être publiée trois ans plus tard à Paris chez un imprimeur moins timide que Bergeon) ? Il sera sans doute intéressé d'apprendre que je l'ébauchai au cours de cet été caniculaire, à l'intention de l'ami Sanguino.

Ne doit-on pas le qualifier de stupide, celui dont le désir a pour objet une simple image, un pâle souvenir, une réminiscence plus lointaine que transparente vapeur ? Et que dire du professeur sans école, de l'écrivain sans public, du sage sans autres disciples qu'une poignée d'écoliers morveux ? Telle se présentait ma destinée genevoise et, bien qu'écrite à partir des improvisations de Sanguino, la pièce ressemblait fort à un reflet de ce qu'était alors ma vie. Certes, il s'agissait d'un reflet aussi grotesque et monstrueux qu'involontaire, celui qu'eût offert le plus courbe et le plus accidentel des miroirs, mais ne plaît-il pas à la vérité de nous surprendre parfois sous une forme peu harmonieuse ? Oui, à y bien regarder, les substances qui composaient cette soupe plus ou moins digeste étaient bien celles de mon existence misérable. L'histoire ? Elle racontait les mésaventures entrecroisées d'un couillon amoureux, d'un grammairien licencié et d'un drôle épris de magie – trois figures, sans doute, du malheureux qui survivait alors sous mon nom. Selon l'état d'esprit qui fut toujours le mien, les femmes y manifestaient leur essence maléfique et les personnages rôdaient dans mon intrigue parmi des courtisanes et des maquerelles jamais en reste d'une fourberie. Bonifacio, le couillon, venait – si je puis dire – de tourner le dos à l'amour des garçons pour s'éprendre d'une catin dont il s'efforçait de gagner les faveurs en usant de sorcellerie. Et comme il n'est jamais bon de suivre le démon sur d'autres sentiers que ceux tracés pour vous par le sort, le pauvre bougre finissait ridiculisé et puni, tandis que des coquins travestis en gendarmes infligeaient une fessée au grammairien – qui sait si je ne dois pas déceler aujourd'hui dans cette trame quelque sombre présage ?

Telle que nous la présentâmes à un public de lettrés froids et solennels qui m'avaient condamné d'avance, la comédie ne comptait encore que trois actes courts, mais elle était déjà troussée dans un style gaillard et tout parfumé d'expressions vivantes que je m'étais amusé à repêcher dans le puits de nos vieilles nostalgies. Sanguino avait dressé ses tréteaux dans la cour d'un palais appartenant à un certain Rizzo, duc vénitien qui se définissait d'une voix flûtée comme calviniste épris de poésie, de fêtes et d'artifices. Le gentilhomme recevait ce soir-là des écrivains et poètes genevois avec l'ambition de les ébaudir, si jamais c'était chose possible. Naturellement, il ne réussit qu'à les offenser.

Tout d'abord en arrivant en retard à sa propre soirée. Le bruit courait qu'il attendait l'arrivée de quelque important ambassadeur venu de Venise et refusait de se montrer à ses invités en l'absence du plus prestigieux de ses hôtes. Mais la trentaine de chaises disposées dans la cour par ses laquais étaient déjà garnies de gens ponctuels et graves, probablement affamés (le souper devait être servi après la comédie) et tous ces amateurs de vers anodins et de théâtre à la française dardaient leurs regards tourmentés sur le décor criard, simple toile ondulant sous la brise où Sanguino avait brossé une via Catalana d'assez joli effet, ma foi. Les proches du capricieux maître de maison avaient beau battre nerveusement la semelle et, dès que leur parvenait le bruit d'un coche montant la rue, se précipiter comme un seul homme vers le portail, ils en revenaient à chaque fois avec des mines plus dépitées.

Le second sujet de mécontentement tenait à la nature du spectacle qu'il fallut donc bien se résoudre à donner. L'invisible Rizzo nous ayant informés par voie d'émissaire qu'il avait résolu de l'écouter, jusqu'à l'arrivée de l'ambassadeur, depuis une fenêtre ouverte, je grimpai lestement sur les planches et m'adressai sans plus attendre aux auditeurs :

– Mon nom est Giordano Bruno de Nola. Peut-être vous a-t-il déjà frôlé l'oreille, peut-être pas. Qui suis-je ? Non point un acteur, messieurs, mais un philosophe, un astronome et un écrivain. Que nous importe ? me direz-vous. Nous sommes ici pour jouir de quelque intrigue bien tournée, non pour endurer des discours en latin ! Corbleu, messeigneurs, vous avez raison ! Cependant : patience. Voyez-vous, il se trouve que je suis aussi l'auteur de la charmante diablerie à laquelle vous allez assister, et il est d'usage que celui qui s'est rendu coupable d'une comédie la présente lui-même à son très honoré, aimable et – hum ! hum ! – chaleureux public au moyen d'un bref poème généralement suivi d'une épître dédicatoire, à laquelle succède un argument qui cède la place à l'antiprologue, lui-même s'effaçant devant le proprologue. Ce dernier, vous vous en doutez, s'achève où débute le prologue, et celui-ci ne meurt que pour donner naissance à un commentaire – confié chez nous à un *bidello* – qui annonce la voix du chanteur, le tour de l'acrobate, le son du musicien, le jeu du mime... Toutefois...

Trente individus immobiles me maudissaient du fond du cœur. Leurs pensées n'étaient que hachoirs me taillant la langue, entonnoirs enfoncés de force dans ma gorge pour y noyer mes haïssables sarcasmes, alênes me perçant les lèvres afin de les coudre, bastonnades jusqu'à ce que je crie merci à Dieu.

– ... toutefois le temps m'a manqué. Je suis en mesure de vous réciter le poème ; le reste, vous le lirez dans l'ouvrage quand il sera imprimé – s'il l'est jamais. Le titre de la pièce ? *Candelaio* ! Son héros ? Un lourdaud, magnifiques seigneurs ; un bougre qui va portant sa misérable chandelle, sans plus savoir dans quel trou il doit la fourrer…

– Assez ! Ceci est insupportable ! cria quelqu'un en se dressant d'un bond.

– … Tel est le résumé de l'humaine condition – et de la comédie dont vous allez tout à l'heure vous délecter grâce au sublime Nolain. Mais voici…

Invisibles pour le public, Sanguino et Carubina multipliaient grimaces muettes et gestes de pantomime pour me presser de commencer au plus vite. Lui était travesti en Bonifacio – une veste ridiculement courte révélant un postérieur monumental et une braguette rembourrée de chiffons –, elle plus fardée qu'une maquerelle.

– … mes vers. Ils ont été composés spécialement pour vous, poètes que Muse tient en son pouvoir, rhapsodes ô combien habiles et inspirés, parangons de la rime auprès de qui je ne suis que piètre jongleur implorant votre indulgence…

L'homme qui s'était levé voulait maintenant s'en aller ; il essayait à grand tapage d'entraîner avec lui une poignée de spectateurs excédés. Ayant produit un papier, je déclamai :

Vous qui tétez à la mamelle des muses
Et naissez en trempant vos lèvres
Dans leur bouillon bien gras,
Entendez-moi ! (Si foi et charité
Ont jamais enflammé le cœur de Vos Excellences.)…

Interrompu par un concert de grognements, d'exclamations et de craquements de chaises, je levai la main dans l'espoir de rétablir le silence et poursuivis :

Je pleure, quémande, mendie une épigramme,
Un sonnet, un éloge, un hymne, une ode
À m'attacher à la proue…
(Je saisis fièrement un sexe imaginaire…)
… ou à la poupe
(Tendis mon derrière au public…)
Afin de m'en retourner tout joyeux chez les miens.

Tel un marmot, je sautillai gaiement vers le fond de la scène, d'où je revins aussitôt, lamentable et désespéré :

Je suis las de marcher vêtu de ma seule faim.
Hélas ! Qui va plus nu que moi ?
Et pire : peut-être me faudra-t-il, pauvre indigent,
Me montrer à ma Dame sans rien
Sur le cul, ni sur la queue (même jeu que plus haut),
Comme faisait le père Adam
Quand il vivait heureux en son palais.
Mais pendant que je mendie des braies de gueux…

Je n'avais pas encore attaqué les deux derniers vers que les confirmait déjà une crépitation d'insultes, menaces de mort et sommations de cesser. Je ne pus, quand ils se présentèrent sur mes lèvres, que les lancer dans un cri :

… Voici que j'aperçois, montant de la vallée,
Des cavaliers en furie !

Un cavalier en furie – poète à la façon genevoise – m'assena un coup de canne si violent qu'il faillit me rompre les os du pied, et c'est en clopinant sous les huées assassines que je regagnai le bord de l'estrade où Carubina m'accueillit en louchant horriblement, les bras tendus et les seins luisants de sueur. Sanguino, qui semblait avoir renoncé à toute bravoure, hésitait à entrer en scène dans un tel chaos.

– À ton tour ! lui ordonnai-je avec une résolution qui ne souffrait aucune désobéissance.

Et je me réfugiai sous l'abri des tréteaux tendus de toiles chamarrées, en ce lieu qu'au théâtre on appelle l'enfer. J'eus la surprise d'y trouver caché l'étudiant Besler, tout sourires, ses dents pointues scintillant dans l'obscurité.

– Que fais-tu ici ?

– Longtemps que j'attendais ce moment, répondit-il en se pendant à mon cou.

– Laisse-moi tranquille, bon Dieu !

Mon pied me faisait horriblement souffrir. Au-dessus de nous, Sanguino sauta sur les planches et commença à jouer Bonifacio aux prises avec un laquais arrogant nommé Ascanio. Ce dernier rôle était tenu par une garce de seize ans que Carubina avait déguisée en bouffon.

– *Je m'efforcerai de faire vite et bien*, brailla-t-elle. *Mieux vaut tard que mal : « Sat cito, si sat bene. »*

– *Dieu soit loué !* s'exclama Bonifacio, *je croyais posséder un serviteur, me voici flanqué d'un majordome, d'un satrape, docteur et conseiller ; et ils diront que je ne suis qu'un pauvre gentilhomme ! Je t'ordonne, au nom de la queue bénie de… de…*

Comme une flamme souillée par la tempête, la tirade de Sanguino menaçait de s'éteindre.

– Continuez, continuez, je vous en prie !

Cette voix faussée n'appartenait-elle pas au duc Rizzo ? Je l'entendis ajouter :

– Que le départ de ces frileuses gens ne vous trouble pas, cher Sanguino. Cela n'a aucune importance. Et place à la comédie !

Suivirent de brefs murmures, deux ou trois éclats de rire

et, après un dernier atermoiement, l'acteur obéit, retrouvant ensemble et le rôle de Bonifacio et sa réplique, là où il l'avait interrompue. Ayant repoussé brutalement le morveux occupé à me frotter la cheville, j'écartai un coin de toile. Ce que je vis devait rester inscrit dans ma mémoire comme un tableau rêvé : d'abord la cour presque vide, quelques chaises renversées et les derniers invités qui se précipitaient vers le portail, tels des diables chassés de la fête. Ensuite, face à la scène, un groupe de gentilshommes, tous en élégant équipage. Au centre du groupe rayonnait Rizzo, dans son pourpoint rouge à crevés et sa culotte bouffante. À ses côtés enfin, non moins somptueusement vêtu, mais impassible et tout en noir, se tenait le fameux ambassadeur vénitien ; et cet ambassadeur n'était autre que Cecil.

Le libraire Jacobi ne m'avait pas trompé : du temps où il vivait à Rome, mon aimé espionnait déjà pour le compte de la Sérénissime, le palais du cardinal Vita (dont il était le mignon attitré) constituant un poste d'observation idéal. Informer les froids émissaires du doge sur les plus secrètes rumeurs de la cour, telle était alors, m'apprit-il, son obscure et peu enviable mission. Mais la chance tourna et voulut qu'il se trouvât bientôt à Venise, lors du séjour qu'y fit Henri de Valois. Après avoir régné cinq mois sur de lointaines contrées sarmates encroûtées par le gel, ce prince, retour de Pologne, avait vu se réaliser son ambition la plus chère en héritant de la couronne de France. Fou de plaisir, il ne songeait, avant de gagner Paris, qu'à s'enivrer des fêtes prévues en son honneur et des libertés qu'il entendait s'octroyer, telle cette passion qu'il avait de s'évader des palais où il était logé pour parcourir les rues incognito ou se faire transporter d'un quartier à l'autre sur une modeste gondole, ainsi qu'un simple visiteur. Désireux de bien connaître ce nouveau souverain, le doge avait chargé Cecil de noter chaque détail de la conduite d'Henri au cours des cérémonies, et de le surveiller dans tous ses déplacements, fussent-ils clandestins.

Alors que son entourage le croyait endormi, exténué par les réceptions fastueuses, la promenade à bord du *Bucentaure*, les joutes et les comédiens, Henri occupait ses nuits à fréquenter des mignons et des courtisanes à l'esprit plus ou moins cultivé ; l'une de ces rencontres fut le théâtre d'une conférence secrète qu'il tint avec un gentilhomme en vue de fomenter une vengeance contre un chef protestant. Le doge, qui goûtait fort les relations de Cecil concernant le séjour d'Henri, apprécia tout particulièrement ce dernier détail. Il envoya quelqu'un prévenir le malheureux du sort qui l'attendait et se saisit de l'occasion pour recommander devant le Sénat au roi de France d'apaiser son royaume en accordant un large pardon aux factions ennemies. Surpris, Henri devina que l'allusion du doge visait l'attentat qu'il avait ordonné et, pour sa défense, fit observer que restaurer l'autorité royale n'était point chose aisée.

– Il nous semble, répondit le doge, que l'autorité royale devrait avoir à cœur d'imposer la concorde aux différents partis religieux, sire. Après tout, n'est-ce pas déjà le cas en cette Pologne d'où vous venez ?

On n'ignorait rien, à Venise, du rôle qu'avait joué le très brave et très catholique Henri dans le déclenchement à Paris, deux ans plus tôt, du massacre général des calvinistes. À quelle barbare politique lui et sa terrible mère s'étaient-ils donc abandonnés ? Et quels malheurs à venir ces événements laissaient-ils présager ? La paix d'un royaume exige que la clémence vienne du monarque lui-même, pensait-on ici.

Après qu'Henri III eut quitté Venise, le doge se montra

heureux de l'accueil qu'avaient réservé au visiteur le peuple et la noblesse, et il voulut se délecter une dernière fois – en privé – des récits de son espion favori. Tous deux échangèrent des vues sur diverses questions dont certaines avaient trait à l'art et au gouvernement des peuples. À la fin de l'entretien, Cecil avait ouvert un carton et tendu à son maître un portrait croqué sur le vif du roi de France.

– J'ai pris la liberté de le commander pour vous à mon ami Jacopo Robusti. Le peintre l'a réalisé à l'insu du modèle – notez sa fraîcheur.

– Robusti est vraiment votre ami ? s'étonna le doge – puis, en hochant la tête d'un air satisfait : Un don des cieux, le talent de cet homme. Son croquis est parfaitement ressemblant. Mais qui sait si je n'eusse préféré un portrait du beau Cecil ?

Son interlocuteur s'était contenté de sourire en inclinant la tête.

– Dorénavant, reprit le doge, je ne confierai à personne d'autre que toi le soin de surveiller ce Valois. Que dirais-tu d'être élu dans quelque temps ambassadeur par ces messieurs du Sénat ?

– Je ne suis pas citoyen originaire, Votre Sérénité, mais né à Londres d'une mère française !

– Quel page magnifique tu as dû être ! Mais il n'est point de beauté ni d'intelligence plus vénitiennes que les tiennes, crois-moi. Nous trouverons un arrangement.

Après l'avoir complimenté et récompensé, le doge avait ordonné à son agent de rentrer à Rome et d'y patienter dans l'attente d'une nouvelle mission.

Cecil m'apprit qu'il lui avait fallu se morfondre chez Vita encore un an, l'air y devenant de plus en plus délétère et le cardinal de plus en plus fou. Enfin, prétextant un voyage avec son jeune frère, il avait regagné la Sérénissime, et de nouveau s'était vu couvert de faveurs par le doge. Bientôt, nommé secrétaire de l'ambassadeur, il s'était retrouvé attaché à une délégation auprès de l'Espagnol (qu'il eut même l'honneur d'approcher au cours d'une chasse à l'arbalète), puis à une autre dépêchée à la cour de Naples.

– Ta bonne ville pleine de reliques, de superstitions et de faux miracles, me lança-t-il. Cela ne m'étonne plus que tu sois aussi stupide. As-tu déjà vu comment les prêtres, pour le liquéfier, réchauffent les ampoules contenant le sang de Gennaro ?

– Naturellement, soupirai-je, agacé. Ainsi entretient-on la foi du vulgaire…

– Pas seulement du vulgaire. Les gentilshommes vénitiens avec qui je voyageais s'y sont tous laissé prendre. Quant à toi, tu es comme ces curés : dressé à construire des mondes illusoires…

Un de nos plus affreux moments, cette conversation post-coïtum qui menaçait à chaque instant de tourner à l'exercice de cruauté. Elle s'acheva à la pointe du jour dans le jardin de Rizzo, décor d'un vert sombre où les premières lueurs de l'aube tuaient déjà la fraîcheur autour des arbres. Comment ne pas songer à la fontaine aux trois lions, aux orangers du palais Vita, à une autre aurore vieille de onze ans et dont le souvenir vacillait au fond de nos pensées ? Ainsi qu'autrefois à Rome, tout le monde dormait dans la maison, y compris le maître des lieux, et chacun en fort agréable compagnie. Mais Cecil devait repartir le matin même, appelé, disait-il, par d'importantes charges – et quel qu'il fût, le devoir auquel il entendait obéir offrait nos cœurs à l'amertume, nous rendait oublieux de toute pitié et tendresse. Moi boitant comme un malbâti à cause du coup de canne de la veille, lui plus souple et aérien que Mercure, nous nous dirigeâmes à pas lents vers trois chevaux magnifiques qui piaffaient sur le pavé de la cour. Le sien était noir comme le diable et tout harnaché de brun.

– Et Rizzo ? questionnai-je sur un ton dépourvu de chaleur.

– Que t'importe Rizzo ?

– Il m'importe, par le Christ !

Cecil s'arrêta, poussa un long soupir et dit :

– Je te croyais libre et défroqué, Philippe. Mais tu ressembles encore plus à un moine qu'à Rome il y a onze ans… Un moine estropié, qui plus est…

– C'est cette femme qui me porte malheur…

– Le *malocchio*, n'est-ce pas ? La peste soit de tes superstitions napolitaines ! Aucune femme ne porte malheur !

– Elle, si !

– Veux-tu que je te dise ? Tu finiras comme ces ânes, ces imbéciles, ces grammairiens que tu prétends abhorrer !

Qu'il était beau, mon aimé, dans son vêtement nocturne ! De cet habit d'orgueil je l'avais tout à l'heure dépouillé afin qu'il subît le simple, le commun châtiment de l'amour, le fouet de ma force retrouvée. Allais-je devoir maintenant le corriger devant les deux mignons qui lui tenaient lieu d'estafiers ? Voulait-il par hasard tâter de mon poing ? L'idée d'une lutte – ou peut-être d'un duel – le traversa, lui aussi, car il me lança, sarcastique :

– Tu portes une épée, maintenant ?

L'épée de Marchese, arme inutile au fil rouillé, pas même bonne à me servir de bâton. Celle qui pendait au baudrier de Cecil, en revanche, s'ornait d'un joyau.

– Rassure-toi, répondis-je, je ne te taillerai pas en pièces : je n'ai point appris à m'en servir. Je suis un écrivain, que je sache, pas un soudard…

Le chapeau à panache qu'il tenait à la main virevolta au rythme d'un éclat de rire sonore.

– Un écrivain !

Et il sembla que l'hilarité se fût emparée de son buste, de sa gorge pour l'éternité. Tout tremblant de fureur contenue, je soufflai :

– Qu'y a-t-il de si drôle ?

– As-tu jamais rien écrit de valable ?

– Beaucoup de choses !

– Des livres imprimés ?

– Pas encore !

– Regarde-toi donc ! Tu es plus maigre et blafard qu'un galérien ! Tu te ridiculises en jouant les écoliers, les saltimbanques, les correcteurs !

– Va-t'en au diable !

– Serais-tu un illusionniste, Philippe ? Un oiseleur...

Il me fallut, pour ne pas le frapper, lui tourner le dos et m'enfuir, l'abandonner sans autres adieux à la compagnie de ses chevaux et de ses écuyers. Aussi vite que le permettait mon pied blessé, je courus en direction du jardin.

– Philippe !

– Crie tant que tu veux, haletai-je en clopinant sous les branches, je ne te reverrai jamais.

– Philippe ! Attends !

Le monde n'abritait que des ennemis et le plus cruel de tous était mon aimé, l'âme de mon âme, l'être unique dont j'avais attendu le retour et de nouveau baisé les paupières, mordu la nuque tendre... Parvenu à un étang à demi asséché, je m'écroulai, fou de douleur, à plat ventre sur la berge. Je respirai l'odeur des roseaux et trempai mon visage dans la boue afin d'y mêler mes larmes. Trahis par les reflets de lumière, des insectes agonisaient à la surface de l'eau. Bientôt les démons aquatiques tentèrent d'instiller leur poison dans mes froides pensées. Cet intrigant se prendrait-il par hasard pour un dieu ? les entendais-je insinuer. N'est-il pas né d'une femme comme tout un chacun ? N'a-t-il pas vu le jour dans la fange, la glaire, l'urine et le sang ? Non ! répondais-je. Qu'il s'en aille, l'insensible, retrouver son doge, son Espagnol, son peintre ! Non ! Non !

Tel Narcisse penché sur son image, je contemplais mon âme immonde et découvrais que la flèche enfoncée dans mon cœur par Cecil était celle de la vérité. Genève refusait-elle de reconnaître mon talent ? Vêtu comme un gueux, plus pauvre et résigné que Job, je continuais d'errer en vain de par ses rues puantes comme dans le dédale d'une vie misérable, limitée, hérissée de souffrances.

Cecil ! Le soleil était haut quand je revins rôder aux alentours de la maison. On avait dressé une table au pied de l'escalier ; le duc Rizzo buvait un verre de vin en courtisant un adolescent à moitié nu, à peine tiré du lit sans doute. Des rubans couraient dans sa chevelure dépeignée. Je dus lui apparaître plus effrayant qu'un spectre, tel que je surgis de son jardin, sombre et maculé de boue, celle-ci formant sur mes joues une croûte ravinée par les larmes.

– Que vous est-il arrivé ? cria-t-il de sa voix suraiguë.

Je passai mon chemin sans lui répondre et fis lentement le tour de la maison. Peut-être avais-je eu la folie d'espérer autre chose : dans la cour, les chevaux de Cecil avaient bel et bien disparu. Carubina était assise sur la scène, jambes écartées, en compagnie du jeune Besler. Tous deux riaient en mangeant des cerises qu'elle tirait du creux de sa robe et dont ils jouaient à recracher les noyaux le plus loin possible, comme font les enfants. J'eus un geste stupide pour indiquer les traces laissées par les bêtes et je m'adressai à la comédienne :

– Où sont-ils ?

– Partis ! répondit-elle en haussant les épaules. Envolés ! Tiens, ceci est pour toi !

Et elle lança un livre qui tomba à mes pieds. C'était un bel in-trente-deux de soixante-dix pages, imprimé à Venise sur un point trop méchant papier. Qui dira l'effervescence que produisit en moi la lecture de son titre, *L'Arche de Noé*, et celle de la mention : *Fantaisie de Bruno Nolano* ? Ayant ouvert le volume avec difficulté, tant mes mains tremblaient, je vis la première majuscule du texte se découper dans son cadre à motifs de pampre finement ciselés, puis le texte lui-même. Écrit par moi onze ans plus tôt, présenté au pape Pie V, vendu à Rome pour la somme d'un *carlino* et racheté un peu plus tard par Cecil, il renaissait tout soudain sous sa forme imprimée dans le doux frémissement des pages. Cette œuvre mienne, lointaine et quasi oubliée commençait par ces phrases maladroites : *Que l'âne occupe sur l'Arche la place la plus éminente, ainsi qu'un marin dressé à la poupe du navire, cela ne surprendra pas l'Avisé, car nos connaissances, dit-il, ne sont que des âneries. De même notre vie est une fable, le monde une comédie et l'univers un songe.*

– Il fallait s'y attendre, soupira Bergeon.

Sa face habituellement joviale trahissait des signes d'inquiétude et d'hostilité. On était venu l'arrêter alors qu'il ouvrait son atelier, bien avant le lever du jour. Depuis, il attendait dans ce cachot qu'on le conduisît devant ses juges. De la même façon, les soldats s'étaient enquis de moi auprès de la Silvestri. Quand j'eus regagné ma soupente, celle-ci feignit de n'en rien savoir, me monta un broc d'eau tiède et, tandis que je me lavais et me soignais le pied, s'en fut me dénoncer au guet…

– J'espère m'en tirer avec une amende de quelques florins, poursuivit l'imprimeur. Tout dépend de ce la Faye. On dit qu'il remue ciel et terre en criant vengeance. Mais j'ai quelques appuis, moi aussi, et une point trop mauvaise réputation. Quant à toi, Brunet…

Bergeon fut condamné dans l'heure suivante à demeurer en prison jusqu'au lendemain et à verser une amende de cinquante florins, somme considérable qu'il jura sur la Bible ne pas être en mesure de payer. Ayant obtenu de l'encre et du papier, il rédigea une longue requête afin de protester de sa bonne foi. «Le nommé Brunet m'a induit en erreur», écrivit-il, en affirmant que sa copie ne traitait que de philosophie et ne contenait nulle invective adressée à Dieu ni au régent la Faye. Le lendemain après-midi, qui était le vendredi sept août, on accepta après lecture de cette lettre de modérer la sentence et de réduire la somme de moitié. Bergeon fut libéré et quitta notre cellule en promettant de me faire payer l'amende jusqu'au dernier sol. À mon tour, je fus interrogé par le Grand Consistoire.

Nul n'ignorait que la Faye n'avait jamais entendu parler de métaphysique et qu'il encombrait les charges publiques à seule fin d'assouvir sa légendaire avarice. Pourtant, le magistrat qui présidait aux débats, un Florentin du nom de Varro, prêta grande attention à ses lamentables jérémiades. Le régent se plaignit d'avoir été insulté au cours d'une leçon sur Aristote, m'accusa de répandre des idées fausses, de fomenter une rébellion parmi les étudiants et enfin s'estima diffamé par le libelle qui avait circulé dans la ville, et dont n'avait pas manqué de s'ébaudir jusqu'à l'écolier le plus ignorant.

– Que réponds-tu à ces accusations? m'interrogea Varro en me dévisageant comme s'il me voyait déjà pendu au bout d'une corde.

– Des mensonges. C'est la seconde fois que l'on me poursuit en justice pour des fautes que je n'ai point commises. Partout les docteurs sont experts à se plaindre d'avoir été insultés, quand bien même on n'a fait que démontrer leurs erreurs. De coupables qu'ils sont en raison de leur ignorance, ils deviennent victimes. L'artifice est bien connu.

Était-ce mon accent naturel qui irritait l'oreille de ces bonnes gens ? Tous grimaçaient sous leurs bérets noirs, paraissant endurer un martyre. L'un d'eux me questionna :

– Est-il vrai que tu as traité le sieur la Faye de maître d'école ?

– J'ai demandé qu'on nous laisse disputer librement, arguant que nous ne sommes point des enfants...

– Et ce document ? reprit Varro en soulevant avec dégoût un coin de l'imprimé.

– Tous ceux qui savent lire Aristote pourront en vérifier aisément l'exactitude. Je ne voulais ici qu'ouvrir une école. On m'a forcé à inscrire mon nom sur une liste d'étudiants calvinistes et à assister aux leçons de mon adversaire. Par malheur pour lui, je suis diplômé en philosophie...

– Peut-on savoir quelle est ta foi, Brunet ? m'interrompit un troisième.

– Les guerres entre sectes religieuses ne m'intéressent pas. Je suis un serviteur de la nature qui est pacifique et bonne par essence, du soleil qui nourrit les âmes et éclaire la raison, de l'univers infini, tel qu'il se réfléchit en mon esprit...

Les juges ne dissimulèrent pas l'irritation où les plongeaient ces paroles nébuleuses. Pourquoi diable leur fallait-il souffrir pareil personnage ?

– On raconte que tu pratiques la magie, insinua quelqu'un.

– Je pratique une magie naturelle, une magie du verbe et des liens qui unissent spirituellement les êtres. Aucune sorcellerie.

Varro épongea à l'aide d'un mouchoir la sueur qui lui baignait le front et reprit sur un ton hostile :

– Revenons à l'affaire qui nous occupe. As-tu ou non l'intention de reconnaître tes fautes ?

– Je reconnaîtrai tout ce que vous voudrez quand on m'aura apporté la preuve que ce sont des fautes...

– C'en est une de publier des calomnies à l'encontre d'un régent du collège, dans une ville où tu as trouvé asile et protection ! Si nous ne t'avions accueilli, tu aurais rôti sur un bûcher, à Rome ou à Naples !

– À Genève aussi, il arrive que l'on dresse le bûcher ! Auriez-vous déjà oublié Michel Servet ?

Ce simple éclat me valut de moisir vingt jours en prison, condamné à ne pas boire alors que Genève étouffait sous la canicule. Telle fut la justice de Varro, dont le supplice n'exigeait le secours d'aucune machine ni bourreau. Sans doute le jugeait-il vulgaire, le chevalet dont usaient les catholiques ! Ces calvinistes veulent que je me dessèche, spéculais-je au plus fort du tourment, et que mon âme se racornisse jusqu'à ne plus produire que de maigres pensées, telles ces crottes dures et mesquines que rend maintenant mon corps. Allongé sur la couche rugueuse, j'étais la proie du délire. Debout, me violentait la nausée intolérable. Mes amis comédiens n'étaient pas autorisés à me rendre visite. On m'interdisait les livres, l'encre et le papier. Je commençai par tenir tête aux accusateurs et répétai à chaque audience, d'une voix qui s'affaiblissait de jour en jour, que mon écrit contenait non des invectives personnelles, mais uniquement des propositions philosophiques aisément vérifiables. Varro m'écoutait sans broncher puis, d'un geste las, ordonnait que je fusse reconduit à mon cachot. De nouveau il me fallait recueillir pour la boire dans la conque de mes mains une urine de plus en plus rare, mendier au gardien intraitable l'aumône d'une goutte d'eau, gratter la terre avec mes ongles dans l'espoir d'y découvrir un peu d'humidité. Le vingtième jour, je décidai de sauver ma vie.

Varro se tamponna le front et soupira en répétant la même question :

– Reconnais-tu avoir usé de propos calomnieux à l'encontre du sieur la Faye ?

– Je le reconnais, répondis-je imperceptiblement.

Le greffier, qui ne s'était pas donné la peine de transcrire une fois de plus les paroles du magistrat, m'interrogea d'un regard surpris. Sa plume plongea dans l'encrier, gratta la feuille.

– Fort bien, reprit Varro. Je vais donc dicter la sentence : Jordan Brunet, pour avoir publié un écrit diffamatoire destiné à porter préjudice au sieur Antoine de la Faye, régent du collège, je te condamne à lacérer de tes mains le libelle incriminé, publiquement et en présence des ministres et étudiants ; déclare ledit libelle frappé de censure et t'ordonne de suivre à l'avenir la vraie doctrine. Fait à Genève ce vingt-sept août mil cinq cent septante-neuf. L'audience est... Oui ?

– Puis-je formuler une requête ?

– Laquelle ?

– Que me soit épargnée l'humiliation publique. J'accepte en échange de quitter Genève dès ma sortie de prison et d'y être à jamais interdit de séjour.

Déchirer par-devant tout le collège mon libelle imprimé et supporter que la ville m'entendît crier merci à Dieu eût consisté en quelque manière à franchir la porte de la honte. Ces hérétiques-là n'étaient pas moins ennemis de ma cause que les suppôts de l'Inquisition romaine. Avait-il compris que j'étais un philosophe sans académie, un religieux sans Église ? Se satisfaisait-il de me voir disparaître ? Varro accepta ma proposition sans hésiter.

Sanguino emmenait sa troupe à Lyon où l'on goûtait, disait-il, les comédiens italiens. Il espérait y être autorisé à jouer mon *Candelaio*. J'acceptai son offre de m'embarquer sur l'un de ses méchants chariots et je tournai le dos à la cité calviniste comme j'avais fui la catholique : pauvre, inconnu et solitaire.

Mes dettes envers Marchese et Bergeon s'élevaient à une quarantaine de florins ; Jean Pruss m'aida à m'en acquitter et me souhaita bonne route, quelle qu'elle dût être. À l'heure du départ, Morgana m'apporta un panier de victuailles. Elle m'apprit qu'elle avait tenté en vain de me secourir pendant mon emprisonnement. Elle allait bientôt repartir pour le Royaume avec Borzello. Plus tard, une lettre de Naples devait en effet m'informer qu'ils avaient trouvé là-bas asile, lui s'étant enrôlé comme capitaine dans les troupes du vice-roi.

Chaque être possède son lieu propre en ce monde, méditais-je dans les cahots de la voiture, tandis que nous progressions, plus affamés que nos chevaux, à travers des plaines grasses et verdoyantes, le long de rivières au flux généreux, sur des routes sillonnées par des banquiers et marchands lyonnais. Pourquoi les fleuves vont-ils à la mer, sinon pour l'amour qu'ils portent à leur élément ? L'errant lui-même ne considère-t-il pas comme une forme de patrie l'auberge vers laquelle le ramènent toujours ses pas ? Où donc se trouvait la mienne ? Par une de ces exceptions dont la nature a le secret, elle n'existait tout simplement pas, et il me faudrait rien de moins que l'expérience d'une vie pour le comprendre. Oui, j'étais – je suis – une forme monstrueuse d'humanité.

12 FÉVRIER 1600, SAMEDI

Jésuites, dominicains, frères de l'Église nouvelle ou de Saint-Gérôme, consolateurs de San Giovanni Decollato, les émissaires des différents ordres se succèdent depuis deux jours dans mon cachot pour m'exhorter à la confession, à la contrition, au repentir, au reniement, à la pénitence, toutes vertus chrétiennes sur lesquelles ils fondent leur esclavage du corps et de l'esprit. Maudits soient-ils, ces chiens obséquieux, ces renifleurs de mort ! Étant encore en vie, je compisse leur miséricorde comme ce coin de mur sombre et puant d'où je dois chasser les rats pour faire mes besoins ; et refuse d'interrompre le cours de mon écriture et de mon agonie pour entendre leurs misérables patenôtres. Tout à l'heure, j'exigerai même d'Orazio qu'il leur interdise l'entrée de ma cellule. Pourquoi continuer à endurer ces gens ? Quant à Clément, il a dépêché ici hier soir un second ambassadeur, un de ses conseillers espagnols, homme jeune respirant le luxe de la cour à qui j'ai trouvé un air de famille avec l'inquisiteur Deza, célèbre ami des femmes et des très jeunes filles, grand adorateur de la Vierge devant l'Éternel… Probablement son fils, ou son neveu.

Ayant déposé la lanterne sur la table, le visiteur avise l'unique tabouret et renifle plusieurs fois d'un air dégoûté. Oui, mon cher, ce cachot est un bourbier infect, un cloaque, un pot de chambre pour les déjections de la Sainte Mère Apostolique… Enfin il s'assied et considère silencieusement les feuilles manuscrites étalées sous le halo de lumière.

– Je sais que vous détruirez aussi ces notes, dis-je.

Les yeux noirs du secrétaire fouillent l'angle où je me tiens rencogné.

– Et malgré cette certitude, tu continues d'écrire. Malgré aussi cette… cette puanteur…

– Uniquement pour ne pas perdre la raison.

Nous nous observons un moment dans la semi-obscurité. Sa figure n'est point laide, en effet, bien que les traits en soient altérés par la vue de ce lieu immonde.

– Clément n'éprouve aucune haine pour le philosophe de Nola. Tel est le message dont je suis porteur.

– Sa justice m'a condamné à mort ; qu'elle aille jusqu'au bout. Telle est ma réponse.

Après un silence et un craquement de tabouret, il ajoute :

– Je suis également habilité à débattre…

Débattre ! Selon les indications de ma mémoire – la plus fidèle qui puisse être en ce monde –, j'ai été arrêté à Venise le vingt-deux mai quatre-vingt-douze, cela fera donc bientôt huit ans. Détenu en la prison de San Domenico di Castello, j'attendais là-bas la conclusion de mon procès quand ce pape Clément, qui n'éprouve aucune haine pour moi, voulut soudain me voir comparaître devant le tribunal central et obtint que je fusse transporté sous bonne garde à Ancône, puis à Rome. Depuis cette date, j'ai subi vingt-cinq interrogatoires et audiences, dont deux sous la torture ; j'ai rédigé pour ma défense trois factums de plus de cent pages chacun. Neuf juges inquisiteurs ont enregistré les dénonciations, entendu les témoins, étudié mon hérésie, examiné ma vie passée, écouté mes arguments, consulté mes ouvrages, mis au point deux séries d'accusations ; après quoi, ayant gravement délibéré, ils ont prononcé une sentence conforme aux règles de leur droit, et le pontife l'a ratifiée, bien qu'il n'éprouvât aucune haine. À moins que cette procédure ne soit une comédie et une farce, et donc une farce l'Inquisition, le Saint-Office, le trône de Saint-Pierre, la Messe, les anges, les Apôtres, le sacrifice du pain et du vin, l'enfantement du Messie par une vierge, les quatre Évangiles, les Épîtres de Paul, l'Église catholique et sa déité tricéphale, je veux maintenant, oui, je veux que l'affaire aille à son terme – c'est-à-dire la mort, la mort aveuglante, la mort héroïque qui seule fera naître, vivre et s'accomplir dans la lumière cet être qui fut moi, Giordano Bruno de Nola, fragment immortel de l'âme du monde…

M'étant dressé avec peine sur mon grabat, je demande à ce jeune homme s'il appartient à la famille du cardinal Deza, comme paraissent l'indiquer les traits de son visage.

Nouveau craquement de tabouret.

– Pietro Deza est mon père, dit-il en détournant les yeux.

Il a honte de son nom. Devoir le jour à Deza, prélat espagnol, pervers richissime et raffiné, fanatique du culte de la Vierge et cardinal inquisiteur ! Le fils intrigue contre le père. Lui versera-t-il du poison dans l'oreille ? Osera-t-il le tuer d'un coup de poignard ? Je reprends :

– Il est aussi membre du tribunal qui m'a condamné. La chose n'est-elle pas risible ? Le père expédie l'hérétique au bûcher, le fils tente de le sauver…

Agacé, chassant d'un geste une volée de mauvaises images, il répond :

– Tu n'as pas devant toi un inquisiteur, mais un conseiller du pontife. Certains manieurs d'idées représentent un danger pour la paix en République chrétienne. Il ne s'agit que de trouver un… un compromis – et, baissant la voix : Naturellement, personne ne peut empêcher un homme de vouloir mourir à tout prix…

– Je ne demande qu'à vivre. Mais mon esprit aussi veut vivre…

– Il vivra, soupire-t-il. Loin de Rome.

– Non. Il vivra à Rome. Grâce au bûcher de Clément. Pitoyable souverain que celui qui t'emploie. Va dire à Sa Béatitude que je ne puis lui rendre le service qu'elle exige de moi…

– Le mouvement que ta doctrine alimente est plus politique que tu ne sembles le croire, insiste-t-il avec quelque passion. Il y a des révoltes, dans le Sud…

– Les Napolitains abhorrent l'Inquisition, ce n'est pas nouveau…

– Ils auront bientôt un martyr pour justifier leurs violentes actions ! Bien que ta pensée soit inaccessible au vulgaire, et donc à la plupart d'entre eux…

– J'ai enseigné ma religion aux étudiants de dix-sept villes d'Europe et aux souverains de trois États puissants. J'ai parcouru cinq mille lieues, écrit plus de quarante livres, instruit en prison des dizaines de moines accusés d'hérésie. Qui peut prévoir l'usage que le monde fera de mes vues ? Toi, peut-être ?

Comme tout à l'heure, nous nous observons sans mot dire. Son beau visage est volontaire. Le mien ressemble sans nul doute au masque de Satan – face de vieux sorcier dément ! Ma figure noire de barbe et de crasse ! Peut-il la distinguer dans la pénombre ? Peut-il y lire autre chose que la peur ? Nul amour n'éveille mon regard puisque je ne désire rien que la mort ! Cecil, où es-tu ? Écoute : on a égorgé ici un petit messager turc, hier soir, ange sacrifié. Gageons que l'élégant Deza – Dieu comme tu lui ressembles ! – échappera à un tel sort. Le voici maintenant qui se lève ; sa grande ombre se déploie sur le mur. Il cogne contre la porte pour appeler Orazio. On dirait qu'il veut fuir…

– Les flammes sont une mort terrible, dit-il avec colère. Il faut empêcher ce crime !

Tu perds ton temps ! Les flammes, oui, d'ici à cinq jours ! Et jusque-là cinq nuits sans le moindre sommeil. Cinq fois la révolution naturelle de la Terre dans les cieux ramènera l'obscurité, et celle-ci m'interdira d'écrire. Enchaîné à la planche de torture qui me sert de lit, je m'astreindrai à faire resurgir de ma mémoire les figures zodiacales décrites autrefois dans mon *De umbris idearum*. Cette discipline mentale est supposée m'élever au-dessus du temps, me permettre d'atteindre le lieu éternel. Mais avant que j'aie visité le second décan du Sagittaire où une vieille endeuillée emporte entre ses bras un enfant, les idées les plus terrifiantes auront brisé les digues de ma volonté. Je suis si exténué. Quand elle n'est pas chevalée par l'écriture, mon âme n'a plus la force de résister à l'effroi. Alors les gardiennes de l'enfer se détachent du mur invisible et tournoient dans la cellule en ouvrant leurs ailes abominables. Le jour éclairant le soupirail paraît une délivrance. Orazio m'apporte une écuelle de soupe tiède ; j'ai déjà repris ma plume, et ma vaine chronique.

C'était le matin de mon trente-deuxième anniversaire. Camacho, le barbier, achevait pour le rafraîchir de me parfumer le visage à l'eau de Cordoue, quand Jean vint m'annoncer la visite du frère da Lucca. Je le vis qui souriait sous l'épais capuchon ; son nez proéminent était rougi par le froid. Sur le guéridon qu'encombraient déjà la cuvette d'eau tiède, le bol de savon et le rasoir, il déposa et ouvrit maladroitement de ses mains gantées un panier nain orné de rubans. Celui-ci contenait un assortiment de mes biscuits préférés, achetés près du Capitole au meilleur pâtissier de Toulouse.

– Il montera l'escalier dans un instant. Heureux anniversaire, Philippe.

– Heureux anniversaire, monsieur, répéta en écho Camacho qui essuyait et rangeait un à un ses instruments dans une boîte.

– Le frère da Lucca, dis-je vivement après avoir croqué dans un gâteau. Va l'accueillir et fais-le entrer dans le cabinet, le temps que je m'habille.

Titulaire de la chaire de philosophie à l'université, je disposais d'un logement des plus confortables, muni d'un vaste cabinet de travail qu'éclairaient deux hautes fenêtres dont l'une donnait sur le collège des jésuites. Jean sortit. Insoucieux des regards du barbier, je laissai glisser sur le carrelage ma robe de nuit et tirai de l'armoire des bas, des chausses et une chemise blanche. Je m'assis, pour enfiler mes souliers, devant la cheminée où grondait un bon feu et Camacho m'aida à revêtir un pourpoint de drap sombre. Puis il me salua en empochant sa pièce :

– À jeudi, monsieur.

Il avait à peine refermé la porte qu'elle s'ouvrait de nouveau. C'était Jean, toujours encapuchonné. Affairé, comme le voulait son tempérament, il s'approcha du guéridon et vola un biscuit dans le panier.

– Est-il arrivé ? chuchotai-je.

Ayant exigé un baiser en paiement de sa réponse, Jean ironisa à voix basse :

– L'ambassadeur papal vous attend, monseigneur.

– Vas-tu ôter bientôt cette maudite cagoule ? Tu as l'air encore plus idiot que d'habitude.

Sur ces mots, je le plantai là, traversai le ténébreux vestibule et poussai la porte du cabinet.

Le prieur Sisto da Lucca m'apparut aussi élégant de mise et de contenance qu'à l'époque où il me cachait en son couvent de Santa Maria Sopra Minerva. Son visage demeurait toujours le même, glabre et illuminé par le blanc scapulaire.

Ses mains délicates et frileuses, qui se caressaient l'une l'autre, étaient restées dans mon souvenir comme le signe de son esprit ingénieux. Il arrivait de Rome, m'apprit-il, et se dirigeait vers l'Espagne, porteur d'un message du pape Grégoire à Philippe II. Après avoir franchi sous bonne escorte – mais non sans plaisir – les dangereuses contrées huguenotes de Provence et du Languedoc, il était pour trois jours l'hôte des capitouls. Avec un geste gracieux en direction de la fenêtre, il ajouta :

– Te voici revenu à tes premières amours, dirait-on. Toulouse ! la Rome de la Garonne, le rempart de la foi catholique en Languedoc ! Toi qui voulais mener la vie des hérétiques…

– Ne me raillez pas, frère da Lucca. Ici, on m'autorise à travailler, à vivre…

– À vivre bien, il me semble. Un appartement agréable, des domestiques…

– L'homme qui vous a ouvert n'est pas un domestique, mais mon disciple. Jean Hennequin est son nom…

Fidèle à son habitude, da Lucca sourit de toutes ses dents.

– Jean, dit-il. L'apôtre préféré.

Son regard fit de nouveau le tour de la pièce et revint se poser sur la longue table d'écriture. Celle-ci supportait deux lutrins et un désordre de livres ouverts ou fermés, de pages où s'inscrivait le dialogue de mes pensées, tel que le sommeil l'avait interrompu. Une règle et un compas aux branches écartées y voisinaient avec l'encre et les plumes ; l'art de la géométrie avec celui des lettres.

– Ces notes, reprit da Lucca, viendront bientôt nourrir un deuxième livre. Je me trompe ?

Il connaissait donc l'existence du premier. Toujours souriant, il poursuivit :

– Bruno Nolano… De quelle *fantaisie* s'agira-t-il, cette fois ? D'un dialogue à la mode platonicienne ? D'une volée de bois vert destinée à éreinter le vieil Aristote ? Voyons... Un traité de cosmologie copernicienne, peut-être...

– Tout dépend de qui le lira.

– Que de mystères, Seigneur ! Ne suis-je pas ton ami ?

– Il est vrai que vous m'avez aidé, jadis, et contre vos opinions, mais...

– Mais ?

– Veuillez me pardonner, frère da Lucca : je me suis confessé à vous dans une lettre, il y aura bientôt quatre mois. J'ignore encore si j'ai ou non commis une erreur. Ma confiance ne dépend que de votre réponse.

Je me revis dans une auberge pouilleuse, à Lyon, rédigeant ce courrier à la hâte au moment de me séparer de Sanguino pour marcher vers le sud et Toulouse. Un professeur de cette ville rencontré par hasard m'avait assuré que son université n'était occupée par nul cuistre ni pédant, ajoutant que la chaire de philosophie y serait sous peu vacante et mise au concours. J'étais pauvre, fatigué, et l'espoir d'une vie meilleure inspirait toutes mes conduites. Je caressai bientôt un double rêve : conquérir cette charge au plus vite, et que l'Église accepterait de revenir sur mon injuste excommunication, le temps ayant apaisé la fureur de mes ennemis.

Certes, je devais à Toulouse me tenir aussi éloigné que possible de la foi catholique, travaillant en toute liberté selon l'inspiration de ma conscience et n'assistant à la messe à Saint-Sernin que corporellement, et par égard envers mes pairs. La religion qui s'était confirmée en moi sous le joug calviniste n'exigeait nulle procession ni cérémonie ; sa seule liturgie consistait à méditer solitairement sur les images, les emblèmes, les chiffres, les mots et tous signes de l'esprit aptes à vous transporter jusqu'à l'éblouissement du sens. Quant au dieu que je chérissais, il n'était ni pendu à une croix ni assis, tonitruant, sur un nuage, encore moins entouré d'angelots soufflant dans des trompettes; il n'était d'ailleurs nullement figurable, ne se manifestant que dans et par cet éblouissement, hôte invisible et toujours désiré de la nature, présent en mon esprit et en mon corps sous sa forme immatérielle et exigeante. En lui se confondaient Amour et Connaissance. Un dieu ô combien hétérodoxe, et dont le seul messager était, je l'avoue, un lointain, trop lointain archange nommé Cecil. Pourtant mon âme nourrissait un mystérieux désir, celui d'être en quelque manière aimé de ceux qui m'avaient fait. Le bon Pic n'avait-il pas convaincu autrefois Alexandre de la justesse de ses vues? Et mon maître, Vairano, s'était-il jamais écarté de l'Église? Et le docteur d'Aquin? Et Augustin? Et Nicolas de Cusa qui fut ambassadeur chez le Turc? À Genève, je m'étais surpris à construire un christianisme à double usage: utile à la fois au vulgaire, à qui il édicterait les lois morales, et à l'esprit supérieur qu'il protégerait de sa puissance. Afin de donner consistance à ce songe, mon imagination ne manquait pas de brosser avec un soin minutieux le tableau d'une séance solennelle tenue en quelque salle haute, voûtée et garnie d'ors d'une académie romaine. Le fougueux Nolain s'y voyait accueilli par un cénacle d'honorables et savants cardinaux aux yeux bons, aux mains transparentes, tous penchés sur mes textes et ne parvenant à dissimuler leur enthousiasme ni leur admiration. Avant de me mettre en route, je m'étais adressé à Sisto da Lucca, le priant d'intercéder en ma faveur auprès du Saint-Siège.

La fortune était-elle enfin résolue à me sourire? Je fus accueilli en terre languedocienne par les gens les plus sages et généreux qui se pussent trouver. Contrairement à ceux de Genève, ils surent distinguer mon talent et m'offrirent d'enseigner les sciences à leurs étudiants. Après quoi, le plus naturellement du monde et sans enquêter sur ma vie passée, ils m'élirent à la chaire de philosophie, libre en effet.

De Rome, cependant, je restais sans nouvelles. Et voici que da Lucca m'honorait d'une visite. Peut-être était-il porteur de quelque message favorable...

– La confiance, reprit-il pensivement. À propos, ces messieurs de Toulouse savent-ils que leur université abrite un protestant ?

Une telle question ne pouvait s'entendre que comme une menace. Il existait ici un parti fort dangereux, tout occupé à pourchasser et massacrer les huguenots...

– Protestant, je ne le suis point, répondis-je calmement.

– Tu as vécu à Genève sous cette religion... Tu t'y es même marié...

– On m'a inscrit de force sur un rôle d'étudiants calvinistes ! Quant au mariage, il était faux ! Un stratagème pour permettre à cette femme d'entrer dans la ville !

Ma plaidoirie semblait ne devoir produire chez da Lucca que de courts hochements de tête incrédules. Poursuivre en valait-il la peine ?

– Je ne vous ai rien caché, dans ma lettre, des conditions de ma vie là-bas. Va-t-on à présent me tenir rigueur de ma sincérité ? Dieu m'est témoin que je n'ai jamais prêché la foi des réformés, bien au contraire. Pourquoi croyez-vous qu'ils m'aient traduit en justice et chassé de leur ville ?

– Certes, certes... feignait d'approuver le prieur.

Je le voyais errer, dubitatif, dans mon cabinet, et il n'était déjà plus qu'un messager de mauvais augure ouvrant l'un après l'autre, afin d'y jeter un bref coup d'œil, les livres qu'il laissait retomber d'une main lâche. Ses lèvres remuant à peine, il énumérait à voix basse :

– Copernic, Pic de la Mirandole, Ficin, Érasme...

Perdant patience, je m'écriai :

– Parlez donc sans détour, da Lucca ! Avez-vous oui ou non défendu ma cause à Rome ?

– Peut-être, fit-il avec coquetterie, comme si ma colère lui eût procuré un amusement inattendu.

Le personnage m'avait séduit naguère, et s'était prétendu mon ami ; je le jugeai soudain capable d'assister sans quitter son sourire au supplice de son propre père. Dédaigneux, je repris :

– Et à quelle réponse dois-je m'attendre ?

Da Lucca poussa un long soupir peiné.

– Puis-je être franc, cher Nolano ?

– Je répète : parlez sans détour.

– L'ordre s'interroge. Il se demande si tu n'as pas d'ores et déjà choisi une route fort périlleuse, celle qu'ont empruntée tous ces braillards, forcenés et inventeurs de croyances nouvelles, pour la plupart entichés de leur propre mort...

– Jésus obéirait à une telle définition, fis-je observer sombrement.

– Bel argument, en vérité. Au nom duquel le monde devrait accueillir trois ou quatre messies par siècle...

– Vous ne pouvez m'accuser d'hérésie ! Il faut des preuves pour cela...

Da Lucca écarta ses belles mains et son visage exprima un aimable étonnement.

– Qui te parle d'accusation ? Me prends-tu pour un inquisiteur ?

– Ceux que vous traitez de braillards et de forcenés finissent toujours par être jetés aux flammes, démembrés à coups de hache ou pendus par le cou. Les exemples ne manquent pas, ici même, loin de Rome...

– Il faut des preuves, en effet. Et le petit livre si amusant paru sous ta signature à Venise n'en est pas une. Pas encore, dirai-je...

– Nous y voilà !

– Bien qu'à l'évidence tu ne l'aies pas publié sans quelque

mystérieuse complicité dans les milieux infidèles; mais ceci est une autre histoire...

–Vous êtes ridicule...

– Cette... *fantaisie* a circulé à Rome, le sais-tu? On l'a... parcourue, disons, en haut lieu. Et il est vrai que nos chères vieilles barbes lui ont trouvé un air de famille avec les élucubrations d'un Valentin, par exemple, ou d'un Sabellius – celui-là voulait, si tu te souviens, que le Père fût à Lui-même Son propre Fils, ou Dieu sait quel poussiéreux paradoxe cet idiot était allé exhumer! Il en est de même farine au fil de tes pages, cher Bruno, à mettre au compte de la jeunesse, sans doute. Cela n'a guère d'importance. Plus ennuyeuses sont les allusions à cet insensé d'Arius; lui t'a déjà coûté un procès à Naples. Bref: ta requête tombait mal, très mal... Sans parler de ce triste accident, au bord du Tibre. Le prêtre calabrais que tu as expédié travaillait pour la police du gonfalonier...

– On m'a attaqué!

– Naturellement...

– Ne vous donnez pas la peine d'aller plus loin. J'ai fort bien compris...

– Allons, tout n'est peut-être pas perdu...

– J'ai compris, vous dis-je!

Ayant, comme pour quitter brusquement la pièce, marché à grandes enjambées jusqu'à la porte, je m'arrêtai, fis soudain demi-tour et vins m'asseoir à la table d'écriture. Lui se tenait près de la fenêtre donnant sur les jésuites, immobile et toujours souriant, les mains glissées dans sa coule.

– Je vous écoute, dis-je après un silence.

Chuchotant presque, da Lucca reprit:

– Une profession de foi devrait suffire. Ta plume est excellente, chacun le sait. Après avoir tâté du calvinisme, tu es revenu de ton propre gré vivre en terre catholique...

– Je vis là où l'on m'autorise à vivre, par le Christ! Que

m'importe le gouvernement d'une ville, s'il ne se mêle pas d'entraver ma liberté…

– Tu es ici à Toulouse, berceau de la religion dominicaine ! Non pas à Nîmes, Albi ou Montpellier ! À toi de l'admettre et de le clamer haut et fort ! À toi d'aller maintenant au terme de ce dessein en jurant fidélité au dogme qui t'a nourri, aux hommes qui t'offrent l'hospitalité. Seul un document sincère est susceptible de convaincre les juges qui auront à se prononcer sur ta requête. Tes collègues témoigneront de ta bonne foi… Bien entendu, nous ne leur aurons pas soufflé un mot du regrettable épisode genevois…

– Et mes livres ?

– *L'Arche de Noé* sera vite oublié. Une satire inoffensive, écrite par un étudiant de dix-huit ans…

– Je parlais de mes autres livres, da Lucca. De ceux-ci…

Ma main survola les pages entremêlées de mes différents manuscrits. Il parut hésiter avant de répondre :

– Peut-être devrais-je en effet jeter un coup d'œil sur ces notes. Comment s'intitule celui-ci ?

– *De umbris idearum.*

– *L'Ombre des idées.* Jolie formule platonicienne. Et de quoi s'agit-il ? Puis-je le savoir, maintenant ?

– Ne vous ai je pas déjà répondu ? Tout dépend de la sagacité de qui y pénètre. Mes ouvrages ne seront pas écrits pour les cochons, car ceux-ci ne disposent pas de l'intelligence nécessaire.

Mon hôte prit un air pincé et répliqua :

– Même quand il n'est pas un cochon, le lecteur aime que soit respectée…

– De quel lecteur parlez-vous ? Celui de l'Inquisition, le notaire chargé des mises à l'Index ?

– … respectée une certaine orthodoxie. Si j'en juge par les auteurs auxquels tu te réfères…

– Je respecte la seule orthodoxie qui ait quelque valeur à mes yeux : la mienne – m'étant saisi du compas, le pointant furieusement dans sa direction : Je suis un savant, comprenez-vous ! un géomètre à la façon platonicienne ! et non un scribe chargé de rédiger des sermons en recopiant des phrases pêchées dans la Bible…

– Un géomètre ! s'emporta tout à coup le sage, le généreux, l'impassible da Lucca. J'ai peur que tu ne sois en réalité plus têtu que tous les Arius, Sabellius et Valentin réunis ! Pourquoi dans ce cas joues-tu les fils prodigues ? Pourquoi veux-tu à tout prix revenir dans l'Église ?

Revenir dans l'Église ! L'idée me parut soudain parfaitement absurde. Et l'éclat de rire qui jaillit de ma gorge souffla comme la flamme d'une chandelle le mauvais sourire accroché aux lèvres du prieur. Ce fut comme si je lui avais craché au visage – son beau visage tout à l'heure immaculé, maintenant plus sombre et grimaçant que la mort.

– *Anima ! Anima !*

Scandé par les étudiants enthousiastes, ce cri salua mon arrivée à l'école de théologie. J'étais venu à pied – flanqué de Jean qui, fidèle à son habitude, transportait une écritoire – et je n'avais pas été sans remarquer les bandes d'adolescents en armes qui sillonnaient les quartiers alentour, cherchant une fois de plus à en découdre avec le guet. Cette guerre permanente entre la Ville et l'Université prenait à Toulouse les allures d'une tradition que je n'eusse point trouvée déplaisante s'il ne lui était arrivé, par le passé, de s'achever dans un bain de sang. La lutte des contraires a beau être la modalité essentielle de la vie, le spectacle des jeunes corps déchiquetés et traînés par les rues, s'il était propre à ébaudir la vile populace, n'avait rien pour me séduire.

Donc la fièvre enflammait les esprits ce jour-là et l'école de théologie, comme d'ailleurs celle de droit, n'était plus que clameur grondante, écho d'une antique fureur. Je ne fus pas long à comprendre qu'on ne me laisserait pas prononcer la leçon prévue. Aucun maître n'osait se montrer dans un pareil tumulte et les gardes eux-mêmes, qui rôdaient habituellement dans le quartier, paraissaient s'être repliés en quelque abri sûr. Seul un vieil huissier espagnol avait encore le courage d'occuper son poste.

– Qu'allez-vous faire, monsieur ? questionna-t-il.

– La même chose que vous ! répondis-je en lui confiant ma cape et mon béret.

Ils exigent qu'on leur parle de l'Âme ? À la bonne heure… Assis au premier rang, la plume à la main et l'écritoire sur les genoux, Jean paraissait suspendu à ma décision et souriait, tel un bienheureux gavé de confiance. D'une voix forte, je lançai :

– Sachez, messieurs, que rien ne me plairait comme de satisfaire sur-le-champ un désir si généreusement exprimé, cependant…

– Oui : *Anima !* crièrent les étudiants.

– Cependant ma charge prévoit une conférence sur la Sphère, qui est un autre sujet…

– *Anima*, monsieur !

Les faire attendre un peu. Savourer la beauté de ce défi juvénile. Point trop, tout de même, car la clameur allait crescendo. On se mit à donner en cadence des coups d'épée contre les bancs. Heureux et fier, je souris. Puis, ouvrant apostoliquement les bras, je dis :

– D'abord, mes amis, écoutons les Anciens. Démocrite enseigne que l'Âme est une sorte de feu. Hippon, au contraire, la voit semblable à l'eau. Critias la compare au sang. Quant à Héraclite – surnommé l'Obscur, bien qu'il soit peut-être le plus lucide de nous tous –, il voit en elle le principe de la réalité, qui est selon lui perpétuel écoulement, fleuve éternellement identique à lui-même et toujours différent...

Le silence à présent régnait. Tandis que le souffle de l'inspiration poussait ces mots jusqu'à mes lèvres, je songeais par-devers moi à Phylothime – parfois nommé Phylothée ou encore Théophyle –, mon héros trismégiste, mon émissaire, ma créature, ma voix, mon porte-parole, mon Mercure, mon double divin, forme de mon esprit, autre moi-même. Son âme était à la mienne enchevêtrée et, dans de subtils dialogues imprimés, il braverait bientôt la censure et parlerait en mon nom. Tel Socrate ceux de Platon, ce personnage devait plus tard, en effet, traverser mes écrits, nanti de son apollinienne sagesse, pareil à un maître en qui les dieux de l'Égypte eussent déposé le trésor de leur antique sapience. Je l'avais inventé pour mon *De umbris idearum*, dont le manuscrit reposait sur ma table d'écriture, à deux rues de là ; et ce masque idéal, ce mensonge, ce simple compagnon littéraire, ne manquait jamais de venir à son tour habiter ma conscience chaque fois qu'il m'arrivait de prendre la parole en public.

– Les pythagoriciens, poursuivais-je (ou poursuivait-il, le bougre !), tenaient que l'Âme ressemble à la poussière qui tournoie en suspension dans l'air, et ils ajoutaient que le mouvement était son principe. Sur le premier point, ils tendaient vers la vérité ; sur le second, ils la touchaient du doigt. Je citerai également Empédocle pour qui l'Âme, dont la propriété est de connaître, se compose, écoutez bien, de tous les éléments du monde : *C'est par la terre*, enseignait-il, *que nous voyons la terre, par l'eau que nous voyons l'eau. Par l'éther, l'éther divin, et par le feu, le feu destructeur.* Et aussi : *Par l'amour nous connaissons l'amour, la discorde enfin par la triste discorde.* Venons-en maintenant à Aristote, qui vous est familier, j'imagine. Un déplorable usage veut que l'on fasse de cet homme Le Philosophe par excellence, comme s'il avait, grands dieux, formulé le dernier mot de la pensée ! Permettez-moi d'ouvrir une parenthèse et de sourire un instant en songeant à ceux qui lui ont élevé cette statue et en ont profité pour s'intituler péripatéticiens sans en avoir l'étoffe, encore moins le talent, n'étant que magisters obscurs, grammairiens aveugles, frileux maîtres d'école, pédagogues impuissants, inaptes à remplir le rôle qui est le leur, à savoir pénétrer les *pueri et studentes* – leur esprit c'est-à-dire –, afin d'y déposer ce que ceux-ci désirent : la semence des gais pensers, du vrai savoir. Sachez que ces ennemis de la connaissance et de la juste opinion ont résolu une fois pour toutes de se plier à ce triple et rigide credo : aimer Aristote, aimer qui aime Aristote, haïr qui hait Aristote. N'est-ce pas confondre science et dévotion, sagesse et fanatisme ? Sachez d'ailleurs qu'ils craignent comme la peste ceux qui osent les chatouiller en certain endroit de leur personne, là où justement Aristote les démange ! Sachez enfin qu'ils se sont donné pour loi et religion de défendre ce dieu jusqu'à la mort, quand bien même ils n'ont jamais ouvert un seul de ses livres – et l'eussent-ils fait, les malheureux, que le premier mot de la première ligne leur serait resté coincé en travers de la gorge, aussi rétif à leur laborieuse déglutition qu'une pierre trempée dans du miel !

Je parlais debout en fouillant avec fureur les regards, et ne rencontrais ici que visages captivés. Jean Hennequin, lui, copiait comme un forcené…

– Figurez-vous que ce *Philosophe*, puisqu'il nous faut l'appeler ainsi, s'est mis en tête de refuser que le mouvement appartînt en propre à l'Âme ! Et voilà pourquoi nous le trouvons toujours cramponné à l'idée d'un Premier Moteur, d'un être immobile, extérieur au grand corps qu'est l'univers et lui donnant à une époque lointaine une chiquenaude pour le faire se mouvoir autour de la Terre…

Je laissai un instant mon auditoire à la méditation de cette image. Puis, élevant brusquement la voix, comme pris de colère, je m'adressai à un aréopage d'invisibles contradicteurs, pédants confits d'ignorance, scribes timorés, chenus, égrotants et oisifs surgis en bon ordre de ma mémoire ou de mon imagination :

– Mais bon Dieu, messieurs les péripatéticiens, voulez-vous m'indiquer quelle est la nature exacte d'un tel être ? Voulez-vous me dire quel est ce lieu dépourvu d'air, de liquide, de chaleur, de respiration et de mouvement où Il est supposé vivre ? Et au nom de quelle extraordinaire perversion le principe du monde devrait-il demeurer hors du monde, le créateur hors de sa création ?

Risée troublant les eaux sages, un frisson de plaisir et d'adhésion remua l'assistance. Seigneur que j'aimais ces instants et que j'aimais à me laisser emporter par mon art ! Ma voix et mon esprit étaient alors chevillés. Le mot s'ajustait au mot, le concept au concept, le flux du langage à celui du temps. Comme dans l'acte d'amour, l'Unique se manifestait en son aveuglante perfection ; et de ce long coït avec le verbe pur, je sortirais tout à l'heure épuisé, plus heureux, tremblant et mouillé de sueur qu'un héros victorieux…

– Méditez bien ceci, mes amis : contrairement à celui d'Aristote, mon univers n'est fermé par aucune limite, déchiré par nulle différence. Quant à l'Âme de cet univers, elle lui est non pas extérieure, mais intrinsèque, pareille au nocher à la poupe du navire, voyageant avec lui et lui imprimant sa direction. Cette *Anima mundi*, voyez-vous, est présente absolument en chaque partie de la matière, car la matière incréée est toujours et en tout lieu vivante. Si, recourant à une autre métaphore, nous décidions de comparer le monde à une immense et accueillante forêt, alors l'Âme s'y manifesterait tout entière dans chaque souffle d'air circulant sous les branches, dans le cœur frémissant de chaque animal, dans ses yeux, ses membres et ses organes internes, dans ce que ces organes contiennent et transportent, et jusque dans les excréments laissés par cet animal, dans la moindre brindille que ces excréments auraient fertilisée, aussi ; et dans la moindre pierre, si minuscule, insignifiante et à jamais invisible soit-elle. Présente, oui, présente dans l'intimité même de l'être, non pas comme quelque chose de corporel, mais à la manière, peut-être, d'une voix dans une chambre ; un peu comme ces paroles qu'en ce moment je prononce, entendues par vous tous, et qui le seraient également par mille auditeurs. Souvenez-vous du vieil Empédocle dont nous parlions à l'instant, de l'Âme telle qu'il la voyait, composée de tous les éléments du monde. Oui, messieurs, l'esprit unique est en somme la totalité de ce qui est : forme de l'être, forme des formes et pensée de la pensée.

La bonté du frère da Lucca commençait à produire ses effets. Le vieil imprimeur allemand à qui j'avais confié la composition du *De umbris idearum* (non sans lui promettre pour bientôt trois autres textes, dont mon cours sur l'*Anima* dûment copié par Jean, bientôt relu et corrigé) nous accueillit avec une mine coupable. Il avait reçu la visite d'un membre de l'Union antiprotestante, un capucin nommé Faure, et s'était vu déconseiller la publication de mes livres.

– Comprenez-moi. Ici, seuls les catholiques me fournissent du travail. Les réformés se font imprimer à Montpellier...

– Je suis dominicain, répondis-je, catégorique.

L'artisan nous tourna le dos et eut un geste d'impatience.

– Ce Faure a entendu sur vous de bien méchants bruits...

– Lesquels ?

Il tira d'une armoire et me tendit le sac de grosse toile dans lequel je lui avais apporté deux semaines auparavant ma liasse de feuillets. Je le remis aussitôt à Jean qui l'ouvrit afin d'en vérifier le contenu.

– Dommage, dommage, poursuivait le bonhomme avec, me sembla-t-il, quelque hypocrisie. Un joli travail, et déjà bien avancé. Vous trouverez dans le paquet les épreuves que nous avons eu le temps de composer. Cela ne vous coûtera qu'une pièce d'argent…

Sans dissimuler ma mauvaise humeur, je le payai.

– Et alors, ces bruits ?

Nous le vîmes secouer négativement la tête. Ayant dévisagé mon disciple, il détourna les yeux.

– Je préfère qu'ils vous reviennent par une autre bouche, Brunus. Reprenez votre livre et ne me maudissez pas. Dieu qui veille sur nous m'est témoin que je n'y suis pour rien. Ce *De umbris*, sachez-le, ne sera jamais imprimé à Toulouse.

Je compris qu'il refuserait de rien révéler sur le capucin, décidé qu'il était à orienter la conversation sur des généralités de circonstance. Les Allemands, devisait-il en nous reconduisant, avaient implanté la presse à bras et le métier du livre en Languedoc ; lui était le dernier descendant d'un de ces hommes venus naguère des contrées hérétiques, mais sa vie touchait à son terme et il se contentait désormais d'obéir car nulle conviction, Dieu merci, n'habitait plus son âme…

– Vous avez raison, approuva Jean qui croyait pouvoir l'amadouer en jouant les philosophes. Dieu se moque comme d'une guigne des religions et des religieux…

Mais le vieillard haussa les épaules : que lui importaient les discours ? Bientôt il serait mort, et à cette certitude se résumaient toutes ses pensées. Comme nous étions parvenus au seuil de l'atelier, nous aperçûmes une procession de pénitents encagoulés de gris qui remontaient la rue de la Pourpointerie en chantant des psaumes. Alors l'insupportable bonhomme reprit la parole et se mit à évoquer les désastres auxquels il lui avait été donné d'assister : la guerre civile, l'Hôtel de Ville aux mains des huguenots, le sac des églises, les catholiques assoiffés de vengeance, les suspects pourchassés, humiliés, leurs têtes tranchées sur le billot, exposées aux portes du Capitole – images à ce point vivantes en sa mémoire qu'elles tournoyaient encore dans son crâne fatigué...

– Allons-nous-en, ordonnai-je.

La peste soit du vieux cynique et de l'Union antiprotestante ! À voix haute, je vouai aux enfers ce capucin inconnu de moi, ce fanatique haineux, ce bigot puant nourri de cantiques et dégouttant d'eau bénite, ce serf, ce suppôt de l'Inquisition qui avait donc accompli son lamentable office ! À qui allais-je confier mes manuscrits, si l'on n'en voulait point ici ? Aux libraires des cités réformées ? Voilà une belle solution qui ne manquerait pas de confirmer les Toulousains dans leurs maudits soupçons – et alors : adieu la chaire de philosophie ! Par tous les diables, me faudrait-il renoncer à publier ? La simple évocation d'une telle éventualité me remplissait le ventre de colère. Mes vues n'enthousiasmaient-elles pas les étudiants ? Ne parlait-on pas de moi dans les cercles ? Et le lecteur (le *vrai* lecteur, non celui du sinistre prieur da Lucca !) ne brûlait-il pas de me découvrir ? Comment faire, bon Dieu ? Comment faire ?

– Paris, dit Jean qui s'essoufflait derrière moi.

Je cessai de marcher et cet idiot en capuchon lancé à toute allure me heurta violemment. La collision provoqua la chute dans le ruisseau du sac contenant le *De umbris idearum*. J'étais décidément pourvu du disciple le plus sot qui pût exister ! Un âne plus stupide que tous les ânes d'Italie !

– Une bête de somme ! m'écriai-je en brisant les digues de la colère. Une ânesse ! Une bourrique tout juste bonne à se faire emmancher !

Honteux et affolé, exhibant sous l'étoffe noire les rondeurs de son cul, l'imbécile se voulut mettre incontinent à quatre pattes pour réparer les dégâts et ramasser mon œuvre qui trempait parmi les déjections humaines et animales, les feuilles de chou et les os délaissés par les chiens. Écartant les pans de ma cape, je lui envoyai un coup de pied magistral qui le projeta à plat ventre sur le sol fangeux. Ce pourceau à la cervelle plus bornée que celle d'une femme s'enorgueillissait d'appartenir à une grande famille parisienne qui comptait un contrôleur des Finances, un évêque et un échevin avocat au Parlement ! Qu'attendait-il pour se montrer digne de ses illustres ascendants ?

Oui, une famille considérable que celle des Hennequin. Leur demeure (je devais la découvrir l'année suivante) était un hôtel assez joli situé rue du Cloître, dans le quartier du Temple. Le père de Jean avait expédié son fils à Toulouse afin qu'il étudiât les lois à l'abri des tentations protestantes. Innocence paternelle ! À peine l'étudiant était-il installé en cette ville qu'il s'empressait de renoncer à l'école de droit pour ne plus fréquenter que les cours de théologie. Mes leçons, surtout, avaient aiguisé son appétit et touché son âme. Ayant appris que je cherchais un secrétaire, il s'était porté aussitôt candidat – par admiration, observai-je, et non par intérêt : j'avais en effet peu d'argent à lui offrir. Conquis par son enthousiasme, je l'avais adopté ; depuis lors, il veillait sur ma santé et sur mon bonheur comme un brave compagnon, partageait ma couche, enregistrait mes conférences et, des heures durant, copiait avec application sous ma dictée. Fidèle et jamais ne rechignant à l'ouvrage, il était doté d'une excellente mémoire et d'un précieux talent d'orateur. Quant à sa connaissance de mes travaux, j'en vins à la juger à ce point parfaite qu'il reçut l'autorisation de prendre la parole en mon nom. Peu à peu, il avait su se montrer si utile au développement de mon œuvre que je ne me séparais plus de lui. À l'université comme en ces palais de Saint-Géraud ou du Pont-Vieux où m'invitaient souvent les gentilshommes toulousains, seigneurs et membres du Parlement, c'était toujours flanqué de mon disciple que l'on me voyait. Et quand, à la fin d'une soirée trop généreusement arrosée de vins du Languedoc, je sombrais en rotant dans la divine et métaphysique ivresse, c'était lui qui se jetait à corps perdu au milieu de la discorde. Croisant alors le fer avec mes adversaires, il soutenait hardiment l'opinion du Nolain, disputait et bataillait contre Aristote, chantait la gloire de la nature, plaidait la cause des cieux infinis et des mondes innombrables, ruinait les doctrines religieuses et exigeait la liberté philosophique, plus acharné qu'un coq, plus fier qu'un soldat, plus beau et valeureux en la circonstance qu'un héros grec, prêt à donner sa vie, éperdu d'amour pour son maître ; ce dernier pendant ce temps gisait sur un canapé, yeux mi-clos, vêtement défait, lèvres entrouvertes bleuies par le vin, étranger à toute raison, abîmé cependant dans la contemplation d'un univers sans haut ni bas, aussi terrible et mouvementé qu'un furieux océan…

Pardon, petit Jean, si ma plume réveille ton âme maladroite, mais il faut bien qu'elle vienne, elle aussi, flotter entre ces lignes. Que de souffrances pour toi dans l'ombre du Nolain ! Jusqu'à ces lames qui te transpercèrent au collège de Cambrai, je fus ta destinée, ton chagrin et ton infortune – je fus aussi en quelque sorte l'épée meurtrière puisque c'est en voulant une fois de plus me défendre que tu rencontras la mort. La conclusion de notre histoire se devait d'être conforme au lien qui nous avait unis : tu ne voulus jamais que mon bonheur quand je m'appliquais, moi, à te tourmenter. À quel maître injuste et brutal le démon avait-il confié ta vie ? Oui vraiment, le plus injuste, le plus cruel tyran qui se pût trouver en ce monde.

Souillé jusqu'aux yeux d'eau sale et de boue, Jean se releva.

– Paris ! répéta-t-il en serrant contre sa poitrine le sac de toile trempé. Faisons-le publier à Paris.

L'idée du disciple n'était point sotte ; elle n'eut pas l'heur de plaire au maître qui répliqua :

– Et qui surveillera les épreuves, bougre d'idiot ? Et l'impression ? Toi, peut-être ?

– Pourquoi pas ?

Ayant haussé les épaules, je tournai les talons et me remis en route. Jean m'emboîta le pas et entreprit de me convaincre : je n'aurais nul besoin de quitter Toulouse, affirmait-il, se nourrissant d'enthousiasme. Il se chargerait, lui, d'emporter à Paris le précieux *De umbris* et de le confier à un libraire, il voyait déjà lequel, rue Saint-Jean-de-Beauvais, à l'enseigne de l'Olivier. Surveiller le travail de l'artisan ? Il jurait de mettre à cette tâche plus de soin et d'ardeur que je ne pourrais en fournir moi-même, occupé comme je l'étais à écrire de nouveaux dialogues et à enseigner les étudiants. Sa mission accomplie, il reviendrait au bout de quelques semaines avec à la main le livre frais imprimé qui sentirait bon l'encre et le papier ! Il supplia :

– C'est la meilleure solution, Philippe ! Laisse-toi convaincre, je t'en prie !

Nous étions arrivés au seuil de notre maison. Deux jésuites qui franchissaient en bavardant la porte du collège nous observèrent du coin de l'œil. Tremblant, les nerfs à vif, mon élève explorait ses poches à la recherche de la clef.

– Non, dis-je calmement. Ce qu'il faut, c'est rencontrer ce capucin au plus vite…

– Un fanatique, Philippe ! Et membre d'une ligue puissante ! Qu'espères-tu obtenir de lui ?

– Vas-tu te décider à ouvrir cette porte ? Qu'est-ce que tu attends ?

Le pauvre garçon semblait au bord des larmes. N'y étais-je pas allé un peu fort? Tandis qu'il s'exécutait, puis s'effaçait en regardant le sol, la pitié me gagna. Comme nous arrivions en haut de l'escalier, je m'arrêtai et lui saisis le menton. Petit Jean pardonnerait-il au tyran sa brutalité ? Je lui donnai une bourrade amicale à l'épaule.

– Le maître s'excuse, chuchotai-je en l'embrassant.

– Ce n'est rien, renifla-t-il.

Brave petit soldat. Le voici qui essayait de sourire, maintenant. Allons, le chagrin était passé. Haussant de nouveau la voix, je repris :

– Quant à cette folie de s'aller faire publier à Paris, je ne veux plus en entendre parler. Compris ?

Trois jours plus tard, resté seul à la maison, je mettais de l'ordre dans mes notes – un futur *Chant de Circé*, je crois bien, qui n'avait lui non plus aucune chance d'être imprimé à Toulouse –, quand on m'apporta un pli par courrier ordinaire :

À Philippe Bruno Nolano,

Philippe, j'ai reçu ce matin ta lettre & le présent que tu me fais de ce beau *De anima* non encore imprimé, copie de tes leçons à l'université, dis-tu, dûment enregistrées par ce Jean que tu appelles ton disciple. Me crois-tu naïf au point de ne pas deviner que disciple il l'est surtout en certaines matières qui ne réclament ni encre ni papier ? Voyons : ne te tournerait-il pas un peu le dos afin de recevoir en privé l'essence & la substance de ton cher enseignement ? Ne s'agenouille-t-il que dans le but de boire à la fontaine de tes paroles ? Ne l'obliges-tu pas quelquefois à dénuder son vilain derrière pour connaître le fouet de tes verges divines ? Ô hypocrite ! Ô pharisien ! Tu vilipendes le catholique

& le protestant, mais ton âme est plus sournoise que la leur ! J'ai lu à mon réveil ce mot de disciple écrit de ta main & il s'en est fallu de peu que j'envoie incontinent quelqu'un à Toulouse empoisonner le gueux qui se cache sous ce beau déguisement – rassure-toi : à un tel ordre j'ai renoncé, car bientôt tu te débarrasseras toi-même de l'importun.

Sois fier : par la grâce de ce subtil « disciple », ta lettre (c'était là ton dessein, avoue-le !) aura agi comme flèche plantée en mon cœur – la flèche venimeuse de la jalousie. S'il y a jalousie, penseras-tu, c'est donc qu'il y a Amour. En as-tu jamais douté ? Mon affection, il est vrai, s'était endormie à nouveau sous l'effet d'une médecine plus somnifère que la mandragore : l'absence. Et voici que par ce rival tu excites mon désir – & l'absence, à son tour, d'aiguillonner Amour. Depuis ce matin, ton pli est tenu en la doublure de mon vêtement, pareil à une amulette, & à cause sans doute de quelque magie dont il est porteur, tu es aujourd'hui mon maître. Je n'userai, moi, d'aucune métaphore ni périphrase pour décrire mon sentiment : je brûle de ravir à ce Jean le privilège de m'agenouiller à tes pieds. Je suis certes un disciple bien peu docile – moins docile que lui, à l'évidence – mais ô combien plus précieux, puisqu'il faut me vaincre avant que de me posséder. Je tremble de combattre encore, Philippe : Viens.

Non à Venise, mais à Paris, car voici : élu par le doge à une mission d'ambassade auprès du roi Henri dont je t'ai parlé, je me mets en route d'un jour à l'autre pour la France où je résiderai longtemps. Rejoins-moi là-bas. Laisse ces messieurs de Toulouse à leur eau bénite, à leurs vains prêches et *Te Deum*, ou ils te contraindront bientôt à écrire et penser en leur langue catholique.

Aurais-tu par hasard l'intention de devenir le pape de la Garonne ? Ne t'a-t-on pas dit que Paris était la plus belle ville du monde après Venise ? Le souverain qui y règne aime les fêtes, les jeux, les arts & les esprits libres. Grâce aux amis que je possède, tu trouveras là-bas à vivre en Sorbonne de ta philosophie & à imprimer tes livres, & point ne seras forcé aux vils renoncements que l'on t'impose, j'en suis sûr, dans cette université dominicaine. Ma résidence sera à l'ambassade de la République Sérénissime où tu n'auras qu'à me demander, car je t'y attendrai et, comme on dit à Venise, t'y saluerai de baisers & mots doux : *Gratatusque darem cum dulcibus oscula verbis*.

Manques-tu d'argent ? Ce pli contient une lettre destinée à un changeur de la maison lucquoise Cenami, rue de la Pourpointerie. Il a ordre de te remettre vingt livres, somme qui te revient sur la vente de *L'Arche de Noé*. Sers-t'en pour le voyage. À ce propos, les routes du Languedoc, m'a-t-on indiqué, sont peu sûres car infestées de brigands protestants qui ne valent guère mieux que leurs cousins papistes. Comme tu ne sais toujours pas te servir d'une épée, je pense, mieux vaut suivre la Garonne jusqu'à Bordeaux & gagner Paris en empruntant des chemins plus commodes.

Col ferro avelenato dentro al fianco... Te rappelles-tu ce vers ? Si Amour est en toi, Philippe, cours rejoindre qui tu aimes. Quant à ce copiste, ce Jean que tu nommes disciple pour mieux l'asservir au joug d'une tienne amertume, oublie-le à Toulouse, par ordre de ton

CECIL

Écrite le onzième de mai à Venise, la lettre avait voyagé presque trois semaines avant de me parvenir. L'ayant lue et relue cent fois à haute voix, je fermai les yeux et la baisai longuement. Puis je la glissai dans mon vieux Pétrarque. Surtout, pensai-je, qu'elle n'allât pas tomber entre les mains de Jean.

Mais Jean, pendant ce temps, gémissait sous la torture. Je ne devais le retrouver que le lendemain, gisant à demi mort au pied de l'escalier et cachant dans ses bras sa face devenue celle d'un monstre.

Au sortir du collège de théologie, il s'était vu insulté comme protestant par des hommes de l'Union armés jusques aux dents et placés sous le commandement du capucin Faure en personne. Celui-ci, plein de morgue, avait allégué contre l'étudiant certaines accusations assez imprécises et, malgré la résistance que lui opposait ce dernier, ordonné à ses sbires de le conduire aux confins de la ville, près de la porte dite du Château, où siégeait l'Inquisition. Là, on commença par le couvrir de menaces et de recommandations pour l'enfer. Puis, chacun tenant l'un après l'autre et comme par jeu le rôle du bourreau, on le frappa au visage jusqu'à ce que ses yeux disparussent derrière les ecchymoses, on lui brûla les pieds, on lui cassa un bras et, en le priant de les remercier qu'ils lui eussent laissé la vie sauve, les fanatiques le jetèrent pour la nuit dans un cachot. Le lendemain, le malheureux dut marcher sans aide aucune jusqu'à mon domicile, plus pitoyable qu'un lépreux, titubant d'une rue à l'autre sur ses pieds blessés, y voyant à peine tant ses paupières étaient gonflées.

Son interrogatoire s'était déroulé au mépris de toute loi, hors la présence d'aucun cardinal inquisiteur ni greffier ; cela donnait une idée des pouvoirs de cette ligue antiprotestante, dont les chefs semblaient autorisés à exercer impunément leur justice. Les questions posées par Faure trahissaient ce que lui avait révélé le prieur da Lucca concernant ma vie passée. Le capucin savait mon procès napolitain, l'excommunication, les recherches lancées à Rome contre moi suite à la mort d'un prêtre sur le gravier du Tibre, et à peu près tout de mon existence genevoise, protestante et maritale. Quant aux doctrines et opinions que je défendais en privé et en chaire à Toulouse, ses délateurs s'étaient chargés de les lui rapporter.

De retour à la maison, Jean fut terrassé par la fièvre et son esprit livré à un délire peuplé de violentes images en lesquelles il ne cessait de revivre son supplice. Le médecin mandé à la hâte – un médecin ? – un ignorant, plutôt, qui n'avait jamais lu une ligne de Paracelse ! – lui rebouta le bras, en assujettit les os à une attelle et lui appliqua sur les pieds des onguents de son invention. Puis il exigea une livre de salaire et se mit à deviser en latin : des saignées seraient peut-être nécessaires ; il craignait de ne pouvoir venir à bout d'un mal plus profond qui avait touché, semblait-il, l'âme du patient, et caetera, et caetera...

– Occupez-vous du corps, dis-je. Son âme, je m'en charge.

In somnis veritas : certaines phrases balbutiées par Jean au cours de ses accès de fièvre et autres terreurs nocturnes (il ne cessait plus, la nuit, de supplier Dieu qu'Il le délivrât de la vie !) m'inclinèrent à penser que Faure avait pris soin de l'interroger également sur la nature des liens qui l'unissaient à moi. Je devinai que le capucin fomentait une dénonciation non seulement pour hérésie, mais encore pour crime de sodomie.

– Ne m'as-tu rien caché, Jean, de cet interrogatoire ?

D'abord, il détourna ses yeux tuméfiés, refusa de répondre et, par de sombres grognements, se plaignit d'une telle enquête.

– Suis-je devenu ton ennemi ? As-tu honte de quelque chose ?

Jean soupira. Je vis que mes questions ne parvenaient qu'à déranger le fragile équilibre de ses humeurs, mais cette mélancolie n'était-elle pas une feinte ? Peut-être me déniait-il le droit de savoir ce qu'il avait révélé à ses bourreaux ! Pour obtenir la vérité, il me fallut bientôt hausser le ton, user de menaces. Comme je levais la main pour le frapper, il céda, le petit lâche : oui, enchaîné au chevalet et exténué par les mille morts de la torture, il avait avoué à Faure qu'il partageait ma couche !

– Bougre d'âne !

Je le giflai avec violence.

Ce Judas ignorait-il qu'une telle accusation suffisait à expédier un homme aux galères ? Était-ce là ma récompense pour l'avoir autorisé à entrer à mon service ? Était-ce là son amour tant vanté ? Quelle faute avais-je donc commise pour mériter pareil compagnon ? Ah ! Il était bien temps de pleurer comme une fille !

– Quitte ce lit ! tonnai-je en lui donnant un coup de pied.

Jean obéit, honteux, vêtu seulement de son attelle et des volumineux pansements pédestres qui le rendaient plus pitoyable à voir qu'une bête éclopée. Il trouva refuge sur une chaise près de la cheminée.

– Que vas-tu faire ? gémit-il, tremblant de crainte, entre deux sanglots.

– T'abandonner à Toulouse ! Et filer à Paris au plus vite !

Dieu que j'étais injuste ! Le pauvre Hennequin subissait les effets de certaine lettre reçue de Venise. (Mais ceci n'était rien encore : d'ici à quelques jours, occupé à empiler les livres dans une malle en vue du départ, il ouvrirait par hasard mon vieux Pétrarque...) De nouveaux pleurs lui tordirent la face, tandis qu'il se frappait la tempe de sa main valide. Soudain, il leva les yeux et me dévisagea stupidement.

– Paris ? s'étonna-t-il en reniflant. Pourquoi Paris ?

Je ne répondis point. Non, je ne t'abandonnerai pas, songeait mon âme – bien que tu le mérites ! Mais où trouver le courage de te condamner à l'existence infernale qui t'attend désormais ici ? Plus question d'études à l'université, naturellement, pour le mignon du fuyard hérétique et sodomite ! À défaut d'avoir réussi à traîner le maître en justice, Faure ne manquerait pas de se venger sur le disciple. Ah ! Le petit pédéraste du collège de théologie ! Un morceau de choix à jeter en pâture au populaire, n'est-ce pas, afin qu'il s'en délecte jusqu'à se lécher les babines ! Dieu sait quelles abominables menaces ces gens de l'Union auront laissées planer sur la tête du pauvre garçon : que Jean se retrouve seul à Toulouse, il ne resterait qu'à les mettre à exécution. Non, impossible vraiment… Et pourtant : impossible aussi de rejoindre Cecil sans m'être débarrassé de lui ! Ainsi ruminais-je mes soucis, ignorant que la fortune – ou le diable – viendrait à mon secours pendant le voyage, et de la façon la plus inattendue.

C'est donc avec quelque amertume et sans le pressentiment d'aucune solution heureuse que, le douzième de juin, soit une semaine plus tard, je m'embarquai sur un chaland affrété pour moi seul, en compagnie de tous mes effets, livres et manuscrits. Comment renoncer sans tristesse à une chaire d'université, aux nombreux avantages, privilèges en argent et en nature à celle-ci attachés, dont un logement commode où vivre confortablement, où travailler en paix à mon œuvre ? Mais par le Christ, à quoi bon écrire si l'on m'interdisait de publier ? En me dénonçant aux ligueurs, le prieur da Lucca avait ruiné mon avenir en cette ville et fait peser sur moi les plus lourds dangers. Mon seul réconfort était dorénavant l'espoir de me rendre heureux et célèbre à Paris ; et surtout de revoir mon aimé, mon dieu de l'instant. Ô Seigneur, jouir de son corps, de son âme !

Soucieux de suivre à la lettre les indications de Cecil,

j'avais visité le changeur Cenami afin d'empocher mon dû. Allons : grâce à *L'Arche de Noé*, je me mettais en route, cette fois, avec une bourse pleine. Sur mes ordres, le nocher avait promis de tendre sur son embarcation un dais qui me protégerait du soleil. Ainsi, afin de combler utilement la longue attente, je descendrais la Garonne en poursuivant mon travail et en continuant de dicter à mon secrétaire.

Celui-ci, apprenant qu'il était autorisé à m'accompagner, se montra d'abord content, puis je le vis s'assombrir de plus en plus au fur et à mesure qu'approchait la date du départ. De méchantes idées lui traversaient l'esprit, mais lesquelles ? Il me livra lui-même la réponse quand il feignit la surprise à propos de notre destination :

– Bordeaux ? s'étonna le fourbe, tandis que nous mettions la dernière main à nos préparatifs. Est-ce le meilleur chemin selon toi ?

Assis dans un fauteuil voisin de la fenêtre, l'écritoire sur les genoux, j'étais occupé à couvrir de notes les marges d'un Virgile. Lui, de sa main valide, disposait des vêtements dans une malle ouverte à ses pieds.

– Les routes du Languedoc sont infestées de huguenots armés jusques aux dents, répondis-je sans interrompre mon travail, d'une voix aussi assurée que possible.

Son aventure avec les sbires de l'Union fanatique l'avait-elle rendu insolent ? Oui, à en juger par la phrase qu'en me défiant du regard il lança :

– Tu as raison : ils ne valent guère mieux que leurs cousins papistes !

– Aurais-tu outrepassé tes prérogatives, Jean, jusqu'à t'arroger la liberté d'ouvrir mon courrier ?

Il me tourna le dos et se remit à la tâche.

– Je le tuerai, l'entendis-je grommeler.

Tuer Cecil ! À qui ce grimaud infatué croyait-il donc avoir

affaire ? Voulait-il tâter encore une fois de mon pied ? Mais ce fut lui, soudain, qui se précipita sur moi. D'un geste furieux, il jeta à terre l'écritoire, les plumes et le Virgile dont certaines pages se couvrirent d'encre renversée.

– Pourquoi m'emmener, hurla-t-il, si ton intention est de te débarrasser de moi ?

– Préfères-tu rester à Toulouse ? Et retomber entre les griffes de ce capucin ? La correction qu'il t'a donnée ne t'a pas suffi ?

Cherchant à maîtriser ma colère, je contemplai le désastre. Le plus urgent était de partir. Une fois en route, nous trouverions une solution…

– Je la connais, la solution ! C'est lui, maintenant, qui te dicte ta conduite ! Je le tuerai, ton trou du cul d'ambassadeur !

C'en était trop ! Le saisir par les cheveux et le secouer jusqu'à voir les larmes jaillir de ses yeux ! C'est ce que je fis. Après quoi, m'adressant à sa tête tenue à bout de bras comme avec l'intention de la trancher d'un coup de sabre, je le prévins :

– Tu ne tueras personne, entends-tu ! Car avant Paris je t'aurai expédié de mes mains, si tu ne cesses de m'échauffer les sangs !

À Bordeaux, où flottait une épaisse vapeur venue de l'océan, j'avisai une auberge convenable, exprimai mon intention de prendre un bain et, une fois installé dans une chambre, envoyai Jean s'enquérir d'un coche de poste à destination d'Angoulême. Le disciple en avait probablement assez de jouer les laquais car il disparut en traînant ostensiblement les pieds et en tirant sur la porte avec plus de force qu'il n'était nécessaire pour la fermer. Mais j'étais trop fatigué par le voyage pour me soucier de lui et je n'avais qu'une hâte : m'assoupir dans la baignoire, un linge brûlant me recouvrant les yeux tandis que mon esprit accueillait ou fabriquait de troublantes illusions. Je vis d'abord, pareil à un jardin, un lieu indéterminé de l'univers, et mon aimé qui s'était dépouillé de son noir vêtement. Me laisserait-on enfin jouir de lui à ma guise ? Non. Les songes ont ce pouvoir de nous voler le plaisir dans l'instant qu'ils nous l'ont offert, et Cecil déjà s'était évanoui, ou son fantôme. Je lançai mes lévriers à ses trousses ; ceux-ci le rattrapèrent. Bientôt les bêtes se disputèrent ses membres, plantèrent leurs crocs dans sa blancheur. Leurs langues lapaient le sang qui jaillissait des blessures. Mon amour se tordait de douleur et je me délectais de ses souffrances, accroupi parmi les chiens et les flattant pour les encourager. La jouissance aurait-elle partie liée avec le martyre ? Au fond de ma volupté gisait la douleur, sous la forme d'un cheval qui, attaché à un arbre à deux pas de là, piaffait et hennissait de désespoir. Des coups résonnèrent dans mon crâne. Mes tempes allaient-elles éclater à cause de ce sabot qui frappait le bois en cadence ?

– Qui est là ? criai-je.

Jean ouvrit la porte et entra.

– Mission accomplie ! déclara-t-il. J'ai trouvé une voiture.

– Tais-toi ! Ne parle pas si fort ! – puis, avec un soupir d'homme exténué : Pardon. Viens un peu par ici, petit Jean.

Quand il fut près de moi, j'implorai l'aumône d'une caresse. Voulait-il bien plonger dans l'eau sa main valide ?

– Je n'ai pas envie, dit-il fermement.

Je dormis seul, cette nuit-là, et mal. Le matin venu, il fallut de nouveau se mettre en route. Ah ! Ces coches toujours envahis par des femmes qui empestaient les parfums espagnols ! À Jean, qui écrivait avec difficulté à cause des cahots de la voiture, je ne pus dicter que quelques pages. L'un des passagers avait écouté mes paroles sans en perdre une miette ; il s'enquit soudain :

– Seriez-vous un philosophe ?

Par le Christ, il était donc impossible de voyager en paix !

– Sachez, monsieur, que j'accepterai de vous répondre quand vous aurez daigné me dire qui vous êtes, car parler à un inconnu est chose dangereuse par les temps qui courent...

– Je m'appelle Tarsac, se présenta-t-il. Je vends du vin à Bordeaux. Et voici ma fille. Vous n'avez assurément rien à craindre de nous. Je suis né catholique, mais que mon voisin vive à la huguenote, je n'en continue pas moins à le saluer le plus civilement du monde, à moins qu'il ne m'ait joué quelque tour ; si tel est le cas, je m'abstiendrai de mettre sa fourberie au compte de sa religion, car chez les papistes comme chez les protestants, l'honnête homme côtoie le brigand. Telle est ma modeste philosophie, si elle vous agrée...

– Cher monsieur, vous me paraissez avoir acquis suffisamment de sagesse par vos propres moyens pour vous passer de mes enseignements. Or donc, restons-en là...

Mais le bonhomme insista. Il dit avoir étudié dans sa jeunesse un peu de grec et de latin et s'être passionné toute sa vie pour les choses de l'esprit. À quelle catégorie de métaphysiciens appartenais-je donc ? Étais-je un philosophe cynique ?

– Tout dépend de ce que vous entendez par là. Vous ne savez sans doute pas qu'il existe différentes espèces de philosophies cyniques...

– Je confesse mon ignorance...

– Vous faites bien. Celui qui croit tout savoir parle généralement à tort et à travers. Ainsi le monde comprend quel imbécile il est.

– Voilà qui ne me paraît pas mal raisonné ! s'écria le bonhomme, bien qu'assez rude à entendre, en vérité. Mais ma question ?

– Monsieur, si être cynique, c'est mépriser les mathématiques et l'astronomie comme ce vieux fou d'Antisthène, alors non, corbleu, je ne le suis point ! Copernic – peut-être le nom de ce chanoine étranger vous dit-il quelque chose – n'a-t-il pas su mettre ces disciplines au service de la divine connaissance ? Et je ne rejoins pas non plus Antisthène quand il affirme qu'éprouver du plaisir est inutile, car pour ma part j'aime jouir, ne voyant aucun mal à cela. Enfin, si être cynique, c'est considérer la prudence comme la plus haute des vertus, alors je crains de ne jamais parvenir à l'être ! Telle est ma réponse.

– Voilà un discours bien tourné ! s'exclama le bourgeois en donnant du coude à son voisin – et, soudain me citant avec enthousiasme : *J'aime jouir, ne voyant aucun mal à cela !* Magnifique, par la sainte messe ! Mais ne laissiez-vous pas entendre tout à l'heure qu'il existait – comment disiez-vous ? –, plusieurs espèces de…

– Je songeais à Diogène, répondis-je sombrement. On a voulu voir en lui un braillard licencieux et athée. Il est vrai qu'il avait son franc-parler. Mais ce sage savait vous forger d'excellents paradoxes ! Et, comme Socrate, il ne craignait pas de dire son fait à tout un chacun, ce qui selon moi n'est pas mauvaise philosophie. Vous voici satisfait, j'espère ?

Assez pour ce bonhomme, pensai-je. J'étais las de tout et je n'avais en vérité aucune envie de poursuivre la leçon. Mais mon interlocuteur, visiblement ravi d'avoir trouvé de quoi agrémenter sa route, frottait déjà l'une contre l'autre ses mains charnues. Quant au voyageur assis à côté de lui, il remuait les lèvres, à la recherche, semblait-il, de quelque question bien tournée.

– J'aimerais vous interroger à mon tour, intervint-il. Votre doctrine (si vous en possédez une en propre), quelle est-elle donc ? Puis-je le savoir ?

– Dieu m'est témoin que la même demande se tenait toute

prête sur le bout de ma langue ! renchérit joyeusement le marchand de vin.

– À moins que je n'aie mal entendu, reprit l'autre en tirant sur son bonnet, car celui-ci menaçait de lui obscurcir le regard, vous avez prononcé il y a un instant le nom d'un chanoine…

– Messieurs, déclarai-je, vous avez devant vous un homme exténué. Mon disciple, ici présent, connaît mon œuvre aussi bien que s'il l'avait écrite lui-même, quoiqu'il soit incapable d'une telle prouesse. Il répondra à toutes les questions que vous lui poserez. Quant à moi, si vous permettez, j'essaierai pendant ce temps de faire un petit somme, ayant fort peu dormi la nuit dernière, à cause de toutes sortes de tourments.

De somme il n'y eut point, bien entendu. Mais du moins, après mille excuses et remerciements, me laissa-t-on en paix. Ayant fermé les yeux, j'écoutai les explications astronomiques données par Jean aux voyageurs. Nicolas Copernic, disait-il, avait dessiné une carte du ciel toute différente de celle que nous avions héritée d'Aristote. Le Soleil, et non plus la Terre, y occupait le centre. Quant à notre mère primitive, elle était douée de mouvement, à l'instar des autres planètes, et non plus fixe comme le croyaient les Anciens. Des deux auditeurs je pouvais deviner le visage incrédule et les hochements de tête…

– Mon maître, poursuivit Hennequin, a donné sa nécessaire extension à cette théorie en affirmant que l'univers ainsi constitué ne pouvait être qu'infini, non pas fermé…

– Pardonnez-moi, l'interrompit Tarsac, c'est cette idée de tournoiement de la Terre que je ne puis digérer. À dire la vérité, elle ne passe pas et me donne le tournis ! N'aimons-nous pas sentir un sol ferme et bien assuré sous nos pas ? Pourquoi nous faudrait-il vivre chaque heure de notre vie comme sur le pont d'un navire en plein tangage ? Merci bien ! Je préfère les vieilles doctrines !

L'homme au bonnet approuva :

– Et puis, levons les yeux vers le ciel ! Qu'y voyons-nous ? La nuit : le mouvement des étoiles autour de la Terre. Le jour : la course du Soleil du levant au couchant. Pour ma part, ne vous en déplaise, je crois ce que voient mes yeux !

Imbéciles, pensai-je, feignant toujours de dormir. Regardez donc par la fenêtre…

– Regardez un peu par la fenêtre, exprima Jean.

– Comment cela ?

– Regardez par la fenêtre. Ces arbres n'ont-ils pas l'air de se déplacer, de se précipiter derrière vous ?

– Certes…

– Donc : vos yeux vous mentent. Imaginez ceci : un homme se réveille à bord d'un coche roulant à belle allure sur une route plate – un coche moins cahoteux que le nôtre, disons. Il ne sait où il est. Ouvrant les yeux, il découvre un paysage en mouvement. Quelle sera sa première pensée ? Que le paysage tourne autour de lui ?

Vint un long silence tout encombré d'énigmes et de profondes méditations.

– J'ai beau mâcher et remâcher ce raisonnement de philosophe dans tous les sens, soupira le marchand de vin, impossible de trouver par où il pèche…

– Par le diable, il doit pourtant bien pécher quelque part, fit l'autre. Vous avez raison.

Ayant entrouvert les paupières, j'assistai à ce spectacle de l'homme au bonnet scrutant activement le paysage mouvant, puis se cachant derrière la visière de ses mains et les écartant brusquement afin de réaliser l'expérience décrite par Hennequin.

– Baste ! maugréa-t-il. Ces fantaisies me font venir mal à la tête à moi aussi !

Sur ces paroles, il reprit sa place à côté de son voisin

et l'on entendit la détonation d'un coup d'arquebuse. À celle-ci succédèrent des hennissements, puis une forte bousculade dans le coche qui s'était mis à donner du frein en cahotant de plus belle sur le chemin défoncé. Que se passait-il ?

– Des brigands papistes, sans doute, émit Hennequin.

Petit morveux arrogant ! lui lançai-je intérieurement. Mais le bougre n'avait pas cru si bien dire. En moins de temps qu'il n'en faut pour le raconter, nous fûmes tous proprement dévalisés par des brutes catholiques armées de mousquets, d'épées et de coutelas. Ils nous forcèrent à descendre de voiture et œuvrèrent avec une terrible efficacité. Tandis qu'on nous soulageait de tous nos biens en or, argent, montres portatives, monnaies et pendentifs, des bandits grimpés sur le toit du coche ouvraient les malles des voyageurs et les vidaient de leur contenu le plus précieux. Le chef de la bande ne mit même pas le pied à terre et se contenta de surveiller l'opération, immobile derrière sa rondache et nous dévisageant avec mépris. À ses côtés, perché sur une mule, une espèce de bouffon déguisé en moine se réjouissait de notre mauvaise fortune et riait comme au plus beau jour de sa vie. Puis, soudain plein d'un mauvais courroux et s'adressant aux nuages, il implora :

– Dieu qui règnes sur la terre et les cieux, n'as-Tu donc pas pitié de ces pauvres humains ? Les voici nus, dépouillés de leurs misérables richesses…

Il laissa avec morgue tomber sa triste conclusion :

– Tels en somme que Tu les as voulus.

Et le rire hystérique, à nouveau, jaillit de sa gorge.

Quand le pillage fut terminé et le butin chargé sur deux ânes – ces malandrins n'avaient pour ainsi dire épargné que mes livres –, celui qui commandait désigna du canon de son arquebuse la fille du marchand de vin et deux autres femmes.

Nos supplications et gémissements ne servirent à rien. Je revois encore mon bourgeois agenouillé dans la poussière, réclamant qu'on lui laissât sa fille et promettant en échange des sommes considérables ; il ne reçut pour toute réponse qu'un coup de bâton sur la nuque. Attachées ensemble derrière un cheval, emmenées sans ménagement, les malheureuses ne durent leur salut qu'à une troupe de gens en armes qui chevauchaient le long de la rivière Dordogne. Comprenant que des vies humaines se trouvaient en danger, ces gens alertés par nos cris nous portèrent secours. Les voleurs, qui avaient atteint l'orée d'un bois tout proche, craignirent d'avoir à en découdre et choisirent de prendre la fuite, abandonnant sur place leurs prisonnières. Celles-ci en furent quittes pour la peur.

La cohorte providentielle était conduite par trois gentilshommes dont l'un approchait ses cinquante ans et présentait la meilleure des figures. Quand il eut appris ma profession et dans quelle partie du monde j'avais vu le jour, il se déclara l'ami des Italiens et m'invita civilement à venir me reposer de l'aventure en sa maison. Celle-ci, indiqua-t-il, se trouvait à moins de trois lieues.

– C'est fort gracieux à vous, répondis-je avec humeur. Mais devrai-je m'y rendre à pied ?

Une telle réponse n'altéra en rien la courtoisie du seigneur. Au contraire, il plaignit derechef mon infortune. M'ayant assuré de son amitié, il me convia à bouter hors de moi toute cérémonie et à prendre place derrière lui, sur la croupe de sa monture.

– Votre domestique n'aura qu'à attendre ici, dit-il. Nous enverrons tantôt une voiture le chercher, et vos malles.

– Jean Hennequin n'est pas un domestique, mais mon disciple. Et je ne monterai pas sur votre cheval. Merci encore de votre invitation. Je crois que je m'en vais poursuivre en coche jusqu'à Angoulême.

Mais je n'avais plus d'argent ! Une fois à Angoulême, comment continuer vers Paris ? Ne valait-il pas mieux prendre le temps de la réflexion en compagnie de cet aimable Gascon ? La peste soit de mon insupportable caractère !

– Finalement, j'accepte, repris-je en m'adoucissant. Permettez-moi seulement d'attendre ici votre voiture, car à la vérité, je n'ai point appris à monter à cheval et j'aurais peur en me transportant ainsi d'en avoir le cœur et l'estomac brouillés…

– Au lieu de quoi vous allez cuire au soleil ! s'écria-t-il. Enfin, si vous y tenez. Allons, *transcurramus solertissimas nugas* ! Je vous envoie quelqu'un.

– *Passons vite sur d'aussi subtiles sornettes*, traduisit Jean avec un sourire admiratif.

Intrigué, il me chuchota à l'oreille :

– Ce cavalier m'a l'air de connaître son Sénèque par cœur !

Le cavalier donnait maintenant le bonjour à ses amis et aux voyageurs qui tous reprenaient place à bord du coche. À chacun il glissa une parole encourageante et chaleureuse, s'appliquant tout particulièrement à consoler Tarsac, le bourgeois que les bandits avaient frappé avec une si cruelle méchanceté. Puis il ordonna à quelques valets de rester auprès de moi et me recommanda de m'abriter sous un arbre en attendant la voiture. Enfin nous le vîmes piquer des deux et lancer son cheval au galop à travers champs.

Quel personnage ! Hennequin avait vu juste : sous l'apparence du gentilhomme campagnard, nous allions bientôt découvrir un philosophe et un écrivain. Il habitait près de la Dordogne un domaine flanqué d'une tour au deuxième étage de laquelle se tenait sa librairie, ainsi qu'il nommait ce lieu étrange à voir car tout couvert d'inscriptions, apophtegmes, sentences grecques et latines tirées des Écritures ou de Sextus Empiricus. C'est là qu'il travaillait, méditant Plutarque, Virgile et Pyrrhon, annotant des livres anciens et tirant de ces annotations un nouveau texte : le sien. Il s'était retiré en cette tour au temps de la guerre civile et venait de publier à Bordeaux un curieux ouvrage tout à la ressemblance du bonhomme. Je le trouvai fatigué et fort préoccupé par ce travail à peine accompli dont il avait adressé un exemplaire au roi. En guise de présent, il m'en remit un, à moi aussi, sur lequel il coucha au crayon quelques mots de bienvenue. Puis il me laissa un moment à le consulter dans sa librairie, le temps de donner, précisa-t-il, des instructions pour le souper.

Le livre que j'avais sous les yeux présentait, cousus ensemble sans arrangement ni direction apparente, des propos et considérations de mon hôte – lequel avait nom Michel de Montaigne – sur les sujets les plus divers tels que l'âme, l'imagination, le mensonge et la justice, la science diplomatique, les mœurs et usages en pays cannibale, les événements survenus aussi bien en sa Gascogne qu'à Gibraltar ou en Palestine, les gestes et dicts de personnages illustres, la grandeur de Rome, l'institution des *pueri*, les armes, les noms, les postes, les pompes et mille autres encore. Une page entière, qui me plongea dans la bonne humeur, décrivait les ultimes facéties de quelques inconnus conduits à la mort. Faits de digressions et farcis de phrases latines, de bons mots, de paradoxes et de vers italiens, les développements s'y mêlaient les uns aux autres comme si l'auteur avait laissé les pensées venir sous sa plume dans une disposition choisie par elles, et non point cherché à les forger ou réunir à sa convenance. J'avoue que ces *Essais* – puisque tel est le titre de ce livre ravissant – me firent grande impression. À dire la vérité, il s'en dégageait un étrange parfum de liberté, un mystérieux bruissement de paroles. Il semblait qu'emportés par quelque tourbillon de vent propre à unir le familier et le lointain, l'humble présent et le passé glorieux, les accidents innombrables des sociétés humaines se fussent soudain rassemblés entre ces pages, en cette tour où elles avaient été écrites.

– Voici un fort beau livre, dis-je au seigneur de Montaigne quand il reparut, mais une chose me chiffonne, cependant : quel en est le sujet ?

– Moi-même, répondit-il sans hésiter.

Je souris aussi aimablement que possible à cette fine plaisanterie.

– Ne raillez pas, s'il vous plaît. Je viens d'en lire de nombreux morceaux : vous n'y peignez nullement, comme le fit Augustin, les accidents de votre vie...

– Moi-même, répéta-t-il plus fermement, à savoir le ton ordinaire de mes façons et de mon être. Le volume que vous tenez entre vos mains, cher Bruno, c'est mon âme tout entière, frais pondue, si j'ose dire, et portative.

Quel bon Dieu de discours était-ce là, par le Christ ? Un livre n'existait-il pas pour servir une idée ? N'avait-il pas une fin, celle de soutenir une doctrine, une démonstration ? Je n'ai point l'art de dissimuler mes sentiments et la perplexité se lut de manière si évidente sur mon visage que, devinant mes pensées, le bonhomme s'obligea à me rassurer au moyen d'un franc sourire. Je considérai l'allégorie (une divinité banale surplombant la sphère étoilée du monde) qui illustrait son âme portative. Puis les volutes, détails et ornements angéliques et chimériques du dessin, le nom de l'imprimeur (Millanges, à Bordeaux), la qualité des caractères, la mention *Avec privilège du Roy* et l'année d'édition enfin : MDLXXX. Sous l'angle de son apparence extérieure, l'ouvrage ressemblait à cent autres. Mais que signifiait l'étrange opinion de son auteur ? Avais-je bien saisi le sens de ses paroles ? Quelque peu irrité, curieux de comprendre, je demandai :

– Voyons : en avez-vous un autre en train ?

Il haussa les épaules et sourit encore.

– Je suis las de ma tour, dit-il. J'ai grande envie de changer d'air, de voyager, d'échapper quelque temps aux épines domestiques…

Tout en parlant, il vint occuper un fauteuil près de celui où je me tenais, et aussitôt le chat qui était son compagnon en ce lieu lui sauta sur les genoux. Ses doigts s'enfoncèrent dans le pelage de l'animal. Sans se soucier le moins du monde de ce qui me tracassait, il laissa la conversation dériver vers d'autres régions de son univers. Il se rendrait d'abord à Paris, poursuivit-il avec nonchalance, car il avait hâte de recueillir de la bouche même du roi l'opinion de Sa Majesté sur ses *Essais*. Ensuite, son voyage le mènerait en Italie. Les eaux, croyait-il savoir, y étaient excellentes. Toujours sur le ton du bavardage, il aborda diverses questions ayant trait à la direction des affaires publiques et mentionna les lourdes charges qu'il avait supportées naguère au parlement de Bordeaux. Grâce à certaines allusions qu'il laissa passer, j'appris aussi qu'il espionnait un peu pour la Médicis et qu'il n'eût point refusé une ambassade à Rome ou à Venise…

– Rome ! s'exclama-t-il en se penchant brusquement vers moi. On ne peut y marcher, disait Cicéron, sans mettre le pied sur de l'histoire ! Heureux Italien que vous êtes !

Surpris par ce subit emportement, le chat quitta les genoux de son maître et se réfugia sur la table jonchée de livres. On raconte qu'ils aiment le papier, pensai-je. Et Montaigne aussi aime le papier, raison pour laquelle il écrit, ou s'écrit, en sa tour omphalique…

– Quant à entreprendre un autre livre, concluait pensivement mon hôte, ma foi, je n'en éprouve pas le désir pour le moment. Sans doute aurai-je, à mon retour, matière à enrichir ces *Essais*…

Était-ce là sa réponse à ma question de tout à l'heure ? Je compris que cet homme n'écrivait pas ici des livres, mais *un* livre, toujours le même. Plus que l'abri en lequel il s'était retranché, son texte était sa demeure, son excrétion et sa vie, œuvre sans autre fin ni justification qu'elle-même. Bientôt, retour de voyage, il ouvrirait son propre exemplaire des *Essais* et, l'annotant en marge comme il avait annoté son Plutarque, il l'enrichirait de nouvelles réflexions ; ainsi de suite d'une édition à l'autre, toujours ajoutant des pierres au même mur et toujours s'observant lui-même, et ses pensées…

– En somme, l'oiseau chante et Montaigne écrit.

– Ma foi, ce n'est pas si mal trouvé. Nous aurions tort de tirer quelque vanité de nos livres. Ils ne sont qu'une façon plus ou moins digeste et utile de nous présenter à nos semblables…

– Mais non, voyons ! Les livres enseignent ce qu'est le monde à ceux qui l'ignorent, et ceci par le truchement du langage où s'abritent…

L'air matois, Montaigne souriait.

– … où s'abritent les vérités divines…

– Allons, vous m'expliquerez tout à l'heure quel genre d'ouvrage vous produisez. Mais je tiens, moi, que votre livre dit qui vous êtes…

– Encore une fois : tout dépend du sujet qu'il traite !

Il concéda :

– Si vous voulez. Je vois que vous n'en démordrez pas. Laissez-moi pourtant vous raconter une histoire : certain gentilhomme de ma connaissance, quand on lui demandait ce qu'il faisait, avait l'habitude de vous exhiber pour toute réponse les sept bassins dans lesquels il avait chié les sept jours de la semaine ; donc les sept étrons plus ou moins mols qu'il avait conservés. C'était son discours à lui : « Ce que je fais ? Voyez ! » Et il vous montrait sa merde. Amusant, ne trouvez-vous pas ?

– Si.

– Croyez-moi, Bruno : nos écrivailleries, ce sont nos excréments.

Étant à lui-même son propre sujet, Montaigne s'apparentait en quelque manière à l'homme des bassins par cette habitude qu'il avait contractée de se préoccuper sans cesse des mouvements et productions de son corps. Depuis trois ans qu'il souffrait d'un mal héréditaire venu de feu son père, sa vessie fabriquait des pierres qui, au passage, lui infligeaient de terribles douleurs. Une fois le caillou rendu, il le rangeait avec d'autres dans une boîte, sur la cheminée de sa librairie. Ainsi pouvait-il, en soulevant de temps en temps un simple couvercle, observer stoïquement les ornements, signes et témoins de son existence actuelle. Il espérait que les eaux italiennes le soigneraient, disait-il, ou du moins apaiseraient ses maux, car il n'accordait aucun crédit aux médecins et même les exécrait, refusant d'absorber leurs drogues et d'écouter aucun de leurs conseils. Selon moi, il eût pourtant été possible de venir à bout de ces affreuses coliques en étudiant l'*ens* venimeux, spirituel, astral ou plus probablement naturel qui exerçait son pouvoir sur les organes de l'écrivain, mais de Paracelse non plus il ne voulait pas entendre parler, et il se mit en colère quand j'osai prononcer son nom devant lui. Il préférait, je pense, continuer à prêter l'oreille au moindre pet lâché par son cul et mesurer chaque jour dans des verres gradués, afin d'en comparer les quantités, les eaux qu'il absorbait et celles qu'il pissait. En toutes choses, et c'étaient là sa force, son orgueil, Montaigne ne se fiait qu'à son propre jugement, jamais à celui d'autrui.

Au cours du souper, le soir de notre arrivée, j'observai que notre hôte ne prisait guère de rester à table. Il prenait à peine le temps de mâcher ses aliments et mangeait si vite qu'il se mordait fréquemment la langue. Sa femme demeura un moment avec nous, touchant à peine à la nourriture et ne disant mot, rendue mélancolique par le prochain départ de l'époux. Quand Hennequin, lui-même plus triste et inquiétant que la mort, l'eut questionnée sur le nombre de ses enfants, elle soupira avec mauvaise humeur qu'elle en avait mis cinq au monde, tous de son sexe, mais qu'une seule, la petite Léonor âgée de neuf ans, avait survécu.

– Selon la volonté de Dieu, dit-elle.

Sur ces paroles, elle nous remercia de l'autoriser à se retirer et nous soulagea de sa présence.

– Je devine que le commerce des femmes ne vous plaît guère, remarqua Montaigne en dévorant une cuisse de chapon – et, pointant un index luisant en direction d'un plat d'huîtres que l'on venait d'apporter : Mangez, messieurs ! Ces coquillages sont tous pour vous : je les aime mais ne puis y goûter à cause de mes coliques pierreuses...

– Merci bien ! Leur simple vue m'écœure. Quant aux femmes, ma foi, j'ignore ce qu'on leur trouve. Nous a-t-on assez rebattu les oreilles de l'affection d'une mère ! Même Augustin en fait un fromage. Pour ma part, je n'ai rien connu de tel, car la mienne me détesta dès qu'elle m'eut donné le jour... Encore un peu de vin, je vous prie...

– Allons, servez-vous donc vous-même ! Je suis comme vous, notez bien : ma mère ne me porte pas dans son cœur. Mais ce n'est pas au commerce d'une mère que je pensais. Vous non plus, Jean, vous n'aimez pas les huîtres ?

Mais Jean n'avait pas faim. Montaigne demanda au serviteur d'enlever les coquillages et, le plus familièrement du monde, lui conseilla de les manger en cuisine avant qu'ils ne fussent gâtés. Puis, ayant plongé les doigts dans le plat de volaille, il y fourgonna afin de choisir un troisième morceau. J'en étais encore, moi, à me délecter du premier ! Quels bons cuisiniers on trouvait ici ! Ce mets était accommodé avec des huiles excellentes. Quant au nectar qu'on nous avait servi, il était si haut en saveur que je ne cessais plus de boire.

– Du temps de mon noviciat, repris-je, j'ai besogné deux ou trois putains, à Naples, et je n'ai récolté pour salaire que maux de tête et vomissements. Leurs chairs molles ne conviennent pas à mon appétit. Et puis cette entaille qu'elles ont sous le ventre ne me plaît pas…

Montaigne recommençait à déchiqueter la viande comme s'il eût été l'homme le plus pressé du monde. Il dit :

– En ce qui me concerne, je sais que connaître les femmes me fait du bien ; à cause de l'écoulement que provoque cet acte, sans doute. Il n'est pas bon de trop garder les humeurs dedans son corps, vous savez. Plus je vieillis, plus je me force à la volupté, comme autrefois je m'en méfiais – s'étant léché les doigts, il conclut brusquement : Que diriez-vous d'une promenade, messieurs ?

– Une promenade ? m'écriai-je. Mais nous avons le temps, par le Christ ! Je n'ai point fini de manger, moi !

Aussitôt imité par ce mouton de Hennequin, Montaigne se leva comme si je n'eusse pas émis la moindre protestation. Déjà, il se tenait devant la porte ouverte, les poings sur les hanches, observant la nuit tombante. Je bus une longue rasade et lançai :

– Ce n'est pas la volupté que je récuse, seigneur Michel, ce sont les femmes !

– Vous accordez trop de liberté à votre imagination, répondit-il sans se retourner. La nature est plus simple et moins rêveuse que nous ; en quoi elle n'a pas tort.

Je vis que je ne couperais pas à sa maudite promenade car il s'affairait à choisir trois bâtons dans une espèce de râtelier.

– Allons, reprit-il, venez. Nos pensées s'endorment quand nous restons assis : si les jambes ne l'agitent, l'esprit s'arrête.

Diable d'homme ! Un instant plus tard, nous agitions tous les trois nos jambes et nos pensées sur le chemin scabreux qui menait à la plaine. L'air me parut lourd et, pareil à celui de Naples, tout encombré de puanteurs marines. Sur cette pente, m'oppressa soudain le sentiment d'une descente dantesque vers les abîmes de l'enfer :

La valle d'abisso dolorosa.

Aucun doute, j'étais ivre. Je ne cessais en jurant de trébucher sur les pierres et j'éprouvais les plus lourdes difficultés à suivre la conversation. Quand nous fûmes au pied de la montagne, la nuit était tombée et la tête me tournait de plus en plus fort. Jamais je ne pourrais gravir cette pente au retour, pensai-je. Allons : plutôt mourir ici. Ce large ruban sombre que nous apercevions, n'était-ce pas l'Achéron ?

– La Dordogne, indiqua Montaigne en levant son bâton.

Ses paroles ne me parvenaient qu'après s'être frayé un chemin difficile à travers les limbes de ma conscience.

– Votre façon de railler les papes n'est certes pas pour me déplaire. Mais voyez les luthériens : ils ont commencé par condamner les mauvaises actions des catholiques, et les voici qui couvrent les vices à leur tour. C'est ce qui attend les réformateurs de tout poil, à mon avis. Pour ma part, j'ai plaisir à m'entretenir dans la croyance où je suis né, tout en sachant que la bonté n'est pas affaire de religion. Certains mahométans ou cannibales, nous devrions les appeler chrétiens tant leurs mœurs sont douces, comparées aux nôtres...

Mon pied buta contre un gros caillou.

– Vous êtes encore plus païen que moi, balbutiai-je d'une voix pâteuse.

– Vous ? Vous n'êtes pas païen ! Je vous ai bien écouté : vous voulez détruire le ciel d'Aristote pour le remplacer par celui de Copernic ! raccommoder le toit du monde, en somme, et le monde lui-même ! La belle affaire ! Croyez-vous que l'homme deviendra meilleur parce que vous lui aurez bâti une nouvelle maison, plus extravagante encore que celle dont il disposait ? Je sens que vous nous inventerez bientôt une nouvelle secte, mon cher, une brunienne, comme si nous n'en avions pas assez à endurer...

– Non, articulai-je. Au diable la théologie. Il fait nuit noire... Ne devrions-nous pas rentrer ?

– En tout cas, méfiez-vous que les cardinaux ne vous brûlent. Il y a du fanatique en vous. N'est-ce pas, Jean ? Qu'en dites-vous ? On ne vous entend jamais. Eh bien, où est-il donc passé, celui-là ?

– Qui ?

– Votre Jean !

Il devait errer toute la nuit le long de la rivière, plus solitaire et malheureux qu'un fantôme. Après l'avoir en vain cherché et appelé dans l'obscurité, nous nous résolûmes, Michel et moi, à rentrer sans lui au domaine. Mon hôte, qui dormait seul sous sa librairie, au premier étage de la tour, m'accompagna jusqu'à ma chambre, dans l'aile principale du bâtiment, et me donna tristement le bonsoir. À peine déshabillé, je m'écroulai sur le lit et m'endormis, ivre encore, l'esprit hanté par je ne savais quel mauvais pressentiment, à bout de forces.

Le soleil était à son zénith quand je rouvris les yeux. Une forte lumière irradiait la chambre. Hâve et exténué, assis au bord de mon lit, Jean assistait à mon réveil. Je me plaignis :

– Deux nuits que tu me laisses dormir seul.

– Bientôt tu ronfleras dans les bras de ton Vénitien.

– Il y a un vase sous le lit. Attrape-le-moi.

Tout en s'exécutant, Jean me prévint :

– Inutile de chercher plus longtemps un moyen de te débarrasser de moi. Je pars en voyage.

– Qu'as-tu encore inventé ?

– J'ai parlé tout à l'heure à M. de Montaigne. Il est en quête d'un secrétaire qui puisse écrire sous sa dictée et enregistrer ses observations pendant son séjour en Italie…

– Combien de temps resterais-tu absent ?

– Que t'importe ?

Une bouffée de colère tourbillonna en moi et je me retins de le gifler. Ignoble, je m'écriai :

– M. de Montaigne ! M. de Montaigne ! Et à qui dicterai-je, moi, si tu t'en vas ?

Brave Hennequin ! Il se contenta de hausser les épaules et de quitter la chambre sans piper mot.

Nous séjournâmes au domaine jusqu'au vingt-deux juin qui fut un vendredi. Notre hôte était fort occupé à préparer son voyage et je le vis peu, uniquement au repas du soir qu'il voulait bref selon sa coutume. Il avait ordonné à ses gens que l'on installât une table dans ma chambre et j'y vécus seul la plupart du temps, lisant et achevant d'écrire mon *Chant de Circé*. Jean, que la proposition de Montaigne semblait avoir guéri de sa mélancolie, s'était libéré de son attelle et parcourait à cheval la campagne alentour, sans plus se soucier de moi que d'une guigne. De mon côté, je refusais désormais de parler à ce traître, me contentant de pester intérieurement contre lui.

Il était convenu que nous nous mettrions en route de la façon suivante : Montaigne à cheval, escorté de trois gentilshommes et de Jean, moi en compagnie de mes malles pleines de livres, dans une voiture spécialement aménagée pour mon confort. Le jeudi soir eut lieu un souper qui s'annonçait agréable malgré la présence d'une épouse larmoyante. Mais le repas était commencé depuis moins d'une demi-heure que le maître des lieux se leva brusquement et me demanda de l'accompagner. J'avais à peine eu le temps de toucher à une fricassée d'œufs aux herbes et la faim, Seigneur, me tenaillait encore…

– Une promenade? dis-je, anxieux de le voir choisir des bâtons dans le râtelier.

– Allons jusqu'à ma librairie.

Nous laissâmes les autres convives se délecter des mets parfumés et gagnâmes la tour.

– Cher Bruno, permettez-moi de vous faire un modeste présent, déclara Montaigne en allumant une lampe à huile.

Assis sur un livre, le chat m'observait comme si j'eusse été un intrus. Puis il bâilla. M'ayant ouvert la main, son maître y déposa une médaille. Je m'approchai de la lumière et la fis tourner entre mes doigts. Elle était frappée d'un côté des armes de mon hôte; de l'autre, d'une balance de justice avec, en grec, la mention 'επέχω.

– *Je m'abstiens*, murmurai-je.

– La devise pyrrhonienne. Je sais que vous n'en tiendrez jamais compte, mais l'objet, du moins, vous rappellera au souvenir de notre amitié.

Me présentant un pli, il ajouta:

– Il y a également ceci. Une lettre de recommandation adressée au roi Henri. Peut-être vous sera-t-elle utile un jour. Je suis chevalier, après tout, et gentilhomme ordinaire de sa chambre.

Je tendis les bras et nous nous embrassâmes avec plus d'affection que des frères.

Je n'ai même pas levé les yeux quand Orazio m'a apporté mon dîner; il a dû me forcer pour que je consentisse à poser un instant ma plume. J'avais le plus grand mal à supporter qu'il…

– Lâche-moi la main ! Je sais que vous brûlerez tout ! Mais laisse-moi écrire tant qu'on y voit clair…

L'autre s'est énervé :

– Du calme, Brunus. Rien ne sera brûlé. Il y a du nouveau.

J'ai fouillé d'un œil suspicieux son visage borgne. Quel piège ce fourbe de Clément avait-il encore inventé ? Que se passait-il ? Mais Clément n'y était pour rien. Suivant mes instructions, Orazio avait fait part à Deza de mon refus de voir personne, prêtre, consolateur ou émissaire de quiconque. Le jeune homme avait alors donné des ordres.

Premièrement, que l'on mette ces feuillets à l'abri en quelque lieu secret. Il court en effet dans l'entourage du pontife une rumeur selon laquelle on enverrait bientôt quelqu'un pour détruire ce que j'ai écrit depuis trois jours ; pour m'expédier, aussi, afin qu'il n'y eût point de bûcher jeudi. Quelle belle, quelle courageuse politique que celle du pape Aldobrandini ! A-t-on jamais vu tyran plus pitoyable ? Après m'avoir condamné, il m'oblige maintenant à lutter pour rester en vie jusqu'à l'heure de mon supplice… Deuxièmement, nettoyer mon cachot. Un homme s'en chargera tout à l'heure, a promis le gardien. Troisièmement, que l'on fasse venir un barbier, au cas où j'en exprimerais le désir. Et si le barbier vient, ne pas le laisser seul avec moi – c'est le quatrième point –, car ce pourrait être un sbire payé par Clément pour m'égorger. Ne laisser personne avec moi, du reste. Il paraît qu'un certain Gaspard Schioppius, un fanatique allemand qui applaudissait mercredi à ma condamnation, a mené tout à l'heure grand tintamarre devant Tor di Nona, ameutant la foule et réclamant qu'on le laissât étrangler de ses mains l'hérétique… Je ne connais pas ce Schioppius. Les soldats du guet l'ont emmené et libéré aussitôt, dit Orazio, vu qu'il habite chez le doyen Madruzzi. Il affirme à qui veut l'entendre que le bûcher du Campo dei Fiori fabrique des martyrs au profit des ennemis de l'Église romaine…

– Y a-t-il un cinquièmement ? ai-je demandé.

C'est la meilleure des nouvelles : que l'on m'autorise à écrire la nuit, à la lumière d'une lampe à huile, avec une bonne plume et sur un meilleur papier. Deza est allé au Saint-Office chercher mes lunettes ; un véritable ami, vraiment. Il m'a même rapporté une liasse de lettres et de documents personnels. Son sixième ordre est qu'on me nourrisse convenablement, afin que je puisse travailler. La bannette d'Orazio contenait d'ailleurs un vrai dîner : soupe chaude aux haricots, pain blanc, canard rôti et vin. Je m'étais cru plus mort que vif dans cette cave immonde, et voici que j'éprouvais de nouveau la morsure de la faim. Mes doigts engourdis se sont approchés de l'écuelle brûlante. Ayant bu plusieurs gorgées de bouillon, j'ai interrogé Orazio :

– Tu as une bonne mémoire. Mais pourquoi devrais-je te faire confiance ? Tiens-tu absolument à me venir en aide ? Il y a trois jours, tu tremblais que je ne t'attire des ennuis.

Le cerbère m'a tendu la cruche en chuchotant avec des airs de conspirateur :

– Un chrétien a le droit de choisir sa mort, Brunus. C'est là mon idée. Moi vivant, personne ne te volera ton bûcher.

M'empêchant de boire, sa main de géant s'était refermée comme un étau sur mon bras.

– Ne sommes-nous pas napolitains ? et tous plus ou moins fils de pute, par saint Janvier ?

– Tous nés d'une femme, oui.

Une sorte de sourire lui fendait la figure.

– Tous ennemis jurés des évêques et de l'Inquisition qui m'a crevé un œil ! Quant au jeune Deza, bien qu'espagnol et rejeton d'un gredin lubrique, je sens qu'il n'est pas bâti comme les autres.

Il m'a lâché enfin. J'ai bu longuement, avant de reposer la cruche sur la table. J'aimais tant le vin, autrefois. Ne pas cesser d'écrire, surtout…

– Bois encore, m'a ordonné Orazio.

– Non.

J'ai repoussé la cruche.

– Nous sauverons tes pages, a-t-il conclu, bien que je ne sache même pas écrire mon nom, ni à quelle sorcellerie obéissent les signes que tu traces sur le papier. Quant à toi, Brunus, tu mourras jeudi dans les flammes ! Et alors, que décides-tu pour ce barbier ?

– Demain. Nous verrons demain. Va plutôt me chercher cette lampe ; et cette plume neuve aussi, que l'on m'a promise.

13 FÉVRIER 1600, DIMANCHE

Grâce à la lampe à huile, j'ai pu écrire presque toute la nuit, et l'aube n'était pas loin d'éclairer le soupirail quand, les doigts serrés sur ma plume, je me suis endormi une couple d'heures à même la table, entraîné par l'épuisement vers les abîmes d'un sommeil sans rêve ni cauchemar. Au quatrième jour de son agonie, l'hérétique ouvre les yeux et son premier geste consiste à plier avec soin une nouvelle feuille dans le sens de la longueur afin d'écrire, selon sa vieille habitude, sur des bandes de huit pouces ; le second à y inscrire la date… Mon Dieu, n'est-ce pas folie que cette entreprise ? Y a-t-il rien de plus risible que les confidences d'un vieux sodomite entiché de lui-même ? À entremêler ainsi l'histoire d'une vie et la chronique de mes dernières heures, j'ai parfois le sentiment d'assister en témoin à ma propre mort héroïque. Qui sait si je ne suis pas après tout l'acteur involontaire d'une comédie absurde, le songe de quelque divinité ? Ô théâtre, ô mystère en lequel les dieux ont rêvé leurs souffrances ! Oui : folie, sans doute ! Mais folie aussi ce bûcher ! Folies l'homme et la nature ! Puis-je rêver ? Je voudrais avoir l'orgueil insensé, jeudi, d'affronter le cercle de flammes avec un insolent éclat de rire !

Comme promis, Orazio a fait nettoyer ma cellule et la condition physique du condamné s'améliore. Peut-être ai-je déjà perdu la raison, mais il est certain que la puanteur de sentine qui régnait ici s'est dissipée. Dans l'angle du mur, au fond, chaux et mortier ferment désormais le passage aux rats venus du Tibre. Quant à ce qui concerne mes besoins naturels, j'ai à présent le privilège de me voir nanti d'un seau que le gardien m'a apporté hier soir – événement considérable, s'il en fut. Un bassin pour les déjections du poète !

Ayant déposé l'objet, Orazio venait d'adopter à mes pieds l'humble posture de la prière.

– Serais-je devenu un dieu pour que tu t'agenouilles ainsi devant moi ?

– Ordre de Deza, me répondit-il le plus sérieusement du monde.

Et il entreprit de me délivrer de mes fers.

Bien que ce gardien ne soit qu'une brute illettrée, il a su opérer avec précaution et ménager mes chevilles noires et ensanglantées. Béni sois-tu, affreux cerbère, et bénis soient les démons qui veillent sur mon sort dérisoire. Dans trois jours ma chair et mes os nourriront les flammes, mais pour l'heure, c'est moi que l'on nourrit de viande et de vin ! Et le barbier – un homme sûr, paraît-il – viendra à midi me rafraîchir la figure.

Le jeune, le beau Deza, lui, ne s'est point encore montré. Aurait-il renoncé à me convaincre, saisi tout à coup de respect pour ma destinée – ou de mépris pour les vains calculs de son maître ? Espère-t-il au contraire m'apprivoiser en améliorant et protégeant mon existence de façon occulte ? J'ignore quelles sont les vues de cet étrange courtisan. Orazio a caché mes notes en un lieu secret avant de les lui remettre tantôt. J'ignore également ce qu'il adviendra de ce récit, et s'il en adviendra jamais quelque chose. Paraîtra-t-il un jour sous sa forme imprimée ? Dans ce cas, je ne l'aurai point relu ni corrigé – mais je n'ai relu ni corrigé avec beaucoup de soin aucun de mes ouvrages, je le confesse, ayant pris l'habitude, depuis *L'Arche de Noé*, d'écrire d'un jet sous l'exigence d'un tyran nommé inspiration. Tel est d'ailleurs le vrai sens du mot *poésie* : magie du verbe, épiphanie, jaillissement de l'être. Mû par Sa propre force et volonté, Dieu invente le langage et Le voici Dieu et voici Son livre : la Création. A-t-on jamais vu Dieu relire et corriger le monde ?

Grâce à Deza, ces pages sont peut-être en train de devenir à leur tour livre pour l'éternité, volume dans une bibliothèque, aliment pour ton plaisir ou ton édification, lecteur invisible, mais je les poursuivrai telles que je les ai commencées jeudi, savoir une sorte de longue épître adressée au plus absent, au plus obscur de mes compagnons : moi-même, le Nolain, ce braillard qui, bientôt n'étant plus, sera. J'ai résolu d'écrire sa vie humaine et philosophique jusque dans le secret de ses détails et accidents ; il me faut donc – ainsi apprend-on à mourir – continuer de progresser vers lui pas à pas.

Chaque fois qu'en me pinçant le nez je traversais la place Maubert pour rejoindre mon domicile, rue de Bièvre, je songeais au dicton forgé en son temps par Érasme : *Olet ut cloaca mauberti*. L'égout y était empuanti par des teintureries et, comme celles-ci appartenaient à des familles protestantes, les catholiques du quartier jouissaient d'un avantage insigne sur les autres Parisiens : pouvoir maudire leurs ennemis dès qu'il leur prenait l'envie de respirer. C'est ce qu'il me plaisait de répéter par gausserie au sieur Canaye, mon propriétaire, lui-même huguenot, languedocien d'origine et dont la famille s'était enrichie grâce au commerce du pastel.

– Parlez donc moins fort, Bruno ! répondait-il en lançant un regard craintif vers la rue. Ou nous finirons tous pendus à cette potence !

Car tel était l'autre inconvénient du carrefour *Maubertus* : le gibet qui se dressait sur la place ainsi qu'une ombre de la mort, *umbra mortis*, obscur présage, en ce siècle de péché, du châtiment inéluctable. Ici comme ailleurs, les exécutions attiraient le vulgaire et, quand s'exerçait cette belle justice, il devenait tout simplement impossible de passer d'une rue à l'autre. Ainsi il arrivait que je fusse contraint d'assister au spectacle d'un homme que l'on expédie par pendaison ou étranglement, au cours d'un de ces grands frissons de jouissance populaire dont les villes ont le secret. Souvent, on rôtissait le cadavre du malheureux, ou le bourreau le découpait en morceaux à coups de hache. J'ai vu des restes traînés par un cheval qui ensanglantaient le pavé ; la foule poussait des cris d'effroi, car rien ne l'insupporte comme les violences exercées sur un corps mort.

Mais nulle exécution n'était prévue en ce premier jour de carême et la place, balayée par une méchante bise de fin d'hiver, semblait même avoir renoncé à son animation habituelle. Ne la traversaient que les porteurs d'eau marchant d'un pas vif, les groupes d'écoliers rivaux et criards, et les mendiants dont tremblait la main engourdie. Ce qui attira d'abord mon attention, chez le moine que je vis déboucher, boitant et traînant un bâton, à l'angle de la rue Saint-Victor, ce fut l'image de la Vierge qui lui ballottait sur le ventre au rythme de sa claudication, enfermée dans un cadre en bois et suspendue à son cou au moyen d'une ficelle. Paris, sur bien des points, cédait à la mode italienne et le culte de l'Immaculée y régnait plus encore qu'à Rome. Malgré les attentats perpétrés contre elle par les huguenots, nombreuses étaient encore les idoles à son effigie dressées à tous les carrefours et sur les façades des maisons, madones étreignant le Fils, mères contristées, pleureuses affligées par l'ennui de leur sexe et de leur condition. Ce pauvre dominicain, lui, trouvait sans doute original de la porter telle une relique autour du cou. Il s'approchait de moi. Que me voulait-il? Mendier la charité? Comme avec l'intention de me jeter un sort, il exhiba soudain sa dextre aux doigts coupés.

– Félix!

– Hors de ma vue, apostat!

Sur ces paroles, il m'assena un coup de bâton à me fracasser le crâne.

En reprenant conscience, je sentis sous ma nuque le froid du pavé. Canaye me souffletait les joues et un jeune prêtre du collège Saint-Michel tout proche marmonnait une prière. Les deux hommes, qui bavardaient à quelques pas de là, avaient assisté à mon agression et aussitôt volé à mon secours, provoquant la fuite de Félix. Je cherchai à tâtons la bosse douloureuse.

– Aurais-tu par hasard l'intention de m'administrer les derniers sacrements? grognai-je en m'adressant au prêtre.

Je parvins à m'asseoir.

– À la bonne heure, dit Canaye. Il y a un instant, vous étiez sans vie. Ce diable de moine vous a proprement arrangé!

Déjà, les badauds s'attroupaient autour de nous. On m'aida à me remettre sur mes jambes. Je chancelais un peu.

– Comment vous sentez-vous? demanda le prêtre.

– Je suis debout, répondis-je en m'appuyant sur son épaule. Et bien vivant, par le Christ. Croyez-moi, je ne souperai pas ce soir en enfer.

D'un pas mal assuré, mais sans l'aide de personne, je me dirigeai vers l'entrée de mon domicile. J'achevais de monter l'escalier quand j'entendis Canaye qui criait:

– Allons prévenir le quartenier! Ce scélérat ne perd rien pour attendre!

Ma chambre possédait une cheminée et le feu était allumé. En prévision de mon retour, l'excellent Prospero

– un eunuque à peau noire, cadeau de Cecil – avait eu en outre la bonne idée de préparer un bain. Je n'eus qu'à me laisser déshabiller et à plonger mon corps dans l'eau chaude. Tandis que je me reposais, il m'appliqua sur le front des compresses brûlantes. Je ruminai ma mésaventure en regardant les flammes monter à l'assaut de l'âtre.

– Vous connaissez l'homme qui vous a frappé ?

– Depuis fort longtemps. Nous étions novices ensemble, à Naples. Je l'ai vu également à Chambéry où il se cachait sous le nom de Saturnin. Quelle mouche l'a donc piqué ? Et qu'est-il venu faire à Paris ?

Après une dizaine de compresses, la bosse avait toujours la taille d'un œuf, mais la douleur s'était apaisée.

– Tu vas filer rue des Vieux-Augustins, dis-je alors à l'eunuque. Et prévenir le signore de ce qui m'est arrivé.

Cecil vivait sur l'autre rive de la Seine, dans un hôtel mis par l'administration royale à la disposition des ambassadeurs vénitiens. Prospero me servit un verre de vin. Puis, s'étant enveloppé d'un manteau, il jeta deux grosses bûches dans le feu et fila.

– Félix, murmurai-je pour moi-même quand il fut sorti. Maudit adorateur de la Vierge.

Et je me couvris les yeux d'une serviette humide.

Dieu que je les affectionnais, ces bains aux étranges vertus ! La conscience me semblait s'y affranchir des finitudes physiques et le jeu de la réminiscence s'en trouvait activé. Les sensations, je crois, transmigrent d'une âme à l'autre par le truchement des mots et des images, imprimés ou non. Fut-ce à cause de cet accident ? L'élément liquide m'emporta à Naples, non point en compagnie de Félix, mais en celle de fra Teofilo da Vairano, mon vieux maître d'autrefois. J'avais rêvé jadis de lui apparaître nu, et qu'il me possédât en quelque étuve romaine ou orientale – oui, ce rêve m'habitait encore, où murmurait l'écho du récit d'Augustin : onze siècles plus tôt, en l'africaine Hippone, un adolescent avait joui de l'image offerte par son propre corps et tel était, en son unité divine, le secret ultime de l'amour. *Je quiers en toy ce qu'en moy j'ay de plus cher*, chantait Mauricius Scaevius. Mais comment s'y prenait-il pour le trouver en cette Délie, le reflet aimé de lui-même et de son sexe ? Y avait-il piperie de la part du poète ? Moi, j'aimais mon corps, par le Christ, non celui des femmes ! Et Dieu sait qu'ils étaient antagonistes ! D'un côté la perfection de l'intellect, la gratuite beauté, l'Un nanti de tous ses attributs ; de l'autre l'aberration d'un être nécessaire et conçu à la hâte, bâclé pour ainsi dire, et à jamais incomplet. Était-il à ce point difficile de deviner, derrière le culte de l'artifice en lequel s'épuisait la race femelle, le ventre méchant, le sac fangeux voué à la reproduction de l'espèce ? *Inter feces et urinam nascimur*, que je sache ! Le beau et le féminin étaient à l'évidence incompatibles. Et comme le juste, le vrai et l'agréable s'assortissaient au beau, alors le juste, le vrai et l'agréable ne pouvaient qu'être étrangers au féminin. Voilà pourquoi, au sommet de la cité et de la hiérarchie des êtres, le philosophe grec pratiquait l'amour grec, laissant le populaire se vautrer dans le ventre des putains et dans les bas-fonds des villes, là où avait traîné mon adolescence napolitaine. Ainsi méditais-je, à demi somnolent dans l'eau refroidie quand Cecil entra, son épée lui battant la cuisse.

– Jolie bosse, dit-il avec un sourire – et, abandonnant son manteau de velours à l'eunuque : Ton Félix a été pris. Il dormira ce soir dans un cachot à la Conciergerie.

Cecil cédait avec délices à l'élégance de la cour, et la mode exigeait d'un gentilhomme qu'il dépensât des fortunes afin d'acquérir la bagatelle de vingt ou trente habits de différentes étoffes et autant de gilets de satin, sans compter les bas, les fraises, les rubans et les multiples paires de bottes et de souliers. Pourtant, contrairement aux usages en vigueur qui privilégiaient les vêtements colorés, il entendait, lui, rester fidèle aux teintes nocturnes. Noirs étaient donc son pourpoint de soie à crevés, ses chausses et le béret de forme polonaise qui coiffait ses cheveux pommadés. Un collier de perles ornait sa poitrine et une boucle d'oreille faite de minuscules épées d'argent entrecroisées descendait jusqu'à son épaule. Il approcha une chaise de la baignoire et s'enquit :

– Où donc est ton Hennequin ?

– Parti il y a quelques jours. Il voyage pour moi en Allemagne où je l'ai envoyé acheter des livres…

– Tant mieux. Appellerons-nous un de nos médecins de l'ambassade ?

– Pour un coup de bâton sur la tête ?

Il me baisa les lèvres et dit :

– Deux nouvelles, Philippe : une bonne et une mauvaise…

– Commence par la mauvaise.

– Le Parlement a élevé une protestation contre le *Candelaio*…

– J'en étais sûr…

– Pièce trop débauchée, au goût de ces messieurs, et pleine de bougreries à la sauce italienne…

Jouée par Sanguino à Lyon, puis à Nevers et à Blois, mon *Candelaio* venait, grâce aux efforts déployés par l'ami Baïf (bien que malade et exténué, le poète se montrait aussi décidé que Cecil à me voir réussir à Paris), de connaître un beau succès devant le public du Petit-Bourbon. L'heure était en France aux comédiens italiens, semblait-il, *Gelosi, Ganassi* et autres *Sanguini* qui, avec Arlequin et Pantalon, mais aussi avec des catins, des maquereaux et des pédérastes, attiraient plus de monde que tous les prédicateurs réunis. Bonifacio et Carubina seraient bientôt plus célèbres que les douze apôtres, et un libraire du nom de Giuliano, à l'enseigne de *L'Amitié*, s'apprêtait à publier la pièce dont la version définitive comprenait cinq actes. En souvenir de mes errements genevois, j'avais décidé de rédiger à la hâte, pour cette édition, une épître pleine de railleries en forme de dédicace adressée *À la Signora Morgana Borzello* qui vivait maintenant à Naples, mariée – pour de bon, cette fois ! – à son idiot d'arquebusier. Sur le frontispice du livre figurerait mon apophtegme favori : *In tristitia hilaris, in hilaritate tristis*... Une comédie trop débauchée ! À quels ennuis, à quelle censure devais-je encore m'attendre ?

– J'ai froid ! dis-je avec mauvaise humeur.

– Et moi j'ai faim. L'eunuque ne peut-il nous préparer quelque chose ?

– D'abord, couchons-nous.

Et, tel Neptune, je bouleversai les eaux.

Prospero avait bassiné le lit. Entre les draps chauds, je caressai mon aimé et emprisonnai la tête d'hermine de son éperon orgueilleux. Éveillés par le désir, des vers latins occupèrent mon esprit. Le *telum* qui grossissait dans le creux de ma main était-il toujours vierge, selon un serment prêté à Rome quatorze ans plus tôt ? Je savais bien que non. Comme de nombreux gentilshommes – et comme le roi lui-même –, Cecil entretenait des mignons de couchette, jeunes chanteurs, comédiens, futurs poètes et apprentis sculpteurs qu'il s'efforçait toutefois de flanquer à la porte de ses appartements dès que je m'apprêtais à en franchir le seuil.

– Et la bonne nouvelle ? questionnai-je sans cesser de lui dévorer la nuque.

– Henri a interdit que l'on importune les comédiens italiens. « J'ai plaisir à les ouïr », a-t-il répondu aux trouble-fête du Parlement, et tout particulièrement...

Sa voix mourut dans un soupir de volupté car ma *mentula*, plus dure que le fer, cognait à sa porte secrète...

– Connais-tu ce vers de Catulle, Cecil : *Pro telo…*

– … *rigida mea cecidi.* Je l'immolai de mon membre rigide. Immole-moi, Philippe, si tu en as envie.

– J'en ai envie…

– Il veut t'entendre, paraît-il…

– Qui ? De qui parles-tu ?

– Non, rien. Je te dirai après…

– Parle !

Mais Cecil jamais ne cédait s'il ne l'avait décidé lui-même, car son cœur était inflexible. Ayant franchi l'anneau brun, je demeurai longtemps dans son intérieur nocturne de terre et d'oubli plus profond et savoureux que la mort, écoutant ses plaintes et les accompagnant, méditant l'approche de la jouissance, l'âme attentive au moindre frémissement de vie, ouverte aux visions les plus extraordinaires. Soudain, Thot l'Égyptien se tourna vers le soleil, Romulus enfonça d'un coup de reins le soc de sa charrue dans la glèbe, Moïse emplit de sang les bassins – instant béni des dieux, pensai-je en retenant mon souffle, nous ne sommes plus qu'Amour, Force, Unité, Être pur. Instant béni. La course du temps rejoint l'éternité, Dieu et Nature se confondent, le mouvement et le repos, la droite et le point, l'océan et le ciel, l'eau et le feu, la flèche et son but, l'origine et la fin, le microcosme et le macrocosme. Oui, instant béni.

– Dieu tout-puissant ! hurlai-je.

Le monde physique venait de s'anéantir, et tous ses accidents ; et la pensée elle-même.

Après avoir attendu que régnât de nouveau le silence dans la chambre de son maître, Prospero poussa prudemment la porte et entra, tenant un plateau sur lequel il avait disposé un pâté de dorade, quatre tranches de massepain, un bol de prunes, des oublies et du vin blanc. Je rabattis les couvertures sur nos corps.

– Pourquoi un athée en appelle-t-il à Dieu quand il jouit ? murmura Cecil d'une voix éteinte.

– Rappelle-toi les noms de mes héros, répondis-je en suçant une prune tout près de son oreille : Phylothée, Théophyle… Je suis un athée qui aime Dieu…

– Et donc pas un athée…

– Alors ? Est-ce le roi qui souhaite m'entendre ?

Oui. Ayant appris que Paris applaudissait non seulement à ma comédie, mais aussi aux leçons extraordinaires sur Thomas d'Aquin que je prononçais en plusieurs collèges, Henri III avait demandé à Baïf que ce *fameux docteur italien* fût invité à une démonstration d'éloquence en son Académie qui siégeait au Louvre. Celle-ci succédait à feu l'Académie française, créée sous Charles IX par Jean-Antoine en personne ; l'oreille raffinée du roi (la gauche, dois-je préciser car, comme le soulignait mon aimé avec quelque méchanceté, le Valois était sourd de la droite) y entendait régulièrement traiter de physique, de poésie et de morale. Une telle requête constituait le meilleur présage du succès, avait affirmé Baïf le jour même, ajoutant qu'Henri savait se montrer fort généreux. En outre, le poète laissait entrevoir la possibilité de décrocher à cette occasion une chaire en Sorbonne…

– Un excommunié à la Sorbonne ! m'écriai-je, soudain pris de gaieté. On en voit de belles à Paris ! – ayant empli les verres : De quoi vais-je devoir lui parler, grands dieux ? De l'Aquinate, d'Aristote, d'Épicure ?

– Nous verrons cela avec Jean-Antoine, soupira Cecil en s'étirant langoureusement. Ô Seigneur…

– Qu'y a-t-il ?

– Je crois que j'ai encore envie d'être immolé…

Ficelé, tel le Christ, entre deux larrons, Félix expiait son crime au pilori des Halles. Excités par les imprécations dont il les couvrait, des gamins morveux fouettaient à coups de jonc sa main estropiée, prisonnière du carcan et déjà dégouttante de sang. Je les chassai et ils s'enfuirent comme une volée de passereaux entre les étals du marché.

– Pourquoi m'as-tu attaqué ? lançai-je au moine en prenant garde qu'il ne me répondît par un crachat au visage.

– Tu brûleras en enfer, maudit sorcier ! Hérétique ! Traître et apostat ! Comédien ! Saltimbanque ! Sodomite ! Offenseur de la Vierge ! Séducteur ! Nous piétinerons tes os !

Ses yeux noirs, autrefois si doux, qui semblaient à présent ceux d'un dément, exprimaient les sentiments les plus féroces ; une haine bien peu chrétienne, en vérité, dont je voulus savoir la cause.

– De quoi m'accuses-tu, Félix ?

– Chien, ne prononce pas mon nom ! cria-t-il. Nous te tuerons ! Et nous tuerons ce roi dépravé et vicieux, ce tyran qui protège les infidèles ! Dieu veuille que mon bras délivre le monde de la peste hérétique…

– Henri III, un hérétique ? Aurais-tu perdu la tête ?

– Les Valois sont des porcs ! Et ce Valois insulte chaque jour l'hostie, le Saint-Esprit et notre Mère immaculée ! Nous l'égorgerons et le poursuivrons avec le fer et le feu, et toi aussi, Brunus – pouah ! je crache sur ton nom ! – nous couperons ton corps en morceaux !

Des ongles de sa main gauche, il griffait le bois du pilori, et l'eût-on délivré sur-le-champ qu'il se fût rué sur moi à seule fin de mettre son projet à exécution. Mais que signifiait ce *nous* ? Le dominicain appartiendrait-il à la Sainte Union ? Ce parti, qui avait juré la perte des huguenots et des catholiques modérés, ne cessait, au nom de Dieu, d'appeler au régicide.

Et pourquoi le bougre avait-il quitté son couvent ? À chaque question que je lui posais, il répondait en vomissant un flot d'invectives et de menaces tout particulièrement dirigées contre les tenants de l'amour grec en lesquels il paraissait voir l'incarnation satanique de l'infidélité. Qu'il était loin, le Félix de jadis, le novice napolitain qui ne goûtait rien tant que le plaisir de se faire… immoler, disons. Au temps du couvent, l'étudiant honorait, baisait et priait à genoux deux idoles : la Vierge et le *telum* des garçons. Quelles mystérieuses souffrances de son âme et de son corps l'avaient-elles forcé à renoncer à la seconde et mué en ce sale et misérable démon cloué au bois de justice ? Je prêtai une oreille attentive à ses folles vociférations et finis par démêler le fil de son histoire : trahi par son ami, le juriste Lagrange, puis battu par les moines, ses frères – d'où l'infirmité supplémentaire d'une jambe boiteuse –, il avait reçu la visite d'un messager divin et l'ordre de venir à Paris accomplir la Vengeance universelle.

Les imprécations du moine n'avaient pas manqué d'attirer la foule qui s'échauffait, puis le guet. Lui continua de plus belle à invoquer la Vierge et à maudire l'hérésie et la sodomie. Excédés, les soldats le réduisirent au silence à coups de gourdin. Le pauvre Félix en perdit connaissance et bientôt sa tête ensanglantée pendit contre le bois huileux. J'interrogeai le quartenier de Saint-Jacques-de-l'Hôpital qui le connaissait. L'homme m'apprit que le malheureux avait été chassé de Chambéry et qu'il allait prêchant les Parisiens de par les rues, portant les sacrements dans les processions.

– Un habitué du pilori, dit-il pensivement. Ce prêtre finira pendu.

Ôtant mon bonnet, je lui montrai mon front, et la bosse.

– Il aurait pu vous tuer, compatit l'officier. Méfiez-vous, à l'avenir, car dès demain il sera libre.

– C'est qu'il a juré d'expédier le roi…

– Allez, les rois sont bien protégés.

Mauvais présage, pensai-je, que cette résurrection de Félix. Je quittai le carreau des Halles l'âme envahie par des visions de cauchemar où s'entremêlaient des scènes de ma vie passée et future, funestes les unes comme les autres. Je longeai la toute neuve église Saint-Eustache. Rue Montorgueil, les tailleurs d'images exposaient les gravures colorées qu'ils avaient imprimées sur place. Les divinités chrétiennes et les Mères de Dieu, dont certaines identiques à celle que j'avais vue autour du cou de mon agresseur, s'y balançaient au gré du vent, attirant le regard du badaud. Quels crimes commettrait-on bientôt au nom de ces idoles ? Le cœur en proie à un étrange malaise, je courus vers la rue des Vieux-Augustins où Cecil m'attendait pour une leçon d'anglais – ô amour, te serrer dans mes bras et oublier le mal…

– *Chen farrewel world*, coassai-je en déchiffrant les mots sur un petit tableau décoré de putti accroché au mur, *chy utterrmocht I chee, Eterrnall Love maintaine chy life in me…*

– Seigneur, je n'en puis plus ! s'écria Cecil. Son accent m'écorche les oreilles – baissant les bras, il soupira : Qu'en dis-tu, Jean-Antoine, cela vaut-il la peine de se donner tant de mal ? Nous n'arriverons à rien avec ce Napolitain.

Baïf se tenait frileusement assis près de la cheminée, les deux mains sur sa canne et les fesses enfoncées, à cause d'une crise d'hémorroïdes, dans un empilement de coussins. Quant aux os de ses jambes, ils le faisaient tant souffrir qu'il ne pouvait demeurer debout plus de quelques minutes. Le poète, qui atteignait la cinquantaine, vieillissait vite. Il remua légèrement, eut une grimace et, conciliant, répondit :

– S'il visite jamais l'Angleterre, il n'aura qu'à y parler en latin.

– Je veux qu'il connaisse l'anglais ! Il existe une poésie anglaise ! Elle n'a pas été écrite pour les cochons ! Et puis imagine un peu ce bougre d'âne devant la reine Élisabeth : *I prregent my rrechpectch to Herr Majechty !*

Il avait pris, pour imiter mon élocution, des airs de vieille maquerelle imbriaque. Avec colère, il me lança :

– Même ton italien sent la campagne napolitaine ! On croirait entendre une dinde qui glougloute ! Et ces *ch* exaspérants ! En auras-tu toujours plein la bouche ? *Uttermost*, Seigneur, pas *Uttermocht* ! *I see*, pas *I chee* !

– *Andiamo, andiamo*, intervint doucement Jean-Antoine. Ne vous disputez pas pour si peu...

– Je vais essayer encore... proposai-je.

– Non, par pitié ! supplia Cecil.

Il s'écroula sur une chaise, plus théâtral qu'il n'était nécessaire. Il est vrai que cette langue paraissait si contraire à ma nature que je craignais de me décrocher la mâchoire à chaque phrase ; et ce scélérat de Cecil se montrait le plus impatient des maîtres ! S'adressant à Baïf, il reprit :

– Si tu savais les efforts qu'il m'a fallu déployer pour qu'il consente à parler sans assourdir les gens...

– Habitude contractée au cours des disputes à San Domenico Maggiore, sans doute, répondit Jean-Antoine.

Le poète nous considéra l'un après l'autre d'un air attendri et s'employa à orienter la conversation vers des sujets moins polémiques. Sa voix se teintant de quelque nostalgie, il revint comme bien souvent sur Rome qu'il ne verrait plus – ni ses courtisanes, regretta-t-il –, sur le libraire Jacobi et sur certaine soirée passée jadis chez le cardinal Vita...

– La rencontre de l'Élégance et de la Vérité, dit-il, évoquant ce souvenir et le couple que nous formions.

Songeur, se citant de mémoire, presque chantonnant, il ajouta en guise d'illustration :

Je te salue, ami ; conduis-moi par la brune
Droit où sont mes amours en ce lieu de la lune
Qui cache sa clarté.

– Je vais donner l'ordre qu'on nous apporte à boire, déclara mon aimé en se levant.

Cruel, impitoyable Cecil ! Pas plus que moi il ne goûtait la poésie du Vénitien. Les traductions de Sophocle et de Térence que Jean-Antoine avait commises n'étaient point trop mauvaises, mais ses vers allaient un peu lourdement, à l'image des nonchalances féminines qu'ils prétendaient décrire.

Quand le maître des lieux fut de retour et qu'on nous eut servi du vin, des raisins de Corinthe et des dragées au fenouil, nous en vînmes au désir exprimé par Sa Majesté de m'entendre en son Académie.

– La mode est à l'astronomie, affirma Baïf. Henri ne veut plus entendre parler que de planètes et d'orbes célestes ; il se montre plus gourmand de théories nouvelles qu'une chatte d'un bol de lait…

– Et je l'approuve ! m'exclamai-je, quêtant du regard l'approbation de Cecil. Un roi non lettré est un âne couronné…

Le poète poursuivit :

– Mais attention : en même temps, elles l'effraient ! Il te faut te garder de lui donner le vertige avec des Terres lancées à toute allure dans le ciel, car il pourrait en prendre ombrage et se mettre en colère…

– Comment cela ? La Terre tourne, c'est une réalité…

– Certes, certes…

– Je ne puis tout de même pas plier ma doctrine comme un roseau aux caprices d'un seul individu, fût-il assis sur un trône !

Pour effacer mes objections, Jean-Antoine faisait des moulinets avec sa main.

– Tout est affaire de diplomatie, reprit-il, irrité et grimaçant sous l'effet de ses douleurs. Tu es professeur, non ? Et maître en l'art de la dispute ! N'as-tu pas appris à convaincre ? À toi de trouver les mots qui permettront à Henri d'avaler tes opinions sans en avoir l'estomac retourné. C'est un simple conseil. Je suppose que tu as entendu parler du sieur du Perron…

– Un protestant, oui, et qui ne m'aime guère ! Il se vante partout de posséder une mémoire meilleure que la mienne…

– Peu importe qu'il t'aime ou non, par Jésus ! Et cesse un peu de crier ! Écoute !

Cecil se leva et, un verre à la main, se mit à cheminer élégamment d'un bout à l'autre de sa chambre. Son courroux de tout à l'heure était-il apaisé ? Parvenu devant le petit tableau accroché au mur, il considéra les amours sculptés dans le bois, les mots anglais tracés à la craie, et il sourit…

– Donc, reprit Baïf, à certaine séance de l'Académie, voici du Perron qui vient présenter à Henri, avec toutes sortes de détails et développements remontant à Anselme, les arguments en faveur de l'existence de Dieu…

La belle affaire, en vérité ! Baïf continuait :

– Attends ! Le roi est si émerveillé par l'éclat et la beauté de la démonstration qu'on le voit couvrir l'orateur d'éloges, de félicitations et de récompenses. Mon du Perron n'a de sa misérable vie jamais connu pareille émotion. Il en devient tout cramoisi et la tête manque de lui péter sous la pression de l'orgueil. Et alors que répond-il, cet âne, le sais-tu ?

– Non.

– Que la prochaine fois il essaiera, avec le même talent, de présenter à Sa Majesté les arguments contraires !

Cecil partit d'un grand éclat de rire. Je ne pus quant à moi m'empêcher de le questionner sur ce qu'avait fait le roi.

– Le roi ? répondit mon aimé, toujours riant. Il l'a chassé de la cour ! – ayant croqué une dragée, il ajouta : Comme il te chassera, Philippe, après t'avoir entendu. Tu n'auras plus qu'à reprendre ton bâton de pèlerin et à chausser tes sandales, plus pauvre et misérable qu'au jour de ta naissance…

– Du Perron, que je sache, ne bat pas la campagne chaussé de sandales ! Il est bel et bien retourné à la cour !

– Avec Henri, conclut Baïf, il faut savoir se montrer prudent. D'autant qu'il exigera sans doute que tu lui prédises un peu l'avenir. Dieu du ciel, pourquoi faut-il que je souffre un tel martyre, et en un endroit aussi fâcheux ? Savez-vous que je suis obligé d'assujettir de la charpie au fond de mes chausses ? Ou bien, quand je les ôte, elles sont pleines de sang ! Vous n'imaginez pas à quel point c'est répugnant…

– Le roi est-il superstitieux ? l'interrompit Cecil en lui tendant la coupe de raisins.

Surtout que le poète ne recommence pas à nous ennuyer avec son trou du cul ulcéré, pouvais-je lire dans ses pensées, et qu'il cesse enfin d'empester l'atmosphère avec ses découlements…

Baïf plongea les doigts dans la coupe.

– Tous les princes le sont, répondit-il. Henri se vante de ne jamais prêter l'oreille aux bavardages des astrologues, mais dévoile-lui quelque savante clef de son destin et il te couvrira d'or et de cadeaux…

– Jean-Antoine, le coupa encore Cecil, pense que le *fameux docteur italien* devrait dédier au roi son prochain livre…

– Mon *Candelaio* ? Ce n'est qu'une comédie !

– La plus amusante des comédies, affirma Baïf. Tous les vices humains rassemblés en une seule pièce devant un décor ravissant. Ce Bonifacio est d'un drôle avec son gros derrière et sa barbe pointue… Aïe ! Ô mon Dieu, dès que me prend l'envie de rire, ces maudites varices se vengent. Comment ai-je pu mériter pareil calvaire ?

Immobile, il grimaça encore, attendant que se fût éloignée l'affreuse douleur. Puis il soupira, pâle, momentanément délivré. D'une voix lasse, il poursuivit :

– Non, ce n'est pas au *Candelaio* que je pensais, très cher. Mais à ton *De umbris* quelque chose. Sera-t-il bientôt imprimé, dis-moi ?

– *De umbris idearum*. Oui. Par Gourbin, près du collège de Cambrai…

– Dans ce cas, voici un autre conseil : rédige au plus vite une épître dédicatoire adressée à Henri et offre-lui le livre. Crois-moi, il t'en saura gré…

Un souvenir, soudain, me visita.

– À propos, dis-je, l'un de vous sait-il comment Henri avait accueilli les *Essais* de Michel de Montaigne ?

– Pour ma part, répondit Baïf, je n'ai point assisté à leur entrevue, mais Giovanni me l'a racontée.

Giovanni Moro représentait Venise à la cour et tenait pour la Sérénissime une chronique d'une haute précision, essentiellement alimentée par les espions de Cecil – *mes mouches*, comme celui-ci les appelait : moyennant salaire, ces gentilshommes, courtisans, fournisseurs et domestiques tenaient l'ambassade informée des moindres déplacements du souverain, de ses projets, de ses visites et même de ses pensées, humeurs, indispositions, songes et désirs. Une autre escouade de *mouches* était secrètement attachée à la surveillance de Catherine, mère du roi, que mon insolent aimé détestait cordialement, et une troisième à celle des chefs ligueurs. Giovanni Moro, pour revenir à lui, était depuis longtemps lié d'amitié à Jean-Antoine dont le père, jadis, avait lui-même été ambassadeur à Venise.

– Giovanni n'a pas non plus assisté à l'entrevue, dit Cecil. Tout ce qu'il sait, c'est de moi qu'il le tient.

Accoudé au dossier d'une chaise, il me souriait. Je lus un défi dans ses yeux noirs.

– Tu y étais ?

– Non.

L'impatience me gagna :

– D'ailleurs, peu importe ! Qu'a pensé Henri ? Puis-je enfin le savoir ?

– Serais-tu jaloux des succès de ce Gascon, Philippe ? Il est vrai qu'une seconde édition de son livre est, paraît-il, en préparation…

– Les *Essais* sont un ouvrage délicieux, déclara alors Jean-Antoine en fermant les paupières, aussi délicieux que ce nectar qui, par parenthèse, vient lui aussi de là-bas… – dodinant le verre, il huma le bouquet du vin et continua : Et pourtant il n'obéit à aucune règle. On dirait que son auteur ne se soumet qu'à la fantaisie de son plaisir. Voulez-vous savoir quelle idée m'est venue en refermant l'ouvrage ? Que les Italiens ont cent fois raison d'appeler talent le désir et désir le talent. Car les deux choses en vérité n'en font qu'une. *Cuor contento, gran talento*… Aïe ! Non, décidément, je n'en puis plus. Je crois que je vais rentrer mourir chez moi…

Oui, qu'il s'en aille, pensai-je, soudain pressé d'être seul avec Cecil ; et je l'aidai à se lever. Le pauvre Baïf habitait la vieille demeure familiale, rue Saint-Victor. Le voyage en brouette ne durerait qu'une demi-heure, mais serait un supplice à cause des pavés.

– Un bain, dis-je, te soulagerait. C'est selon moi souveraine médecine…

– Pouah ! s'écria le poète en prenant appui sur sa canne. L'eau ne me vaut rien. Et si je dois mourir, que ce soit au sec, cordieu ! Allons, mon bonnet ! Mon manteau ! Que crèvent mon corps et mon âme. Que s'effritent mes os, car j'en ai assez ! Dieu est un bourreau…

– *Moi je n'espère rien qu'à jamais un martyre*, récita ironiquement ce diable de Cecil.

Jean-Antoine le regarda sans sympathie – l'alexandrin était de son cru, ciselé autrefois par un poète en bonne santé – et s'en fut, amer et gémissant.

– Et alors, Montaigne ?

– Quelle impatience !

– Parle ou il va t'en cuire !

Cecil aimait à se rebeller. Allais-je devoir lui faire mal ? Déjà je le retenais prisonnier, prêt à lutter…

– Henri a dit avoir aimé l'ouvrage *extrêmement*, Philippe. Et le Gascon, ayant remercié son souverain, a répondu : « Sire, il faut donc que je plaise à Votre Majesté, puisque mon livre lui est agréable… »

– Le mien lui plaira plus encore…

– Cela m'étonnerait…

Cette dernière parole avait été prononcée à seule fin d'exciter mon désir – et donc mon talent.

Montaigne, à cette époque, était revenu d'Italie depuis trois mois. J'appris qu'il occupait la charge de maire de Bordeaux et je me demandai si ce gouvernement lui laissait le loisir de s'enfermer dans sa chère tour ronde. Quant à Jean Hennequin, il n'était resté à son service que jusqu'à la mi-février de l'année précédente.

Mon ancien disciple de Toulouse avait voyagé avec lui en Allemagne, puis l'avait suivi à Venise, Florence et Rome, copiant jour après jour sous la dictée les observations de son nouveau maître, tenant le compte exact de ses coliques et des pierres de toutes tailles que rendait le corps de l'écrivain. Il lui faisait, le soir, la lecture et, quand il souffrit, le soigna avec l'affection d'un brave et fidèle serviteur. Toujours transportant son écritoire, il l'avait accompagné dans ses nombreuses visites et promenades, l'avait vu baiser les pieds du pape ; ils assistèrent ensemble à l'exécution du bandit Catena au Campo dei Fiori et à une circoncision chez des juifs, spectacle dont Montaigne se divertit beaucoup, me dit Jean, ayant de par sa mère du sang hébreu dans les veines. On ne laissait le secrétaire disposer librement de son temps qu'à l'occasion de conférences secrètes tenues en présence des ambassadeurs français de Venise et de Rome ; Hennequin devina que le Gascon était porteur de divers messages émanant de Catherine, mère du roi Henri.

Après la Noël, Jean se trouva soudain fort affecté par la distance qui le séparait de moi et par une absence que n'adoucissait aucune lettre. Il s'ennuyait de mes mauvais traitements, devait-il me confier (le bougre ne manquait pas d'esprit, avouons-le), et n'avait plus la force de réprimer des larmes qui lui venaient à toute heure du jour, quelle que fût la besogne à laquelle il était occupé. Le voyant si pitoyable, Montaigne l'interrogea. Lui-même se montrait souvent affligé d'une profonde tristesse à cause d'un ami qu'il avait perdu autrefois et dont la mort ne cessait de le tourmenter. Jean s'ouvrit d'autant plus aisément de son souci et supplia qu'on lui donnât son congé afin qu'il pût rejoindre, argua-t-il, celui qu'il aurait tout loisir de pleurer quand il serait dans l'autre monde. Montaigne commença par rire de bon cœur à cette délicate plaisanterie, puis il rechigna, car le travail fourni par son copiste lui plaisait. Enfin, il fléchit.

– J'aime Bruno, soupira Hennequin, l'air désolé. Tel est mon malheur.

– Adieu donc. Et quand vous le verrez, saluez-le pour moi.

C'était le jour de mardi gras. Jean remercia, empocha son salaire et quitta Rome sur un cheval de poste.

Quand il arriva à Paris, ma vie se déroulait déjà sous les

meilleurs auspices. Grâce aux efforts conjugués de Cecil, de Giovanni Moro et de Baïf, j'avais obtenu l'autorisation de lire Aristote et Thomas d'Aquin en plusieurs collèges, et le temps que je ne consacrais pas à enseigner les *pueri* parisiens, je le passais dans mon cabinet, rue de Bièvre, ou à la bibliothèque de l'abbaye Saint-Victor, m'employant à écrire, au rythme de trente pages la journée, les dialogues qui bientôt, espérais-je, me rendraient célèbre. Je jouissais d'une vie encore plus libre, riche et agréable qu'à Toulouse, entouré d'excellents camarades et, soyons juste, d'une poignée d'ennemis toujours prompts à se plaindre aux autorités, des cuistres sans talent, pour la plupart, qu'à seule fin d'entretenir ma réputation et ma bonne santé j'avais un jour ou l'autre brocardés en public. Sans doute ruminaient-ils déjà leur vengeance, mais comment eussé-je pu me soucier de ces tristes personnages ? Je rencontrais chaque nuit mon dieu vivant, mon soleil, mon Hermès Trismégiste : Cecil, mon Cecil aux lèvres d'argent, à la langue acérée, à la nuque fraîche comme l'aurore. C'est naturellement à lui que d'abord je pensai quand Hennequin, six mois après m'avoir quitté, vint frapper à ma porte.

– Je veux recommencer à travailler avec toi, dit-il.

– Impossible. Tu sais à quel point Cecil est jaloux.

– Mais je t'aime, moi aussi !

– Tais-toi ! Si tu m'approches, il te tuera.

Dans peu de temps, pensai-je, mon aimé serait informé de cette visite. Comment ? Grâce aux *mouches* que je le soupçonnais de lancer à mes trousses dès que je franchissais le seuil de sa maison, ou grâce à Prospero, peut-être…

– Ne suis-je pas ton disciple ? reprit Jean.

– Tu l'étais…

Tout en parlant, je m'inquiétais de savoir où avait disparu l'eunuque.

– Ne m'as-tu pas quitté, il y a six mois ?

– Le passé est le passé, Philippe. Je sais que tu as besoin d'un secrétaire, d'un homme de confiance, d'un émissaire permanent. Je connais ton œuvre par cœur. Qui saura mieux que moi te défendre, toi et tes intérêts ? De plus je manque d'argent…

– Ton père…

– Il me chasse. Mes opinions l'insupportent…

– Pourquoi n'es-tu pas resté à Rome avec Montaigne, par tous les démons ? J'aime Cecil ! Tu ne me forceras pas à lui déclarer la guerre !

– Aime qui tu veux, soupira Hennequin en détournant tristement les yeux. Laisse-moi seulement travailler pour toi, t'être utile…

Le bougre avait raison. Mon œuvre ne gagnait-elle pas en importance ? Il me fallait donner sa forme définitive au *Candelaio*, qu'attendait le libraire Giuliano, achever le *De umbris*. Mon prochain livre serait ce *Cantus circaeus* commencé lui aussi à Toulouse, un bestiaire hilarant où se reconnaîtrait comme dans un miroir chacun de mes adversaires italiens, genevois, languedociens et parisiens, transformés pour l'occasion en animaux plus niais et orgueilleux que tous les baudets, singes, paons et vipères du paradis ; mais encore fallait-il en classer les deux cents pages. Sans parler des autres dialogues actuellement en chantier, écrits en italien, ceux-là… Était-ce à moi, par le Christ, de trier ces montagnes de paperasse ?

Contre toute attente, Cecil accepta :

– Secrétaire, oui, si la chose est utile…

– Elle l'est…

– Mais que ce Hennequin entre une seule fois dans ton lit et je le fais exécuter…

Ce ne fut pas nécessaire car il n'y entra point. Jean ne pouvant retourner vivre chez son père, rue du Cloître, je louai pour lui, grâce à Canaye, une chambre aux Mathurins et recommençai, selon ses propres paroles, à le maltraiter chaque jour comme par le passé. Nous travaillions rue de Bièvre ou à l'abbaye Saint-Victor (dont le bibliothécaire, Guillaume Cotin, était un ami), moi dictant et lui copiant, infatigable et fidèle, dévoué à mon œuvre plus qu'à sa propre vie et insoucieux de mes sarcasmes. Il n'avait pas son pareil pour relire et corriger les épreuves, graver les illustrations, surveiller la composition des textes et veiller au grain en ce qui concernait les questions financières; aussi était-il chargé de me représenter auprès des libraires.

Un an passa. Le *Candelaio* allait être imprimé, ainsi que mon *De umbris*, livre dédié à Henri III. Avant de partir pour l'Allemagne, Jean avait remis à un troisième libraire – un nommé Gilles, à l'enseigne des *Trois Couronnes* – les pages soigneusement numérotées et cousues du *Cantus circaeus*. Son retour n'était prévu que pour le mois de juin, mais les événements me forcèrent à le rappeler au plus vite:

Mon cher Jean,

Mercure veuille que cette lettre te parvienne à temps car je te désire voir à Paris sous peu. Baïf nous apprend que le roi Henri a décidé de m'entendre en son Académie le second mardi après Pâques. Bien que souffrant de mélancolie & autres maladies princières à cause des rumeurs & soucis qui le pourchassent, il est, paraît-il, fort bien disposé à mon égard & ceux qui l'ont ouï ces derniers jours disent qu'il se divertit par avance d'une aussi belle leçon. Les *puttane* de la cour n'ont plus que le mot d'*infini* à la bouche & elles vont au Louvre le répétant comme les papegais qu'elles sont. Quant à lui, on affirme – *dixit non solum* Baïf *sed etiam* Giovanni Moro & toutes les mouches de l'ambassade – qu'il m'appelle déjà d'une voix sucrée *son docteur italien*, &

surtout qu'il se dépucellera si je le satisfais à créer pour moi une chaire extraordinaire en Sorbonne ! Comment pourrais-je le décevoir ? Je veux, mon brave Jean, que tu copies en détail la cérémonie. Donc : ramasse incontinent tous les livres que tu peux trouver (surtout le *De occulta philosophia* dont je t'ai parlé) et viens ici au plus vite. Ne t'arrête pas en chemin pour patiner la croupe des pâtres et des commis d'auberge (inutile de protester & de jurer comme une maquerelle : je sais que tu le fais, car au fond ton âme est vulgaire). Pense plutôt à ce qui t'attend à Paris, si jamais le disciple que tu prétends être manque à l'Académie & à la plus importante séance de l'année !

Ton

FILIPPO NOLANO

Entre l'homme cultivé et l'homme inculte, disait-on autrefois à Florence, il y a plus de distance qu'entre l'homme et la bête. C'est à n'en point douter la raison pour laquelle, retour de Pologne et surpris tout à coup de son ignorance dans le domaine des lettres et de la philosophie, Henri avait voulu redonner vie à l'institution créée sous son prédécesseur par Jean-Antoine. Le modèle en était bien entendu les célèbres académies italiennes dont celle, florentine, du chanoine et courtisan Marsile Ficin. À ce cercle palatin ou henricien, comme Cecil, ironiquement, l'appelait, se trouvaient admis des poètes comme le très huguenot Théodore d'Aubigné, ou Pierre de Ronsard, le vieil ami de Jean-Antoine, ou encore, quand il n'était pas malade, Jean-Antoine lui-même. À l'exception de ce Ronsard, que l'âge et la surdité rendaient manifestement quinteux et jaloux, aucun des rhapsodes appelés à fréquenter la cour ne me voulait de mal, et pas plus que les autres Philippe Desportes, intime du roi. Cet artiste heureux et entiché de lui-même qui détenait, calligraphié sur vélin, le règlement de l'Académie, avait ri de bon cœur, disait-il, à mon *Candelaio*. Peut-être ses aimables propos ne lui étaient-ils dictés que par le souci de plaire à son prince, en tout cas il ne cessait de protester de son amitié pour moi. Il n'en allait pas de même avec ceux que le Valois avait chargés de son instruction cosmologique et philosophique : l'évêque Pontus de Tyard et cet idiot de du Perron. Ces deux-là eussent dépensé une fortune pour me faire disparaître de la vue d'Henri.

Les séances se déroulaient au Louvre, dans le cabinet du roi. J'y fus donc convié en ce mardi du printemps quatre-vingt-deux, à quatre heures de l'après-midi, et je me souviens qu'un soleil divin exaltait le monde comme le jour où, jeune étudiant, je m'étais mis en route pour Rome afin d'y rencontrer Pie V. Dieu que ces cérémonies et bavardages avec les princes ont peu d'importance, vus du fond d'un cachot et sous l'angle de la sagesse philosophique ! Pourtant ils restent à jamais gravés en notre mémoire, pareils à ces instants de bonheur qui justifient en somme la plus insignifiante des existences humaines. Je m'y rendis accompagné d'un Cecil en grand équipage noir et bonnet à panache, de Giovanni Moro, qui exhibait pour l'occasion une étonnante paire de bas rouge vif, et de Jean Hennequin. Celui-ci transportait son éternelle écritoire, ainsi qu'une carte du ciel due à ses soins, peinte sur une toile qui mesurait ses six pieds de côté et était roulée avec précaution, tel un vaste, un précieux parchemin. J'avais à la main, relié cuir à la milanaise par un artisan de la rue Saint-Honoré, l'exemplaire du *De umbris idearum* destiné à Henri. Je craignais tant d'être en retard que j'obligeai la petite troupe que nous formions – tous les laquais de l'ambassade s'étaient joints à nous – à quitter la rue des Vieux-Augustins à trois heures. Nous allions à pied, en marchant aussi lentement que possible, et fûmes rendus au Louvre quinze minutes plus tard, ce qui permit à ce bandit de Cecil de me railler avec la plus cruelle méchanceté, excité qu'il était par la présence à mes côtés du disciple. Seul Jean-Antoine manquait à l'événement : il était parti se reposer à Saint-Cosme, dans le prieuré de Ronsard. Quant à ce dernier, il avait tout bonnement refusé de venir m'entendre, chantant partout que l'insupportaient ma religion et mon ciel infini.

Henri III m'apparut comme un homme d'une grande élégance, mais en fort mauvaise santé. Son regard était las et vitreux, son visage couvert de boutons dont certains suppuraient. Il avait, disait-on, le crâne rasé, et c'est pourquoi il le coiffait d'une calotte, elle-même couverte d'un bonnet qui lui allongeait la tête et lui donnait un air si chevalin que, le temps d'un éclair, je le vis en personnage d'un de mes dialogues ou comédies possibles, chauve et hennissant comme une vieille haridelle hystérique – ô Seigneur ! quel secret effort ne me fallut-il pas produire pour freiner ce débordement d'imagination et chasser de mon esprit d'aussi intempestives images ! Ce souverain critiqué par les catholiques et que vomissaient les protestants portait déjà, selon l'expression susurrée par Moro au moment où nous nous étions mis en route, *son propre deuil*, et point ne m'étonna son habit sombre, non plus que les minuscules têtes de mort brodées sur les parements de son pourpoint et les rubans de ses souliers. La rumeur voulait qu'il aimât également les bijoux et toute sorte d'affiquets. En effet : pas moins de quatre rangées de perles ornaient sa poitrine, et des pendants ses oreilles.

L'assemblée se composait d'artistes, de savants, de prêtres catholiques, de courtisans des deux sexes et de chiens. Henri, disait-on, en possédait plus de trois cents de différentes races, sans compter ses autres animaux, et aucune des femmes qui fréquentaient la cour ne se déplaçait plus sans un roquet vaniteux, bien nourri, généralement affublé d'un nom exaspérant auquel elle vouait un amour sans bornes. Toutes en avaient un sur les genoux, et plusieurs messieurs également. À la droite du roi, je reconnus Philippe Desportes, plus souriant que jamais ; à sa gauche – la formule fleurait bon son ramage parisien – l'*archimignon* du moment, un nommé Joyeuse, réplique exacte de son maître pour ce qui était de l'habillement. Un peu en arrière avait pris place le richissime François d'O, autrefois favori, à présent accompagné de sa femme, car il venait de convoler en noces. Quant aux inévitables du Perron et Tyard – ce dernier vêtu de pourpre –, ils me considéraient naturellement de l'air le plus hostile qui pût être.

S'étant incliné devant son prince, Desportes déclara :

– Ne faut-il pas posséder le courage d'un dieu ou d'un demi-dieu, Votre Majesté, pour se lancer à l'assaut du firmament et de la lumière ? Combien d'hommes ont-ils rêvé de franchir les nuages et d'atteindre les régions éthérées où s'abritent les secrets de l'univers ? Celui qui paraît aujourd'hui devant votre Académie n'a pas craint de céder à cette ambition digne d'un guerrier céleste…

D'un mouvement gracieux de l'index, Henri avait interrompu ce baragouin. Le poète fit un pas de côté et se pencha afin de recueillir en son oreille le royal chuchotis. L'ayant approuvé, il se tourna vers moi et reprit sans quitter son large sourire :

– Sa Majesté voudrait attirer l'attention de son docte invité sur ceci : l'Académie royale dispose de ses propres greffiers (il indiquait d'un geste une paire de scribes goguenards accoudés à leur pupitre). Il est par conséquent inutile que votre secrétaire, cher Bruno, se donne le mal de copier les minutes de la séance…

Le pauvre Hennequin demeurait pétrifié. Respectueux de

mes instructions, il avait en effet commencé à enregistrer, avec le soin qui lui était coutumier, les paroles de Desportes. Sa longue plume semblait maintenant suspendue dans l'air et l'on eût dit qu'il voulait incarner quelque divine allégorie de l'Écriture. Cecil, quant à lui, jubilait… J'optai pour la fermeté :

– Sa Majesté voudra bien pardonner ma hardiesse : l'Académie du palais a ses greffiers, j'ai le mien. En outre, cet homme n'est pas un simple secrétaire ; c'est avant tout mon disciple. Jean Hennequin est son nom. Il participe, si j'ose dire, de mon œuvre…

Un murmure envahit l'assistance. Fut-ce à cause de ma remarque ou de mon accent *archiprovincial* ? Joyeuse pouffa de rire, ainsi que les femmes présentes, réveillant leurs chiens dont plusieurs poussèrent des jappements aigus. Le roi, lui, se contenta d'abaisser les paupières.

– Continuons, ordonna-t-il à voix basse.

Desportes reprit :

– Donc, disais-je, du courage. Et de l'ambition. Non pas ce genre d'appétit, Majesté, qui pousse les hommes vulgaires à briguer les honneurs ou à convoiter par la flatterie la faveur des princes ; mais une ambition, voyons, comment la qualifier ? Naturelle ! Naturelle à quelques individus, élus parmi les meilleurs, et dont le destin souvent cruel consiste à embrasser les mystères du monde physique et métaphysique. Giordano de Nole ? Un archer céleste, Majesté, un Hermès aux sandales ailées qui point ne craint de briser les vieilles sphères du firmament pour atteindre ses chères étoiles. Il va aujourd'hui présenter son ciel à votre Académie, et décrire pour elle ce qu'il a vu là-haut. Que l'on me permette, Sire, d'espérer que nous n'aurons point à chanter tout à l'heure

Icare chut ici, le jeune audacieux,
Qui pour voler au ciel eut assez de courage;
Ici tomba son corps dégarni de plumage...

Ému par ses propres rimes, Desportes s'interrompit un court instant; puis il conclut:

– *Laissant tous braves cœurs de sa chute envieux.* Le quatrain, que Sa Majesté me pardonne, est de moi. Elle l'aura d'ailleurs reconnu...

Indulgente, Sa Majesté souriait.

– Il est ravissant, approuva-t-elle. Et maintenant, écoutons le docteur italien.

Tous s'assirent. Je commençai:

– En effet, Votre Majesté, point ne me font défaut l'audace ni le courage car mon père est un chevalier qui, pour l'honneur de son prince plus que pour la solde qu'il en retire, va défendant la foi catholique aux confins du Royaume de Naples. Quant à moi, je suis excommunié. Le fils doit-il se montrer identique au père? Certains le prétendent. Mais dans ce cas, comment peut-il être le fils? Voici, Majesté: le fils sera au père ce que la lumière est aux ténèbres, attendu que des ténèbres naît la lumière, et de la nuit le jour. Du repos naît le mouvement; de l'ignorance le savoir; des larmes le rire; et souvent de l'amour – notre seule richesse en ce monde la triste souffrance et la mort. Que Votre Majesté veuille bien excuser mes paradoxes, mais chaque minute de vie est-elle autre chose qu'une corruption, qu'une destruction de la vie? Je tiens que dans cette lutte éternelle des contraires réside l'Unité suprême, invisible aux esprits vulgaires, accessible pourtant aux âmes philosophiques qui seules ont le pouvoir de contempler l'aveuglante sagesse. Peut-être, comme l'a observé tout à l'heure notre poète avec tant de talent, oui peut-être tomberai-je bientôt, le crâne – pardonnez-moi –, le corps dégarni de plumage, tel un oiseau aux ailes brûlées par le soleil. Mais le divin Socrate ne fut-il pas lui-même vaincu par la lumière qui jaillissait de sa cervelle, victime, en quelque sorte, tel Actéon le chasseur, de ses propres traits et pensers ?

L'attention du roi était d'excellente qualité, notai-je en laissant régner le silence, et manifeste son plaisir. Aucune trace d'ennui ni de souffrance n'altérait plus son visage. Mon beau discours le délivrait-il de ses tourments ? Je me demandai s'il était prêt à accepter aussi facilement mes vues cosmologiques. Accrochée à un haut chevalet, la carte peinte par Jean n'attendait que mon bon plaisir pour se dérouler et dévoiler ses mystères...

– Le sage est celui qui cherche. Non pas avec l'intention d'enfermer le monde dans la prison de ses idées, mais en vue d'accueillir le scintillement universel de la vie. Ce ciel (je montrai le chevalet), qui trouble aujourd'hui les esprits, excite la haine des sycophantes, augmente la bestialité du peuple, accroît le dédain des femmes et déclenche l'aboiement des chiens, je l'ai découvert en moi, Majesté, dans les plus troublantes émotions de l'enfance. Penché au-dessus d'un plan d'eau, au cœur d'une forêt, je vis un jour s'y refléter l'espace ; et de son infinité ce miroir devint la preuve. Plus tard, mon âme adolescente fit écho à la terrible rumeur des bibliothèques, cette noise venue des origines prémosaïques et préadamiques ; le temps à son tour devint incréé, infini. Enfin je levai les yeux vers le firmament, et les orbes sur lesquels de faux savants avaient voulu que fussent clouées les étoiles me parurent fictifs ; si l'infini se manifestait en moi, pourquoi eût-il dû être absent de l'océan céleste qui était la demeure de Dieu ? Chaque nuit, enveloppé dans une couverture, j'emplissais de notes les marges de mes livres et forgeais les syllogismes de l'avenir : Le monde est l'effet de Dieu ; la cause de cet effet est infinie et parfaite ; donc, n'en déplaise aux amis d'Aristote, l'effet de cette cause infinie et parfaite sera lui-même infini et parfait. Peu avant ma naissance, Majesté, un chanoine allemand avait commis un petit livre pour démontrer que la Terre n'était pas, comme le voulaient croire les ignorants et les vulgaires, le centre fixe de l'univers, mais une étoile parmi d'autres tournoyant comme elles autour du Soleil, source de toute vie. Ayant adopté sa doctrine du mouvement des étoiles, je donnai à celle-ci son achèvement en la complétant par la mienne, inventant enfin la nouvelle demeure de Dieu et des hommes, savoir un univers incréé, infini, mouvant comme un fleuve et peuplé de mondes innombrables...

Sur ces mots, je déployai ma carte.

Autour d'un astre jaune d'or qui abritait, figurés par les signes zodiacaux, les douze dieux horoscopes, Hennequin avait tracé sur un fond lapis-lazuli les vastes cercles concentriques du ciel copernico-brunien, chacun figurant l'orbite immatérielle d'une planète représentée par un cercle accolé à son nom : *Saturnus, Jupiter, Mars, Terra* avec son croissant de *Luna, Venus* et *Mercurius*. Aucune sphère des étoiles fixes, aucune barrière, aucune muraille ni enveloppe ne venait limiter ce monde, pas plus qu'aucun empyrée. Grâce au talent de Jean, qui avait parsemé sa toile de licornes, de centaures, de salamandres, d'angelots et de nuages fort habilement dessinés, il paraissait errer dans un firmament peuplé, ainsi qu'un océan, de mille âmes généreuses.

Le roi, qui s'était levé, voulut voir le monde de plus près et s'approcha du tableau. Tous, Desportes, Joyeuse, Moro, d'O et sa femme, seigneurs et courtisanes transportant leurs chiens le suivirent comme un seul homme, en un mouvement grégaire et harmonieux… Tous? Non: du Perron et Tyard choisirent de rester en arrière…

– Ceci, s'enquit d'O en pointant un index sur la troisième orbite, est-ce bien la Terre?

– Certes.

– Donc, poursuivit Joyeuse, lorsqu'elle parvient à ce point, là, nous nous retrouvons la tête en bas! Dieu que c'est drôle! Mais une simple question, monsieur l'astronome: comment se fait-il que nous ne tombions pas?

– Parce que nous appartenons à la Terre, répondis-je, et à son mouvement. Chaque planète possède en propre son haut et son bas. Ces valeurs n'existent pas à l'échelle de l'univers.

Les académiciens manifestèrent leur incrédulité par des sourires et des mines perplexes. Henri toussota.

– S'il n'existe ni haut ni bas à l'échelle de l'univers… commença-t-il d'une voix étrangement faible.

Les chuchotements moururent aussitôt. Du Perron et Tyard s'approchèrent. La plume de Hennequin cessa de gratter le papier.

– … il doit bien exister un centre de la Création…

– Que Sa Majesté me pardonne, mais à l'échelle de l'univers, il n'existe pas de centre non plus…

– Pas de centre, répéta le roi dans un souffle.

Tous se tordaient le cou pour mieux entendre les paroles que nous échangions. Par bonheur, Henri me présentait son oreille gauche – la bonne! Sans hausser le ton, j'expliquai:

– Oui, Sire: l'homme est au centre d'une création qui ne possède pas de centre.

– Et comment expliquerais-tu l'existence de ce nouveau paradoxe, cher Nolain?

– C'est que point n'est physique le *Centre*, Sire, mais métaphysique.

Hennequin copiait cette conclusion.

– Je comprends, dit le roi en opinant de sa tête chevaline – et il rectifia aussitôt : Je crois que je comprends. En tout cas, cela me plaît. Qu'en pensez-vous, Tyard ?

L'évêque se faufila jusqu'à nous. Habilement, il vint lui aussi se placer au vent de la bonne oreille. Puis, tout sourires, les mains jointes, il regarda la carte du ciel comme il eût contemplé une Vierge à l'Enfant.

– Nous avons entendu un fort beau discours, commença-t-il. Mais un beau discours, est-ce de la science ? Et l'éloquence, est-ce la vérité ? À mon humble avis, Sire, le ciel du docteur napolitain est un poème.

Toujours considérant mon soleil zodiacal et le ciel d'azur où flottaient les planètes, il écarta les mains et ajouta :

– Un poème superbe ; mais un poème.

Henri sourit à son tour et m'interrogea des yeux. Visité par le regard de Cecil, je pensai qu'il était inutile de crier. Clouer son bec à cet évêque, mais sans faire d'éclat. Je restai parfaitement calme :

– Ce que veut dire ce philosophe, Sire, c'est que j'eusse dû m'exprimer plutôt en latin, et de préférence dans un latin abscons, truffé de termes rebutants comme *impetus, epicyclus, sphaera immobilis fixarum, primum movens* et *decimum caelum*. Mais cette langue est selon moi la langue des ignorants. Pis encore, elle insulte le langage naturel. Or le langage est une faculté divine, et qui offense le langage offense Dieu. Je me suis adressé à Votre Majesté avec des mots simples et justes, et Votre Majesté m'a entendu. Que ces mots soient poésie, il n'y a pas lieu de s'en étonner, encore moins de s'en indigner, car une vérité qui ne rejoint pas la beauté est une vérité fausse, une ânerie pédantesque tout juste bonne à abuser le vulgaire, les femmes et les enfants.

Le roi était ravi.

– Giordanus Brunus Nolanus… dit-il, l'air malicieux.

– *Magis elaborata theologia doctor*, complétai-je en m'inclinant.

– Pourquoi un esprit aussi séduisant que le tien n'enseigne-t-il pas en Sorbonne ? Peut-on le savoir ?

– Sire, la charge de lecteur ordinaire implique d'assister aux offices. Or je ne fréquente plus l'Église. En outre, je suis excommunié...

– L'Église ne peut-elle revenir sur une excommunication ?

– Elle refuse. Et, si Votre Majesté le permet, je ne m'en porte pas plus mal...

Henri s'assombrit et fronça les sourcils.

– Comment peut-on vivre sans Dieu ?

– Croyez-vous que Dieu se soucie de nos religions ?

– Précisément : tu as grandi à Naples dans l'ordre dominicain. Puis on t'a vu protestant à Genève, et de nouveau catholique à Toulouse. Finalement, quelle est ta religion ?

– Elle n'existe pas encore, Sire. Mais si elle voit jamais le jour, elle ne ressemblera à aucune de celles qui s'efforcent aujourd'hui de manier l'épée, de trancher des têtes et de brûler les livres...

– Et que fais-tu de l'hérésie, Brunus ? N'est-elle pas la plaie de ce siècle ? Une peste qui infecte les esprits ? Quand cette maladie se répand dans une ville, les autorités n'ont-elles pas raison de lui déclarer la guerre ?

– Hérésie veut dire libre choix, Votre Majesté. Le mot vient du grec. *Haìresin didónai* : donner le choix. Que chacun pratique la religion qu'il aime, sans nuire à autrui...

Henri se tourna vers ses amis : d'O, Joyeuse, Philippe Desportes. Tous semblaient s'inquiéter du tour que prenait la conversation. Le poète ne souriait plus ; l'avais-je blessé dans mon discours ? Quant à Tyard, il digérait sa correction.

– Quelles opinions étranges, déclara le roi. Mon âme en est toute bouleversée. Et pourtant celui qui les profère me plaît...

– Il nous plaît aussi, affirma Joyeuse, soulagé.

– Je ne vois qu'une solution : créer en Sorbonne une charge de lecteur extraordinaire…

Un murmure d'approbation accueillit cette idée.

– Je remercie humblement Votre Majesté. Et puisque mes vues semblent l'intéresser, si j'ose me permettre, ce modeste présent…

Henri ouvrit l'exemplaire du *De umbris idearum* et put constater qu'il commençait par une épître à lui adressée. Un avertissement en vers prévenait le lecteur des difficultés auxquelles il allait devoir se heurter s'il espérait atteindre à quelque sagesse.

– Ce livre contient-il des énigmes ? questionna le roi.

– Je les expliquerai à Votre Majesté, si elle m'y autorise. D'autre part, voici une lettre me concernant. Elle est signée d'un de vos gentilshommes…

– M. de Montaigne ! s'exclama-t-il après l'avoir parcourue. Vous le connaissez donc ?

– C'est un de mes amis, Sire.

– Une des plus belles âmes du royaume…

Ayant dit, Henri m'embrassa affectueusement. Par-devant sa cour, il me couvrit des compliments les plus agréables à entendre. Quand vint l'heure de nous séparer, il me glissa dans la main une bourse de mille écus.

On se souvient encore, je pense, de l'événement que constituèrent mes premières leçons en Sorbonne. Dès le début, elles attirèrent plus d'auditeurs que la salle n'en pouvait accueillir, et tout ce que Paris comptait de théologiens, savants, astronomes, mages lullistes et poètes réclama le privilège de m'entendre disputer contre Aristote. On m'applaudissait à tout rompre, bien qu'il en fût quelques-uns pour répliquer à mes arguments ; certains se montraient à ce point excités par la passion qu'ils en oubliaient toute civilité et qu'il fallut à plusieurs reprises faire venir les gardes pour les adoucir, car ils menaçaient de déclencher des batailles dignes de mes plus belles heures napolitaines. Pendant ce temps, rue Saint-Jacques, on s'arrachait mes livres – le *Candelaio*, le *De umbris idearum* – et le libraire Gilles accélérait la fabrication du *Cantus circaeus*.

Un soir, Cecil, Baïf, Jean Hennequin et moi-même fêtions ma célébrité naissante en vidant force bouteilles de vin de Gascogne quand, au milieu du repas, Prospero m'apporta un poulet de la main de Sa Majesté.

Très cher Jordanus, j'ai vécu moins malheureu après certain jour où tu vins présenter ton ciel à mon Académie & souventes fois depuis m'a visité le projet d'ouïr derechef tes beaux discours. Notre-Seigneur m'est témoin que jamais je ne doute de Sa miséricorde infinie, mais pourquoi veut-Il que je sois accablé de continuels soucis & tourments ? Sais-tu que j'aimerais parfois t'avoir pour moi tout seul, car je sens qu'en apaisant mon âme, tes chères & justes paroles me rapprocheraient de Dieu. Ayant voulu faire à pied un pèlerinage jusqu'à Notre-Dame de Chartres qui se trouve à vingt lieux de Paris, j'en suis revenu si exténué que j'ai dû me mettre au lit plusieurs jours & prendre médecine. On m'a dit que de belles phrases m'aideraient sûrement à chasser les souffrances. Daigneras-tu accepter mon affection & venir, comme tu l'as promi, m'expliquer les énigmes qui sont dans ton livre & tes fameuses ombres d'idées dont parle tou Paris ?

HENRI

Chacun de nous examina le billet à tour de rôle et Jean fit observer que la fatigue et la mélancolie du roi se lisaient jusque dans son écriture tremblante.

– Dans son orthographe aussi, ajouta Cecil.

– Qu'importe l'orthographe ! rétorqua Baïf que commençait à gagner l'ivresse. Les règles doivent en être réformées. De même celles de la poésie ! Oui, encore un peu de vin, je te prie. Pour ma part, je trouve le royal tutoiement dont notre Philippe est gratifié du meilleur augure…

Comment allais-je répondre à ce billet ? En me rendant le lendemain au Louvre, suggéra Cecil.

Henri me reçut à son réveil, dans l'équipage d'une simple robe de nuit, tête nue et assis sur sa chaise percée. Les larmes avaient laissé des traces luisantes sur ses joues. À ma vue, il s'efforça de reconquérir un semblant de majesté, mais tout son être trahissait les signes du combat qu'il avait dû mener contre les démons de la solitude et de l'insomnie. Des laquais impavides rôdaient alentour ; un médecin se trouvait à ses côtés, qui rechignait à s'en aller et considérait le roi d'un air mécontent.

– J'ai refusé de subir une nouvelle saignée, soupira Henri. Je suis trop fatigué.

Son haleine me souleva le cœur.

– Veux-tu un peu de vin ?

– Votre Majesté a-t-elle fait ? intervint le médecin avant même que j'eusse répondu. Puis-je sentir ?

Aidé par un laquais, le roi se souleva et, pendant que l'homme de l'art se penchait sur ses œuvres pour les humer, il m'enveloppa d'un regard affectueux. Puis, ayant écarté comme des ailes les pans de sa robe, il reposa ses fesses sur la chaise. Le médecin grogna qu'une telle odeur ne lui inspirait rien de bon, inscrivit quelques mots sur un registre ; après quoi il entreprit de ranger ses instruments et sortit en s'inclinant, me sembla-t-il, avec la plus irrespectueuse mauvaise grâce.

– Ils ont inventé maintenant de m'enfouir la tête dans la gueule d'un bœuf mort ! reprit Henri, pleurant presque et prenant ma main dans les siennes. Que penses-tu des médecins, doux Jordanus ?

– Tous ne sont pas des ignorants, Sire. J'en ai connu un fort bon à Genève, adepte de Paracelse…

Comme regrettant sa question, il m'interrompit aussitôt d'un geste :

– Peu importe. Ils sont déjà trop nombreux à tourner autour de moi telles des mouches. Merci d'être venu. On m'a assuré qu'une voix amie me soulagerait…

– Votre Majesté souhaite-t-elle que je l'entretienne de quelque sujet particulier ?

Avait-il froid ? Était-ce d'anxiété ? Le prince tremblait comme une feuille…

– Nous n'avons que quelques minutes, soupira-t-il. Bientôt les autres seront là, eux aussi…

– Les autres ?

– Joyeuse, Desportes, ma mère. Allons, je les aime tant…

Il me serrait la main de plus en plus fort ; je voyais ses yeux s'emplir de larmes.

– Et toi aussi, Jordanus, je t'aime. Crois-tu qu'ils nous laisseront devenir amis ?

– Cela ne dépend que de vous, Majesté…

– Oui, oui. Parle-moi. Je t'écoute. Nous sommes à peu de chose près du même âge, n'est-ce pas ?

– Nous avons trois années de différence…

– Où es-tu né ? On me l'a dit mais…

– À Nola, Votre Majesté, Royaume de…

– Ces images que tu décris dans ton beau livre, que signifient-elles, dis-moi…

– Royaume de Naples… Ces images ? Eh bien, Sire, ce sont les symboles astrologiques dont usait il y a fort longtemps un sage égyptien nommé Hermès Trismégiste. Il s'agit de signes à partir desquels je puis reconstruire l'univers tout entier à l'intérieur de ma conscience…

– L'univers tout entier…

– L'homme est le *Centre*. Ne vous l'ai-je pas dit l'autre jour ? Un centre non physique. Sa demeure est un abîme infini et mouvant peuplé d'êtres et de mondes innombrables, et il porte en lui un autre abîme tout semblable au premier…

– Mais ces images…

– Elles doivent être disposées mentalement au milieu d'une roue où est inscrit l'alphabet…

– L'art de la mémoire… Où l'as-tu appris ?

– Au couvent, bien sûr. En lisant Ramon Llull et Pierre Thomas de Ravenne…

– De telles choses me remplissent d'effroi…

– Vous n'avez rien à craindre, Majesté. Ces signes sont les ombres des idées qui donnent leur forme aux êtres. Représentez-vous l'univers comme une forêt immense, non mesurable, vue à travers les yeux d'un enfant, où tout paraîtrait avoir été jeté dans le plus grand désordre. Pour embrasser l'ordonnance de ce Tout, vous devez partir de ces signes, ombres ou reflets en lesquels se manifeste l'intention de Dieu et de la nature…

Le roi tremblait de plus belle. Ses mains étaient glacées. Ayant fermé les yeux, il murmura :

– Continue, mon frère. Continue…

– Mes images sont destinées à s'imprimer dans la mémoire. Grâce à elles, vous êtes en *sumpathia* avec la Connaissance. La roue, en tournant, permet des combinaisons infinies de mots, de lettres, et fait surgir dans la conscience les cercles concentriques des trois mondes : le minéral, le végétal, l'animal.

Le premier comprend le roc originel où s'abrite le feu, le deuxième toutes les plantes possibles et les bienfaits alimentaires, aromatiques et médicinaux qui en découlent, le troisième les bêtes qu'emporta Noé en son Arche : le serpent à la langue venimeuse, l'âne stupide, le singe ingénieux et muré dans le silence, le papillon qu'attire la lumière, l'éléphant placide, l'oiseau qui s'est posé sur sa tête et le ver qu'a gobé l'oiseau. Sur un nouveau cercle apparaîtront l'homme et ses multiples métiers : la poterie, le tissage, le cardage, la cordonnerie, la maçonnerie, la métallurgie, l'imprimerie ; les arts et les sciences : l'architecture, la peinture, les mathématiques, l'astronomie, la médecine, la magie et ses filles que sont la nécromancie, la chiromancie, la pyromancie et l'hydromancie ; les vertus et les vices, enfin : le courage, l'éloquence, l'habileté et la ruse, bien sûr, mais aussi la couardise, le mensonge, la médisance, la jalousie, le vol, le blasphème, la prostitution et la... sodomie. Quant au dernier cercle, Majesté, il figurera une sorte de procession, une théorie de personnages fameux pour le bien qu'ils ont apporté en ce monde en créant Abraham la circoncision, Chémis le culte des morts dans les pyramides, Jean le baptême et surtout, Majesté, surtout : Thot l'Égyptien adorateur du Soleil qui inventa l'écriture sans laquelle nous serions pareils à de pauvres aveugles errant sur un chemin semé de pièges, tandis que grâce à elle nous pouvons non seulement apercevoir de quoi sont composés la nature et le destin de chacun, mais aussi nous orienter et remonter jusqu'aux cieux infinis la chaîne des êtres afin de contempler la divine lumière...

– Est-ce magie ? murmura le roi sans ouvrir les yeux.

– Une magie salutaire, Sire...

– Du Perron prétend que ta mémoire est artificielle, maléfique et contraire aux enseignements de la religion...

Ce manieur de goupillon ne perdait rien pour attendre ; je souris au roi qui maintenant m'observait.

– Du Perron possède à ce qu'il paraît une excellente mémoire naturelle, Majesté. Je suis sûr qu'il vous conseille utilement. Mais il n'a pas étudié l'*ars memoriae*. Grâce à mes images, vous pourrez reconstruire en vous le monde sensible et intelligible, les actions bonnes ou mauvaises des hommes, jusqu'à leurs songes et désirs secrets…

– Peux-tu prévoir l'avenir, Jordanus ?

– L'avenir est inscrit dans les événements du passé, Sire…

– En ce qui me concerne ? Dis-moi…

La porte s'ouvrit et un laquais vint annoncer l'arrivée de Joyeuse et de Philippe Desportes. Les deux hommes entrèrent avant même d'y avoir été autorisés et, tout sourires, s'approchèrent de nous. Henri n'avait pas quitté son trône percé, ni moi un tabouret placé à sa gauche. Le roi continuait de serrer ma main dans les siennes.

– Sa voix et ses vues étonnantes me font du bien, dit-il, s'adressant au favori. Elles me troublent, et ce trouble me donne de la force…

C'était vrai : sa mine était meilleure qu'à mon arrivée.

– Il en va le plus souvent ainsi avec ceux que nous aimons, répondit aimablement Joyeuse. Puis vient le jour où nous les aimons moins ; alors ce trouble nous donne de l'ennui.

– *L'amant, content naguère, ore est plein de furie*, ajouta Desportes, se citant lui-même selon la sienne habitude. *Ainsi dessous le ciel toute chose varie…*

– Puis-je me retirer, Majesté ?

– Réponds d'abord à ma question…

– Quelle était la question ? s'enquit Joyeuse. Est-ce un secret ?

– Nullement, dit le roi. Réponds, Jordanus. Je t'en prie…

– Voici la reine mère qui revient de sa messe, annonça Desportes.

Les deux hommes s'inclinèrent. J'en profitai pour délivrer ma main de la royale étreinte et je me levai pour les imiter. Henri fit de même, dans un adroit mouvement qui ménagea admirablement sa pudeur. *La Veuve*, comme l'appelait Cecil, était robuste, sévère, toute vêtue de noir. Je notai qu'il n'y avait rien de mélancolique chez cette femme. Elle semblait posséder la force d'un guerrier, l'âme d'un homme, peut-être. Ayant embrassé son fils, elle s'exclama :

– Le docteur napolitain ! Savez-vous que j'ai ri à votre comédie...

– Vous m'honorez, Madame...

– Mais on dit que vous déclenchez des émeutes en Sorbonne, et cela ne me plaît guère. Vous excitez le peuple, ce me semble, sans savoir quelle bête il est...

– Le peuple ne fréquente pas la Sorbonne, Madame. Ce ne sont que docteurs et philosophes...

– Des philosophes qui se battent à coups de poing rue Saint-Jacques ! Vous leur tournez la tête en les forçant à mépriser la religion, après quoi ces idiots s'en prennent aux soldats du guet...

– Pardonnez-moi, mais les hallebardiers ne rechignent pas non plus à leur piquer les...

– Un conseil, monsieur le Napolitain : contentez-vous de faire rire, ou vous pourriez bien vous aussi tâter un jour du caveçon comme le grammairien de votre *Candelaio*. Du caveçon ou du feu...

Monsieur le Napolitain ! Les Florentins, chacun le sait, ont ceci de particulier qu'ils méprisent le reste du monde. Allons, Cecil avait bien raison : cette *veuve* n'était qu'une vipère catholique, comme tous les Médicis... Je répliquai :

– Il n'existe rien de plus philosophique que le rire, Madame. Et s'il a accepté de vous visiter grâce à mon *Candelaio*, c'est qu'un éclair de sagesse vous aura traversé l'esprit. J'en suis fort aise. Entre ce rire et l'enthousiasme que soulèvent mes leçons en Sorbonne, il n'y a nulle différence intrinsèque…

– *Intrinquoi?* siffla Catherine en interrogeant Desportes.

Celui-ci s'empourpra. Joyeuse, lui, riait sous cape. Grosse ignorante, pensai-je en me tournant vers le roi.

– Puis-je me retirer, Sire ?

– Répondras-tu à ma question avant de partir ?

– Oui. Si Votre Majesté m'accorde la permission de l'embrasser…

Henri m'ouvrit les bras et je vins contre sa poitrine. Tandis qu'il m'étreignait, j'approchai mes lèvres de la bonne oreille et murmurai :

– Pour votre avenir, Majesté, un seul conseil : méfiez-vous des prêtres.

Et voici comment je devins le seul mage de Paris et du monde à avoir jamais prononcé une juste prédiction concernant ce souverain.

Malgré l'hostilité de Catherine et d'une bonne partie de son entourage à mon égard, Henri me conserva son affection jusqu'à la fin de l'année et, après cette deuxième rencontre, je lui rendis visite presque chaque mois. Nous nous entretenions de divers sujets philosophiques, magiques, politiques et je m'occupai même une fois ou l'autre de sa santé, tant les médecins qui travaillaient à son service lui inspiraient peu de confiance. Il me suffisait pour cela de me remémorer les enseignements dont j'avais jadis bénéficié à Genève, grâce à mon amitié avec Jean Pruss.

Une des obsessions du Valois, à cette époque, était son absence d'héritier. On avait commencé par accuser la reine, sa femme depuis sept ans, d'être atteinte de stérilité, et celle-ci avait craint un moment de se voir répudier si elle ne parvenait à donner à Henri le fils que la cour espérait. Puis les soupçons s'étaient portés sur la personne du roi, attendu qu'on ne lui connaissait pas d'enfant naturel et qu'il avait l'habitude de s'entourer de garçons et de les couvrir, comme disait Cecil, *de baisers et mots doux*. Enfin, ses ennemis susurrèrent que le contaminait un *mal francese* attrapé à Venise, et que telle était la cause de son incapacité. Je tenais de Cecil qu'il avait en effet fréquenté là-bas plusieurs courtisanes, mais le roi, quant à lui, niait être atteint de cette maladie.

– Des maladies, j'en ai plus qu'il ne m'en faut ! s'écriait-il parfois. On veut donc m'en infliger une supplémentaire ?

Comme Montaigne, il souffrait de la pierre et, comme Jean-Antoine, de crises d'hémorroïdes qui le clouaient au lit plusieurs jours de suite ; sans parler des innombrables abcès, saignements, douleurs de tête et d'oreilles, indigestions et coliques qui lui empoisonnaient l'existence. Aux maux venus de sa complexion débile, s'ajoutaient ceux que lui occasionnaient les soins prodigués par les médicastres. Pour guérir sa stérilité, ceux-ci l'obligèrent d'abord à boire du lait d'ânesse, traitement qui n'eut aucun résultat. Puis ils observèrent que leur patient avait l'extrémité de la *mentula* crochue, de sorte que le sperme, discutaient-ils, ne se pouvait répandre dans la matrice de la femme, mais au contraire refluait vers la sortie. « Nous vous l'allons redresser, Sire », assurèrent-ils ; et, dans ce dessein, ils la lui avaient entaillée d'un coup de lancette. On imagine les douleurs qui étaient résultées de cette belle chirurgie.

– Qu'en penses-tu ? me questionna un jour le roi, après avoir défait ses aiguillettes pour me montrer sa pauvre verge.

Je fus horrifié : il existait pourtant un moyen plus simple !

– Lequel, Dieu tout-puissant ?

Je lui conseillai de recueillir le sperme royal dans un bassin d'argent, et qu'un médecin se chargeât aussitôt de l'introduire bien profond dans la reine au moyen d'un clysoir. Ainsi la semence ne se perdrait-elle plus. Quant à Sa Majesté, elle n'aurait plus à se livrer, telle une bête, à l'acte que l'espèce exigeait pour sa reproduction. Je lui affirmai que la nature commettait parfois des erreurs, et qu'il ne tenait qu'à l'homme d'y remédier par un simple artifice…

– Mais j'aime posséder ma femme ! s'exclama le roi.

– *Andiamo*, Sire. *Andiamo*.

Quand il ne souffrait point, Henri devenait le meilleur des compagnons, un homme gai et cultivé, doublé d'un excellent élève, et je crois qu'il y avait en lui plus de bonté que ne voulaient l'admettre mes amis vénitiens. Certes, il était difficile d'oublier l'horrible massacre qu'il avait déclenché autrefois sous prétexte de châtier les huguenots, les milliers d'innocents passés au fil de l'épée ou noyés dans la Seine, mais quelle était sa part de responsabilité dans le crime ? Lui protestait en pleurant qu'il ne l'avait point voulu. Ne convenait-il pas de l'imputer en toute justice à *la Veuve*, alors beaucoup plus expérimentée et qui avait contre elle l'âpreté de son sexe ? Sur ce point, les avis étaient partagés dans le groupe que nous formions. Moro défendait la Médicis. Cecil, lui, la méprisait, mais ne se pouvait résoudre à excuser Henri. Pour ma part, je me voyais enclin à argumenter en faveur du prince. Certes il lui arrivait de se perdre dans les méandres de ses errements catholiques, mais ne se montrait-il pas au fond de lui-même soucieux d'être un bon roi, un roi dont la philosophie fût une politique, et la politique une philosophie ?

– Les vertus sont-elles naturelles ? me questionnait-il toujours. Est-il aussi facile à l'homme de bien agir qu'à la Terre de tourner autour du Soleil ?

– Naturelles ? Oui, sans doute – puis je songeais au siècle que nous traversions, et il me semblait prudent de rectifier aussitôt : Moins, en vérité, que la giration de la Terre…

Interrogé par les chroniqueurs à venir si j'ai aimé Henri d'amour, je réponds d'avance négativement et j'espère que l'on me croira car, chacun le sait, qui sent s'approcher le halètement de la mort répugne à mentir ; pendant sept mois, c'est vrai, je fus tenu en telle estime par le Valois qu'il lui arriva de me confier des secrets parmi les plus importants, quand bien même il avait connaissance des liens étroits qui m'unissaient aux ambassadeurs du doge (n'étais-je pas en somme, des *mouches* de Cecil, la plus active ?). J'ai dit comment il avait créé à mon intention en Sorbonne une chaire extraordinaire de lecteur appointé. Vrai aussi le fait qu'il me couvrit d'argent et de cadeaux pour le bien qu'il retirait de nos conversations – des leçons, en réalité, qu'il écoutait généralement en fermant les yeux, tant lui plaisaient le timbre de ma voix, l'universalité de ma mémoire et la mienne virtuosité à inventer mots et phrases où s'entrecroisaient non seulement les différentes langues italiennes, mais aussi la latine, la grecque et la française (malgré les efforts répétés de Cecil, l'anglais et l'allemand me demeurèrent toujours hermétiques). Oui, tout cela est vrai. Mais bien qu'Henri m'eût ouvert les portes de son intimité, et que les circonstances s'y fussent prêtées plus d'une fois, l'amour ne naquit point entre nous. La vérité, je le répète, est plus simple : lui aimait ma philosophie, et moi j'étais heureux et fier d'instruire un prince ; d'autant plus heureux et fier que ce prince s'avérait un fort bon élève, doué lui-même d'une excellente mémoire et d'un attachement indéfectible aux arts, à la beauté et aux vertus philosophiques.

Le seul sentiment que j'éprouvai jamais pour le roi se nomme amitié, et ceux qui ont colporté le contraire jusqu'à Londres n'ont fait qu'obéir, volontairement ou non, aux ordres de la Médicis. En bonne Florentine, celle-ci savait se montrer habile à produire de fausses rumeurs, et tel était précisément le moyen qu'elle avait imaginé pour conserver son emprise sur son fils : attiser les flammes d'une discorde qui toujours couvait entre les favoris.

Quand, à la fin de l'année, Henri me battit froid, à cause de la gêne que lui procurait, dit-il, la fréquentation d'un personnage tel que moi, je ne doutai pas que pareille disgrâce vînt directement de *la Veuve* ; mais je n'en éprouvai aucune douleur. Ma résolution fut de conserver au roi mon affection et de ne pas cesser de le défendre. J'avais à cœur de rester fidèle à certaine épître écrite à sa gloire, qui, quoi qu'il pût arriver, figurerait à jamais dans l'un de mes ouvrages.

Parmi les événements qui avaient poussé Henri III à m'éloigner de lui, le moindre ne fut pas l'émeute déclenchée en novembre à la Sorbonne par des catholiques de la Ligue. Une foule considérable avait ce jour-là chanté un *Te Deum* à Notre-Dame. Composée de vierges et de jeunes garçons, de chevaliers de Malte, minimes, capucins, pénitents bleus, gris et blancs, succéda à cet office une procession voulue par Joyeuse. Le cortège traversa la Seine pour venir promener ses reliques jusqu'au couvent des Grands-Augustins. Comme d'habitude, on obligeait au passage les Parisiens à se découvrir, s'agenouiller et délier leur bourse pour acheter aux prêtres leurs maudites indulgences. À l'issue de la procession, un groupe d'une cinquantaine de ligueurs excités, auquel s'était joint le claudicant Félix, décida de marcher sur la Sorbonne où une assistance nombreuse se pressait à l'écoute de ma leçon.

Je ne fus pas témoin du premier choc – des plus rudes, me dit-on – car il se produisit au-dehors. Mais la rumeur enfla si brusquement qu'elle me contraignit à interrompre mon discours. Les auditeurs s'étaient tournés vers la rue d'où provenaient les cris, le bruit des coups et le cliquetis des épées. La peur se lisait sur de nombreux visages : les agresseurs étaient nombreux et mieux armés. Quant à la salle où nous nous trouvions, comme par un fait exprès, c'était une véritable souricière. En un instant les ligueurs gagnèrent du terrain et y pénétrèrent dans les cris d'effroi et les vociférations. Je devais apprendre plus tard qu'à ce moment-là deux étudiants gisaient déjà devant la chapelle, tués à coups de dague. Je hurlai :

– Que quelqu'un fasse venir les gardes, par le Christ !

– N'invoque pas le Christ, blasphémateur ! me répondit-on. Et vive le pape !

– À mort l'hérétique !

Je reconnus la voix de Félix.

– Nous t'allons coudre dans un sac et jeter en Seine !

– Il faudra d'abord venir me prendre !

Le temps d'un éclair, je revis les rues de Naples, les bagarres de jadis avec les maquereaux... Pourquoi ne pas l'avouer ? Une sorte de griserie s'empara de moi. Déjà le brave Hennequin tentait de freiner la progression des fanatiques, mais celle-ci paraissait inexorable. Je ne descendis de ma chaire que pour me trouver face à l'homme qui m'avait menacé un instant plus tôt, un individu épais, hâbleur, vulgaire (selon moi, la quintessence du catholique haineux, ennemi des lettres et de la science), entouré de sbires plus laids que lui encore, parmi lesquels j'aperçus Félix, une lame dégouttante de sang à la main et la Vierge autour du cou. Celui qui commandait à cette troupe brandissait une épée.

– Et alors, monsieur le philosophe, on veut faire le fanfaron après avoir insulté l'hostie, la Sainte Mère et les sacrements ?

Nous n'étions plus qu'une poignée, prisonniers pour ainsi dire de ces coquins armés jusques aux dents.

– Je n'ai insulté personne, répondis-je. Veuillez nous laisser sortir ou il vous en cuira.

– Vous allez sortir, oui, mais en notre compagnie…

Leur intention était-elle de nous embastiller ?

– Où sont vos chefs ? questionnai-je. Savez-vous à qui vous vous adressez ?

Le papiste éclata de rire. Tenir ce porc en respect, pensai-je, jusqu'à ce que les gardes arrivent…

– Qui que vous soyez, sachez que je me sens de taille à vous infliger une correction que vous n'oublierez pas de sitôt…

Le rire ne le quittait plus.

– Où est ton épée, maudit hérétique ?

– Apostat ! glapit Félix l'estropié.

Je n'avais pas besoin d'épée ; du reste, je n'en portais plus. M'étant saisi d'une chaise, je fis un grand pas en avant. Surpris par un tel geste, l'autre recula.

– À mains nues, donc ! me lança-t-il. Comme un gueux que tu es ! Un pendard napolitain…

– Et toi, répliquai-je, avançant toujours, qu'es-tu d'autre qu'un sac empli de merde et coiffé d'un chapeau à plume ?

– Par ma foi et puisqu'il est question de merde, je m'en vais lui transpercer les boyaux ! rugit-il en se tournant vers ses hommes, les bras écartés.

Cette erreur stupide montra quel beau soldat il était : ce fut naturellement l'instant que je choisis pour bondir et l'assommer à coups de chaise. Hennequin, lui, eut la bonne idée de se précipiter sur Félix, entraînant tous mes fidèles dans la mêlée. Des renforts arrivèrent, puis la milice du quartier, elle-même suivie des archers du roi. Malgré mes protestations, de nombreux ligueurs parvinrent à prendre la fuite, quelques-uns furent arrêtés dont Félix. Quant au responsable de l'attaque, il reprit conscience et, juste retour des choses, j'obtins qu'il fût emmené à la Bastille.

Mais l'affaire avait échauffé les esprits aux alentours de la Sorbonne qui furent durant plusieurs heures le théâtre de combats et d'altercations parfois mortels. Ainsi, à la nuit tombée, trois fanatiques assoiffés de vengeance poursuivirent un ami de Jean jusqu'à la porte Saint-Jacques. On l'éventra au pied des remparts et ses bourreaux plongèrent les bras dans son sang en criant merci à Dieu et à la Vierge.

Outre la disparition de cet ami, Hennequin paya un lourd tribut aux fureurs religieuses. Après le départ des archers, je le trouvai allongé sous un banc, sans connaissance, la tête dans les mains et les doigts ensanglantés. Ayant réussi à le faire transporter en voiture rue des Vieux-Augustins, je le confiai aux médecins vénitiens de l'ambassade qui ne ménagèrent pas leur peine. Mais sa blessure était si mauvaise que Cecil et moi dûmes nous relayer à son chevet pendant toute une semaine. Comme autrefois à Toulouse, je le vis dévoré par la fièvre et le délire. À plusieurs reprises, il hésita entre la vie et la mort. Il choisit finalement la vie – brave petit Jean ; mais il avait perdu son œil droit. Jusqu'à sa disparition, quatre ans plus tard, il dut porter un bandeau qui lui barrait le visage d'un trait noir.

Comment pourrais-je oublier – moi qui n'oublie rien – cette fin d'après-midi de décembre, le ciel plus gris que plomb, les flocons de neige tourbillonnant sur le pont au Change encombré de voitures, et la chanson à peine murmurée du mendiant aux yeux sombres à qui je lançai une pièce d'argent ?

Je, Petit Pont, assis en lieu plaisant
Dedans Paris, tout au beau de la ville…

Je m'étais attendu, en venant au Louvre, à passer un moment seul avec Sa Majesté, mais j'eus la surprise de me voir introduit dans son cabinet, là où s'était tenue la réunion de l'Académie. J'y trouvai, dans une demi-pénombre, le roi qui devisait à voix basse avec un homme que je connaissais de vue, mais dont j'ignorais le nom.

– Voici Michel de Castelnau, dit Henri en évitant de croiser mon regard, seigneur de Mauvissière. Sans doute avez-vous entendu parler de lui. Il est mon ambassadeur auprès d'Élisabeth…

Ce soudain voussoiement était-il dû à la présence du gentilhomme ? Non, pas seulement, notai-je en écoutant la suite :

– Et voici Jordanus Brunus de Nole, qui fut un de mes plus chers amis. La belle philosophie qu'il a inventée a plus d'une fois apaisé mon âme, et je dois dire qu'il me l'a enseignée avec une patience digne d'éloges. Peut-être vous la communiquera-t-il, à vous aussi. Je sais que vous êtes épris de savoir…

Castelnau répondit au compliment par une légère inclination de la tête. Henri poursuivit :

– Mais sa religion fort peu recommandable provoque des troubles dans Paris et inquiète mon entourage. Un manant est libre de choisir ses amis, très cher ; un roi, non.

Sa voix à peine audible dissimulait mal la gêne qu'il éprouvait à prononcer de telles paroles. Je n'ignorais pas qu'il était l'objet de mille attaques venues de tous bords et que la prodigalité dont bénéficiaient les favoris mettait depuis longtemps sa réputation à rude épreuve. Souci supplémentaire, de récentes affiches placardées dans Paris l'accusaient de vendre le royaume aux huguenots et aux Anglais, et l'on entendait partout grogner le vulgaire, généralement acquis aux idées catholiques. Henri resta un moment sans parler.

Telles des ombres silencieuses, des laquais surgissaient de la nuit, allant et venant autour de nous pour allumer les chandelles. Le seigneur de Mauvissière prit la parole :

– Sans doute serai-je un élève moins doué que Sa Majesté, cher Bruno. Mais je ne doute pas que nous deviendrons amis. Il est vrai que j'aime la raison. Étant ambassadeur, je tiens qu'elle figure parmi les biens les plus précieux des hommes...

La voix de ce Castelnau était parfaitement exquise, et l'élégance qui émanait de ses gestes aussi douce que son nom...

– Une telle opinion est tout à votre honneur ! Et il me semble que peu de nos contemporains daignent la partager...

– Vous êtes fort aimable. Point n'en suis étonné, d'ailleurs. Votre réputation vous a déjà précédé en Angleterre, comme vous le savez peut-être. Croyez-moi : vous êtes attendu là-bas avec une impatience grandissante...

Une question me brûla soudainement les lèvres :

– Voulez-vous dire, cher monsieur Castelnuovo, que les Anglais se donnent la peine de lire mes livres ?

– Ceux du moins qui fréquentent l'ambassade de Sa Majesté, me fut-il répondu.

Une bouffée d'orgueil m'enflamma le cœur. Oui, j'aimais être publié, lu, écouté, commenté ! J'aimais déclencher le rire, les larmes et la peur. J'aimais remplir de joie et d'inquiétude. J'aimais en somme être aimé. Tel n'était-il pas le sens de mes premières disputes à San Domenico Maggiore ? En m'en prenant à Aristote, en franchissant la sphère des étoiles fixes, en ouvrant les cieux sur l'infini, qu'avais-je fait d'autre que séduire et conquérir un auditoire toujours plus étendu ? Naples, d'abord, puis Genève, Toulouse, Paris... Londres, maintenant ? Pourquoi pas ? Aurais-je à jouer en Angleterre un... un rôle particulier ? Le roi me regarda enfin. L'émotion lui emplissait les yeux de larmes.

– M'aimez-vous encore, Jordanus ?

– J'ai écrit et publié mon admiration pour Votre Majesté, Sire, répondis-je en m'inclinant. Et bien que ce siècle voie tout le monde trahir tout le monde, je ne me suis point encore résolu à céder à ce vice…

– Votre rôle, comme vous dites, en sera donc facilité : je vous charge de convaincre Élisabeth que je ne suis pas la brute qu'on lui dépeint…

Lui aussi aspirait à être aimé… Il ajouta :

– Et vous profiterez de ce séjour pour répandre à Londres votre belle doctrine… Elle plaira, j'en suis sûr, aux Anglais. L'homme est *Le Centre*, disiez-vous, un centre…

– Un centre non physique, Majesté. Métaphysique, si vous préférez…

Pris de nostalgie au souvenir de mes leçons, le roi souriait, tandis qu'il luttait pour ne pas pleurer. Brusquement, il m'ouvrit les bras :

– Allons, Jordanus, embrassons-nous.

Cecil accueillit avec joie la perspective d'un séjour en Angleterre où vivait sa famille, dont son jeune frère, devenu chevalier et écrivain, qu'il n'avait pas revu depuis six ans. Quant à Jean, grâce à une représentation du *Candelaio* que les *Sanguini* vinrent donner rue des Vieux-Augustins, il eut l'heur de retrouver un semblant de joie. Nous tînmes alors une de ces réunions à trois dont nous avions pris l'habitude depuis que l'aimé avait renoncé à détester le disciple. Il y fut décidé que Hennequin et moi partirions peu après la Noël avec Michel de Castelnau ; Cecil nous rejoindrait plus tard. Il lui fallait d'abord convaincre le doge que sa place était désormais à la cour d'Élisabeth, ce qui ne semblait présenter aucune difficulté.

À la fin de cette conférence, un autre sujet nous absorba :

Félix. L'un des deux étudiants poignardés devant la chapelle lors de l'attaque de la Sorbonne, en novembre, l'avait été par lui. Nous tenions de Giovanni Moro que la culpabilité venait d'être démontrée, l'affaire jugée, et le fanatique condamné à mort par pendaison. Je songeai à la prédiction du quartenier de Saint-Jacques-de-l'Hôpital. Mais le magistrat avait ordonné qu'avant d'être conduit au gibet, le condamné fût tenaillé publiquement, et sa main gauche tranchée sur un billot.

– Souffrances atroces et inutiles, murmura Hennequin.

– Que vas-tu faire ? me questionna Cecil.

Je soupirai.

– Avons-nous encore de l'argent ?

La fête d'adieu avec les comédiens de Sanguino, la musique et les cent invités, nous avait coûté une fortune. Cecil ouvrit une cassette et rassembla une poignée d'écus ; il ne manifesta aucun étonnement quand j'exprimai le désir de dormir seul ce soir-là. Rentré rue de Bièvre, je restai finalement éveillé toute la nuit. Prospero avait allumé dans la cheminée un grand feu que j'alimentai moi-même en méditant devant les flammes, incapable d'endiguer le flot de ma mémoire. Je revoyais le couvent de San Domenico Maggiore et les années d'études, les liaisons secrètes entre les novices. Je songeais au temps héraclitéen qui prend tout et donne tout ; à la mort des êtres que nous avons aimés.

Je sortis avant la pointe du jour. Le ciel, tout à l'heure, serait clair, et l'aube glacée. Mes pieds s'enfonçant à chaque pas dans la neige, je m'en fus trouver à la Conciergerie un gardien dont Giovanni Moro m'avait indiqué le nom. L'homme ne refusa pas la bourse que je lui tendis, et promit que Félix serait étranglé tout à l'heure dans sa cellule.

– La mort espagnole, grogna le gardien en empochant l'argent. Voici une jolie somme pour un bien vilain moine.

Voulez-vous le voir ? Lui parler ? À ce prix, je peux vous arranger une rencontre…

– Non. Dites-lui seulement… Ne lui dites rien. Mais puis-je être absolument sûr que…

– Il sera expédié avant l'aube, mon bon. Parole d'honneur.

Il sera expédié avant l'aube. Cette phrase tinte encore à mon oreille comme si elle venait d'être prononcée ici, dans la pénombre, au-delà du cercle de lumière qui enveloppe la lanterne. La mort est inévitable, pas la souffrance. Quelqu'un paiera-t-il pour moi, jeudi matin ? Deza, peut-être ? Il est venu, à midi, accompagné du barbier. Tandis que celui-ci me rasait et me coupait les cheveux, il m'a servi lui-même du poisson séché et du vin.

– Les temps changent, Bruno. J'ai un peu étudié la philosophie et l'astronomie, ici, à Rome…

– Grand bien te fasse…

– Certains jésuites affirment être prêts à se fier aux propositions de la science plutôt qu'à celles des Écritures…

– Alors les Jésuites finiront sur le bûcher, eux aussi. Sauf Bellarmin. Celui-là, tu peux lui faire confiance, il s'en sortira toujours…

– Je parle sérieusement !

Dieu que je le trouvais beau, quand il s'emportait ainsi.

– J'ai rencontré hier des gens fort savants qui connaissent tes livres…

– Que t'ont-ils dit ? Que l'on allait brûler jeudi un innocent ? Ont-ils versé une larme…

– Tes vues rencontrent une audience toujours plus grande ! Ils m'ont parlé de certain astronome de Padoue, un nommé Galilée…

– Connais pas.

– Lui te connaît. Il partage ton point de vue : l'univers n'a pas de centre, et il est infini. Ces gens savants m'ont affirmé qu'il a mis au point un télescope pour mieux observer les étoiles…

– Pas besoin de télescope ! C'est ridicule ! La sagesse divine est à portée du regard. Encore un de ces mathématiciens prétentieux, inventeurs d'artifices…

– Ton Copernic n'était-il pas mathématicien ?

– Pour son malheur, Deza. C'est à cause de sa manie du calcul qu'il est passé à côté de l'essentiel…

– Qu'importent ces détails ! Ta doctrine est juste ! Pourquoi ne pas accepter de vivre et continuer à la défendre ?

– As-tu une pièce pour ce barbier ? Vois-tu, je n'ai pas d'argent sur moi…

Deza a soupiré. Je lui ai confié une liasse de feuillets à mettre en lieu sûr.

– Fais-les coudre ensemble. Bien soigneusement, afin qu'aucun ne se perde…

Deza m'a promis : tout serait accompli selon ma volonté. Y avait-il quelque chose dont je pusse avoir besoin ?

– De temps. J'ai besoin de temps. Et d'un compas…

Le jour était tombé quand Orazio m'a apporté du pain, un artichaut et l'instrument exigé. Et maintenant, mon lecteur, les forces m'abandonnent. Minuit doit être passé depuis longtemps. Les images se fondent dans le sommeil…

14 FÉVRIER 1600, LUNDI

Il semble – et comment s'en étonner, à l'approche du *somnus aeternus ?* – que l'humble repos de l'honnête homme me soit désormais refusé : je me suis éveillé tout à l'heure sans avoir quitté la surface transparente des choses, la joue sur la main et la plume arrêtée à la fin du mot *sommeil.* L'aube n'était pas encore levée. Couper une nouvelle feuille, y inscrire une date… Ces gestes accomplis un nombre incalculable de fois au cours de mes cinquante-deux années de vie exigent aujourd'hui un effort surhumain. À peine en avais-je fini de cette humble tâche qu'Orazio entrait avec une écuelle de soupe chaude. Ce gardien non plus ne dort pas. Il veille derrière la porte, épiant mes moindres mouvements. Nos ennemis, affirme-t-il – et j'apprécie fort ce *nos* ! –, continueront aujourd'hui à mener grand bruit devant Tor di Nona. Conduits par l'Allemand Gaspard Schioppius, ils sont chaque jour plus nombreux à jurer qu'ils trouveront moyen de venir m'égorger ici même…

– Allons, ils patienteront jusqu'à jeudi. Et ils n'auront pas à se salir les mains…

– Ils crient que le bûcher de Campo dei Fiori fabrique des martyrs, Brunus. Ne te l'ai-je pas déjà dit ?

Ils craignent surtout que je ne bénéficie en secret d'une grâce de Clément ! Ces fanatiques sont à n'en point douter aux ordres de Madruzzi et de Santaseverina ; ils ne peuvent ignorer que le pape travaille à me convaincre. Quel camouflet pour eux si l'on se contentait de brûler une simple effigie de leur victime ! Mais le châtiment que leur infligera ma mort héroïque sera pire encore.

– Le plus acharné de tous est ce Schioppius...

– Ne laisse entrer personne d'autre que Deza, Orazio...

– Tu peux être tranquille.

Tranquille, je le suis : de ma vie je n'ai connu la peur. Et que ces chiens braillards entrent dans mon cachot armés de couteaux et de gourdins, je jure que je trouverai la force de leur tenir tête ! Ce tabouret me servira de rondache, et une plume bien taillée plantée dans un œil peut tuer. Mais je préfère continuer à me servir de ces objets selon l'usage pour lequel ils ont été conçus, et donc écrire encore, n'ayant pas fini de convoquer les images de mon existence. J'ignore qui tu es, Gaspard Schioppius, et quelle tudesque jouissance tu entends tirer de mon supplice, mais il te faudra pour cela attendre jeudi, car je suis têtu, obstiné même, selon la sentence prononcée contre moi : je veux que s'accomplisse mon destin naturel. Je veux que mon dernier livre aille, lui aussi, à son terme. Si jamais tu lis ces lignes, sache que j'ai aimé la discorde plus que tu n'aimes ton dieu inexistant, ton dieu des gueux et des misérables. Durant un demi-siècle, je n'ai jamais craint de livrer bataille. Mais je n'en suis venu aux mains que contraint par la force des choses, la haine et la stupidité de mes adversaires. Mes vrais arguments sont couchés pour l'éternité dans des milliers de pages ; étudie-les. Si la nature t'a doté d'un peu d'intelligence, songe à ceci : pendant que je les écrivais, les cardinaux, ces maîtres corrompus auxquels tu prêtes aujourd'hui ton bras, entendaient pacifier le monde en donnant de l'épée, de l'arquebuse et du canon.

Du jeune frère de Cecil, je ne connaissais à mon arrivée à Londres que le nom : Sir Philip Sidney. Aux dires de Castelnau, ce chevalier réunissait toutes les qualités humaines et divines ; il figurait parmi les personnages les plus élégants de la cour d'Élisabeth. Lorsqu'il parut à l'ambassade de France, quelques jours après notre débarquement à Douvres, je fus frappé à la fois par son extraordinaire ressemblance avec mon aimé et par sa beauté mélancolique – elle passait l'imagination.

– Connaissez-vous notre langue ? me questionna-t-il dans un toscan parfait.

– Quelques mots seulement. Il paraît que mon accent napolitain gâte chaque phrase que je prononce...

Il sourit.

– Ce n'est pas ce que m'a écrit Cecil...

Il s'agissait naturellement d'un coup monté. Castelnau me couvait d'un regard bienveillant. Hennequin, lui, demeurait impassible, le visage barré de noir. Il n'était au courant de rien.

– Et pourrions-nous l'entendre, ce fameux accent ? intervint l'ami qui accompagnait Philip, un seigneur protestant nommé Fulke Greville.

J'ai alors revu avec émotion mon professeur d'anglais écrivant à la craie, rue des Vieux-Augustins, sur le tableau sculpté d'un motif de putti. Soucieux de ne pas me ridiculiser devant d'aussi fines oreilles, je déclinai. Ils insistèrent. C'est donc en m'efforçant de corriger mes défauts naturels que j'ai commencé, bombant le torse :

– *Chen farrewell world, chy uttermocht I chee*... Ah ! Décidément, non ! Je n'y arriverai pas...

– *Then farewell world*, répéta Greville en fermant les yeux, et de la voix la plus musicale qui puisse être, *thy uttermost I see, Eternall Love maintaine thy life in me*.

Tandis qu'il parlait, ses doigts virevoltaient au rythme de la phrase hors des manchettes brodées.

– En effet, soupira-t-il, feignant la consternation, voilà qui est fort inquiétant. Je crains qu'un tel défaut ne soit propre à altérer votre séjour parmi nous… Vous avez encore beaucoup de progrès à faire…

S'adressant à son ami il ajouta :

– Quant aux vers, ma foi, ils n'ont pas été mal choisis. Qu'en pensez-vous, très cher ?

Je suis alors intervenu :

– Pour ma part, j'ignore le nom du bougre qui les a pondus ! Mais ils ont failli me décrocher plus d'une fois la mâchoire ! Pour quel résultat, je vous en laisse juges ! Signor Castelnuovo, ne croyez-vous pas que nous devrions tous nous asseoir et poursuivre sur un autre sujet en buvant un peu de vin…

– Les vers sont de moi, dit Philip Sidney.

Surpris, je répliquai aussitôt :

– Dans ce cas, vous voudrez bien accepter les excuses de mon professeur ! Ce coquin ne m'a point informé d'où venait l'anglais qu'il me voulait enseigner. Et j'y ajoute les miennes, pour avoir écorché votre… Puis-je savoir, messieurs, ce qui déclenche chez vous pareille hilarité ?

Sidney et Castelnau semblaient s'amuser comme des enfants, tandis que Greville s'esclaffait de la façon la plus irritante. Seul Jean restait de marbre, ayant perdu le sourire en même temps que son œil ; du reste, il ne comprenait rien à la plaisanterie machinée à mes dépens, et dont voici l'explication : au cours des semaines qui avaient précédé mon arrivée à Londres, Cecil n'avait pas manqué de remplir les lettres adressées à son frère de mille détails me concernant, au point que ce dernier en savait assez sur moi pour écrire un livre. « Invite-le à prononcer quelques mots en anglais, avait-il suggéré, il te sortira incontinent tes propres vers, sans même savoir qu'ils sont de ta plume, et avec quel accent, Seigneur ! Toi et ton Greville en serez ébaudis pour la journée. » Ébaudi, il le fut, et Greville, et Castelnau ! Voyant cela et voulant montrer que je ne répugnais pas à me railler moi-même, j'éclatai de rire à mon tour, ce qui eut l'air de leur plaire. Ainsi naquit notre amitié.

À quelques semaines de là, Élisabeth ordonna à Philip de la représenter auprès d'un seigneur polonais du nom de Laski, venu visiter son île, et qui désirait se rendre à Oxford.

– Elle ne sait comment se débarrasser de l'encombrant Sarmate, me glissa Sidney, c'est pourquoi elle me le confie. Je vous en prie : accompagnez-moi. Nous en profiterons pour nous mieux connaître. Et puis, que diriez-vous d'exposer votre religion aux docteurs de là-bas ?

Ma religion, les Oxoniens s'en moquaient comme d'une guigne, ce que naturellement j'ignorais encore. Nous avons pris la route en grand équipage, dans un coche escorté par trente cavaliers et sous une de ces pluies incessantes dont la région est coutumière.

Je tenais de Cecil que les Polonais sont amateurs d'ivresse en laquelle ils voient, comme ils disent, le miroir de l'âme. Dans leur pays, ils restent, paraît-il, à boire dix heures à la file et mettent la main à l'épée dès qu'un étranger marque une hésitation au moment de lever les verres. Le nôtre tenait sans doute à confirmer la réputation attachée à sa lointaine contrée, car il s'abreuva de tant de bière avant et pendant le voyage que la conversation en devint plus cahoteuse que le chemin troué d'ornières sur lequel nous allions. Peu au fait du souvenir qu'Henri III avait laissé en Pologne, j'eus en outre le malheur de laisser passer une brève allusion le concernant ; pris de fureur, le prince m'adressa un chapelet de vilains grognements et cracha par terre. Puis il s'endormit, à notre vif soulagement.

– Voilà qui contraste avec leurs usages politiques, murmurai-je aussi discrètement que possible à l'oreille de Sidney. On raconte que leur police est à ce point civilisée que chacun y est libre de pratiquer la religion de son choix…

– Certes. Mais dites-moi, cher Nolan, votre Henri III, est-il si aimable qu'on le prétend ?

À l'âge de dix-huit ans, Philip avait assisté à Paris aux massacre et pillage des huguenots, huguenot lui-même et caché pour sauver sa vie dans un grenier, porte Saint-Germain…

– C'est cependant un bon prince, répondis-je. Je suis d'ailleurs chargé, vous ne l'ignorez pas, d'en faire la démonstration à votre reine…

– La tâche sera difficile…

– Pourquoi donc ?

– Une rumeur vous précède, qui veut que vous soyez l'amant du Valois. Votre témoignage ne risque-t-il pas d'être entaché de partialité ?

– Pas si je rétablis la vérité…

– Qu'en pensez-vous, Fulke ?

Le voyage était si ennuyeux qu'à l'instar du Polonais, Fulke avait trouvé refuge dans le sommeil, imité en cela par Hennequin. Tous trois dormaient, la bouche ouverte et la tête ballottée par les secousses de la voiture.

– Allons, reprit doucement Sidney, nous sommes seuls, pour ainsi dire. Parlez-moi plutôt de Cecil, voulez-vous ?

– Lui et moi possédons des âmes contraires, aussi contraires que la neige et le soleil, l'océan et le ciel. Mais vous êtes poète, vous connaissez ce vers de Maurice Scève : *Plus fuit le Cerf, & plus on le poursuit*. Telle est selon moi la vérité magique de l'amour…

– J'entends bien. Mais, précisément, n'avez-vous pas le même corps ? Et le… désir, entre deux hommes ?

Bien qu'il fût sur le point de se marier, Sidney cédait volontiers à deux sujets de méditation : l'amour grec et le tribadisme. Le désir entre deux hommes ? La chose la plus divine et naturelle du monde, affirmai-je. À condition de ne point rejeter cette proposition qu'il existe une échelle de l'amour comme il existe une échelle des êtres :

– Le désir le plus bas est trivial, Philip, et immédiat. Il condamne les individus vulgaires à jouir sans art et paie son tribut à la reproduction des espèces. Seul son opposé est digne d'intérêt, qui rejoint les sphères éminentes de la connaissance et se moque des différences physiques. J'appelle cet amour *héroïque* ; il figure une sorte de tourment divin, une jouissance pure, aussi haute et aveuglante qu'un soleil de midi…

J'ignore encore si mes arguments séduisaient Philip, mais ils me séduisaient moi-même et, tout en suivant à voix haute le cours de mes pensées, je prenais intérieurement la décision de consacrer bientôt un livre à cette question. Et cet âne de Jean qui osait gaspiller son temps et dormir ! Afin qu'il enregistrât mes propos, je le réveillai ; tandis qu'il écrivait à grand-peine, secoué par les cahots auxquels nous étions livrés, je continuai d'entretenir mon ami de ma métaphysique, pour ne m'interrompre qu'à notre arrivée à Oxford.

Chez les bons docteurs de cette ville – où l'étudiant qui osait s'écarter d'Aristote se voyait condamné à une amende de cinq shillings par point de divergence –, j'ai reçu un accueil des plus frais. Dès les premiers instants, j'ai su que je ne disposerais dans cette salle que d'une seule oreille favorable, celle de Philip. Outre un Laski à l'œil vitreux, l'inévitable Fulke et les gentilshommes venus de Londres avec nous, mon auditoire se composait d'une poignée de magisters hostiles. Quant au vice-chancelier de l'université, il semblait dissimuler sa bêtise derrière une insolente absence de courtoisie. Deux colliers d'or enorgueillissaient sa poitrine et ses mains étaient à ce point alourdies de bagues et d'anneaux qu'on l'eût pris pour un joaillier plus que pour un homme responsable de l'instruction des *pueri* anglais. J'avais chargé Sidney de me présenter à lui comme *Docteur en la plus éminente théologie*; ce titre le laissa indifférent. Je déposai alors mes hommages à ses pieds, l'assurai de mon respect infini, affirmai que la réputation de son collège avait franchi les mers et atteint les rivages de Naples. Il répondit à ces louanges par un affreux borborygme. Digestion laborieuse? Sans m'arrêter plus longtemps à ce détail, je pris place en chaire et commençai ma leçon.

D'abord, j'opposai le ciel de Copernic à celui de Ptolémée. À l'appui de ma démonstration, Jean avait tracé une rapide esquisse sur une feuille dont je voulais qu'elle circulât parmi l'assistance tandis que je développais les explications nécessaires :

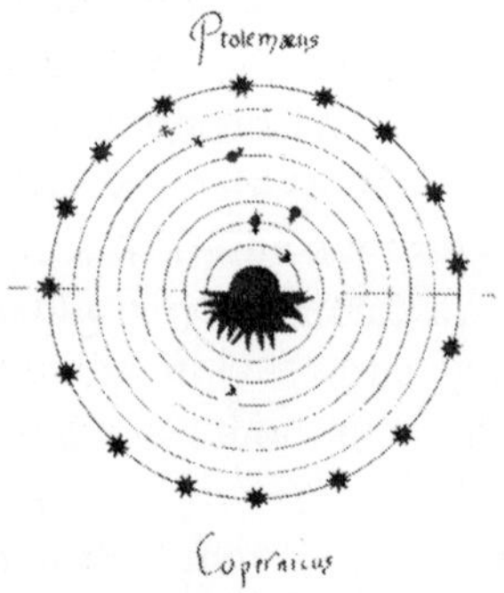

– Dans le ciel de Ptolémée, d'Aristote et des philosophes vulgaires, dis-je, la Terre est le centre fixe du monde. Vous observerez sur ce dessin que, dans celui de Nicolas Copernic, c'est le Soleil qui occupe le centre…

Sans plus de politesse qu'un portefaix, l'un des docteurs présents me coupa incontinent la parole et m'interrogea d'une voix nasillarde :

– Ce Polonais, Copernic, que pensez-vous de lui au juste ?

Laski sursauta. N'avait-il pas entendu quelqu'un évoquer sa mère patrie ? Tel un dormeur arraché à ses songes, il fouillait l'assistance du regard, à la recherche du coupable. Voici une conférence qui débutait sous les meilleurs auspices ! Sans élever le ton, je répondis :

– Allemand ou Polonais, c'était un grand esprit, un homme attentif qui a osé tourner le dos aux préjugés communs. Malheureusement, il ne s'en est pas écarté suffisamment. Il a selon moi trop étudié les mathématiques, et pas assez la nature… Ce dont je souhaiterais vous entretenir a trait au Soleil…

– Et ses vues, nasilla derechef le docteur, les adopteriez-vous ?

Allait-on enfin me laisser m'exprimer ? Était-ce une mode de ce pays que d'interrompre l'orateur à chaque phrase ?

– À ceci près, déclarai-je : je veux, moi, que disparaisse la sphère des étoiles fixes que vous voyez ici représentée par celui de mes cercles dont le diamètre est le plus long. En effet, le monde n'est limité par rien d'autre que l'infini céleste. Bien. Ceci étant compris, du moins je l'espère, j'aimerais parler un instant sans être coupé (attendu que vous pourrez me poser ensuite toutes les questions qui vous passeront par la tête) et en venir à un autre point…

Mon dessein était de montrer à ces malplaisants que la décision de placer le Soleil au cœur de l'univers s'accordait avec les spéculations des mages subtils que furent Pic de la Mirandole, Cornelius Agrippa de Nettesheim, Marsile Ficin, et avec les efforts par eux accomplis en vue de rejoindre le plus grand de tous, le Trois Fois Grand, le Trismégiste

Thot-Hermès, inventeur de l'écriture. Je repris le fil de mon discours en attirant l'attention de l'auditoire sur ce divin contemporain de Noé qui avait élevé jadis un temple au Soleil. Mais n'était-ce pas là distribuer des perles à des cochons ? Des vues aussi audacieuses ne risquaient-elles pas d'être piétinées par les orgueilleux insulaires ?

– Voyez-vous, messieurs, je n'ignore pas que votre verdoyante contrée a produit de grands savants, tels Alexandre Neckam, si je prononce correctement, Robert Grosseteste, qui fut professeur ici même, ou encore l'intrépide Roger Bacon, son élève, sans parler de l'Écossais Duns Scot, dit le Subtil, etc. Pourtant la Méditerranée, qui est, comme son nom l'indique, une mer immense entourée de pays fabuleux, et en conséquence, pardonnez-moi, le contraire de l'Angleterre, n'a cessé d'enfanter elle-même de beaux esprits. C'est l'un d'eux, et non le moindre, un Florentin nommé Marsile Ficin, qui inspirera aujourd'hui mon discours. Marsile rêvait d'unir en une même pensée Platon le Grec et Hermès l'Égyptien, l'ancienne philosophie et l'ancienne magie… Le mot *magie* indispose-t-il vos délicates oreilles ? Patience ! Comme Ficin, je dirai qu'il en existe de deux sortes : l'une, noire et démoniaque, s'apparente à la sorcellerie et doit être tenue à l'écart de la philosophie. Seule la seconde, celle de la lumière et du soleil, intéresse l'homme de science, car elle est naturelle et vise à maîtriser les forces célestes. *Celui qui sait vaincra les astres*, nous rappelle une antique formule. L'homme a le pouvoir de connaître le ciel et ses flux, les mouvements lunaires, les influences et *sumpathia* astrales, les zones sèches et les zones humides du firmament, les désirs profonds de ces êtres vivants que sont les étoiles enfin, et les dieux horoscopes. Voilà pourquoi, messieurs, la cosmologie se divise en deux disciplines inséparables, qui sont l'astronomie et l'astrologie… Oui ? Que se passe-t-il ?

Le vice-chancelier, qui avait chaussé des verres épais, tournait et retournait la feuille avec rage. On eût dit un de ces analphabètes qu'exaspère leur incapacité à ne pouvoir percer les mystères de l'écriture.

– Où est la Terre ? grognait-il. Je ne vois pas la Terre ! Elle est perdue, Dieu bon !

D'un signe, j'ordonnai à Hennequin d'aller secourir le malheureux. Ce qu'il s'empressa de faire, inscrivant de sa plume agile le mot *Terra* près du lieu où celle-ci figurait sur la carte.

– Ceci n'est pas le ciel du Polonais ! s'écria le bonhomme en martelant la table.

Laski sursauta de nouveau. Sans doute se crut-il victime d'une insulte ou d'une calomnie, voire d'un complot, car nous le vîmes se dresser d'un bond et pousser dans sa langue une exclamation qui épouvanta les docteurs. Ses valets accoururent, ainsi que Sidney qui tenta de l'apaiser. En vain. Criant et vociférant, le Sarmate sortit.

– Ce ciel est faux ! continuait pour sa part de tonner le vice-chancelier. Un savant n'a pu concevoir un système aussi insensé ! Nous avons ici le livre de Copernic ! Qu'on aille le chercher ! Je veux comparer sa carte avec celle du Napolitain !

Ainsi devait s'achever – avant même d'avoir vraiment commencé – cette triste rencontre avec les aristotéliciens d'Oxford. Bien que le dessin exécuté par Jean fût en tout point conforme aux plans du *Polonais*, le cuistre n'en voulut pas démordre et refusa bien entendu de se rendre à l'évidence. Ne trouvant rien de sensé à répliquer, il choisit de quitter la pièce à son tour sans saluer personne, hurlant qu'un esprit scientifique ne pouvait avoir échafaudé de telles inepties. Je refusai dans ces conditions de reprendre le cours de mon exposé, et il ne nous resta plus qu'à partir.

Ce ne fut naturellement pas la rencontre avec les pédants qui donna son prix à mon voyage à Oxford, car je soupçonnais l'Angleterre d'abriter des intelligences autrement plus fines que ces lointaines imitations du savoir et de la sagesse. En revanche, le souper que Philip donna le soir même au manoir de Charlton, l'agrément des vues qui y furent échangées et certain acteur que j'y rencontrai habitent encore mon esprit comme un de ces événements heureux qui vous nourrissent l'âme une vie durant. Jeux et conversations s'y prolongèrent dans la plus douce liberté jusqu'à la pointe du jour.

On avait dressé la table devant une cheminée où rôtissait un sanglier. Les convives étaient plus de trente, fort joyeux et réunis autour d'un Laski vêtu d'un pourpoint aux couleurs éclatantes. Le drôle tonitruait plus qu'il ne parlait. Soucieux d'étonner l'assemblée, il évoqua certaines merveilles de son pays, dont ces oiseaux que l'on découvre dans l'eau des marécages, habillés par l'hiver d'une épaisse couche de glace, et qui reprennent leur envol à peine les a-t-on dégelés. Tous applaudirent à l'anecdote, et il se rengorgea comme un gros pigeon satisfait. La bière coulait à flots. Des saltimbanques jonglaient sur un proscenium de fortune au son de la viole et des flûtes. L'ivresse, la musique et la bonne chère aidant, nous oubliions enfin les docteurs vaniteux de l'université et, comme je l'appelai au ravissement des convives, *leur âne couillard, vice-chancelier de la Pédanterie*. En somme, les dieux nous autorisaient à goûter un de ces instants de bonheur bachique sans lesquels la courte parenthèse de l'existence humaine ne serait que froide et misérable attente des fins dernières. Était-ce un effet de la bière et de l'absinthe que nous servaient les gens d'ici? Ma tête s'emplissait de souvenirs. Je revisitais en pensée mes libations genevoises, les nuits de travail avec les comédiens de Sanguino ; et j'éprouvai soudain le désir de laisser se débrider ma joie. M'étant par jeu mêlé aux musiciens, je m'essayai à danser et à chanter, en adaptant au rythme de leurs mélodies les vers qui me revenaient en mémoire :

Frère Porro, poète de sornettes
Qui, à Milan, agrafes ta guirlande
De cervelas, de boudins et de tripes

– De qui est ce tercet culinaire ? s'enquit Greville qui justement se délectait de boyaux.

– De Pierre Arétin, répondit Sidney. Un fin poète aux impudiques images... – puis ayant levé son verre pour trinquer avec le Polonais, chantant à son tour d'une voix fort bien placée : *O fra Porro, poeta da scazzate...*

– Des images peuvent donc être à la fois belles et licencieuses ? s'étonna Fulke.

– Et comment ! sourit Philip. N'est-ce pas, cher Nolan ?

– Les jugements sur ce qui en art est licencieux et ne l'est pas ne sont qu'inventions de bigots propres à vous donner la colique ! La fureur poétique est de toutes nos passions celle qui nous est la plus nécessaire, ainsi parlait le grand Ficin...

– Merci pour le terme *bigot*, pesta Greville.

– Et Dieu sait qu'il avait raison, poursuivis-je, c'est toujours de Ficin que je parle. La poésie seule réveille ce qui dort en nous ! Elle est l'harmonie pure, la prosodie céleste qui équilibre les émotions de l'âme... Elle doit donc être libre. Je lève mon verre à votre santé, signor Grevillo ! Et ne vous fâchez pas pour un simple terme. Il est déjà oublié, envolé comme un petit oiseau...

– Je bois, moi aussi, à votre longue vie, dit Greville en pinçant les lèvres, quoi que signifie le surnom dont vous venez de m'affubler.

Ayant laissé les musiciens continuer sans moi, j'étais venu reprendre ma place aux côtés de Philip et je m'étais fait servir une nouvelle coupe de bière.

– Et maintenant, j'aimerais savoir ce que bon Dieu vous écrivez, Sidney. Cecil ne m'en a jamais touché un mot, comme vous avez pu le constater. Est-ce un secret?

– Le secret est la profession de mon frère, pas la mienne.

Ce chevalier aux mille talents possédait une excellente mémoire, une prodigieuse vivacité d'esprit et un don de narrateur lui ayant autrefois valu de jouer la comédie devant Élisabeth. Il se mit tout soudain à traduire pour moi des passages entiers d'un livre qu'il venait d'achever et qui me parut tenir du conte de chevalerie à la française et de la prose entrecoupée d'églogues d'un Sannazaro. Il racontait l'histoire de Basilius, roi d'Arcadie, qui n'avait su résister (j'eus ici une brève pensée pour Henri) au péché de consulter un oracle. Ce dernier lui dressait la liste des malheurs ourdis par le destin et qui frapperaient sa personne, son royaume, ses deux filles – l'une se verrait enlevée par un prince misérable, l'autre forcée de connaître un amour contre nature... Pour échapper à ces sombres vaticinations, le pauvre Basilius imaginait de fuir Arcadie. Mal lui en prenait: son attitude indigne d'un souverain ne faisait qu'attirer sur sa famille les pires calamités, et celles-ci confirmaient les visions de l'augure...

La nuit était mystérieuse et douce, près de cette cheminée où crépitaient les flammes, riches la viande et la bière, aimables les convives; je m'émus de ce conte où œuvraient les forces surnaturelles de l'amour et de la destinée. Sidney rêvait-il lui aussi d'un langage en lequel se fût révélé le fond secret de l'univers? Son ambition rejoignait la mienne et une telle coïncidence me troubla plus que je ne saurais le dire. La langue et le style étaient pour lui les armoiries de l'homme civilisé, les symboles de la dignité humaine. Le poète, disait-il, créait des images qui avaient ce pouvoir d'éveiller l'amour de la vertu et de la sagesse, car en elles s'inscrivaient, tel le macrocosme dans le microcosme, les vérités universelles. J'écoutais ses paroles et l'enthousiasme me gagnait : j'avais, dans mon *De umbris idearum*, poursuivi un but analogue. Quant au nouveau livre qui grossissait en moi, il évoquerait bientôt une conversation philosophique entrecoupée de sonnets, une promenade en un lieu magique, palais ou jardin décoré d'emblèmes…

– Avez-vous un autre ouvrage en préparation ? demandai-je à Philip.

– Ah ! Voici enfin les comédiens ! s'exclama-t-il comme s'il n'avait pas entendu ma question.

Ce fut Greville qui répondit :

– Son but n'est pas l'écriture, vous savez, quand bien même il écrit…

La remarque me plongea dans un abîme de perplexité, et je m'interrogeai un instant si ce pauvre Fulke n'avait pas abusé de l'absinthe au point de laisser échapper de faux paradoxes, mais non : elle reflétait bien l'opinion profonde de Sidney. J'avais compris – je n'étais d'ailleurs plus très loin d'adopter moi-même ce point de vue – que Philip considérait la poésie comme supérieure à la philosophie, car la poésie était action, et la philosophie seulement connaissance. Mais il existait une action d'un rang plus élevé encore que la poésie, et cette action était la vie elle-même : Sidney n'écrivait qu'en vue de parfaire le style de son élégante existence, et c'est pourquoi son geste héroïque devant Zutphen, trois années plus tard, ne fut autre chose qu'un ultime et merveilleux poème.

Sur le proscenium venait d'apparaître un roi vénérable et somptueusement vêtu. Il attendait, pour s'adresser au public, que les rires et les conversations se fussent éteints.

– Silence ! ordonna Philip.

Après des remerciements, le comédien déclara :

– Pardonnez, gentils auditeurs, aux médiocres esprits qui osent produire un si noble sujet sur une aussi modeste estrade. Ce plancher poussiéreux, ce lit bancal ne figurent certes pas la chambre d'un roi, mais vous aurez la bonté de suppléer par la pensée l'indigence de nos artifices. Pour peu que vos imaginations daignent nous apporter leur concours, nous vous transporterons dans un autre temps et en un autre lieu.

Sur ces paroles, il inclina humblement la tête et devint effectivement le roi. Nous assistâmes à un échange de tendres propos entre lui et son épouse, un jeune homme de fort belle allure qui imitait à la perfection les grimaces de l'autre sexe. Puis, détachant son baudrier, il exprima le désir de prendre du repos et se coucha. Le sommeil accapara son âme. Le jeune homme (la reine, donc) lui jura à genoux éternelle fidélité. Une longue chanson et une pantomime nous apprirent alors que la nuit refermait sur le royaume ses ailes mystérieuses. Ô heures nocturnes sous la lune changeante ! En d'autres lieux du monde, les chauves-souris se jettent au même instant dans les cheveux des promeneurs égarés, les taupes se hasardent à sortir de leur trou, des poissons sans nageoires montrent leur gueule à la surface des lacs, des chats rampants griffent les murs des cimetières… Quant à l'humanité, elle nourrit elle aussi des démons en son sein : à peine la reine a-t-elle quitté le chevet de son mari qu'un fourbe vêtu de noir pénètre dans la chambre. Ayant tiré une fiole de son manteau, il s'approche du roi endormi et lui verse un poison dans l'oreille. Puis il sort comme il est venu. L'infortuné souverain vient de rejoindre la *nox aeterna*, sans même avoir revu les étoiles. La chanson suivante proclame un nouveau jour, et ce jour voit le couronnement du traître qui n'est autre que le frère du défunt…

– Scandale ! bondit le prince Laski en portant la main à son épée.

Il y en aurait d'autres ! À la cérémonie succède un bal. Le roi félon veut y séduire la veuve. Celle-ci résiste : prendre un deuxième mari, n'est-ce pas voir mourir une seconde fois le premier ? Et voici le tourment de cette femme, les premières digues rompues, les pleurs et les remords ; pour le traître, les prémices de la victoire. Bientôt il la mignote sur le lieu de son crime et finalement l'épouse. Laski gronde comme le tonnerre. Plusieurs gentilshommes l'imitent. Des fantômes, noirs esprits, approuvent leur indignation. Jaillis des enfers, ils se ruent sur la scène qu'ils parcourent en tous sens, réclamant justice. Oui : toujours la Providence œuvre dans l'ombre où elle tisse ses fils invisibles. Un courtisan, neveu de la reine, est l'instrument du droit. Nos cris supportent son action, encouragent ses efforts. En effet justice sera rendue, le félon puni d'un coup d'épée. Mais en frappant une famille, l'infamie la condamne pour l'éternité. Et la tragédie s'achèvera dans un bain de sang où tous périront.

Les comédiens (et le manoir où nous nous trouvions) appartenaient à Robert Dudley, comte de Leicester, l'oncle richissime de Philip et Cecil, depuis toujours intime d'Élisabeth. Dudley avait ouvert un théâtre à Shoreditch, un quartier plutôt mal famé situé au nord de Londres. La vie représentée bouleverse les âmes et grande fut l'émotion à l'issue d'un tel spectacle. Certains d'entre nous pleuraient, d'autres paraissaient plongés dans une profonde méditation. Le prince Laski ruminait son effroi en silence. Plusieurs gentilshommes décidèrent d'aller faire l'amour, qui avec une femme, qui avec un giton, dans l'espoir de trouver ensuite le sommeil. Bientôt nous ne fûmes plus qu'une poignée à être réunis près de la cheminée, devisant et buvant en attendant le jour. Les comédiens, qui sont la plupart du temps gens incapables de dormir, s'étaient joints à nous, et l'ivresse peu à peu les gagna, eux aussi. Le plus troublant de tous était celui que nous avions vu interpréter le rôle de la reine, un garçon de moins de vingt ans qui se faisait appeler Snitterfield. Le signor Grevillo ne fut pas sans remarquer l'excitation que la vue du jeune homme produisait sur mes sens; à seule fin d'éperonner ma jalousie, il prétendit d'une voix mouillée par la nostalgie l'avoir eu comme page au temps où il vivait à Beauchamp Court; ce que l'acteur, du reste, ne démentit point, bien qu'il ressemblât plus à un vaurien élevé dans la rue qu'à un fils ou neveu de bonne famille...

– Ta tragédie est délicieuse, reprit Fulke en lui caressant le menton. Terrible et délicieuse. Mais évoque-t-elle un événement réel, ou est-ce pure invention de ta part?

La voix de Snitterfield se teinta de quelque insolence:

– Que vous importe, mon cher seigneur! Les hommes copient les fables, ou les fables les hommes, selon les circonstances. D'où qu'elle vienne, mon histoire n'est qu'une fiction, l'ombre d'une douleur. Est-elle propre à divertir à la fois le peuple et les messieurs de la cour? Voilà la seule chose qui m'intéresse...

L'ombre d'une douleur! Que l'expression était belle! Avait-elle vraiment pu naître dans la cervelle de ce gibier de potence? Je vis Greville se rapprocher de lui au point que leurs haleines se pouvaient mélanger. Ayant coulé un regard dans ma direction, il dit:

– Voici un propos bien philosophique, et qui ne déplaira pas, j'imagine, à certain manieur de concepts ici présent.

Adoptant tout soudain une mine drolatique, il supplia:

– Cependant il ne m'a point convaincu. J'insiste donc...

Le comédien éclata de rire.

– Seriez-vous par hasard meilleur acteur que moi, seigneur Fulke? Allons. Je vous invite, vous et vos amis, à un jeu. Le voici : celui qui trouvera la réponse à votre question gagnera mes faveurs pour cette nuit…

Une telle idée était propre à soulever une tempête d'exclamations, dont quelques-unes indignées. Snitterfield l'avait lancée en plongeant son regard droit dans le mien. Je songeai que l'heure était venue où prenaient congé les arbitres du bien et du mal, qui sont êtres diurnes et sages…

– Une joute ? s'écria Fulke. J'en suis. Dieu m'est témoin que l'idée d'aller me coucher seul ne me plaît guère !

– Si je comprends bien, intervint Philip, ta fable est copiée, et l'énigme : « d'où vient-elle ? ».

– Voici en effet la première partie de la réponse. Reste le plus difficile. Je vous écoute, messeigneurs…

Ayant levé sa coupe, il but.

– Ne s'agirait-il pas d'une histoire polonaise ? suggéra quelqu'un. Le prince Laski, qui doit maintenant dormir du sommeil du juste, a été de nous tous le plus ému…

Le jeune comédien secoua négativement la tête.

– Le poison dans l'oreille, marmonna Greville. Cela me semble avoir un parfum des plus catholiques. Je chercherais volontiers du côté de quelque ville espagnole…

– Vous prenez un mauvais chemin, seigneur Fulke. D'ailleurs je ne vois pas ce que ce geste a de catholique. Gardez vos méchancetés religieuses pour une meilleure occasion…

– Naples ! s'écria un gentilhomme. On m'a raconté une histoire analogue. Écoutez : un prince – dont le nom m'échappe à l'instant, veuillez me pardonner – se voit un jour empoisonné par son propre frère qui hérite de tous ses biens, y compris l'épouse. Par malheur pour lui, la sorcière qui a préparé la médecine mortelle s'estime grugée et la voilà qui s'en va tout raconter au juge. Elle est brûlée incontinent pour son crime. Quant au prince fratricide, imaginez-vous que…

– Ce n'est pas Naples non plus, coupa Snitterfield

– s'adressant tout à coup à Sidney : Et vous, seigneur Philip, vous dont l'esprit est de vif-argent, n'avez-vous donc aucune idée ?

– Il se trouve que je connais la réponse, répondit Sidney.

Fulke sursauta :

– Peut-on savoir pourquoi vous la taisez ?

Sidney, qui lisait comme à livre ouvert dans mes pensées, me regarda et sourit :

– L'enjeu du tournoi ne me convient pas. Je n'ai pas d'attirance physique pour les hommes, fussent-ils pétris par la main des dieux…

À quoi Snitterfield répliqua, sur un ton des plus cassants :

– Si l'enjeu, comme vous dites, ne vous convient pas, vous n'aurez qu'à en faire cadeau à l'un de vos amis…

Je me levai pour prendre congé. Le duc d'Urbino fut assassiné par Luigi Gonsaga qui lui versa un poison vénitien dans l'oreille, répétait une voix au fond de moi. Furieux, je défiais la mine étonnée des présents. Leur ayant tourné le dos, je quittai la réunion et pénétrai dans la nuit.

Me saisit – et apaisa mes sens – la fraîcheur qui toujours précède l'aurore. La pluie avait cessé. Dans un instant, l'ombre se résignerait à s'effacer devant les premières blancheurs. Ayant levé les yeux vers les astres dont la lueur allait s'éteindre, je songeai à leur course invisible, au mouvement inexorable du monde et du temps, au lent et secret travail de la mort. Combien d'années s'écouleraient avant que ce ciel ne disparaisse, dévoré par un autre ciel peut-être né de lui ? Dix pas derrière moi, quelqu'un prononça mon nom. Je distinguai dans l'obscurité la silhouette de Philip, son béret, ses chausses bouffantes. Il me prit le bras et nous traversâmes un verger en nous frayant un chemin à travers les herbes mouillées.

– Pourquoi n'avez-vous rien dit, tout à l'heure ? Vous

connaissiez la réponse, n'est-ce pas ? Et vous dévoriez le comédien des yeux…

– J'aime Cecil. Jamais je ne l'ai trahi. Et ce Snitterfield m'a tout l'air d'un fieffé coquin – un coquin si désirable, il est vrai, que…

– Vous êtes un cœur pur, Jordan. Je suis heureux de vous avoir pour ami. Regardez, le jour se lève.

En effet, les couleurs alentour se dévoilaient. Le vieux chien aveugle qui trottinait à notre rencontre en flairant minutieusement le sol me parut constituer une métaphore recevable de l'existence humaine. Où donc m'emmenait Philip ? Un doigt sur les lèvres, il m'ordonna le silence. Ayant franchi une haie de mûriers, nous trouvâmes une maison, et derrière celle-ci une échelle conduisant au grenier. De là-haut, grâce à un jour entre deux planches disjointes, nos regards plongèrent sur une chambre dont le lit était occupé par deux femmes nues…

– Mes muses, chuchota Sidney. Je les appelle Philoclea et Pamela.

Les filles du roi Basilius. Les muses de Philip jouissaient entre femmes, à leur manière mesquine et lascive. Quant au poète, caché dans ce grenier, il se délectait secrètement de leurs jeux chaque fois qu'il venait au manoir. L'inspiration la plus riche pouvait donc naître dans une soupente poussiéreuse, au spectacle de deux corps avares en quête de plaisir…

– Non, décidément, je n'éprouve rien, dis-je. Et je suis de fort triste humeur. Veuillez m'excuser. Je vous attends en bas.

Mélancolique, assis au pied de l'échelle, je flattai un long moment le chien aveugle, espérant en mon for intérieur l'arrivée prochaine à Londres de Cecil. L'animal avait posé la tête sur mes genoux.

– Pauvre vieille bête, murmurai-je. Quand l'âme te donnera-t-elle ce qui t'est dû ?

Londres n'était pas moins infestée que les autres villes de ces gueux sans emploi, traîne-misère et coupeurs de bourses que l'on rencontre à Naples sur les marches de San Paolo, à Rome au Campo dei Fiori et à Paris près de la porte du palais. Ces gracieux individus à l'œil torve assis sous les colonnes du *Royal Exchange* vous eussent écorché vif pour quelques pence. Par bonheur, la plupart se montraient si feignants que même le crime les rebutait. Ils se bornaient à tendre la main au badaud ; quand celui-ci osait leur refuser l'aumône qu'ils exigeaient pour s'aller enivrer à ses dépens, ils le couvraient des insultes et quolibets dont regorge leur langue, voire de cailloux et de légumes pourris. Un degré au-dessus de ces misérables, le peuple lui-même – artisans, boutiquiers, bateliers, porteurs d'eau – est rien de moins que sauvage et mal élevé, méprisant à l'égard de l'étranger, enclin aux pires railleries. Que de contrastes en cette nation ! D'un côté la plus abjecte et grossière populace que *Terra* ait jamais abritée en son sein, de l'autre une noblesse courtoise et raffinée, une classe proprement divine dont les vues politiques, religieuses et artistiques servent de phare à toute l'Europe, autant dire au monde entier.

Les opinions des Anglais en matière de justice, notamment, ne laissèrent pas de me plaire : ils abhorrent la torture, et j'ai observé que sur ce point leur doctrine rejoint celle de Montaigne – et la mienne, car c'est la sagesse même. La corde et le feu sont usages si violents qu'ils vont contre la vérité, forçant bien souvent l'accusé à reconnaître tout ce qu'on lui veut faire avouer, et le juge à expédier des innocents au gibet. Leur mode d'exécution est la pendaison pour le plus grand nombre des condamnés. Les Anglais n'ont toutefois pas supprimé de leur droit – mais peut-être cette ombre au tableau leur est-elle nécessaire – un vestige des temps barbares destiné à punir celui qui se voit convaincu de trahison : après lui avoir publiquement coupé les parties honteuses, on lui arrache les boyaux pour les jeter au feu ; et son corps est dépecé en plusieurs morceaux.

Tout en menant là-bas une existence aussi heureuse que possible, écrivant ou dictant mes douze heures par jour et y publiant de nouveaux livres, j'ai découvert une humanité cultivée en laquelle semblaient se dessiner les linéaments des sociétés futures. Mon observatoire n'était autre que l'ambassade de France. En effet, grâce à l'hospitalité de l'excellent Michel de Castelnau et de son épouse, j'y vécus avec les miens – Hennequin, Prospero, Cecil un peu plus tard – pendant toute la durée de mon séjour. Mes compagnons de discorde s'appelaient alors Philip Sidney, Fulke Greville, le médecin, poète et musicien Matthiew Gwyn, John Smith, John Florio – ce dernier, professeur de français et de toscan, s'était laissé convaincre par moi d'entreprendre une traduction des *Essais* –, et je pourrais en citer bien d'autres, certain que, s'ils sont encore en vie, ils se souviennent aujourd'hui de moi tant nos débats étaient fréquents et passionnés. Quant à la mission qu'avait cru devoir me confier Henri, je m'en acquittai du mieux que je pus, c'est-à-dire assez mal, n'ayant jamais possédé, contrairement à Cecil, le moindre talent d'ambassadeur.

Le jour de ma rencontre avec la reine, je portais une étouffante collerette à quatre épaisseurs de soie brodée, un manteau à parements de fourrure et *un authentique chapeau de philosophe*, selon le mot de Castelnau qui s'était occupé personnellement de ma toilette. Hennequin, que l'âge rendait avare, avait quant à lui refusé de revêtir autre chose que son modeste habit de drap sombre à col montant. Du moins le bandeau qui lui endeuillait le visage – un astucieux présent de Philip – était-il neuf et se réduisait-il à un fin ruban gris orné d'un feston. Une pluie insolente nous avait précipités tous les quatre dans le carrosse de l'ambassade et je me rappelle avoir maudit ce jour-là les encombrements de cette ville, contraints que nous fûmes, à cause d'une charrette qui bloquait l'entrée du pont, d'observer pendant plus d'une heure les mille bateaux qui flottaient sur le *Thamesis fluvius*.

Férue, comme tous les puissants, de philosophies naturelles, Élisabeth entretenait un astrologue nommé John Dee qui – bien ou mal – consultait les astres pour elle et la conseillait dans ses décisions. Elle-même, dans ses moments de grande inspiration, n'était pas exempte de rêves prophétiques au cours desquels elle se dédoublait, épreuves souvent douloureuses dont elle s'acquittait avec courage. Sa Majesté frappait d'ailleurs ceux qui l'approchaient, et elle me marqua moi-même. À dire la vérité, cet être tenait de la déesse plus que de la femme. On la décrivait comme rusée et fort habile en l'art de la dissimulation, mais je compris que les défauts et infirmités de son sexe s'effaçaient derrière sa beauté irréelle et l'intelligence qu'elle avait héritée de feu le roi Henri VIII. Au cours de notre entretien, elle tint à se montrer savante en métaphysique stoïcienne, car elle m'interrogea s'il était possible selon moi de gouverner les peuples ou de rechercher le bonheur sur terre sans le soutien d'une conception de l'univers fondée sur la raison. Je répondis en citant Zénon :

– La raison est la science des choses divines et humaines, Majesté, ce que l'homme possède de plus précieux. Qu'il l'oublie, il deviendra pire qu'une bête. Quant à ma conception de l'univers…

Ma conception de l'univers lui plut, et même l'amusa. Après m'avoir écouté sans le moindre battement de cils ni bâillement pendant presque une heure de sablier, elle se tourna vers Philip et s'enquit ainsi :

– Votre ami napolitain peut-il nous expliquer où est passé Dieu dans son système ?

Si, comme le voulait Aristote, le visage exprime les qualités de l'âme, alors cette âme-là était pétrie de volonté.

– Mon univers est absolument vivant et animé en toutes ses parties, Majesté. En quelque sorte, si j'ose me permettre, Dieu se confond avec lui…

Elle se tourna vers l'un de ses conseillers, un certain Francis Walsingham (dont, par parenthèse, Philip s'apprêtait à épouser la fille) :

– Les prêtres ont bien changé, ne trouvez-vous pas, Sir Francis, depuis qu'ils fuient le monastère ?

Sir Francis approuva. Je songeai à ce couvent de dominicains des *Black friars*, que l'on avait en effet transformé en théâtre…

– Veuillez, repris-je, excuser mon audace : je ne suis plus prêtre, mais excommunié, comme Votre Majesté elle-même…

L'indifférence religieuse de cette reine est un des phénomènes les plus curieux et séduisants qu'il m'ait été donné d'observer en ce monde. On eût dit qu'elle entendait gouverner son royaume en dehors de toute sujétion à quelque Église. Henri de Navarre n'allait-il pas agir de même quelques années plus tard ? Ainsi évoluait à l'époque l'art de la politique. À cet instant mes pensées et celles d'Élisabeth s'entremêlèrent, car elle poursuivit :

– Vous-même, Jordan Nolan, si j'ai bien compris vos explications et ce qui m'a été rapporté de votre commerce, vous réclamez de pouvoir exercer votre talent en toute liberté, non plus sous le contrôle des prêtres, papes et cardinaux…

– S'il n'est pas nécessaire de porter un froc pour gouverner une île, il ne l'est pas non plus pour interpréter les cieux et la nature, ni d'ailleurs pour écrire des dialogues et comédies…

– Alors écrivez ici ce qu'il vous plaît d'écrire, signore. Les philosophes et les astronomes sont chez eux sur cette île, comme vous dites. Pendant que vous construirez votre ciel merveilleux, nous autres Anglais conquerrons la mer et le monde. Merci de votre aimable et savante visite.

Michel de Castelnau voulut intervenir avant qu'il ne fût trop tard :

– Votre Majesté, je crois que ce docteur renommé est porteur non seulement d'une belle doctrine, mais aussi d'un message d'amitié de la part du roi de France…

Élisabeth se rembrunit. Sa voix se fit cassante :

– Sous prétexte de freiner l'action des réformés, votre Henri autorise actuellement en France une campagne de haine à l'égard des Anglais. Mon ambassadeur, cher Castelnau, a élevé des protestations qui sont restées sans effet, ainsi que vous ne pouvez l'ignorer…

Michel de Castelnau prit un air désolé. Sir Francis lui vola la parole :

– Nous sont parvenus de ces odieux placards affichés dans tout Paris. On y caricature la reine anglaise que c'en est une honte…

– Comme beaucoup de souverains, répondit Michel, Henri est malheureusement forcé d'endurer les fanatiques de toutes obédiences. Ses vrais sentiments ne peuvent être jugés à partir des mensonges et fourberies de ceux qui sont en réalité ses ennemis. Le cœur et la raison de la France sont à vos côtés, Majesté. Même s'il est vrai que la Ligue ne laisse au prince que peu de champ…

– Henri est-il le roi, questionna Élisabeth avec un sourire teinté d'ironie, ou un jouet entre les mains de Catherine ?

– Majesté ! supplia Castelnau.

Mais elle parut tout à coup décidée à ne plus lâcher la proie que nous lui avions mise entre les griffes. Les traits de son beau visage n'exprimaient plus la moindre aménité.

– Henri est un hésitant, cher Michel, et vous le savez. Ne le dit-on pas d'un jour à l'autre valeureux et lâche, franc et sournois, cruel et magnanime, intransigeant et libéral ? Une saison, il aime la guerre, une autre il ne songe qu'à danser. Se passionne-t-il un temps pour le gouvernement de son royaume et les plus hautes affaires qu'on le voit bientôt jouer du bilboquet dans les rues. Il se prétend religieux, mais à ses processions succèdent des fêtes et carnavals où les plus malplaisants de ses amis se vautrent dans la boue ! Le massacre de plusieurs milliers d'innocents ne lui arrache pas un soupir (il est vrai que ces innocents-là ont des figures de protestants) tandis qu'il pleure toutes les larmes de son corps à la disparition d'un seul de ses mignons ! Monsieur de Castelnau, ce roi est-il un homme, à la fin, ou une femme ?

– Majesté…

– Votre Majesté, répétai-je, puis-je être autorisé à voler au secours de ce souverain ami ?

– Vous, répliqua-t-elle, vous êtes un réformateur du ciel. Continuez d'observer les étoiles… Et prenez garde à ne point tomber dans un puits en marchant comme Thalès le nez en l'air. Le sujet est clos. Sir Philip, j'aimerais vous entretenir de votre mariage en la seule compagnie de Sir Francis. Vos amis voudront bien vous attendre un instant…

– Henri est un bon roi ! m'emportai-je tout soudain. Dieu l'a doté d'une âme généreuse ! Il aime les arts et les sciences !

Le ton n'était certes point celui d'un plénipotentiaire et un silence gêné succéda à cette mienne remarque. Où ce Napolitain se croit-il ? lisait-on dans le regard outré de Walsingham. Même Sidney – il me le confia un peu plus tard – craignit alors un incident, et que je ne fusse bientôt embarqué à Douvres à destination de la France. Mais, chose surprenante, le sourire revint sur les lèvres de la reine.

– L'amour indolent des arts, des sciences et des *mignons de couchette*, comme on dit en France, ne peut tenir lieu de gouvernement, signore. Je sais que vous nourrissez une grande affection pour ce prince, au point peut-être de ne pas remarquer ses défauts. Une telle fidélité est à votre honneur. Mais un souverain doit être blanc ou noir, ami ou ennemi. Soleil ou lune, monsieur l'astronome, non point les deux. Veuillez accepter mes compliments pour vos intéressantes doctrines, et mes vœux pour votre séjour en Angleterre.

Le peu d'empressement mis par Cecil à me rejoindre à Londres n'était pas dû aux réticences du doge, comme je l'avais cru d'abord, mais à une sienne liaison avec un mignon parisien. Il aimait ce garçon, un acteur de comédie appartenant au roi, et ne pouvait se résoudre à le quitter, ni à l'emmener avec lui. Cecil finit par écrire son ennui à Philip ; celui-ci, après quelques hésitations et mille embarras, me rendit visite chez Castelnau et me rapporta tout. Grande eût été sa répugnance, dit-il, à laisser un mensonge par omission salir notre amitié. Voici la lettre que j'écrivis le soir même :

> Mon amour, comme tu l'avais calculé, ton frère m'a confessé tout à l'heure les raisons pour lesquelles tu restes éloigné de moi, quand bien même tu ne rêvais il y a un an que de venir en Angleterre. Naturellement, j'ai tenu à ce qu'il comprît en retour que tu t'étais servi de lui comme truchement pour me faire connaître la *nudam veritatem*, tandis qu'en parallèle tu m'assurais dans tes lettres de ton amour infini. Lui d'ordinaire si mélancolique s'est montré amusé de ton stratagème qui aura donc fait un heureux, le temps d'un éclat de rire, & ce n'est jamais chose perdue.
>
> Quant à moi, & bien qu'elle m'eût été soufflée à

l'oreille par la bouche subtile d'un innocent Mercure, la nouvelle ne m'a guère empli de joie. Mais il est vrai que ce que tu appelais de façon si charmante les « atermoiements du doge » commençait, à force d'être resservi, à sentir un peu fort. Allons, ne sommes-nous pas gens libéraux ? J'ignore le nom & le visage de l'astre pur que tu as volé au roi, mais avec ou sans lui viens à Londres. L'existence y est des plus riches et vivantes, Michel de Castelnau un hôte aimable, le souverain femelle d'une belle intelligence, sans parler du théâtre que l'on joue ici, de tous ceux que séduisent mes vues & qui se proclament mes amis & disciples. Il y a bien quelques pédants édentés à force d'avoir rongé les os d'Aristote, mais ils sont peu encombrants, & pas plus méchants qu'ailleurs. Philip est un dieu à ta ressemblance, ton oncle Dudley un gentilhomme parfait ; pour ce qui est de Maria, je ne l'ai vue qu'une fois & elle ne m'a pas réconcilié avec son sexe. Philip a décidé de lui dédier son superbe *Arcadia*, attendu qu'il l'a aimée aussi intimement qu'il est possible pendant le temps qu'il écrivait ce livre. Idiot que je suis ! Tu détestes ta sœur & il faut que je t'importune avec elle !

Mon doux Cecil, sais-tu que la chasteté à laquelle je sacrifie depuis bientôt un an m'occasionne mille maux de tête & de ventre, à cause de l'absence d'écoulement de mes humeurs ? Je ne puis croire que tu aies cessé de m'aimer. Je répète : avec ou sans lui, viens. Viens vite. Reçois mille baisers & mots doux de celui qui t'attend,

Ton

PHILIPPE

ce 14 décembre MDLXXXIII

À quelques semaines de là, le beau comédien quitta Cecil en lui manifestant le plus insolent mépris ; il eut en outre la bonne ou la mauvaise idée de s'aller faire tuer dans un duel. Mon aimé arriva donc enfin en Angleterre, l'âme dévastée par une épreuve en laquelle il croyait apercevoir un présage à lui adressé par le Temps. Avait-il tort? Nous atteignions les trente-cinq ans, et probablement avions-nous accompli la moitié du chemin…

– Les succès ne seront plus si faciles, l'entendis-je murmurer près de mon oreille, la première fois que je m'éveillai, à Londres, entre ses bras.

Quand commence le déclin? Le ruban qui barrait la face de Jean Hennequin en était-il le premier signe? Fallait-il le deviner dans les traits – ô, si légèrement – vieillis de mon dieu vivant, dans certaine langueur amoureuse à laquelle il lui arrivait à présent de s'abandonner, sous l'empire de son récent chagrin? Certes je connus là-bas une forme de bonheur, grâce à cette rage d'écrire qui ne me quittait plus, grâce au succès de mes dialogues italiens aussi; mais il s'agissait d'un bonheur impur, mêlé de crainte, car Cecil en vérité s'éloignait de moi, et dans son désespoir se lisait la vilaine grimace de la mort.

Mes livres étaient publiés chez John Charlewood, un géant aux cheveux jaunes, franc buveur de bière et dont les presses se trouvaient non loin de *Butcher's row*, à deux pas de l'ambassade. John était un garçon d'une prudence maniaque qui exigeait que la mention *Imprimé à Paris* figurât à chaque fois sur le frontispice de mes ouvrages.

– Car vous êtes de Paris, non?

– Je suis comme Socrate: citoyen de l'Univers.

– Eh bien, sur le prochain, nous inscrirons: *Imprimé dans l'Univers*. Qu'en pensez-vous?

– J'en pense, John, que police et censure sont les fortifiants de l'imagination. Elles engendrent les artifices, et dans les artifices se multiplie le monde…

En plus d'une nouvelle édition de mon *Cantus circaeus*, je ne produisis dans l'île britannique pas moins de sept livres dont six dialogues écrits en italien, langue que les Anglais goûtaient fort. Ceux qui ouvriront ma *Bête triomphante* y retrouveront le message d'Henri qui n'avait pu parvenir à Élisabeth du fait de mon inexpertise en matière d'ambassade : le roi de France n'aimait point les Guise, rappelais-je, ni les fanatiques qui le poussaient à relancer les guerres religieuses. Ainsi ma mission auprès de la reine fut-elle en définitive accomplie à ma manière d'écrivain, et moi grandement soulagé. *Des fureurs héroïques*, livre que je tiens en grande affection, fut dédié à Philip. Poésie et philosophie s'y entremêlent en une succession de cinq dialogues à la gloire de l'amour pur et divin. Le dernier d'entre eux – une fois n'est pas coutume – décrit une conversation entre deux Napolitaines. Je voulais en effet que ce livre, qui lui doit beaucoup, contînt en plus de l'épître une allusion aux muses dont mon ami se plaisait à observer les amours, au manoir de Charlton.

Le temps me manque pour citer tous les ouvrages que je publiai en *Britannia*. Plusieurs – dont *Le Banquet des Cendres*, où se révèle ma cosmologie – devaient être utilisés contre moi au cours du procès, preuve ultime de mon hérésie, trésor dans lequel ont puisé mes juges pour me condamner au bûcher.

Bien que Jean Hennequin continuât de s'occuper de mes publications avec une efficacité jamais démentie, il m'arrivait souvent de me rendre moi-même à l'imprimerie. En effet, un des correcteurs de Charlewood n'était autre que le jeune Snitterfield. Bien que marié et déjà père d'un marmot, ce garçon menait une existence des plus libres et débauchées, buvant et dépensant le peu d'argent qu'il gagnait dans des cabarets mal famés. Il se montrait en compagnie des pires voleurs et malandrins de Londres, disait-on, depuis que son père l'avait retiré du collège.

Comme Sidney, il semblait fasciné par les amours contre nature, par les costumes et les masques qui rendaient le sexe incertain, par les mots enfin, la poésie et la vie représentée. Quand il ne corrigeait pas les épreuves chez John, il jouait la comédie à Shoreditch – du Sénèque, notamment, ou du Fulke Greville, ce pâle imitateur des Anciens – et je n'avais pu résister au désir de l'aller plus d'une fois admirer en secret. Ses airs de maquereau fasciné par la mort me rappelaient les bandits de Santa Maria del Carmino. Sur scène jouant la comédie, filant la métaphore ou se mettant soudain à chanter des ballades dans la rue, il m'arrachait des larmes d'émotion, tant sa beauté était troublante ; et plus il faisait le vaurien, plus il me plaisait !

Que de combats je dus mener pour résister à ses avances nombreuses et précises ! Cecil, la plupart du temps, sillonnait à cheval la campagne autour de Londres, seul ou en compagnie de Philip. Souvent, il se morfondait dans notre chambre, rêvant à son jeune ami disparu et se souciant peu de moi. Pourtant, l'idée de le trahir n'en continuait pas moins de m'être insupportable…

– N'exagérez-vous pas le rôle de la vertu dans l'accomplissement du bonheur, cher philosophe ? me lança un jour le comédien, imitant le bouffon s'adressant à son prince.

– Tu ne risques certes pas de mériter jamais pareil reproche !

N'avait-il pas abandonné femme et enfant pour s'adonner à la boisson, aux artifices et aux formes les plus variées de l'amour ? N'attirait-il pas sur lui les foudres de son père en fréquentant chaque nuit les tavernes ? Certes, mais il était capable de trousser des poèmes que ni Pétrarque ni Maurice Scève n'eussent reniés :

L'amour fuit comme une ombre
Le vrai amour qui le poursuit
Poursuivant qui le fuit,
Fuyant qui le poursuit.

Son sens poétique et métaphysique égalait son talent d'acteur et, tout en ne m'autorisant à jouir de lui qu'en pensée, je ne cachais pas mon ravissement de l'entendre inventer des légendes et manier tel un virtuose le langage des rues et celui des palais, les aphorismes savants comme les rimes populaires.

Lui aimait à m'interroger sur ma vie à San Domenico Maggiore, sur Genève, sur les catholiques toulousains, les docteurs de la Sorbonne et les intrigues à la cour de France. Rien ne le passionnait comme mes vues philosophiques, et il ne se lassait pas d'entendre mes opinions concernant la poésie et le théâtre italien. Il avait lu, disait-il, mon *Candelaio* avec passion et caressait le projet de le traduire en anglais pour le jouer à Black friars…

– À Black friars ? N'appartiens-tu pas à Sir Dudley ? Et à son théâtre de Shoreditch ?

– Sous un autre nom, sous une autre apparence, je joue le rôle qui me plaît, signor Brown, où il me plaît de le jouer…

Citant tout à coup ma pièce de mémoire, il murmura :

– *Da candelaio volete doventar orefice*… Que signifie cette réplique, exactement ? Enseignez-le-moi…

Mon cœur cognait à tout rompre. À quelles forces devais-je résister pour retenir ma main de lui caresser la nuque ! Quant à la *mentula*, par le diable, elle ne cessait de frémir sous mon vêtement…

– À Naples, répondis-je, le *candelaio* est celui qui pratique l'amour grec passivement, sans grâce aucune et pour de l'argent. *Orefice*, au contraire, signifie orfèvre, ciseleur...

– L'amour vénal et l'amour divin unis dans une seule phrase. J'aimerais jouer cette pièce, oui...

J'ignore ce qu'il est advenu d'une telle idée et si le comédien a jamais commencé à la mettre à exécution car je le vis pour la dernière fois au soir de ce mercredi des Cendres dont je vais enfin parler. On le devinait, plus que tout autre artiste anglais de cette époque, habité par des forces antagonistes et des discordes intérieures qui le poussaient parfois jusques aux limites de la déraison, mais dans cette folie résidait une part de son étrange séduction. J'étais déjà sous les verrous à Venise quand j'appris neuf ans plus tard qu'il rencontrait, dans les théâtres londoniens où se pressaient gentilshommes et manants, un succès teinté de scandale sous le nom, je crois, de Shakspere. Il avait même écrit et joué, m'assura-t-on, une pièce mettant en scène un philosophe nommé Brown, ou Berowne. L'allusion à notre lointaine amitié était transparente. Snitterfield savait-il que j'étais alors enfermé à San Domenico di Castello ? Tandis que je voyais s'approcher les jours les plus sombres et solitaires de ma destinée, ce signe venu de lui me remplit d'émotion et de nostalgie.

Ma réplique de dix pages adressée aux grammairiens d'Oxford, intitulée *Purgatoire de l'enfer*, semblait un écho au libelle imprimé à Genève chez Giovanni Bergeon, qui m'avait valu d'être jeté en prison par les calvinistes. Elle circula à Londres plusieurs mois durant et souleva chez les aristotéliciens orthodoxes une tempête de protestations ô combien prévisible. Soucieux d'attiser leur colère, j'allais partout répétant que la perspective d'en découdre avec des ânes, fussent-ils docteurs à l'université, ne m'effrayait pas le moins du monde ; c'est ce qui donna l'idée à Greville de consacrer une des rencontres de son cercle aux questions qui sans aucun doute leur brûlaient la langue. Rendez-vous fut donc pris chez lui le quatorze février quatre-vingt-quatre, qui était le mercredi des Cendres.

– Un souper, avait précisé Fulke en quittant l'ambassade. Un souper philosophique. Après le coucher du soleil.

Le jour convenu – il y a exactement seize ans – je me rendis à ce banquet – et à cette mémorable dispute qui devait m'inspirer un livre de plus. M'accompagnaient un Cecil grave et mélancolique, le sombre Hennequin, Michel de Castelnau, et nous eûmes à nouveau l'occasion de nous frotter à la mauvaise humeur du peuple anglais. Il avait en effet été décidé que nous emprunterions une de ces barques à fond plat, pareilles à des tombes, qui glissent sur les eaux nocturnes de la Tamise. Voyant que nous battions la semelle sous la pluie, le passeur commença par rejoindre l'embarcadère lentement, comme si un gibet l'y attendait. Puis il nous transporta avec tant de mauvaise grâce et d'impolitesse que Cecil tira son épée, jurant qu'il allait l'embrocher et le jeter dans le fleuve. Mal lui en prit. En guise de représailles, le bonhomme mit le cap sur la rive et, après nous avoir menacés d'un coup de rame, nous abandonna sans autre discours en un lieu dépourvu de la moindre lumière et plus boueux qu'un marécage. De là, il nous fallut nous mettre en route à pied à travers un labyrinthe de ravines pestilentielles et de chemins défoncés. Patauger dans la fange, chasser à grands cris des bandes de chiens affamés, rencontrer les inévitables voleurs et essuyer avec eux une vilaine bagarre, telles furent les épreuves dont le destin nous accabla dans notre marche vers la maison de *maître Grevillo*. Quand enfin nous en franchîmes le seuil, notre équipage semblait celui de quatre gibiers de potence. Par chance, aucun de mes amis ne manquait à l'appel – Sidney,

Florio, Smith, Gwyn. Tous eurent la bonté de nous consoler et de nous couvrir de paroles affectueuses, mais ils étaient peu nombreux en comparaison de mes adversaires. Ceux-ci murmuraient leur indignation que l'Italien eût osé les faire attendre. Je vis qu'ils étaient conduits par le vice-chancelier de si triste mémoire.

Un tel souper se devait d'obéir à une préséance compliquée et les plats eurent le temps de refroidir tranquillement avant qu'un siège eût été attribué à chacun, ce qui acheva d'exaspérer les convives. Il fut finalement décidé que le chevalier Philip Sidney présiderait l'assemblée, ayant Cecil à sa droite, Fulke Greville à sa gauche ; après quoi nous dévorâmes sans rien dire le premier plat, du chevreau agrémenté de baies et de champignons. On m'avait assis face au vice-chancelier, ce cuistre discourtois qui ne daigna pas me faire l'aumône d'un regard. Il buvait, mangeait, se léchait les doigts comme s'il eût été seul. D'un coup d'œil, j'interrogeai Philip : les éminents docteurs n'étaient-ils venus que pour se nourrir et jouer les coquelardons ? Une fois la cabirotade engloutie dans nos vingt estomacs, Sidney glissa un mot à l'oreille de Greville qui, afin d'adoucir le climat qui régnait sur le souper, commença le long cérémonial de la cruche et des verres, coutume au cours de laquelle tous les convives présentent par-dessus la table leur récipient à ceux qu'ils connaissent, les invitant à boire une gorgée de vin, de sorte que chacun, en signe d'amitié, y applique ses lèvres huileuses et laisse tomber au passage dans le vin qui une miette de pain, qui un poil de sa barbe ou un excrément de son nez.

Quand nous eûmes tous sacrifié à l'usage, Greville ordonna que fût servi le deuxième plat – des porcelets ruisselants de sabayon à l'italienne –, puis il déclara :

– Dieu veuille que ce banquet, tel celui de Platon, soit source de sagesse et de philosophie. Horace disait que les coupes pleines nous rendent éloquents, et ma foi il avait bien raison. Or donc, messieurs, buvons encore. Après quoi, Jordan Nolan nous exposera sa religion, puisqu'il a accepté de se joindre à nous...

– Comprend-il notre langue ? demanda le voisin du vice-chancelier.

Ce flagorneur à face de singe, dont j'avais pu goûter la subtilité à Oxford, s'était levé sans même attendre que Fulke eût terminé son discours !

– Non ! répondis-je. Et j'en suis bien aise, car ainsi les grossières paroles de vos barquerols, mendiants et postillons ne parviennent pas jusqu'à mon intellect. Quant à ceux que je fréquente d'ordinaire sur cette île, ce sont tous gens fort polis et distingués qui s'expriment en latin, en français et en italien...

L'entrée en matière était certes peu amène. Du moins eut-elle l'heur d'arracher un sourire à Philip et Cecil qui jusque-là avaient dû lutter pour retenir leurs bâillements. Tel Socrate, je réveillais les cerveaux assoupis. L'homme – à l'évidence un sophiste sans talent – se tenait toujours debout, plus indigné que si je l'eusse giflé.

– Si nous en venions à Copernic, fit-il en se tournant, obséquieux, vers son auguste voisin. Qu'en pensez-vous, Sir ?

Encore ? Ces idiots me prenaient-ils pour le représentant sur terre de l'âme immortelle du chanoine ? N'avaient-ils donc pas d'autre sujet à se mettre sous la dent ?

– Je ne suis pas venu vous entretenir d'astronomie copernicienne, mais de ma philosophie dont l'ambition, il est vrai, est plus vaste...

– Certes, signore, mais le prétendu mouvement de la Terre...

– *Andiamo !* Il a été démontré par les mathématiciens modernes...

– Le prétendu mouvement terrestre, disais-je, entre dans la composition de votre doctrine comme… tenez : comme l'œuf et le sucre dans cette sauce…

– Assurément, et la métaphore est assez jolie, mais je répète que peu me chaut de servir les plats des autres cuisiniers, si éminents soient-ils. Voyez-vous, je craindrais, en vous expliquant aujourd'hui ce que contiennent leurs casseroles, d'avoir affaire à un public de marmitons ignorants…

– Fort aimable de votre part, fit mon contradicteur en se rasseyant.

S'étant saisi d'un morceau de porcelet, il y planta les dents. Ce fut alors que le vice-chancelier se leva à son tour. D'un air qu'il eût voulu majestueux, mais qui ne parvint à être que suffisant, il promena son regard *circum circa*…

– Nous vous écoutons, dit Philip Sidney.

L'autre feignit de n'avoir rien entendu.

– Peut-être aimeriez-vous prendre la parole ? s'enquit aimablement Fulke Greville. Le docteur italien vous écoute…

Le vice-chancelier s'abandonna à une éructation chargée de mépris, accompagnée d'un haussement d'épaules. Tout soudain il me lança d'une voix arrogante :

– As-tu jamais pris la peine de parcourir certaine épître liminaire qui figure au début du livre de Copernic ?

– Naturellement…

– N'y est-il pas écrit que le mouvement de la Terre n'existe pas ?

– Certes…

– Certes ! Pour la raison qu'un tel mouvement est non seulement inconvenant, mais impossible, n'est-ce pas ? L'astronome, y révèle-t-on, ne l'a inventé que pour la commodité des calculs, tels les savants qui émettent des hypothèses sans se soucier de leur vraisemblance, à seule fin de soutenir le procès de leurs recherches ! Te voilà démasqué, à présent !

Il se rassit, sûr de recueillir l'approbation de ses alliés. Je le laissai s'abreuver, car il avait produit un bel effort, et dis le plus calmement du monde :

– Croyez-vous donc me clouer le bec, avec votre épître ?

Il me considéra de cet air stupide qu'affectent les pédants quand ils découvrent qu'ils n'auront pas le dernier mot. M'adressant à tous, je poursuivis :

– Messieurs, il est vrai que le traité de Copernic comprend une telle épître, à dire la vérité l'épître la plus perfide qui ait jamais été écrite. Mais il n'y a rien d'étonnant à cela car Osiander, le luthérien qui l'a commise et signée, est un âne sournois qui ne s'efface pour ouvrir la porte au savant qu'avec l'intention de lui faire un croc-en-jambe ! Et j'ai bien peur que ceux qui reprennent son argument ne lui ressemblent fort, car comme on dit chez nous : *chi si assomiglia si piglia*. Cet idiot craignait qu'une telle doctrine n'affolât les censeurs, voilà tout ! Nous les connaissons bien, ces esprits timorés et frileux, ces cerveaux débiles qu'effraie la perspective du moindre changement dans l'ordonnancement du monde...

– Sont-ce là de nouvelles gracieusetés à la sauce napolitaine ? s'enquit le grammairien à tête de singe.

Impassible, je poursuivis :

– Je regrette, messieurs, mais Copernic croyait au mouvement de la Terre, et si le vice-chancelier était allé dans sa lecture au-delà de l'épître, il en serait convaincu ! D'ailleurs, l'astronome a confirmé sa doctrine dans une lettre adressée au pape. Mais j'ai dit que je ne plaiderais pas aujourd'hui la cause des autres savants, ayant assez à faire avec la mienne...

– Peut-être, intervint Greville, le vice-chancelier a-t-il une autre objection à formuler...

– La Terre ne peut pas être en mouvement puisqu'elle est fixe ! aboya ce dernier en frappant sur la table.

Telle fut sa réponse, un raisonnement si fin que mes amis

en rirent aux éclats. Cependant, tous les convives ne trouvèrent pas qu'il y eût matière à se gausser ainsi, et les premiers grognements vengeurs naquirent dans les rangs des seigneurs orthodoxes…

– Allons, proposa Sidney, venons-en à ce dont le cher Nolan désirait nous entretenir…

Mais celui qui siégeait à la droite du vice-chancelier revint à la charge et je compris qu'il me serait interdit ce soir-là de parler de l'Un, du principe universel qui présidait à tous les mouvements du monde, physiques et moraux…

– Il y aurait pourtant une objection, reprit-il. Toujours à propos de Copernic…

– Non, non ! Assez de Copernic ! supplia Matthiew Gwyn, le musicien.

– Sir Philip, appuya Florio en se dressant avec colère, nous avons entendu trop de balivernes, ce me semble ! Veuillez donner la parole au Napolitain et qu'on l'autorise enfin à s'exprimer…

– Je vous remercie, John. Mais je n'aime pas laisser à mes adversaires le sentiment qu'ils ont remporté ne serait-ce qu'une maigre victoire sous prétexte d'un point sur lequel j'aurais refusé de disputer. Et alors, quelle était l'objection, monsieur le docteur ?

Le docteur répondit la chose suivante, que l'on eût crue sortie de la bouche d'un enfant :

– En admettant, comme vous le prétendez, que la Terre opère une révolution du côté de l'orient en vingt-quatre heures, pourquoi ne voyons-nous pas les nuages filer dans l'air à grande vitesse vers l'occident ?

– Des ânes ! s'esclaffèrent ensemble Smith et Florio. Ce sont des ânes !

– Méfiez-vous que ces ânes ne vous brisent les reins de quelque bonne ruade bien placée ! vociféra un gentilhomme.

Smith bondit :

– Seriez-vous à court d'arguments, que vous mettez déjà la main à l'épée ?

– Il ne tient qu'à vous d'en tâter ! répliqua le gentilhomme.

Philip en appela à la raison mais le vin, la bière, la viande et les mouvements célestes échauffaient les esprits. Déjà, plusieurs seigneurs ne demandaient qu'à en découdre, et d'une façon aussi peu philosophique que possible. Tandis que l'on nous servait le troisième plat, du mouton fort salé, je tentai d'expliquer que l'air, les nuages et les vents faisaient partie de la Terre, ce corps immense, cet animal divin dont ils constituaient en quelque sorte les mouvements internes et externes… Malgré mon célèbre organe, il me fallait fournir un effort énorme pour couvrir les cris des convives :

– Ce qu'il faut entendre par Terra, c'est la totalité de la machine : les pierres, les flammes, les rivières, les fleuves, les océans, les nuages et l'air turbulent, car tous ces éléments procèdent du corps auquel ils appartiennent. Je répète : les astres sont des êtres aussi vivants que les hommes et les animaux. Seules leurs dimensions diffèrent. Du point de vue des proportions, nous les occupons comme il arrive que des mouches ou autres bêtes minuscules occupent nos propres corps. Elles connaissent l'air qui s'engouffre parfois avec violence dans nos poumons comme nous connaissons celui qui, par une semblable respiration, pénètre dans les cavités et entrailles des montagnes ; cet air, nous l'appelons, nous, le vent…

– C'en est trop ! hurla quelqu'un. Le Napolitain va bientôt essayer de nous faire accroire que la Terre pète quand elle a trop mangé !

– *Anticyram navigat*, soupira le vice-chancelier en se levant pour quitter la table.

– Qu'a-t-il dit ? demanda Gwyn, je n'ai pas entendu.

– Un adage érasmien, répondit John Smith. Il affirme que le Nolain est fou…

Il reçut en plein visage le contenu d'une saucière. Cecil fut le premier à tirer son épée contre le gentilhomme insolent ; celui-ci dut bientôt être emporté avec une jolie blessure à l'épaule. Parmi les convives qui, comme moi, n'avaient point appris à se servir d'une arme, plusieurs prirent leurs jambes à leur cou, d'autres en vinrent aux mains ou se lancèrent à la figure non plus des idées, mais des morceaux de viande, du pain, des œufs. Florio demeura un instant sans connaissance, assommé par une cruche. Gwyn perdit une dent au cours d'un échange avec le docteur à tête de singe. Quant à moi, pour la première fois de ma vie, j'eus la surprise de n'éprouver aucun plaisir à la vue d'un tel déchaînement. Au contraire, je me joignis à Fulke, Philip et Castelnau qui déployaient des trésors d'énergie pour endiguer la fureur des grammairiens, grâce à quoi il n'y eut en définitive que peu de blessés.

Ainsi s'acheva le banquet des Cendres, dont je devais tirer le dialogue du même nom. S'il en a le désir et la patience, le lecteur pourra consulter ce livre ; il contient la doctrine cosmologique née de mes lectures et de mes intuitions. Je n'ai fait ici que relater les circonstances d'un débat, telles que ma mémoire les a conservées. Bientôt, chacun n'aspira plus qu'à regagner ses pénates. Smith et Gwyn accompagnèrent à son carrosse un John Florio encore titubant. Hennequin prit place dans celui de Castelnau. Enfin Philip nous convia, Cecil et moi, à venir chez lui déclamer des vers jusqu'à l'aube, invitation que je déclinai, préférant rester seul. J'attendis que les cochers eussent fouetté les chevaux et, après avoir embrassé Greville, je m'enfonçai dans la nuit.

Ce dîner ne fut pas aussi désastreux pour l'humanité que celui de nos premiers parents, mais il attira sur l'aréopage de

Sidney – et sur moi-même – les remontrances d'Élisabeth. Quelques jours plus tard, un émissaire de Sa Majesté se présentait à l'ambassade et me faisait savoir qu'à continuer sur la même voie, je ne tarderais pas à être considéré comme *persona non grata* en sa belle île anglaise. Philip encore une fois eut à intercéder en ma faveur, mais la reine avait pris ombrage de l'incident et je ne devais plus jamais être en odeur de sainteté à la cour.

La taverne à laquelle m'avaient conduit mes pas arborait l'enseigne de *La Hure*. Dans la rue mal éclairée où de méchantes rafales de vent ridaient les flaques d'eau, je cognai longtemps à la porte. Me parvenait la voix de Snitterfield chantant en italien sur des accords de luth :

Que nulle fleur embaumée
Ne soit jetée sur mon cercueil
Que pas un ami ne salue
La pierre où sont enfouis mes os…

Je continuai à donner du marteau contre l'huis et une drôlesse enfin me montra sa figure, plus fardée qu'autrefois Carubina dans le *Candelaio*. L'acteur jouait lui-même de l'instrument, assis au bord d'une table jonchée de coupes, les jambes croisées appuyées sur un tabouret :

Que l'on m'épargne les sanglots
Et que l'on cache bien ma tombe
Je désire qu'aucun amant
Ne puisse venir m'y pleurer…

– … Monsieur le philosophe ! Quelle étrange surprise de voir paraître ainsi la Sagesse en un lieu plus mal famé que l'enfer !

Il abandonna son luth et, s'adressant à ceux qui un instant plus tôt l'écoutaient chanter :

– Messires, la honte soit sur vos trognes vulgaires et dans vos âmes ignorantes. Oui : *lasciate ogni speranza*, car voici l'homme qui a mis le ciel cul par-dessus tête et rendu l'univers incertain. Voyez ses yeux : pour lui la lumière est noire, et claire la nuit étoilée…

La Sagesse se débarrassa de son manteau trempé devant cent regards torves et commanda de la bière. Tout joyeux, semblait-il, de ma visite, Snitterfield m'entraînait à sa table, au fond de la taverne, et y appelait un pauvre diable qui n'avait plus que la peau sur les os.

– Voici le signor Brown, lui cria-t-il comme s'il se fût adressé à un sourd. Regarde-le bien, esprit creux, car on parlera encore de lui quand les vers auront fini de ronger le dernier atome de ton corps inutile. Imprègne ta mémoire de son visage…

L'homme me regardait avec une sorte d'effroi.

– Il est fou, m'affirma Snitterfield, ou il affecte de l'être. Qui sait si ce n'est pas la même chose… – se tournant de nouveau vers le personnage : Cela suffit, maintenant. Je veux m'entretenir seul avec le docteur italien.

L'autre obéit. Sa silhouette erra un moment entre les tables et parut tout à coup s'évanouir.

– A-t-on jamais rencontré être plus malheureux ? reprit Snitterfield. Ce garçon écrit des sonnets d'une pureté que beaucoup lui envieraient, à commencer par votre ami Greville…

– Greville est plus ton ami que le mien. Que je sache, je n'ai jamais servi chez lui comme page…

– Comme philosophe. Où est la différence, quand il s'agit de servir ? Mais laissons cela. Je voulais que cet insensé vous vît…

– Pourquoi donc ?

Snitterfield esquissa un de ces sourires matois dont il avait le secret.

– Simple expérience. J'ai cru que la contemplation de la sagesse lui rendrait sur-le-champ la raison. Il n'en est rien, selon toute apparence. Du moins aurons-nous essayé…

Je souris à mon tour.

– Et alors, signor Brown, comment se porte le beau, le talentueux Cecil, mon heureux rival ?

– Fort mal.

– Vous m'en voyez ravi, cela dit sans offense. Allons, de quoi souffre-t-il ? De coliques ? De dyspepsie ? D'hémorroïdes peut-être ? Ou de quelque affection catarrheuse due à l'humidité qui règne en cette bonne ville de Londres ? Chaque partie de l'homme que Dieu a créé à son image possède ses propres maux, y compris la tête, comme nous venons de le constater avec ce misérable génie au cerveau saccagé…

– Cecil souffre d'ennui.

– Langueur de l'amour. Cœur blessé, inconsolable. Glissez-lui donc pour l'apaiser un poison… pardon : un poème dans l'oreille. Il en existe de fort beaux. J'en ai lu un de votre plume pas plus tard qu'hier chez ce brigand de Charlewood qui me paie si mal :

Erreur aveugle, temps avare, méchante fortune,
Irrépressible désir, vile rage, zèle inique,
Cœur cruel, âme impie, étrange hardiesse
Point ne suffiront à obscurcir l'air qui m'entoure…

– … *Point ne me voileront le regard*, poursuivis-je.

D'une voix douce, Snitterfield conclut :

– … *Jamais n'empêcheront mon beau soleil de briller…*

M'ayant brusquement saisi au menton, il m'embrassa sur la bouche. Puis il sourit :

– Je suis ivre, signor Brown. Veuillez me pardonner.

– Il n'y a rien à pardonner. Bientôt je le serai, moi aussi.

– Et à votre tour vous perdrez la raison…

Le baiser avait mis le feu dans tout mon être. Je dévorais à présent ce vaurien des yeux comme s'il eût été Hermès en personne, le dieu des voleurs, à peine surgi de l'aube naissante et déjà méditant de dérober à Apollon ses troupeaux…

– La première fois que je t'ai vu, à Charlton, tu portais un vêtement féminin…

– Simple artifice, si répandu de nos jours, au théâtre, à la cour et jusque dans les tavernes. Cela ne vous a pas empêché d'être séduit. Vous-même, cher philosophe, êtes-vous mâle ou femelle ? Avant d'avoir dénoué vos aiguillettes, je ne le puis savoir. Peut-être cachez-vous dans vos chausses, pouah ! un affreux sexe de femme…

Il riait aux éclats.

– Coquin ! m'écriai-je en lui saisissant le poignet. Je t'en ferai tâter de mon sexe de femme…

– Tout doux, mon bon… Dites-moi plutôt : ce scribe au bandeau noir qui vous suit comme une ombre, l'aimez-vous ? L'avez-vous aimé ? Vous aime-t-il ?

– Hennequin. Jean Hennequin, mon disciple. Depuis son accident, il a renoncé à aimer personne, il déteste la vie…

– Hennequin, Cecil… sans parler de son frère, le grand Philip Sidney, peut-être le poète le plus mélancolique que la terre ait jamais porté… Pauvre maître Nolan, entouré d'âmes tristes…

– Tu ne crois pas si bien dire. Pourtant, Philip sait se montrer en société un compagnon fort gai, même si ses pages sont graves, et plus encore sa vie… Allons, n'y a-t-il plus de bière dans cette taverne ? Pourquoi ne nous apporte-t-on pas à boire ?

Nous bûmes et Snitterfield, ayant repris son luth,

recommença d'égrener des notes tandis que s'assemblaient autour de nous les fêtards, les hommes éméchés et les femmes lubriques qui peuplaient l'endroit. Nous vîmes s'approcher le fou de tout à l'heure, long, maigre et silencieux – une véritable allégorie de la mort. Créatures d'un dieu sans pitié, chair des villes… Que leur importe que la Terre tourne ou non dans les cieux infinis ? Il leur suffit de regagner chaque soir le ventre d'une taverne et de s'y enfoncer pour oublier leur peine. Peuple de Dionysos, épris d'ivresse et fuyant la raison…

– Ce que je bois ici, me glissa le comédien à l'oreille, je le paie en chansons. Et vous, docteur, chanterez-vous quelque chose pour ces gueux et ces ignorants ?

– Je dirai un poème, si tu l'ordonnes…

Snitterfield pinça de nouveau les cordes. Son répertoire comprenait une douzaine de ballades italiennes, anglaises ou françaises qu'il s'amusait d'ailleurs à traduire d'une langue à l'autre en conservant pour chacune le même air. La plupart étaient de sa composition, certaines empruntées à d'obscurs rimailleurs, déments ou sains d'esprit, tous habitués des bordels et des étreintes vénales, m'avoua-t-il, tous francs amateurs de bière. Les clients de la taverne se pressaient pour l'écouter et fredonnaient avec lui en levant leur coupe, l'œil humide, enlacés à des femmes en guenilles. Quand vint mon tour de distraire ces fines gens, j'improvisai un court poème d'inspiration pétrarquiste sur un thème qui m'est cher – la mort par le baiser :

Tu m'as quitté, mon cœur,
Lumière de mes yeux, tu n'es plus avec moi.
Qu'il me baise du baiser de sa bouche,
Car sous ses coups
Un trop cruel amour me fait languir.

Je les avais prononcés dans un étrange silence, ces mots italiens que ponctuaient de brefs accords. Qui donc comprenait ma langue, ici? À ma grande surprise, je ne rencontrai aucune hostilité. Au contraire, l'émotion gagna l'assemblée, et tous à la fin m'applaudirent.

Snitterfield habitait – se cachait – au nord de Londres, non loin de Shoreditch. Avant de nous rendre chez lui, nous marchâmes le long de la Tamise. La pluie avait cessé.

Je ne doute pas qu'un démon averti des mystères de la destinée nous observait, tandis que, sans parler, nous regardions l'aurore blanchir la tour tronquée de Saint-Paul. Sans doute l'avenir se déroulait-il devant ses yeux invisibles : moi dépensant les plus belles heures de la journée à jouir amoureusement du comédien – un plaisir que j'avais pu croire à jamais perdu, tant Cecil se montrait froid à mon égard –, et Snitterfield disparaissant bientôt sans laisser de trace.

Quel danger lui avait-il fallu fuir ? Ni Greville ni Sir Dudley n'en surent rien. Charlewood, qui connaissait ses fréquentations, le tint tout simplement pour mort. Quand vint l'été, la rumeur courut qu'il s'était réconcilié avec son père et vivait de nouveau auprès de sa femme dans son village natal, à quarante lieues de Londres : pour ma part, je ne le revis jamais, et jamais ne reçus de lui la moindre nouvelle, si ce n'est par le truchement de *Peines d'amour perdues*, pièce dans laquelle, m'a-t-on écrit, je figure en compagnie de John Florio, du roi de Navarre et de quelques seigneurs inconnus.

La nouvelle de la mort de mon père me parvint au printemps quatre-vingt-cinq, époque où mes *Fureurs héroïques* sortaient des presses de John Charlewood. Deux courriers arrivèrent en même temps à Butcher's row, signés le premier d'un cousin Savolino qui déclarait écrire au nom ou sous la dictée de Fraulissa, le second de Morgana Borzello. Je n'eusse pas été surpris d'apprendre – et peut-être était-ce même, de tous mes désirs, le plus ancien – que Gioan avait été emporté par un boulet de canon ou embroché par une épée ennemie au cours d'un lointain et légendaire combat, mais bien sûr il n'en était rien. Au contraire, les lettres disaient qu'on l'avait vu s'éteindre tranquillement dans sa maison, sur la colline des Cigales où il s'était retiré depuis cinq ans déjà. Je n'éprouvai aucune peine. Il me sembla seulement que le cavalier bardé de fer disparaissait une dernière fois au bout du chemin caillouteux...

– Quelles nouvelles ? s'enquit Cecil.

– Des nouvelles des dieux, soupirai-je en refermant le pli de Morgana.

Philip s'étonna :

– Les dieux ? Et que disent-ils ? Peut-on savoir ?

– Ce que sera mon destin, bien sûr... – tourné vers Jean, je lançai : Allons ! Remettons-nous au travail.

Avant de recommencer à dicter, je souris à mon aimé. Il était plongé dans la lecture de l'*Arcadia*. Sa beauté n'avait pas faibli, mais il était chaque jour un peu plus loin de moi. Si la mort des proches apporte avec elle un peu de sagesse, alors nous allions devenir tous les deux de plus en plus sages : bientôt Philip serait mortellement blessé devant Zutphen, et Jean Hennequin à Paris.

Sagesse ? C'est au cours de mes derniers mois passés à Londres que je commençai à envisager une autre façon d'exercer ma philosophie. Las de près de vingt années de disputes avec les ignorants, las de les voir se cramponner toujours plus fort à leur Terre immobile, à leur langue desséchée, à leurs folles et violentes religions, je décidai soudain de ne plus m'adresser qu'à un public ésotérique, prêt à recevoir mes enseignements sans brailler incontinent à l'hérésie, en l'occurrence les seuls initiés réunis autour de Sidney. Je commençai même à caresser le projet de recruter dans les collèges de jeunes adeptes qui deviendraient, aux quatre coins de l'Europe, les ambassadeurs de ma pensée.

Le capitaine au son de la trompe appelle
Tous ses guerriers sous un seul étendard…

Ces vers, ceux qui connaissent mon œuvre les auront déjà rencontrés dans mes *Fureurs*. Ils entendaient magnifier l'Un universel, le *spiritus mundi*, tel qu'en un mouvement unique il embrasse l'apparente multiplicité des choses ; mais à l'époque, le lecteur subtil ne pouvait manquer d'y découvrir également un message murmuré, un appel à la création de l'aréopage brunien. Cette idée peu à peu devait faire son chemin, et même trouver, quelques années plus tard, un début de réalisation en Allemagne.

À mes auditeurs – peu nombreux désormais, et choisis avec soin pour la qualité de leur savoir – je m'efforçais de démontrer que le vieil et sage hermétisme égyptien avait dégénéré autrefois en judaïsme, puis le judaïsme en christianisme. Déchiré par les guerres entre sectes ennemies, ce dernier menaçait à son tour de s'effondrer, et ce n'était que justice, car trop de malheurs, trop de mensonges et de crimes entachaient sa longue domination. Les troubles qui tourmentaient le siècle ne laisseraient derrière eux que cendres, mais de ces cendres, tel le phénix, renaîtrait la religion naturelle de Thot-Hermès. Ayant accompli sa révolution universelle, le Temps revenait enfin à son point de départ et, selon la métaphysique cusaine, le point de départ coïncidait avec le point d'arrivée, la nuit la plus sombre avec l'aveuglante lumière. Oui : l'époque voulait que nous fussions tombés au plus bas et jusque dans la lie des opinions et des mœurs, mais toujours les contraires se rejoignaient, car telle était la loi, et cette fange intellectuelle, cette corruption morale, ce bourbier théologique engendreraient bientôt la plus éminente sagesse. La Trinité des catholiques ? La Prédestination des réformés ? Le diable emporte ces sornettes ! Et qu'advienne la religion solaire d'autrefois, où Dieu vit absolument en toutes choses.

Le moins convaincu de ceux qui suivaient mes efforts pour emboîter le pas aux grands mages du passé était naturellement Cecil. Il me reprochait mes accents de prédicateur. Lui professait un athéisme pur et jamais n'éprouvait le sentiment d'un ordre cosmique, ni d'une providence…

– Dieu ne possède d'autre existence que grammaticale, affirmait-il, et rien ne justifie le monde…

– Ne sois pas stupide, répondais-je en continuant de couvrir de baisers sa peau qui ne frissonnait plus. Cesse de confondre langage et grammaire, veux-tu…

– Et toi cesse de me baver sur la nuque.

Patience, soupirais-je en mon for intérieur, et pitié pour ce cœur blessé…

– Le langage que j'invente est de ceux qui captent les pensées de Dieu, et ces pensées sont des actes qui transforment la vie…

– Tes pensées n'ont aucun pouvoir, Philip. En tout cas elles ne peuvent rien contre la mort…

– La mort ! Tu n'as donc plus que ce mot à la bouche !

Il semblait que son affection pour moi se fût évanouie avec l'âme du mignon parisien. Était-ce la récompense de mon amour ? Dieu que je haïssais ces moments de souffrance qui introduisaient en moi le venin du doute ! Le fer, un jour, n'attirerait plus l'aimant, ni l'ambre la paille. Les fleuves cesseraient brusquement de vouloir rejoindre l'océan. Et l'on verrait s'effacer à jamais toutes les *sumpathia* de l'univers…

Ô Cecil ! Au moyen de cadeaux, de caresses, de jeux, de poèmes et de douces paroles, je m'étais employé depuis des mois à te reconquérir, et comme prix de ces efforts n'avais récolté que larmes et déceptions…

– M'aimes-tu encore, Cecil ?

– Je vais rentrer à Venise. Là-bas, personne n'a besoin de Dieu pour vivre.

Je revois à présent nos quatre destinées réunies pour la dernière fois quand Cecil embarqua à Douvres sur un navire de la *Levant Company*. Quelque chose du climat qui régnait sur cette île ne convenait pas à son humeur, et sa décision de partir lui avait rendu le sourire. De nous tous, il était le seul à paraître sinon heureux, du moins apaisé. Philip, que son mariage ennuyait et qui ne parvenait pas à trouver le bonheur ici-bas avec les femmes, ne cessait de se tourmenter. Bientôt il partirait combattre l'Espagnol. Hennequin, lui, pressentait sans aucun doute sa fin prochaine, car il n'ouvrait plus la bouche que pour maudire sa vie. Quant à mon âme, le sort la livrait de nouveau à l'absence.

L'excellent Michel de Castelnau, dont l'amitié était à l'origine de tous mes succès en *Britannia*, tomba en légère disgrâce peu après le départ de Cecil. Les calomniateurs et les jaloux ayant accompli leur œuvre, ma réputation était devenue fort mauvaise à la cour, et je crois bien que je ne fus pas étranger au changement d'attitude de la reine envers Michel, fût-il, lui, l'homme le plus distingué et le plus tolérant du monde. À cause du banquet des Cendres et de ma présence prolongée à Butcher's row, Élisabeth manifesta une certaine irritation à son égard, cependant qu'Henri cessait de lui payer ses émoluments d'ambassadeur. Un malheur n'arrivant jamais seul, Maria, son épouse (une femme à qui je n'avais rien à reprocher, excellente mère et hôtesse des plus discrètes), tomba gravement malade. Ainsi nous le vîmes obligé, durant presque toute l'année quatre-vingt-cinq, de quémander du crédit aux banquiers italiens de Londres pour affronter ses soucis d'argent. En novembre, n'y tenant plus et désireux de s'expliquer avec Henri, il décida de rentrer en France. Cecil était loin. Sur ordre de la reine – je la soupçonne de nous avoir voulu séparer à tout prix –, Philip s'apprêtait à partir pour les Flandres. Rien ne me retenait plus en Angleterre. Nous nous embarquâmes avec Castelnau et sa famille.

Jamais traversée ne fut plus cruelle. D'abord notre bateau – un voilier de modeste tonnage qui transportait une cargaison de viande salée – fut attaqué par des pirates espagnols. Nous n'offrîmes aucune résistance, n'ayant pour nous défendre que nos mains nues et les coutelas des marins. Transportés par notre propre équipage courant sous la menace du fouet, tous les biens des Castelnau passèrent d'un navire à l'autre, et nous crûmes un moment que les gredins iraient jusqu'à voler leurs enfants afin de les revendre comme esclaves aux Turcs. Mais par fortune ils renoncèrent à l'odieux projet. Quand vint le tour des autres passagers, Hennequin, qui avait dissimulé en quelque tiroir secret de sa malle les écus provenant du succès de mes livres, força mon admiration en refusant d'indiquer sa cachette. Tiens bon, petit Jean ! Plus les coups pleuvaient sur lui et plus il s'entêtait. Il ne céda que lorsqu'on eut commencé à lui couper une oreille. Cette scène fut pour tous une telle épreuve que ceux qui possédaient une bourse parurent heureux d'en être soulagés sans plus de douleur. Enfin, leur besogne accomplie, les pirates avisèrent le capitaine, un Irlandais intelligent que j'avais étonné un instant plus tôt en lui expliquant le mouvement de la Terre. Avec pour seul dessein de sacrifier à une sorte d'usage en vigueur chez eux, ils lui brisèrent les membres avec le dos d'une cognée et le jetèrent dans les eaux noires. Puis ils se gaussèrent de son agonie, qui fut des plus longues, car le malheureux s'épuisa à lutter contre la noyade jusqu'à l'extrême limite de ses forces.

À peine étions-nous sortis des griffes de ces forbans que les éléments se déchaînaient avec plus de violence que s'ils eussent voulu nous précipiter par le fond. Avions-nous mérité quelque punition divine ? D'un coup de vent furieux, Neptune arracha presque toute la voilure et le navire fut soulevé comme fétu de paille sur la crête de vagues aussi hautes que des montagnes. Puis des paquets d'eau glacée nous tombèrent sur la tête. On eût juré que la mer et le ciel avaient résolu de s'affronter ce jour-là en une dernière bataille. Chacun se cramponnait à ce qu'il pouvait, qui à une drisse, qui à un espar ruisselant, qui à un garde-corps, et hurlait avec les autres dans les gémissements du bateau, giflé par une pluie cinglante et croyant à tout instant sa dernière heure venue. Serrés les uns contre les autres, tremblant dans leurs haillons mouillés, hommes et femmes pleuraient en invoquant le Seigneur. Beaucoup marmonnaient des prières ou brandissaient un chapelet vers les cieux invisibles. Gagnés par un espoir fatal, certains oubliaient soudain toute prudence et partaient follement à la recherche d'un meilleur abri. Alors le bateau donnait plus de gîte encore et pour toute récompense les expédiait jusqu'au bordage, puis dans la gueule d'une vague. Au moyen d'un filin, Michel avait réussi à attacher ensemble sa femme et ses enfants à une échelle d'écoutille, mais tous se débattaient pour se libérer de ce lien insupportable, suffoquant et criant qu'ils allaient périr noyés, tant les eaux étaient épaisses et longues à se retirer. Ô heures haïssables où l'âme n'est plus qu'un souffle ! Nulle providence, nul équilibre ne régnait plus sur le monde, et le monde lui-même n'était plus qu'élément liquide et chaos. Les corps célestes avaient disparu. L'univers perdait la raison. Voulait-il donc nous engloutir ? Alors qu'il tâtonnait à quatre pattes dans l'espoir de trouver un nouveau point d'appui plus sûr auquel confier sa vie, Prospero fut happé sous nos yeux par un tourbillon d'écume et rejoignit le néant sans même avoir eu le temps d'appeler au secours. Au même instant un mât s'écroulait en travers du pont, les vergues furent rompues, assommant un marin qui renforçait l'arrimage d'un lot de barils. Débandés, pareils à de lourds démons pris de folie, ceux-ci se mirent à glisser sur les planches, heurtant les panneaux d'écoutille, éclatant contre les pavois ; et toujours l'eau salée nous glaçait les os et nous brûlait les yeux, tandis que la main sombre du Destin continuait de broyer l'arche misérable construite par l'homme ingénieux autrefois, aujourd'hui aveugle…

15 FÉVRIER 1600, MARDI

Jamais en d'autres temps je n'eusse planté ainsi mon lecteur au beau milieu d'une description. Qu'il me pardonne : quand est venu le moment de lui narrer l'affreuse tempête qui manqua de nous voir tous périr au large de Dieppe, j'avais noirci des pages dix-huit heures à la file, en une lutte de chaque seconde contre l'épuisement. Le sommeil a fini par s'abattre sur moi, la plume par me tomber des mains. En m'endormant sur la table, près de la lanterne chaude, je n'ai fait que laisser les images d'apocalypse envahir mon âme et nourrir une succession de cauchemars où devaient s'enchevêtrer les plus douloureuses réminiscences : Félix garrotté pour la millième fois dans son cachot à la Conciergerie, Hennequin passé par l'épée au collège de Cambrai, Philip de nouveau à l'agonie sous son armure… Après que mes morts eurent défilé sur le théâtre des songes, aussi présents et parfaitement eux-mêmes qu'ils avaient pu l'être jadis dans ce que l'on nomme la vie réelle, je me suis vu arraché sans ménagement au confort de ma cellule et traîné par les sbires jusques aux *banchi*, puis au Campo dei Fiori où se tenait le marché, avec ses débauches de fleurs, de fruits, d'oignons et d'olives, avec ses haquets chargés de grains, ses mendiants criards, ses vielleux et ses tireuses de cartes, ses hallebardiers en faction devant l'ambassade de France… Était-ce donc un jour ordinaire ? Non pas. Mais un démon avait voulu que cette profusion de signes et de couleurs excitât une dernière fois mes sens. On dit que le condamné goûte mieux la souffrance du supplice tandis que l'agrémentent les formes de la vie, telle qu'elle continuera quand lui ne sera plus. Principe de mort au cœur du vivant, le bûcher se dressait au fond de la place, pourvu de son gibet allégorique. L'imagination a ses traits de malice : la potence semblait une copie exacte de celle du carrefour Maubert. Mes yeux se posèrent sur les fagots arrosés d'huile et ceux-ci aussitôt s'embrasèrent, produisant une fumée si noire qu'elle offusqua le soleil, ainsi qu'un nuage annonciateur de désastre. Pour m'empêcher de crier, les gardes m'avaient mis le mors en bouche, comme mercredi après lecture de la sentence. Pieds nus, vêtu d'une guenille, la bave me dégouttant des lèvres, les mains attachées, je titubais en tête d'une procession de moines et de frères noirs chantant des psaumes. Leurs tablettes voilées se balançaient au-dessus des gueux en furie qui me jetaient des pierres. À coups de pique on me poussa vers les flammes aveuglantes et c'est en pleine conscience que j'ai alors songé – les voilà donc mes dernières pensées ! – au papillon qu'attire la lumière fatale, à l'enfant aventureux sur son frêle esquif, à Actéon poursuivant sa mort, aux hérétiques de Dante enfermés dans leurs sépulcres brûlants, à Socrate buvant le poison, aux saints martyrs des chrétiens – Sébastien criblé de flèches, ressuscité et tué derechef à coups de bâton, Julien d'Anazarba cousu dedans un sac avec scorpions et vipères, Vital poignardé par un maquereau, Benjamin empalé, Sigismond jeté dans un puits, Laurent couché sur son gril, Didier lapidé, Ramon Llull fouetté par les Sarrasins, Victor broyé sous une meule, Éléazar obligé de manger le porc qu'on lui enfourne dans la bouche, Ahmed cloué à un arbre, Sérapion à qui le bourreau ne tranche que la moitié du cou afin que sa tête pende sur sa poitrine, Saturnin de Toulouse attaché à un taureau, Bonfiglio précipité dans une fosse d'aisances à l'âge de quatre-vingts ans, Léger à qui on coupe la langue, Placide à qui on coupe les lèvres, Polycarde qu'il faut égorger car les flammes refusent de le dévorer, Vincent de Saragosse déchiré par des ongles de fer, Crépin et Crépinet précipités dans un bain de plomb fondu, Bénigne enfermé avec des chiens enragés, les pieds scellés dans des pierres, Ignace livré aux lions, les quarante de Sébaste tremblant toute la nuit sur leur étang gelé et assommés à coups de massue, Sarkis, Euloge, Blaise, Théodote, Jules, Prudence, Anthime décapités – tous ivres de paix et néanmoins noyés, étranglés, brûlés aux fers, tenaillés, saignés, éviscérés, émasculés, crucifiés tout vifs, encagés, enchaînés, outragés, calomniés, promenés nus sur des baudets, des clochettes autour du cou, raillés, tourmentés jusqu'à ce que mort s'ensuive et que leurs cadavres puissent être piétinés, couverts de crachats, souillés, vomis, reniflés par les chiens, mutilés, compissés, conchiés et finalement jetés en fosse commune au soulagement de tous, nobles, religieux et vulgaires unis dans la même passion d'anéantir l'insupportable vie ; et à mon tour on me battait devant ce rideau de flammes. Les sbires me frappaient, les femmes me conspuaient, les mendiants me lançaient des fruits pourris, les frères de San Giovanni Decollato se réjouissaient de me voir bientôt me tordre dans le feu. Le sabre à la main, un inconnu surgi de la foule me saisit par les cheveux et voulut m'égorger avant que je n'eusse atteint le brasier. Cet assassin, ce voleur de mort, était-ce le dénommé Gaspard Schioppius ? Quelqu'un (Deza ? Cecil ?) arrêta son bras. Les armes cliquetèrent. Le verrou grinça contre la porte du cachot qui s'ouvrit. Orazio contemplait ma figure altérée par l'effroi…

– Combien de temps ai-je dormi ?

– Le jour est levé depuis deux heures…

– J'ai soif !

– Voici du vin, Brunus.

Je tremblais si fort que le breuvage se répandit autour de ma bouche. Un éclair de pitié traversa l'œil unique du cerbère.

– Pourquoi te caches-tu jour et nuit dans cette prison, Orazio ? N'as-tu donc ni femme ni enfants ?

– Que t'importe ?

Que m'importe, en effet. Cet être fut fécondé par le hasard dans le ventre d'une putain. Connaît-il seulement la date de sa naissance ? Je vois la douleur défigurer sa mère. La bonne femme maudit son sort et le dieu haïssable. Mon futur gardien va être expulsé dans un coin sombre de la piazza perduta en même temps qu'un flot de merde, d'urine et de sang. Le nouveau-né sera ramassé par une nonne, emporté à San Gennaro, élevé comme gibier de potence parmi les miséreux de l'hospice. Aujourd'hui, le seul royaume d'Orazio est Tor di Nona, au degré le plus bas de l'échelle civile. Mais pitié et respect sont des sentiments humains que même un bourreau au regard louche peut éprouver ; et il lui plaît à lui de se faire le serviteur d'un infidèle…

– Le jeune Deza viendra tout à l'heure chercher les pages et enregistrer tes volontés…

Mon testament, par le Christ ! Deza et Orazio sont les dernières sentinelles de ma vie. Tel un geôlier eucharistique, le second m'a apporté deux tranches de pain et du vin noir ; je l'ai vu soulever par l'anse le seau où pourrissaient mes déjections. Grâce à lui, elles rejoindront une fois de plus les eaux du Tibre. D'ici à deux jours, le corps du philosophe cessera de contribuer au mouvement cosmique de l'être et de transformer les fruits de la terre en idées et en matières fécales… Ayant relu les derniers mots écrits par moi hier, j'ai plié une feuille et y ai inscrit la date de ce nouveau jour.

La saveur d'un vin ô combien plus délicat – celui-là venait de Gascogne – me flatta le gosier. Je reposai mon verre et dis, m'adressant aux amis présents :

– Vous me demandez ce que je pense de la religion, je vous répondrai ceci : Platon a posé d'une part la nécessité de Dieu, de l'autre la liberté morale, que nous appelons aujourd'hui libre arbitre. L'illustre académicien avait suivi les enseignements de Socrate ; son esprit avisé régnait sur une époque de sagesse. Cette nécessité, cette liberté, les Grecs de ce temps-là les voulaient compatibles, unies par une mystérieuse *sumpathia*. J'observe qu'en notre siècle obscur les pères et pasteurs des peuples oublient presque toujours le deuxième terme de l'antique dualité. Pourquoi ? L'explication est simple : ils craignent que le vulgaire, par nature enclin au mal et ne sachant se gouverner seul, n'en fasse un usage funeste. Mais sans liberté, la science ne peut exister, ni la recherche des vérités naturelles ! Qu'ils protègent la populace contre un excès de franchise, comment ne pas les approuver ? Mais qu'ils nous imposent à nous, esprits contemplatifs, de soumettre notre art aux canons de telle ou telle croyance, voilà qui me semble dangereux, de surcroît nuisible aux efforts que produit la lumière pour éclairer nos consciences. En vérité, mes chers amis, ces princes commettent une grave erreur. Comment peuvent-ils ignorer que nos pensées ne sont pas accessibles au commun ? Le peuple se nourrit de brouet et de pain noir, corbleu ! Servez-lui des mets raffinés, il les piétinera comme des perles les pourceaux ! Non : les belles théories séduisent les esprits éminents qui seuls ont appris à les goûter, à les aimer, à en jouir avec cette délicatesse que requièrent les objets précieux. Il n'y a donc aucun péril à les laisser déployer leurs ailes en toute licence…

Je vis Giovanni Moro – qui ne se prenait pas pour un

gueux – approuver mes paroles en souriant à la ronde, selon sa vieille habitude. Une image en appelant une autre, le souvenir me visita des douces soirées de naguère. Je songeai brièvement à Jean-Antoine – malade, il ne quittait presque plus sa maison de la rue Saint-Victor – et naturellement à Cecil, mon astre lointain. De tous les érudits venus m'écouter ce soir-là, les plus talentueux étaient Jacopo Corbinelli, adversaire de la Ligue, proche conseiller d'Henri, et son ami l'abbé Piero del Bene. Ce dernier rêvait de voir un jour le roi de Navarre gouverner la France et dans ce but travaillait à le convaincre d'embrasser le catholicisme. Personne ne doutait qu'il parviendrait à ses fins. Bien que Paris fût de nouveau livré à la tyrannie des Guise et autres fanatiques, nombreux étaient ceux qui, secrètement ou non, eussent préféré voir arriver la paix plutôt qu'une victoire de leur foi remportée au prix d'un bain de sang. La religion ? Elle n'était plus aux yeux de beaucoup qu'une contrainte nécessaire, un habit mal taillé à endosser pour l'institution du peuple et la sauvegarde des apparences ; les vraies décisions se prenaient en dehors de la foi. Je ne pouvais m'empêcher de considérer ces deux Italiens comme les messagers de l'avenir ; on eût dit qu'ils appliquaient mes propres vues à l'art de diriger les peuples, et telles les enseignaient à leurs maîtres respectifs…

– Vous-même, m'interrogea del Bene, seriez-vous prêt à revenir dans le giron de l'Église, si l'occasion s'en présentait ?

– Oui, dis-je sans hésiter.

Nul ne s'étonna de ma réponse. Afin de lui remettre une requête en ce sens, j'avais, retour de Londres, rendu visite à don Bernardin de Mendoza, alors en ambassade à Paris. Comment ma démarche eût-elle pu échapper à Piero, l'homme le mieux informé du monde ? Ainsi en eut-il confirmation de ma bouche.

– Et quelle mine don Mendoza vous a-t-il faite ?

– Il m'a envoyé en confession auprès d'un jésuite espagnol, peu importe son nom. Naturellement, le bonhomme a refusé de m'entendre, affirmant qu'il ne pourrait absoudre un apostat interdit de sacrements divins…

– Il y a cercle, soupira Corbinelli.

Je m'adressai de nouveau à del Bene :

– Peut-être votre roi de Navarre obtiendra-t-il le privilège de retourner dans le sein papal, cher Piero, mais en ce qui concerne le Nolain, il semble que la question soit réglée…

– En souffrirais-tu, par hasard ? demanda Giovanni Moro, intrigué.

– Pas le moins du monde. J'ai un caractère efficace, poli et conciliant. J'aime épouser la croyance du prince chez qui je vis, attendu que ce n'est jamais elle qui me dicte mes pensées, ni mes conduites…

– Il est vrai que tu étais protestant à Genève…

– Que signifie de nos jours *être* protestant ? Un nom inscrit sur un registre ? Dans ce cas pourquoi ne serais-je pas, ici, catholique ? Que je sache, telle est la religion d'Henri…

Mais pas plus que Mendoza, Henri n'opinait à mes signes d'affection et de bonne volonté. Les lettres que je lui avais adressées demeuraient sans réponse, au point que je m'interrogeais si elles lui étaient jamais parvenues. En effet, placée sous la houlette du Perron – qui avait, lui, fort bien réussi sa conversion au catholicisme ! –, une cohorte de pédants s'appliquait à protéger le roi contre ma fâcheuse influence. Malgré les stratégies déployées par Corbinelli en ma faveur, je ne devais jamais plus être invité au Louvre. Plus de chaire en Sorbonne, donc, plus d'argent ni de protection. De fréquentes menaces, au contraire, sifflaient à mes oreilles, portées par la rumeur, venues des fanatiques et rancuniers de tout poil. Isolé, je ne subsistais que grâce à la vente de mes livres, à l'aumône de quelques leçons données au collège de

Cambrai et au cercle des *Vénitiens* réunis autour de Giovanni Moro. Cecil était loin, ses lettres rares. L'absence ajoutait à ma solitude. Ceux qui m'ont connu à cette époque auront conservé le souvenir d'un homme inquiet, locataire d'un modeste logis rue Saint-Jean-de-Latran, qui fréquentait chaque jour la bibliothèque de l'abbaye Saint-Victor où il lisait, dictait et écrivait pendant de longues heures, flanqué de son disciple à la triste figure.

J'ignore si Guillaume Cotin, le bibliothécaire de l'abbaye, a jamais consigné mon nom dans son journal, mais je sais qu'il y mentionnait d'une plume infatigable le caractère et les opinions de tous ceux qu'il voyait hanter son domaine. L'homme était célèbre pour son exaspérante curiosité. Pas un jour ne passait sans qu'il cédât à son vice en me questionnant sur mes voyages et sur mes livres, ceux que j'avais écrits, ceux que je méditais… Au fait, qu'en était-il de mes dialogues en latin à propos du compas de Mordente ? N'avaient-ils pas fait quelque bruit ?

J'avais connu le mathématicien Fabrizio Mordente chez Giovanni Moro. Il y avait du pédant en lui, mais la justesse de certaines de ses vues sembla d'abord devoir nous rapprocher, d'autant qu'une curieuse coïncidence présida à notre rencontre : son frère, prénommé Gaspare, avait servi quelques années auparavant dans la même compagnie que mon père !

Le compas muni de toutes sortes d'ajustements qu'il nous avait présenté ayant soulevé l'admiration de tous, je proposai immédiatement, à seule fin d'être agréable à ce quasi-compatriote, de le décrire dans un prochain traité. Ainsi l'invention serait appréciée au-delà de notre cercle. Mordente était assez bon géomètre, mais piètre philosophe. En outre il ne savait pas le latin. Comment aurait-il pu rendre compte avec toute la convenance requise de la portée de sa découverte ? Le savant commença par se montrer timide. Puis, après mille hésitations colorées d'une pointe de méfiance toute salernitaine, il accepta, grisé par la perspective – à laquelle aucun ignorant ne résistera jamais – de voir son nom imprimé sur le frontispice d'un livre.

– *De Mordentii circino* ! m'exclamai-je. Tel sera le titre de l'ouvrage. Vous convient-il ? Peut-être en eussiez-vous souhaité un plus long ?

– *De Mordentii*, répéta-t-il, rose de plaisir, il me convient parfaitement, mais…

– Mais ?

– Êtes-vous… mathématicien ?

– Que voulez-vous insinuer, Fabrizio ? Que je n'ai pas saisi l'intérêt de votre… instrument ?

Le traité prit la forme de deux dialogues dédiés à l'excellent Piero del Bene ; Jean Hennequin le confia pour impression à Pierre Chevillot, mon voisin rue Saint-Jean-de-Latran. Mordente s'y trouvait baptisé *père des inventions mécaniques* et *dieu des géomètres*. Le Salernitain, lisait-on sous ma plume, avait redonné vie aux sciences mortes et cohérence à celles que les cuistres voulaient briser en morceaux. Oui : là où tous échouaient, lui réussissait, etc. Mes louanges n'étaient-elles pas assez appuyées ? Le prudent Fabrizio n'aima pas le livre, et même le détesta. Mais par le Christ ma façon de décrire son ciel eût-elle plu à Copernic ? Pour savants qu'ils soient dans leurs calculs, ces mathématiciens méconnaissent les vérités essentielles que leurs inventions contribuent à éclairer – telle est aujourd'hui encore mon opinion. Est-ce à dire qu'ils sont ignorants ? Non pas ! Mais ils ressemblent à des interprètes dont le rôle est de traduire les mots d'une langue dans une autre, à des passeurs qui aident les pèlerins à franchir le fleuve. L'interprète saura-t-il jamais quel mystère préside à la création des langues qu'il manie ? Le batelier a-t-il visité les pays où se rendent ceux qui occupent un court instant sa barque ? Les géomètres sont des truchements nécessaires à la nature, mais c'est au métaphysicien qu'il appartient de révéler les causes et les principes, car *visu carentem magna pars veri latet*, ainsi parlait Sénèque…

– *À celui qui est privé de la vue, une grande partie de la vérité reste cachée*, traduisit Guillaume Cotin, interprète à son tour. Le philosophe, si j'entends bien, est donc celui à qui il est donné de *voir*… Le définirais-tu comme une espèce de mage ?

– Un mage inspiré, oui. Non pas un simple calculateur…

– Tu n'as pas tort. Une dernière question pourtant : était-il nécessaire de comparer le pauvre Mordente à l'âne sur lequel Notre-Seigneur a fait son entrée dans Jérusalem ?

– Une métaphore, Guillaume ! Une simple métaphore ! Comme le géomètre, l'âne est un truchement utile, mais qui triomphe en définitive ? L'âne que l'on a vu porter le Christ ou le Christ Lui-même ?

Le bibliothécaire admit mon objection, mais la *métaphore* choisie ne lui semblait pas de bon augure…

– C'est égal, soupira-t-il. Il n'est jamais agréable de se voir dépeint sous la figure d'un baudet, fût-il divin. Méfie-toi que l'animal offensé ne machine à son tour quelque ruade.

Guillaume ne croyait pas si bien dire : à peine lui avait-on traduit le livre consacré à son compas que le timide Salernitain se muait en bête féroce. D'abord il dépensa cent écus pour le rachat à Chevillot et la destruction par le feu des exemplaires imprimés. Puis, ayant crié au scandale et claqué la porte du cercle des *Vénitiens*, il rejoignit les rangs papistes dans l'espoir d'y recruter – chose peu difficile – les alliés de sa basse vengeance ; il fit tant et si bien, remuant ciel et terre, excitant mes ennemis naturels, allant pour se plaindre jusque chez du Perron, que celle-ci fut accomplie le jeudi de Pentecôte quatre-vingt-six, au collège de Cambrai. Jean Hennequin y rencontra la mort violente qui m'était destinée.

Jean venait enfin d'écrire le dernier mot d'un sien livre – le seul qu'il publiât jamais – pompeusement intitulé *Cent vingt erreurs des péripatéticiens sur la nature et le monde*. Nous l'avions porté en grande cérémonie au libraire Giuliano. L'ouvrage, qui se voulait incisif et propre à river leur clou aux adorateurs d'Aristote, n'était en réalité qu'un aimable épitomé – point trop mal cousu, il est vrai – de mes principales thèses. Je le trouvais pour mon goût un peu sec et manquant de chair, mais je me gardai bien de le dire au disciple qui, au contraire, reçut mes compliments. Jean éprouvait quelque orgueil à tenir entre ses mains son premier factum imprimé et, mon Dieu, son existence n'était pas si drôle qu'il fallût de surcroît lui refuser ce modeste plaisir. L'idée me vint même de le récompenser. Ayant résolu d'éveiller par une leçon extraordinaire l'attention des régents sur mes derniers ouvrages – un charmant *Arbor philosophorum* et un nouveau traité de mémoire : *Figuratio aristotelici* –, je lui offris, le jour venu, de prendre la parole à ma place au collège de Cambrai.

Jamais public ne nous fut plus hostile. Nos affiches avaient certes attiré un grand nombre d'étudiants amis de ma doctrine, mais des bandes de coquins armés jusques aux dents et payés par la Ligue les empêchèrent d'assister à la leçon en se mêlant aux lecteurs royaux et en occupant à l'avance toutes les places disponibles. Un certain Raoul Callier, auteur de sonnets et mignon de l'évêque du Perron, trônait au premier rang en compagnie de sbires, député par son maître – et Mordente, bien entendu – pour me signifier qu'en cas d'incident je ne pourrais compter sur l'appui du roi. À la vue de l'insolent personnage, je délibérai en moi-même s'il ne valait pas mieux renoncer à la dispute. Mais il était trop tard pour reculer : Hennequin occupait déjà la grande chaire. Travaillé par un mauvais pressentiment, je pris place en une plus petite, près de l'huis du jardin…

– D'où sort cet affreux borgne ? cria-t-on. N'est-ce pas Brunus que nous sommes venus entendre ?

– Il y a piperie ! approuva un étudiant.

Callier se leva à son tour et dit en coulant un regard dans ma direction :

– Peut-être le Napolitain a-t-il peur de recevoir sur sa digne tête des quolibets et des œufs pourris, qu'il préfère envoyer ainsi son lieutenant au feu…

– Hennequin est mon disciple, répliquai-je. Il connaît mon œuvre et parlera aujourd'hui en mon nom. Que ceux à qui cela déplaît s'en aillent. Il y a dehors du monde qui n'aspire qu'à entrer… Allons-y, Jean. Commençons…

– Le disciple n'est pas le maître, insista Callier.

– Et vous en savez quelque chose, si j'en crois votre réputation…

– Ma réputation, monsieur ?

Le bougre avait déjà la main à l'épée. Ayant tranquillement croisé les bras, je lui lançai :

– On dit à Paris que vos vers ne sont que coups de langue baveux sur les fesses de certain prélat récemment converti. Méfiez-vous qu'il ne vous pète un jour à la figure car vous pourriez en être incommodé. Hennequin, lui, ne lèche le cul de personne. Il a écrit un livre de science, ce dont vous êtes incapable…

Je crus le discours de Jean enterré avant même d'avoir vécu, car l'auteur de sonnets s'approchait de moi, pointant sa rapière sur mon sein. Je n'esquissai pas le moindre geste. Une pressante envie de filer, en revanche, démangeait les lecteurs royaux…

– Je pourrais te faire rentrer ces *coups de langue baveux* dans la gorge, siffla l'enragé.

Mon regard ne quittait plus le sien.

– Vous êtes ici à l'université, repris-je sans élever la voix. Pas dans une taverne. Allez reprendre votre place et ouvrez vos oreilles…

Cet idiot en resta un moment interdit. Puis il jura que je ne perdais rien pour attendre. Je le vis reculer de quatre pas, toujours brandissant son arme, plus ridicule qu'un soldat de comédie. Jean commença de lire son texte avec application :

– Enfermée dans la prison d'une étroite caverne, la connaissance ne pouvait admirer l'immensité du ciel. Ses ailes coupées l'empêchaient de s'élever jusques aux nuages, a fortiori d'en déchirer le voile pour découvrir les mondes innombrables. L'homme vivait ainsi dans l'antre obscur de l'ignorance, prisonnier de ses chimères et de ses préjugés, trompé par les sophistes aux multiples visages venus lui enseigner un monde fallacieux. Certes la divine intelligence lui soufflait parfois quelque vérité à l'oreille, mais seule la partie poétique de son âme en était touchée ; et c'est au milieu des cris et des gémissements qu'à cet appel il répondait alors par des vers :

Ma raison, ma raison s'est perdue.
Quel guerrier s'envolant jusques aux cieux
Me la rapportera ?

Merci, petit Jean, merci pour cet éloge de ma poésie – une leçon, soit dit en passant, à la figure de l'odieux Raoul ! Je songeais en t'écoutant à Théophyle, ou Phylotée, le héros à présent célèbre de mes livres, divin porte-parole, messager d'un Nolain à tout jamais absent… L'assurance te venant au fil des mots, tu poursuivais :

– Que nul d'entre nous ne soit le plus habile, disaient les

Éphésiens, ou alors qu'il le soit ailleurs ! Pourtant, au risque de se brûler les yeux dans la lumière, un homme n'a craint ni de tourner le dos aux images trompeuses, ni d'escalader les abruptes parois, ni de quitter l'air vicié de la caverne ; et cet homme est mon maître. Ne songeant qu'au bien de tous, il a osé franchir seul les limites du monde, abolir les murailles imaginaires des faux astronomes, dépouiller de ses voiles le beau corps de la nature et rendre la vue aux aveugles afin qu'ils pussent contempler leur véritable visage dans le miroir de l'univers. Grâce à lui, les astres recensés par les antiques traditions nous sont devenus aussi proches et familiers que celui qui nous porte sur son dos. Grâce à lui nous savons que ces animaux célestes, si différents que nous apparaissent leurs dimensions et leurs caractères, sont composés d'une seule, même et divine substance, ombre visible du dieu invisible, effet de la cause première ; il en va pareillement de l'air où ces astres se meuvent et scintillent, de la terre, de l'eau et du feu en lequel, ainsi parlait Héraclite, *tout sera jugé et dévoré*. Le dieu est majesté, unité, infinitude. Un univers majestueux, unique et infini lui sied mieux qu'une caverne misérable, hantée par des ombres folles, enfermées dans de hauts murs…

Brave, talentueux Hennequin ! Aussi bien que je l'eusse fait moi-même, tu avais réussi à clouer leur bec à ces violentes gens. Mais que le son de ta voix me semblait tout à coup étrange et lointain ! La veille, au retour de la bibliothèque, tu avais évoqué en deux ou trois phrases laconiques un prochain et mystérieux départ, m'avertissant que j'aurais bientôt à me passer de toi. Pourtant la date et le but du voyage étaient restés imprécis. Quand je te vis cesser brusquement de lire et poursuivre ta conférence sans que me quitte ton regard barré de sombre, ces phrases s'animèrent dans ma mémoire, et la pensée me vint que tu m'adressais un adieu…

– Cet univers sans frontière est la vraie demeure de l'esprit, sa parure, son vêtement, son discours, son poème, son livre, son jardin, son reflet, son âme. La divinité ne possède pas une forme, mais toutes les formes ; de même son œuvre incréée que nous appelons création. L'une de ces formes est la mort, car de la mort provient l'avenir, donc le temps. Du temps naît la raison, de la raison le langage. En libérant les cieux, le Nolain a délivré l'une et l'autre. Mais raison et langage permettront-ils jamais de connaître celle qui fut leur origine, leur mère ? Épicure réputait la question inutile, dépourvue d'intérêt. Que l'on me pardonne, je la veux poser cependant : qui sait ce qu'il advient d'une pauvre âme détachée de son corps ? Fécondera-t-elle une autre vie ? Frissonnera-t-elle un court moment dans l'espace non mesurable comme dans un nouveau rêve ? Rejoindra-t-elle l'*anima mundi*, le souffle premier du premier atome, le lieu peut-être fictif où se confondent mouvement et immobilité ? J'en ai terminé, Philippe…

Lecteurs royaux, gentilshommes ou étudiants, tous parurent frappés de mutisme. Troublé moi-même par l'étrange oraison, je demeurai un instant silencieux ; puis j'invitai ceux qui avaient tenu tout à l'heure des propos fanfarons à répliquer maintenant à ce beau discours :

– Monsieur Callier n'a-t-il plus rien à dire ?

Nulle réponse. À l'intention des régents, je déclarai :

– C'est que la leçon de mon disciple lui aura plu…

– Vos théories, lança-t-il alors, plus furieux que si je l'eusse insulté derechef, sont si contraires au bon sens et à la religion qu'elles ne méritent que le mépris ! Et donc le silence…

– Le silence est l'argument des vaincus, rétorquai-je en me levant. Il ne reste plus aux vainqueurs qu'à se retirer…

Jean quitta sa chaire et me rejoignis près de la porte où je me tenais, prêt à sortir. Mais Callier – je l'apprendrais plus tard dans une lettre que m'envoyèrent Corbinelli et del Bene – avait reçu de l'argent de Mordente, et l'ordre de me faire expédier par ses hommes.

– Retenez-le ! lança-t-il.

L'épée dégainée, les sbires nous encerclèrent et je crus ma dernière heure venue.

– On me tue ! C'est une souricière ! Un guet-apens ! J'en appelle à vous, messieurs !

L'apostrophe s'adressait aux lecteurs royaux, mes collègues, mais beaucoup d'entre eux se cachaient les yeux de leurs mains pour ne pas assister au massacre. Avec une promptitude étonnante, Jean ouvrit alors la porte et me poussa dans le jardin. Puis il se tourna vers nos agresseurs, bras écartés, cramponné au chambranle pour leur interdire le passage.

– Vous assassinez la raison ! cria-t-il.

Pas moins de dix lames lui transpercèrent le corps.

Tandis que je fuyais Paris pour gagner Darmstadt, Francfort, Marbourg et enfin Wittenberg, il m'arriva plus d'une fois de songer aux discours prémonitoires tenus par Philip Sidney les soirs où nous devisions à Butcher's row ou chez Fulke Greville. Souvent le débat portait sur la nature de mes idées et la complexion de mon âme. Philip affirmait – tous s'en montraient d'accord – que l'Allemagne serait bientôt le seul refuge offert à l'éternel exilé que la vie avait fait de moi. Contraint d'abandonner sa patrie, lui-même n'eût pas eu d'autre choix que ces régions septentrionales, disait-il, car la Méditerranée n'aimait plus la liberté.

Mais seul le présage me concernant fut approuvé par le destin. Le poète, qui n'aura jamais voyagé que pour son plaisir et le service de sa reine, ne devait pas connaître l'épreuve du bannissement. Je résidais depuis cinq mois en Germanie quand me parvint la nouvelle de sa mort :

Maudit soit le sort, mon cher Jordan, qui force ma plume à propager d'aussi funestes échos. Notre grand ami, le talentueux Sidney, a péri pour Élisabeth. Une attaque espagnole l'ayant jeté au bas de son cheval au siège de Zutphen, on l'a transporté à Londres où il a rendu son dernier souffle vingt-six jours plus tard, le dix-sept octobre dernier. La reine l'a voulu enterrer avec tous les honneurs & grande cérémonie en la cathédrale Saint-Paul. C'est le plus jeune, le plus civil & délicat de ceux qu'il abritait qui aura quitté le premier notre cercle, blessé au feu, endurant l'horrible martyre de l'agonie dans sa belle armure, entouré il est vrai de l'affection de ses soldats. On dit qu'il a refusé de boire à la coupe qu'un sien capitaine lui tendait & qu'il l'a présentée lui-même d'une main tremblante à un autre blessé, murmurant en italien : *Il en a plus besoin que moi.* Ô Christ ! Ce geste de suprême élégance résume sa vie comme un signe d'adieu à nous tous adressé & accroît le désespoir de ceux qui l'ont aimé. Il nous reste ses livres, mais quel écrit, fût-il divin, remplacera jamais la beauté vivante ? On dit que Fulke s'est retiré en quelque manoir pour y pleurer, criant qu'il voulait rejoindre bientôt, où qu'il fût, l'être qu'il avait le plus aimé ici-bas.

Comme si un seul décès n'avait pas suffi à endeuiller mes jours, la mort a également délivré de sa maladie & emporté Maria le neuf décembre. Je ne puis oublier qu'elle fut une des rares femmes dont ta plume eût jamais chanté les louanges. Je te laisse imaginer la peine qui m'accable, & mes pauvres enfants. Quel bien peut-il naître de ces épreuves ? Pourquoi Dieu rappelle-t-Il à Lui les meilleurs, les innocents ? La perte de Maria a fait de moi un vieillard, Jordan, & comme Fulke je n'aspire qu'à m'en aller à mon tour.

Corbinelli m'apprend que tu as obtenu de pouvoir enseigner librement ta philosophie à Wittenberg. Lui-même tient cette nouvelle d'Alberigo Gentile qui a accompagné l'ambassadeur d'Élisabeth en Allemagne & que tu as, je crois, rencontré là-bas. Je connais Gentile. Ta doctrine ne lui plaît pas, mais il est bon, subtil & fort avisé. Tous les princes le voudraient avoir pour conseiller. Or donc épargne-le, si tu le peux.

J'ignore combien de temps voyagera cette lettre avant de te parvenir, mais si je ne t'avertis pas, moi, de ces morts, qui le fera ? Cecil, dit-on, est en mission pour la Sérénissime en Turquie, ignorant sans doute le malheur qui le frappe. Peu de gens savent où tu vis aujourd'hui. Tes ennemis se gaussent de ta fuite & font courir le bruit que tu as quitté Paris comme un chien battu, mais ceux qui t'aiment te défendent. Ils vont répétant que tu n'es pas un lâche & que tes jours étaient en danger après le trépas du brave Jean.

Longue et heureuse vie à toi.

MICHEL DE CASTELNAU
seigneur de Mauvissière
chevalier de l'Ordre du roi
Saint-Dizier, ce 18 décembre MDLXXXVI

Du moins la disparition de son frère eut-elle le mérite de me rendre Cecil. Retour de Constantinople, celui-ci apprit la nouvelle à Venise alors que Philip était enterré depuis plus de deux mois. S'empressant de gagner Londres où il devait retrouver sa sœur honnie, la comtesse de Pembroke, il voulut lui disputer le soin de régir l'œuvre de Sidney. Mal lui en prit. Cette femme s'était approprié la mémoire du poète et refusait d'en partager l'héritage avec personne. En paiement de son initiative, le *bastard*, comme elle l'appelait, reçut cent coups de griffe et mille insultes cinglantes, et de cette défaite sortit plus sombre et désespéré que jamais. Qui mieux que moi eût été à même de le consoler ? J'avais reçu la lettre de Castelnau au milieu de février. Cecil fut de nouveau dans mes bras aux premiers jours du printemps.

Je n'avais pas eu à *épargner* le puissant Alberigo Gentile. Il avait lui-même été chassé autrefois d'Italie par un procès en religion et parut me vouloir apporter son soutien dès que nous nous rencontrâmes à Wittenberg chez Johannes Zanger, le recteur de l'université. Les grandes passions de cet homme étaient le droit et les règles qui régissaient les rapports entre les gouvernements. Il déclara apprécier fort mes amis del Bene et Corbinelli, et avoir entendu parler de moi à Londres et à Oxford. Il dit au recteur en quelle estime me tenaient là-bas les gens de qualité, et il ajouta en souriant que le sol me brûlait les pieds : à peine m'étais-je arrêté quelque part que je voulais déjà m'en aller plus loin. Puis il le pressa de ne point me laisser filer, comme avaient fait les Anglais…

– Chargez-le plutôt d'un enseignement. Bientôt votre université s'enorgueillira de posséder un tel maître…

– Ne doit-on pas se méfier de ses opinions ? l'interrogea malicieusement Zanger.

– Ses opinions, répondit Gentile, sont que la Lune est un orbe supportant des villes, des mers et des montagnes ; que la Terre se déplace, etc. De telles fictions ne présentent aucun danger pour vos étudiants, mon cher recteur. Elles traduisent l'activité d'un esprit merveilleux qui n'a point appris à se brider, signe de talent dans bien des cas. Mais il y a plus important, croyez-moi : vous ne trouverez nulle part plus fin connaisseur d'Aristote…

C'est ainsi qu'en échange d'un bon salaire et d'un logement agréable, je m'étais vu confier la lecture de quatre livres de l'*Organon*. Un caractère si noble et libéral animait Zanger et ses amis luthériens que mon travail n'eut à souffrir chez eux d'aucune entrave. Dans leur belle ville, je vécus en paix deux grosses années. Après quoi les calvinistes se hissèrent au pouvoir. Arguant avec leur infecte rouerie du mauvais souvenir que j'avais laissé jadis à Genève, ils choisirent de me congédier.

Je ne mentionnerai pas les six ouvrages que j'ai publiés en bon latin sous ces climats. Le lecteur, s'il les ouvre jamais, les jugera peut-être moins piquants que mes précédents dialogues. Qu'il ne s'en montre point surpris. L'âge venait, et les morts que j'avais commencé d'abandonner au bord du chemin semblaient étendre leur ombre sur mes pages blanches chaque fois qu'ayant chaussé mes lunettes, je trempais la plume dans l'encrier. Non pas que je connusse la fatigue, mais une sorte de peine souvent alourdissait mon âme et mon œuvre. Les *infinitudes infinies* de l'univers, qui m'avaient autrefois enivré, élevé jusques aux plus hautes sphères, accompagnaient à présent mon sommeil de terreurs nocturnes en forme d'abîmes dont l'atmosphère inquiétante me poursuivait tout le jour, telle une obscure mélancolie.

La plupart de mes livres datant de cette période empruntent leur argument aux leçons exotériques que je consacrais à l'analyse détaillée des multiples erreurs d'Aristote. D'autres sont de nouveaux traités de mémoire. Il en est un pourtant que je ne puis ici passer sous silence : mon *Lampas triginta statuarum*. Car si l'ouvrage est aussi le fruit de certaines conférences, il ne s'agit pas de celles prononcées à l'université.

Le capitaine au son de la trompe appelle
Tous ses guerriers sous un seul étendard…

Mon aréopage naquit à Wittenberg, composé au début d'une poignée d'étudiants adeptes de mes vues, à qui je dispensais un enseignement pour ainsi dire privé, clandestin et acroamatique. Ces soldats d'Hermès – ainsi les appelais-je – furent presque tous recrutés par un turbulent professeur surgi du passé, ce Jérôme Besler qui avait été autrefois mon élève à Genève.

Étaient-ce là, comme le clamait Cecil avec colère, folies d'un homme déçu et vieillissant ? Il m'arrivait d'imaginer que ces *pueri* iraient un jour de par les villes d'Europe répandre ma doctrine, chacun y créant son propre cercle, y instruisant de nouveaux disciples, les lançant à leur tour sur les chemins, et ceci à l'infini jusqu'à l'extinction complète des croyances moribondes dont j'eusse ainsi hâté la sanglante agonie. Nous nous réunissions à deux pas de l'église où Luther avait jadis défié le pontife. Là je leur enseignais ce qui semblait peu à peu devenir ma propre religion réformée, une croyance naturelle, rationnelle, pacifique, libre de tout dogmatisme, amie du savoir, du corps et des plaisirs. J'invitais mes nouveaux amis à ne souffrir d'autre liturgie que celle des gestes dictés par l'amour et la quête philosophique, d'autre divinité que la nature elle-même, cette force vivante qu'animaient ensemble le soleil et la raison.

– Mon emblème, affirmais-je, est un jeune garçon allongé nu dans l'herbe verte et scrutant l'azur lumineux, savoir le monde et l'esprit du monde…

– Que signifie cet enfant ? m'interrogeaient les disciples.

Quelques vers tirés des *Fureurs héroïques* étaient ma réponse :

Tes feux et tes liens,
Garçon, dont hommes et dieux sont captifs,
Je n'en éprouve ni l'ardeur ni l'entrave.
Amour, en moi tu pourras pénétrer,
Si pitié te conduit et dévoile ma douleur.

Le garçon nu évoquait le Furieux, au sens que j'entendais donner à ce terme : un être insoucieux de la douce mort, car habité par le désir d'aimer et de connaître ; et qui voulait savoir devait d'abord apprendre à mourir. Dans le secret de ma mémoire, cette image empreinte de nostalgie en abritait cent autres : Augustin frissonnant sous l'œil de son père aux bains d'Hippone, moi-même à Naples, épris du sage Vairano, puis amant vénal du bibliothécaire Marcellus, Cecil en son alcôve romaine, Philip Sidney peut-être, que jamais n'atteindraient les offenses de l'âge… Besler m'arracha à ma rêverie :

– Que veut dire scruter le monde et l'esprit du monde ?

– Le monde qui s'offre à nos sens et l'âme de tout individu peuvent être représentés sous la forme d'une seule et même figure géométrique. Cette figure est un cercle, une roue animée par l'Esprit, l'Intelligence et l'Amour. De même que la Terre, au cours de sa giration, présente aux rayons du Soleil tantôt une face, tantôt l'autre, l'âme et l'univers comprennent une région diurne et une nocturne, chacune naissant de son contraire en un mouvement perpétuel. Examinons la région diurne, nous y verrons le Père engendrer le Fils, ou Verbe, puis le Fils la Lumière. Dans la nocturne, le Chaos engendre la Mort que je nomme appétit infini, ou désir d'être, et la Mort à son tour engendre la Nuit. Celle-ci est la plus antique divinité. Le peintre qui voudrait la figurer dessinerait une femme vêtue de noir emportant, pour le dévorer dans l'ombre, l'enfant de tout à l'heure entre ses bras. Vous remarquerez que dans les régions diurnes et lumineuses, qui sont celles de la raison, le Fils est le Verbe du Père, Sa Parole, Son savoir, Son Esprit et Son destin, l'être en somme en lequel Il s'accomplit. Inversement, dans les régions sombres, le Fils est la mort du Père… Mais voyez plutôt :

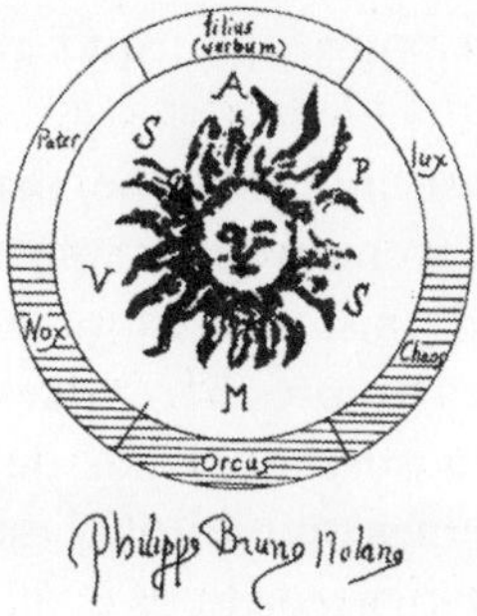

Voici – ô combien simplifiée ! – ma métaphysique, telle que la plume, le crayon et le compas me permirent ce jour-là de la présenter à mes *giordanisti*. Les lettres entourant l'astre solaire représentent les principales *statues* qui habitent la mémoire humaine : le ferme et constant Apollon, le triste Saturne, le prévoyant Prométhée, l'industrieux Vulcain, le valeureux Sagittaire, l'extatique Minerve… Que l'on me pardonne : le temps me manque aujourd'hui pour les énumérer toutes.

De telles vues constituaient la matière de mon *Lampas triginta statuarum* en lequel renaissait selon moi la religion naturelle des Égyptiens, dont les statues colossales dressées jadis à la gloire du soleil parlaient, aux premières lueurs de l'aurore, de la voix même des dieux.

Je l'ai dit, l'aréopage d'initiés créé par Jérôme Besler, et sur lequel j'entendais régner comme un nouveau mystagogue, m'attirait les foudres de Cecil. Lui ne voyait qu'orgueil dans cette entreprise. À l'entendre, j'eusse dû tenter d'obtenir enfin la levée de l'excommunication et rejoindre au plus vite le giron papal.

– Aucune religion n'est bonne, affirmait-il. La tienne pas plus que les autres…

– Si aucune n'est bonne, pourquoi retournerais-je dans la catholique ?

– La catholique est *utile*, Philippe, parce qu'elle est puissante. Tu seras mort et enterré avant que ta secte de marmots ait acquis la moindre existence. Et quand ce sera le cas, elle aura déjà enfanté ses propres hérétiques…

– Ma religion ne possédera pas de dogme, donc pas d'hérésie. Propager mes opinions, tel est son but…

– Comment peux-tu accorder ta confiance à ce Besler qui n'ambitionne que de prendre ta place, à une bande d'apôtres si niais qu'on les dirait à peine sortis des jupes de leurs mères ?

– Ils sont jeunes, non point niais ! Et contrairement à toi, ils défendent ma doctrine…

Mais Cecil enrageait. Soudain il me lança :

– Te prendrais-tu pour ce vieux fou de Luther ?

Le moine d'Eisleben – ou son fantôme qui hantait encore les rues – avait en effet de quoi me séduire. J'aimais la fureur de son opposition à Léon X, la virulence de ses attaques contre les théologiens. Je louais son désir de simplifier la liturgie, son rêve d'une parole vivante, sa passion des paradoxes, sa force d'âme, son courage, son intransigeance, son amitié pour la ville et le plaisir… Il est vrai que la mauvaise querelle qu'il avait engagée contre Érasme sur la capacité de l'homme à connaître le bien ne laissait pas de m'insupporter ; de même son refus des œuvres de charité, son amour des femmes et des familles nombreuses, sa haine des juifs dont la religion était tout de même plus naturelle que celle des chrétiens ! Mais en définitive, la trace que ce collègue avait laissée dans les consciences et au sein de l'université était plus honorable que celle des marchands d'indulgences.

– Luther me ressemblait en ceci, repris-je, qu'on l'a forcé à créer sa propre religion ! Lui n'aspirait qu'à demeurer dans l'Église... Tu ne m'écoutes plus...

Ô Cecil ! Mon ange noir. Les années avaient dessiné des ombres sur tes traits, mais le temps, afin d'en sublimer la beauté, n'agit-il pas ainsi sur un paysage ? Dieu que l'Allemagne t'ennuyait, et plus encore les réformes de la foi, sans parler des sempiternelles spéculations sur l'avenir du monde et le salut de ses habitants, dont tu te souciais comme d'une guigne, car telle avait toujours été ta philosophie. Ici la scolastique ne serait bientôt plus qu'un souvenir, de même la messe, et les monastères se vidaient de leurs âmes. Seuls semblaient compter la prosaïque vie urbaine, le travail accompli, l'argent gagné, les nourritures salées dont on s'emplissait la panse sans s'inquiéter de savoir si c'était bien ou mal. Insoucieux de l'enfer, prêtres et nonnes se frottaient le lard, jetaient le voile et le froc aux orties dès qu'ils avaient les moyens de s'offrir une robe de drap et un pourpoint ; après quoi on les voyait convoler en justes noces et engendrer des théories d'enfants blonds ; mais que t'importaient, à toi, ces métamorphoses du christianisme ? La Sérénissime, ses ors et ses splendeurs délicates étaient ta seule patrie, ton havre et ton univers. Là-bas, disais-tu, régnaient l'art, la lumière, la beauté, la grâce et la vraie liberté...

– Veux-tu donc que j'aille me fourrer dans la gueule du loup après avoir échappé aux ligueurs ? m'écriai-je. Je suis excommunié, j'ai vécu selon les usages infidèles, publié des textes impies ! Crois-tu que l'Inquisition me laissera tranquille ?

– Écris un livre plus doux, répliqua Cecil, et dédie-le au

pontife en confessant quelques erreurs au passage. L'Église a besoin de savants, elle te sera reconnaissante de faire le premier pas...

– Ou elle me jettera en prison comme hérétique. Les catholiques me détestent et méprisent mes gestes de bonne volonté. Ils m'ont chassé de Naples, de Rome, de Toulouse, de Paris. Ils ont torturé Jean, avant de le tuer sous mes yeux. Ils ont assassiné ton frère...

Cecil écarta d'un geste souvenirs douloureux et arguments cent fois rebattus.

– Leur religion est une vieille maison, soupira-t-il, mais une maison. Qui voudrait coucher dehors toute sa vie ?

– J'ai essayé à Paris de convaincre Mendoza. En vain. Je ne possède pas tes talents d'ambassadeur...

– Pour la dernière fois, Philippe : allons-nous-en. Ce pays mélancolique et froid ne me plaît guère, ni ces fanatiques que tu appelles tes amis...

Las d'insister, Cecil finit par s'en retourner vivre parmi les sénateurs, les peintres et les poètes de sa fascinante République. Grâce à ses ambassades, il y devint fort riche, acheta un palais sur l'île de Malamocco, créa une académie, s'enticha de plusieurs seigneurs et artistes. Mais il ne cessait pas de m'aimer, écrivait-il, et je reçus plus de cent lettres dans lesquelles il me suppliait de le rejoindre. Résistant à ses appels, je m'obstinai à errer en Allemagne quatre années encore ; puis je cédai, gagnai Venise à mon tour, et y perdis définitivement ma liberté.

Après mon départ de Genève, Jérôme Besler avait continué d'y étudier la philosophie puis, devenu l'élève de Jean Pruss, l'art magique de Paracelse. Licencié, il s'était mis en route vers l'est et le nord où l'attiraient les religions luthériennes.

Il avait visité la Pologne et la Saxe. Un de ses oncles exerçait la médecine à Magdebourg ; il en devint l'assistant. Enfin il obtint une chaire de lecteur ordinaire en philosophie à Wittenberg où je le retrouvai, mûri et barbu, mais aussi gai et turbulent qu'autrefois. Il aimait, disait-on, à se vanter d'avoir été mon ami chez les calvinistes, et ses leçons à l'université n'étaient rien d'autre qu'un commentaire de mes livres. Il les avait achetés au fil des ans à un libraire de Francfort, et il les possédait mieux que s'il les eût écrits lui-même. Il m'assura avoir prévu de longue date mon arrivée à Wittenberg et devint ce qu'en somme il avait toujours rêvé d'être : mon disciple. Je lui trouvai un caractère moins doux qu'à Jean Hennequin, mais il m'assista dans mon travail avec une constance et une efficacité égales, copiant et écrivant pour moi jusqu'à son dernier souffle qu'il exprima à Francfort, une nuit de l'hiver quatre-vingt-onze.

L'aréopage des *giordanisti* fit beaucoup parler de lui et passa un temps pour une nouvelle opinion luthérienne surgie dans un pays qui en comptait déjà soixante-dix, répandues sur les territoires de Saxe, de Hongrie et de Bohême. Le cercle ne cessa de grossir pendant la durée de mon séjour à Wittenberg et, ainsi que l'avait prévu Cecil, de graves dissensions ne manquèrent pas de naître entre ces nouveaux épicuriens dont certains oublièrent bientôt qu'était supposé nous réunir un même amour de la sagesse. Certes, les plus nombreux restaient fidèles à l'idée qui nous avait rassemblés naguère : faire vivre ma doctrine de l'âme et du ciel dans les grandes universités afin de hâter la ruine de la scolastique. Mais quelques-uns se prirent à rêver d'une république brunienne, une sorte de Cité du Soleil vouée aux arts et à la beauté, semblable à celle que le duc de Florence avait voulu créer sous le nom de *Paradisus*. Là ils se fussent tous retrouvés pour y vivre bucoliquement en compagnie de caressants éphèbes, entourés de livres, de figures magiques et de statues, cultivant la terre, couchant tous ensemble, parlant une langue de leur invention – oui, mon lecteur, tels étaient, dans ces têtes échauffées, les fruits de mes enseignements. Hermès Trismégiste, entendais-je, avait construit jadis aux confins de l'Égypte une cité radieuse nommée *Aldocentyn*, munie en son centre d'une célèbre tour omphalique, protégée contre le mal par des images gravées dans la pierre...

– De qui tenez-vous ces connaissances sinon de moi? m'exclamais-je au milieu des querelles incessantes. Une pareille ville, sachez-le, n'est pas mon but! Le soleil éclaire toute la terre, de même l'esprit qui en possède les propriétés! Le monde deviendra la nouvelle *Aldocentyn* quand nous aurons chassé les religieux...

Mais je m'escrimais en vain; déjà on ne m'écoutait plus.

Cette bande de frères nerveux et schismatiques comprenait plusieurs gentilshommes hongrois qui ne savaient comment dilapider leur fortune. Excités telles des guêpes par leur projet, ils achetèrent pour le mener à bien un ancien couvent de dominicains sis sur les bords de l'Elbe. M'avisai-je de protester encore une fois contre une telle folie? Les fanatiques que j'avais engendrés fomentèrent une cabale et répliquèrent en me traitant de pape. Puis, au cours d'une cérémonie des plus vulgaires, ils jetèrent aux flammes mon *Banquet des Cendres* tout à coup réputé, selon l'expression de ces fines gens, *torche-cul aristotélicien*!

On imagine quelle amertume fut la mienne. Je m'abstins d'en toucher le moindre mot à Cecil qui eut cependant connaissance de ma mésaventure et s'en gaussa dans une lettre, me conjurant une fois de plus d'abandonner ces climats hérétiques, de renvoyer Besler – l'instigateur de la révolte à son avis – et de gagner Venise où m'attendait l'affection de ses pacifiques amis. Ceux-ci, affirmait-il, étaient tous athées et catholiques, mais ils n'eussent jamais brûlé un livre, fût-il haïssable à leurs yeux.

Ainsi je laissai mon aréopage mourir – lentement, trop lentement ! – de sa belle mort, et les *giordanisti* se réfugier à grand bruit dans d'autres sectes. Je ne gardai avec moi que Jérôme. Nous n'eûmes guère le temps de méditer sur l'erreur que nous avions commise car les calvinistes, entre-temps, s'étaient emparés de l'université ; et l'une des premières mesures prises par ces coquins fut de me forcer à quitter Wittenberg.

Nous étions à Prague depuis quelques heures à peine lorsque j'aperçus, près de la cathédrale Saint-Guy, la silhouette de Fabrizio Mordente ; rencontre inattendue, fort désagréable et qui, dès mon arrivée en cette ville, me mit l'âme de travers. On croit, en changeant de latitude, éloigner ses ennemis et soudain ils surgissent devant vous dans un nouveau décor, tels les plus funestes présages. Je résolus aussitôt de faire demi-tour et me montrai si obstiné dans ce choix que Besler dut déployer des trésors de persuasion pour me forcer à descendre de voiture.

– L'académie de Rodolphe, s'emportait-il, est la plus prestigieuse du monde ! Ce prince t'attend ; tu n'as pas le droit de le décevoir !

Mais Mordente – comment aurais-je pu l'oublier ? – avait sur la conscience la mort de Jean Hennequin ! Pourquoi fallait-il qu'il fût à Prague en même temps que moi ? Je passai la nuit à affronter en rêve des sbires payés par lui pour m'expédier pendant mon sommeil, et quand le lendemain nous nous rendîmes au château du Hradschin, ce fut pour apprendre que ce maudit assassin venait d'y être élu astronome impérial.

Beaucoup à la cour s'offensaient qu'une charge aussi

prestigieuse fût venue couronner un mathématicien dont tous haïssaient la fourberie. Tycho Brahé, le célèbre observateur des étoiles, que nous rencontrâmes peu après notre arrivée, ne cacha pas sa mauvaise humeur :

– Plutôt partir d'ici que travailler avec ce pesant Napolitain…

– Salernitain, rectifiai-je. Mordente est un Salernitain. Le Napolitain, c'est moi…

Nous avions tous deux pris la tête d'un groupe d'érudits allemands qui ne pouvaient se retenir de pousser à chaque instant des exclamations émerveillées. Les salles que nous traversions abritaient en effet les collections de peintures amassées par Rodolphe. L'une de ces dernières représentant un cavalier énigmatique portant armure, lance et salade me fit songer, quand je l'aperçus, à mon père.

– Giordano Bruno, reprit pensivement Brahé. Le tonnerre du Vésuve… On raconte que vous êtes un adversaire terrible, rompu aux discordes…

– Et vous un astronome de génie. Vos calculs…

– Pour ma part, je n'aime guère débattre. Ce sont les astres qui m'intéressent. Les idées, je m'en moque…

Tempérament fougueux, pensai-je, sympathique. Le bonhomme, qui avait perdu autrefois son nez dans un duel, se collait sur la figure un organe en or fort bien imité qu'il n'ôtait que pour dormir, artifice étrange dont il vérifiait fréquemment l'adhésion et qui ajoutait à son inquiétante physionomie. Me revint en mémoire le souvenir du seigneur à qui Jean Pruss avait jadis greffé le nez d'un de ses laquais. Je prononçai quelques mots à propos de cette anecdote…

– Je ne crois pas que la partie séparée d'un tout en puisse conserver la vertu, répliqua Tycho.

Il lâcha brusquement mon bras. Tu l'as blessé ! lus-je dans le regard furieux que m'adressa Besler. Et c'est sans plus rien dire que nous continuâmes à marcher entre les rangées de tableaux surveillés par des gardes. L'astronome était lui aussi flanqué de son disciple, un certain Kepler qui, au bout d'un moment, voulut rompre le malaise et déclara :

– Il me tarde de connaître votre ciel, maître Bruno.

– Tu le connaîtras dans un instant, grogna Tycho. Nous voici arrivés.

Deux portes s'ouvrirent comme par magie devant notre troupe maintenant silencieuse. Sept colonnes de lumière tombant des hauteurs éclairaient un cabinet garni de stalles dont les accoudoirs sculptés formaient un bestiaire d'animaux étranges. De vastes tables occupaient le centre de la pièce, où l'on avait déroulé des cartes astronomiques et disposé avec art un jeu de règles graduées, d'équerres, de compas (dont le fameux *circinus mordentii*), et des sphères de cuivre figurant la Terre et les sept planètes.

J'aperçus d'abord Mordente, debout à droite de l'empereur ; il supporta mon regard sans faiblir. Puis je vis l'empereur, un homme aux traits lâches dont la tête reposait sur la main comme s'il eût souffert de mélancolie. J'imaginai enfin ce que découvraient ses yeux las : une théorie de savants pressés de goûter le miel de sa divine reconnaissance et guidés par deux démons, deux esprits libres, l'un corpulent, nordique, coiffé de roux, vêtu de fourrures et arborant son nez d'or, l'autre petit, nerveux, sobre d'équipage et brun comme son nom ; deux formes opposées d'une seule et même sapience. À gauche du souverain, un individu me souriait le plus franchement du monde. Je supposai qu'il s'agissait de Gian Maria della Lama, le médecin de Rodolphe, un Napolitain encore, que Rome, disait-on, eût volontiers envoyé au bûcher. À ses côtés, un personnage sombre et barbu scrutait les arrivants et traçait au crayon des esquisses sur un carnet. Enfin venaient une poignée de courtisans.

D'une voix mourante, l'empereur tenta d'échanger quelques amabilités avec Brahé qui répondit sur le ton de l'indifférence, voulant exprimer ainsi sa réprobation au sujet de la faveur accordée à Mordente. Le monarque gardait toujours la tête inclinée, le front dans la main. Ayant poussé un long soupir, il tourna les yeux vers moi, me demanda si j'avais fait bon voyage et, sans même attendre la réponse à cette question, en posa une deuxième : connaissais-je celui dont il venait de faire son astronome ?

– Majesté, répondis-je, j'ai rencontré ce mécanicien à Paris. J'ai écrit un traité fort élogieux sur son compas. Mais il n'a point aimé le livre, je crois. Il faut dire que selon l'usage je l'avais rédigé en latin, langue qu'il ne possède pas…

Mordente m'assassinait du regard, devinant que je m'apprêtais à le dévorer d'une seule bouchée. Mais son maître le sauva en orientant la conversation vers un autre sujet.

– Paris, grommela-t-il avec une moue dédaigneuse. Je sais que vous avez conseillé un roi, là-bas…

– Un grand roi, Votre Majesté.

– A-t-il bénéficié de vos talents divinatoires ? On raconte que vous lisez l'avenir dans des roues…

– Je pratique l'art de la mémoire. Et il est vrai que le futur s'inscrit dans le passé comme le jour dans la nuit. Il m'est arrivé en effet de conseiller au roi de France de prendre garde aux prêtres qui s'approchaient de lui…

– Et pourquoi donc ?

– Attendu, Majesté, qu'il les aime un peu trop…

Rodolphe eut une expression inquiète.

– Doit-on à présent se méfier de ceux que nous aimons ?

– Mon Dieu, Majesté, ceux qu'aiment les souverains sont assez bien placés pour leur nuire…

L'empereur m'invita à poursuivre. Je précisai :

– Un prince aime les prêtres, Majesté. Comment s'y prendra

celui qui le veut assassiner ? Il jouera les prêtres. Que le prince aime, disons… les savants et les philosophes…

– Il est toutefois moins facile d'endosser l'habit du savant que celui du prêtre. Mais selon vos dires, ne devrais-je pas commencer par me méfier de vous ?

– Vous m'avez interrogé, Majesté. J'ai répondu. Pour ma part et que cela plaise ou non, je parle toujours sous la dictée de la raison, sans souci de tirer bénéfice de mes opinions…

Un murmure anima l'assistance. On lisait la haine comme à livre ouvert dans les pensées de Mordente. Le médecin della Lama, lui, riait de bon cœur. Son voisin à barbe noire avait entrepris, semblait-il, de croquer mon portrait.

– Précisément, reprit l'empereur, mon académie aimerait connaître vos opinions concernant le ciel. Est-il vrai que vous l'avez réputé infini, peuplé de mondes innombrables ? Pensez-vous réellement que la Terre soit animée ?

Je jetai un coup d'œil à Tycho qui rajustait son nez.

– C'est la vérité, dis-je. Si Dieu existe, Il existe partout en acte ; de même l'âme, le mouvement et l'infini.

– Mais ces vues sont-elles conformes aux enseignements de l'Écriture ?

– Elles le sont à ceux de la nature, Majesté. Je ne me suis pas exprimé sur ce point théologiquement, mais philosophiquement. L'Écriture nous enseigne les vérités morales, la nature les physiques…

– Qu'en pensez-vous, Tycho ?

Tycho leva les yeux vers les hautes fenêtres et l'on eût dit qu'il souffrait à ce moment précis de ne pas y rencontrer les astres. La passion de cet homme était d'observer, pensai-je, d'enregistrer à chaque heure sur des tables les variations des apparences. Oui : il voulait produire au fil des jours un double arithmétique du ciel afin d'en conserver la mémoire – ou le livre grâce auquel il oublierait la mort et le temps.

– Le mage napolitain, déclara-t-il, est un homme de cœur. Je l'ai vu tout de suite. Il a son franc-parler et c'est tant mieux. J'espère que ce qu'il a suggéré à Votre Majesté concernant les fourbes qui apprennent à déguiser leur âme pour abuser les princes sera tenu pour sage conseil. Mais Bruno est aussi bon philosophe que bon politique ; interrogez-le sur les planètes, il vous parlera de Dieu. Questionnez-le sur la divinité, il vous dessinera une belle carte du ciel tout droit sortie de son imagination volcanique. De plus il goûte fort la discorde, ce qui n'est pas mon cas... Tandis que je prononce ces paroles maladroites et cherche à attraper les mots qui tournoient dans les brumes de mon cerveau, je ne doute pas qu'il a déjà deviné le sens de mon propos, et bien pesé sa réplique...

Je souris : non, aucune réplique ne se présentait encore. Cet homme était l'adversaire le plus civil que j'eusse jamais affronté.

– Le mouvement de la Terre ? insista Rodolphe.

– Ce mouvement ne me plaît pas, Votre Majesté. J'aime observer les étoiles depuis mon île, au Danemark, et pour la justesse de mes calculs j'ai besoin qu'elle reste stable...

– Certes, mais ses arguments...

– Que valent-ils face à mes observations ? J'ai vu de mes yeux toutes les planètes se déplacer dans le ciel ; la Terre jamais...

– Vous êtes *sur* la Terre, Tycho ! repartit le souverain, en prince doué pour la dispute. Comment pourriez-vous observer son mouvement ?

– Ses mouvements, si Votre Majesté m'autorise à rectifier ! Dans leur générosité infinie, Bruno et Copernic lui en attribuent deux ! Je me demande bien pourquoi d'ailleurs. Quel corps a jamais été habité par deux mouvements naturels et concomitants ? Non. La question a été en son temps posée et résolue par les Grecs. Et aucun phénomène, que je sache, n'est jamais venu confirmer ces étranges hypothèses…

– Si votre île, intervint Besler, se trouvait sur Mars ou sur la Lune, et si vous observiez le ciel depuis là-haut, vous pourriez enregistrer la trajectoire de notre planète…

Las de ces bavardages, Tycho secouait la tête.

– Votre maître a emprunté à Copernic son mouvement de la Terre parce qu'il le trouvait beau et qu'une idée aussi neuve ne pouvait que séduire son esprit subtil et fantasque. Il reste maintenant à apporter les preuves, ce qui est malheureusement impossible…

– Les preuves, répliqua Besler, sont contenues dans les calculs de Copernic…

– Permettez, mon cher : je parlais d'une preuve visible, mesurable, et que je pusse inscrire sur mes registres à l'aide d'un simple chiffre…

– L'œil n'est pas l'organe de la vérité…

– Ah ! La peste soit de ces arguments d'école ! s'emporta soudain Tycho. Votre Majesté, je voudrais que cette académie m'apporte un instant le concours de son imagination…

– Vous l'avez, approuva l'empereur.

Tycho s'approcha de moi et posa la main sur mon avant-bras.

– M'autorisez-vous à vous interroger, cher Bruno ? Il ne s'agira pas d'un duel, mais d'une dispute amicale entre deux savants aux opinions contraires…

– Des opinions contraires jaillit souvent le vrai, répondis-je. Mais pourquoi ne pas continuer avec mon disciple ? Je vous écouterai avec d'autant plus de plaisir que je n'aurai pas à vous répondre…

– Vous avez raison.

S'étant tourné vers Besler, il lui demanda de se représenter deux canons parfaitement identiques dont la gueule de l'un fût dirigée vers l'est, celle de l'autre vers l'ouest.

– Selon vous, Jérôme, les deux boulets tirés à la même seconde franchiront-ils sur la Terre deux espaces égaux ou inégaux ?

– Égaux, affirma Besler.

– Fort bien. Nous sommes d'accord. Et pourtant vous maintenez que la Terre tourne d'est en ouest…

– Oui.

– Ce qui signifie donc que nos deux boulets, avant d'être enfournés dans la gueule du canon, ont lu les livres de votre maître et appris par cœur sa doctrine…

Besler leva vers lui un regard parfaitement idiot.

– Je crains de ne pas comprendre ce que vous voulez dire, maître Tycho.

– Mon intention n'est pas de paraître obscur, l'ami, mais trouvez-moi une autre explication à ce mystère ! Ou bien votre mouvement terrestre n'existe pas, ou bien les boulets s'efforcent de le neutraliser pendant le vol, l'un en accélérant, l'autre en freinant sa course. Je répète : peut-être ont-ils appris à se conformer à la théorie brunienne, et par calcul à retomber tous les deux à égale distance du point de départ…

Diable de Danois. Le pauvre Besler souffrait comme un mauvais élève pris au piège. Hennequin, lui, eût répliqué à l'argument sans marquer la moindre hésitation. Le disciple me chercha des yeux pour implorer de l'aide. Il ne rencontra que mon silence.

Johann Ulrich Zasius, qui avait occupé sous Maximilien la charge de vice-chancelier de l'Empire, offrait un visage atrocement déformé par la vieillesse et, m'informa-t-on, les atteintes du *mal français*. Le bonhomme avait bien vécu et s'en était trouvé puni. L'âge l'avait forcé à infliger au monde le spectacle de sa monstrueuse laideur qu'accentuait ici pour l'éternité un méchant bonnet de drap brun épousant la forme du crâne.

– Est-ce là physionomie humaine ? questionnai-je.

Le jeune peintre qui me guidait dans la visite de l'atelier m'invita à examiner le portrait avec plus d'attention.

– Regardez bien, signor Bruno.

Avais-je la berlue ? Le nez boursouflé, l'œil et le sourcil de Zasius étaient figurés par un oisillon déplumé, sa joue scrofuleuse par une cuisse de poulet et l'orifice de sa bouche par la gueule ridiculement petite d'un poisson mort. Quel prodige ! L'habileté de l'artiste était si grande que deux illusions semblaient se trouver réunies en une seule. L'imagination envisageait-elle le tout qu'apparaissait la face ruinée du vieillard. Décidait-elle au contraire de s'accrocher aux éléments de l'œuvre, celle-ci redevenait aussitôt assemblage d'animaux aux chairs corrompues…

Le guide m'entraîna devant un autre portrait.

– Voici Wolfgang Lazius, dit-il. Il fut jadis bibliothécaire et curateur des collections impériales…

Le buste, les membres et la tête de ce Wolfgang avaient pris eux la forme d'un empilement de livres, l'un aux pages ouvertes en chevelure d'où pendillaient d'ironiques signets, d'autres lui servant de front, de nez, de joues…

– Immortalisé dans les attributs de sa fonction, sourit le peintre avec un rien de cruauté. Notez les doigts faits de rubans de papier. Désirez-vous continuer, signore ?

– Par le Christ ! Qui est celui-ci ?

– Un gentilhomme viennois. Mort, si je puis dire, dans la fleur de l'âge. Que son âme repose en paix…

Son âme ? On la distinguait moins facilement qu'autrefois celle du dieu Glaucos ! Le visage du jeune homme se découpait de profil sur un fond nocturne et réunissait à lui seul, tels qu'étouffant dans le filet du pêcheur, tous les poissons, crustacés et bêtes aquatiques de la création : môle, silure, raie, anguille, poulpe, hippocampe, grenouille, écrevisse, loutre, tortue... un coquillage lui tenait lieu d'oreille, une squille de sourcil, un tourteau de poitrine...

– Tel est donc, murmurai-je, le style de votre maître...

– Oui, signore. Nous autres, ses élèves, ne produisons que de pauvres imitations... Il existe aussi, mais vous ne pourrez le voir ici, un superbe portrait de Rodolphe, tout composé des fruits les plus beaux et généreux que Nature ait jamais portés... Mais voyez celui-ci, avec les oiseaux, n'est-il pas ravissant ?

Quel crime le malheureux modèle avait-il commis, pensai-je, pour se voir affublé devant ses descendants d'une tête hérissée de becs et de plumes ? Je saisis le disciple par le bras.

– Une question, l'ami : arrive-t-il à Giuseppe de peindre... comme tout le monde ?

– Comme tout le monde, signore ?

Le bougre m'avait gratifié d'un sourire teinté de mépris.

– Je crois deviner la raison de votre inquiétude, dit-il. Mais j'ai peur que... Ah ! Voici précisément maître Giuseppe... Si vous permettez, je vous laisse en son excellente compagnie, et m'en retourne à mes imitations... Serviteur, signore...

Marchant à vive allure, frappant d'une canne nerveuse les mosaïques du sol, Giuseppe di Milano, l'homme barbu vêtu de sombre qui n'avait cessé de nous croquer pendant la séance de l'Académie impériale, progressait entre ses chefs-d'œuvre. Il passa devant moi sans m'adresser un regard.

– Vous serez mon dernier sujet ! lança-t-il avec mauvaise humeur. Après quoi je m'en vais. Je quitte Prague...

– Voyez-vous, hasardai-je, je ne suis pas très sûr de... tenir à ce portrait...

– Rodolphe y tient. Venez.

Le ton n'admettant pas de réplique, je le suivis jusqu'à son cabinet. Sur une table, s'étalaient les esquisses réalisées tandis que nous nous entretenions par-devant l'empereur du mouvement de la Terre : Tycho affublé de son nez artificiel, Jérôme, Kepler, et moi-même dessiné sous une dizaine de poses différentes. Je les examinai toutes et grande fut mon émotion, je l'avoue, de voir pour la première fois les ombres de mon visage recouvrir le papier. Tel que pour les autres je suis, me voici, pensai-je – mais le début de spéculation auquel l'expérience semblait vouloir donner lieu se trouva vite interrompu : déjà Giuseppe désignait un croquis du bout de sa canne.

– Celui-ci, fit-il, péremptoire. Je vous peindrai de profil.

– Très bien. Le dessin est fort ressemblant, en effet. Mais voilà : j'aimerais savoir sous quelle forme vous avez l'intention de...

– Ne vous a-t-on pas montré mon travail ?

– Justement...

– Que redoutez-vous ?

– Mon Dieu, maître Giuseppe, les images ont un pouvoir sur le monde. Et après tout, c'est de *mon* image qu'il s'agit... Vous plairait-il de vous voir représenté avec une aile de poulet en guise de menton, des radis au fond des orbites et un orvet dans la bouche faisant office de langue ?

Furieux, le peintre me toisa de la tête aux pieds. Était-ce là le seul jugement que je fusse capable de porter sur son art extraordinaire ? Il reprit :

– Tout philosophe que vous êtes, Bruno de Nola, les éléments qui entrent dans la composition de votre âme immortelle appartiennent à la nature. Croyez-vous qu'il soit difficile de les percer à jour ?

– C'est le sens même de ma demande : je serais heureux de connaître vos conclusions avant que vous ne commenciez à composer ma tête...

Il eut un geste en direction de l'atelier.

– Puis-je savoir quel sentiment vous a visité en voyant tout à l'heure la nature mimer et même railler l'homme par le truchement de mon génie ?

– La stupeur, Giuseppe di Milano. Et je dois dire qu'elle ne me quitte plus...

– Vous n'êtes donc guère différent de vos semblables, car cette stupeur, tous l'ont éprouvée. Cependant, le prince qui règne ici doit vous tenir en grande estime pour vous avoir octroyé le privilège inestimable...

L'air dédaigneux, il jouait avec sa canne à créer le désordre dans les dessins et les carnets qui jonchaient la table.

– Oui ?

– ... de figurer sur un de mes portraits, de pouvoir contempler bientôt votre âme comme dans un miroir. Le plus fidèle des miroirs, sachez-le : le mien...

– Qui contemple son âme se prépare à mourir, cher maître. Et je ne suis pas pressé de quitter cette vallée de larmes...

– Attitude peu philosophique. Même Rodolphe s'est prêté au jeu de bonne grâce...

– Votre souverain a ses raisons. Pour ma part, je répète : les images ne sont pas des ornements destinés à ébaudir les courtisans. Comme les astres, elles exercent une influence sur le monde et modifient le cours des choses, les *sumpathia* qui circulent entre les êtres...

– Vous avez peur, voilà tout...

– Peur ? Moi ?

– Quelque sympathie ou *sumpathia* que vous inspiriez à Rodolphe, vous n'êtes à mes yeux qu'un petit mage napolitain, un fanfaron né au pied d'un volcan prétentieux...

– Et vous un Milanais insolent...

Giuseppe abattit sa canne sur la table.

– Taisez-vous ! Je suis au service de la maison impériale depuis vingt-cinq ans. J'ai servi trois empereurs à Vienne et à Prague ; chacun m'a aimé plus que son prédécesseur. J'ai conçu en tant que *fabricator* toutes les fêtes et tous les costumes de cette cour. Que vous le vouliez ou non, vous figurerez dans mon œuvre achevé quand je quitterai cette forteresse, sous la forme qu'il plaira à ma main de donner à votre âme... Connaissez-vous mes quatre éléments ?

– Que m'importent vos éléments. Ceux d'Empédocle me suffisent...

– Quatre éléments se partagent la nature, quatre saisons le temps, quatre humeurs le corps de l'homme et quatre tempéraments sa volonté. Vous, par exemple, vous souffrez d'un excès de bile jaune, je le sais, d'où votre complexion colérique... Où allez-vous ?

– Bien le bonjour, monsieur, je vous laisse bâtir mon âme à votre convenance, puisque telle est votre folie...

– Attendez !

Lui ayant tourné le dos sans autre cérémonie, je quittai son cabinet et traversai l'atelier à grandes enjambées, sous le regard des malheureuses créatures qui le hantaient, prisonnières pour l'éternité de leur masque de souffrance – mes compagnes, bientôt...

– Bruno de Nola !

La voix autoritaire du peintre résonna un instant dans l'atelier sans vie. La main sur la porte, je m'arrêtai, prêtai l'oreille aux coups réguliers de la canne frappant le sol. Le bruit se rapprocha et Giuseppe apparut à dix pas de moi, spectre dans la lumière...

– Que me voulez-vous ?

– Le feu, dit-il. Vous serez le feu !

Observant la ville de Prague depuis la forteresse du Hradschin, je songeais à mon existence sans but ni patrie. Certes l'empereur m'autorisait à prononcer des leçons régulières devant ses académiciens et à publier mes ouvrages, mais son esprit, tel celui d'Henri III, ressemblait trop à un échiquier pour inspirer confiance et sécurité : les cases blanches y alternaient avec les noires à parts égales, les éclairs de sagesse avec les plus insondables ténèbres. Ce prince, qui vous tenait le matin pour son plus fidèle ami et vous couvrait de cent preuves d'affection, pouvait tout aussi bien vous reprocher à mots couverts d'être assis à sa table au dîner. Il paraissait ne détester un jour l'intolérance des ordres religieux que pour s'offenser le lendemain d'une innocente raillerie à propos des Jésuites. On le voyait ouvrir les bras à de subtils savants, et dans le même temps récompenser les ânes. Ses conseillers en étaient réduits, disait-on, à mesurer avec inquiétude les conséquences sur sa politique de tels caprices et sautes d'humeur.

Mon ennui était-il dû au froid climat qui régnait sur ces plaines, à l'absence de Cecil, au caractère lunatique du souverain qui me protégeait ? L'exil me pesait-il davantage qu'au temps de ma jeunesse ? Les voiles de la mélancolie ne cessaient d'obscurcir mes heures et je travaillais sans entrain ni talent, dictant à Besler des ouvrages fort monotones où je ne faisais que remâcher les vieux principes de ma doctrine et croiser le fer contre les mathématiciens. Qu'elle était loin, l'inspiration des dialogues écrits autrefois à Londres ! Aussi loin en vérité que l'étaient mes amis eux-mêmes. Je n'avais plus ici pour me seconder que l'efficace, mais peu affectueux Jérôme, et la vie au Hradschin était plus étroite, mesquine et dépourvue de poésie que dans un couvent de capucins. Mordente, que l'on s'obstinait à couvrir de richesses et d'honneurs, s'y montrait chaque jour plus arrogant. Tycho ne parlait que de retourner au Danemark afin d'observer en paix ses chères étoiles et comètes. Dans son atelier, Giuseppe Arcimboldo di Milano travaillait en secret à sa dernière œuvre, s'appliquant sans doute à me composer une tête volcanique de feu et de cendres…

Je ne devais pas languir plus de six mois à la cour de Rodolphe. Peu après la joute qui avait opposé le Danois à Jérôme, le jeune Kepler, un esprit subtil qu'intriguaient mes vues, me rendit une longue visite. Il voulait savoir ce que j'eusse, moi, répondu à son maître au sujet des boulets de canon. J'en appelai à Copernic et lui enseignai que tout objet appartenant à la Terre devait la suivre dans son mouvement.

– De même la pierre que je lancerai en l'air depuis le pont d'un bateau poussé par le vent retombera-t-elle dans ma main, car elle appartient au mouvement du bateau…

– Mon maître croit qu'il s'agit là d'un mensonge, non d'un argument…

Tycho se montrait si obstiné contre la giration terrestre qu'il avait inventé à force de calculs un ciel des plus insolites : autour d'une Terre absolument immobile tournaient la Lune et le Soleil ; et les planètes autour du Soleil… Ainsi Aristote et Ptolémée ne risquaient-ils pas de franchir le fleuve des enfers pour venir sur son île crier à la trahison et se venger de lui en troublant son sommeil. Mais j'avais eu vent par Jérôme des divergences de vues qui déjà existaient entre le Danois et son élève. Je voulus savoir ce que Johannes Kepler pensait.

– De même que Copernic, j'admets le mouvement de la Terre, maître Bruno. C'est votre univers infini qui ne me plaît pas. Je crains que l'esprit ne s'épuise en vain à errer dans cette immensité où il ne trouvera nul repos dans ses calculs, nulle halte, nulle borne pour le retour… On dit que vous-même ne cessez de voyager de par le monde…

– Garde-toi de devenir un penseur frileux et sédentaire, Johannes. L'idée d'infini se rencontre dans l'esprit de Dieu, et l'univers où nous errons est cet esprit en acte ; infini, donc, quelque effroi que cela occasionne…

– Pardonnez-moi, mais il s'agit là d'arguments théologiques. Mon maître et ami Tycho a raison de dire que vous êtes meilleur philosophe qu'astronome. Notre science à nous se fonde sur les apparences célestes, telles que nous les observons scrupuleusement. Qu'importe au savant ce qu'il ne peut voir de ses yeux ? Qui a jamais fait l'expérience de l'infini…

– Moi. À chaque instant de ma vie.

Kepler détourna son regard vers la fenêtre où scintillaient les premières étoiles.

– Est-ce une forme d'ivresse ? questionna-t-il à voix basse, comme s'interrogeant lui-même. J'avoue qu'elle ne me tente guère. On la dirait porteuse de quelque horreur secrète…

Il plongea de nouveau son regard dans le mien.

– Pas plus que ne me séduit votre divinité brouillonne se confondant avec la nature. Pour moi, Dieu est un géomètre, et la création son reflet mathématique ; une image ordonnée, parfaite, finie, visible… Vous souriez, maître Bruno ?

– Ton argument est-il moins théologique que le mien ?

Le jeune homme semblait vouloir reconstruire dans le ciel une mécanique précise qui eût confirmé la Trinité chrétienne. À l'entendre, le Père s'incarnait dans le soleil, le Fils dans la voûte étoilée, l'Esprit dans l'air ambiant…

– Sornettes ! Le libre exercice de la raison doit se moquer des dogmes religieux, car ils offrent à la pensée un cadre trop étroit. Chasse-moi de ton crâne cette odeur de messe, Kepler ! Il faut délivrer l'imagination de telles chaînes. Là où la Bible ne voit qu'un seul soleil, moi, j'en invente cent et mille…

Affolé, il agitait les mains de part et d'autre de sa tête comme si elle lui tournait sous l'effet de mes paroles.

– Pourquoi, pourquoi plusieurs soleils, maître Bruno ? Un seul ne vous suffit-il pas ?

– Pourquoi un seul, par le Christ ?

– Si l'univers est infini, peuplé de soleils et de mondes innombrables, où a-t-on placé son centre ?

– Nulle part ! Point de centre ! Au diable le centre, le haut et le bas ! Je veux autour de moi une étendue libre de toute limite ! Une pure respiration de l'être… Un fleuve incréé, un tourbillon de vie qui tout engendre et tout emporte !

Kepler soupira.

– J'ai peur que vous, Besler et votre secte de *giordanisti* refusiez de sortir de votre esprit pour regarder le monde tel qu'il a été bâti. Vous vous êtes un jour entichés d'une idée et n'en voulez plus démordre, telle est la vérité. Vous obéissez à votre imagination, dites-vous ? Allons, astronomie et poésie ne feront pas longtemps bon ménage. Il existe un ordre, une harmonie…

– Une harmonie, oui. En tout cas pas celle d'Aristote. Et il en est d'autres que la mathématique, crois-moi…

Un adversaire de talent que ce petit géomètre, autrement plus vif et généreux que le sinistre Mordente, doublé de surcroît d'un travailleur infatigable. Croiser le fer avec lui aura été à chaque fois un plaisir, et l'une des rares distractions que le destin m'autorisa au Hradschin. A-t-il en vieillissant cessé de trembler comme une poule mouillée devant les espaces infinis ? L'ai-je aidé à se délivrer de la gangue de piété qui lui encombrait la cervelle ? Je l'ignore, comme j'ignore s'il a jamais obtenu quelque succès dans ses recherches. Peut-être aura-t-il su tirer le meilleur profit de l'enseignement le plus contradictoire qui soit : quand il ne disputait pas avec moi, il continuait de fréquenter l'observatoire construit par Rodolphe dans une des tours du château et à méditer avec son maître sur les moindres mouvements des astres. Il quitta Prague peu après Tycho et je ne les revis ni l'un ni l'autre.

On disait de Giuseppe di Milano qu'il avait, jeune homme, découvert chez son père des carnets d'esquisses ayant appartenu au grand Leonardo. Les croquis figuraient des formes monstrueuses observées dans l'humanité et la nature. Afin d'éduquer sa main et son esprit, Giuseppe les avait recopiées avec passion, jusqu'à ce que ses yeux ne vissent plus dans le visage d'un individu que la somme des détails les plus étranges qui le pouvaient définir. Son apprentissage s'était déroulé au dôme de Milan où son père exerçait lui-même le métier d'artiste, et sans doute l'œuvre achevé devait-il quelque chose au souvenir des manuscrits enluminés qu'il y avait vus : leurs majuscules initiales nous ont tous fascinés, qui se dessinent souvent à l'intérieur d'un assemblage complexe de plantes ou d'animaux. Son talent, je dois en convenir, était fort apprécié à la cour de Rodolphe. Le prince le tenait pour un membre de sa famille et lui promettait plus de gloire et de richesses encore s'il renonçait à son projet de s'en aller mourir dans sa ville natale. Mais la détermination de Giuseppe était telle qu'il dut bel et bien l'autoriser à partir, ce qui advint au milieu de la belle saison. À l'issue des cérémonies somptueuses données en son honneur, le *fabricator* se mit en route sans manifester le moindre regret. Toute la cour fut priée de venir pleurer sur les remparts et de se lamenter au spectacle d'une file de voitures chargées de cadeaux traversant lentement la ville de Prague, entourées des cinquante cavaliers mis par Rodolphe à la disposition de l'artiste pour l'escorter jusqu'en Italie.

Pour ma part, n'étant jamais retourné dans l'atelier du Milanais – après notre échange d'amabilités, il m'avait farouchement interdit d'en franchir le seuil –, j'ignorais encore à quoi ressemblait mon âme. Je ne devais découvrir le tableau que la veille de quitter Prague à mon tour, au moment où je rendis une dernière visite à Rodolphe pour le remercier de son accueil.

Frappé quelques jours plus tôt par une grave crise de mélancolie, le monarque refusait de quitter sa chambre. Je le trouvai enfoui dans un amoncellement de coussins, dédaigneux et las, achevant de boire avec force grimaces la drogue que venait de lui préparer della Lama. Il désigna d'une main fatiguée une bourse apportée à mon intention.

– Cet argent, Bruno de Nola... Votre salaire pour les leçons à l'académie. Où partez-vous ?

– Helmstedt, Majesté.

L'empereur ne put retenir une moue de dépit.

– On est donc plus heureux chez le duc Jules que chez moi...

– Il existe là-bas une grande université, prête à m'accueillir, à m'offrir du travail...

Je n'eus pas le loisir d'en dire davantage car Rodolphe avait déjà fermé les yeux, d'avance épuisé à la perspective d'endurer mes discours. Qu'étais-je d'autre qu'un nouveau traître à ses yeux ? Bruits et rumeurs voulaient que le départ des savants et artistes qu'il aimait fût la cause de tous ses tourments... Il demeura un long moment si parfaitement immobile que nous le crûmes endormi. Feignait-il ? Du regard j'interrogeai le médecin. Celui-ci écarta les bras en signe d'impuissance ; j'attendis donc sans prononcer une parole le bon vouloir du prince.

– Voulez-vous admirer votre portrait ? me demanda-t-il tout soudain.

Il avait prononcé cette phrase sans même rouvrir les yeux, tel un homme parlant pendant son sommeil.

– Oui, Majesté.

– Un chef-d'œuvre. Della Lama va vous le montrer…

Le chef-d'œuvre se trouvait dans un cabinet séparé de la chambre par un long corridor.

– Le diable emporte ceux qui nous gouvernent, me glissa le médecin à l'oreille. Cet empereur est plus capricieux qu'une vieille femelle à la figue desséchée… Mais que voulez-vous : tous l'abandonnent…

– Il lui reste Mordente…

– Entrez, c'est par ici.

Il referma la porte. La peinture reposait sur un chevalet dressé devant une fenêtre. Allusion ironique à la dispute qui avait opposé six mois plus tôt Besler et Tycho Brahé, deux canons à la gueule menaçante semblaient surgir de mon épaule. Une lampe à huile me tenait lieu de menton, dont la flamme s'apprêtait à embraser un faisceau de paille figurant ma moustache. J'avais pour oreille un tisonnier, pour front une mèche de chanvre, l'extrémité d'une bougie éteinte à la place de l'œil. Mon nez – seconde allusion à Tycho – n'était autre qu'un lourd briquet de fer. Quant à ma chevelure, par le Christ, Giuseppe en avait fait un bûcher rougeoyant, un incendie ! *Vous serez le feu !* clama de nouveau sa voix dans un recoin de mon cerveau…

– Chanceux que vous êtes, reprit della Lama. Qui ne rêve de fuir pour toujours cette maudite forteresse ?

Accoudé à la fenêtre, il semblait scruter l'horizon dans l'attente de quelque signe à lui adressé, promesse que son rêve serait bientôt accompli…

– Dites-moi, Gian Maria, que pensez-vous de ce portrait ?

Quittant la fenêtre, le médecin fit le tour du chevalet et réfléchit un instant.

– Mon Dieu, je le trouve fort ressemblant… Après tout, vous êtes une canaille hérétique, comme moi, un séducteur promis aux flammes ; du gibier pour les chiens du pape et de l'Inquisition… Pardonnez-moi : simple plaisanterie. Mais cela a-t-il quelque importance pour un esprit philosophique et sage tel que le vôtre ? Allons, ce que vous avez devant vous, Giordano, est une surface assez habilement recouverte de matières colorées, rien de plus…

– Croyez-vous que nous reverrons jamais Naples et l'Italie ?

– J'en doute fort ! s'écria-t-il en riant de bon cœur – puis, intrigué : Quelle étrange question…

Il se rembrunit et, comme pour tenter d'y lire mes pensées, plongea dans les miens ses yeux sombres dont toute espièglerie avait disparu. Il ajouta doucement :

– Un conseil : ne commettez surtout pas l'erreur d'y retourner…

La lettre que j'avais adressée à Jules, dans laquelle il se voyait baptisé *le plus brave des héros, le plus sage des princes et le plus célèbre des ducs* me valut d'être accueilli à Helmstedt avec les honneurs. Invité à prononcer plusieurs conférences sur Aristote, je fus payé aussitôt de cinquante florins qui vinrent s'ajouter à ce qui restait, au terme d'un nouveau voyage vers le nord, des trois cents thalers de Rodolphe. Ainsi l'université julienne m'apparut-elle au premier abord digne de sa réputation d'académie la plus libérale de toute l'Allemagne. On disait que les meilleurs juristes d'Europe s'étaient penchés sur son berceau. J'y rencontrai en effet des lecteurs peu portés aux controverses mesquines, des étudiants nombreux et avides de connaître mes vues. Après avoir étouffé six mois au Hradschin, je crus dans un premier temps revenir à la vie.

Toujours secondé par Jérôme, j'avais entrepris de relire Pic, Ficin, Cornelius et d'achever mon œuvre propre concernant la magie, art de l'équilibre entre homme et nature. L'idée me vint de décrire avec précision l'échelle circulaire des êtres grâce à quoi l'âme rejoignait la divinité à travers l'expérience des sens, des éléments, des démons et des astres. Je considérai de nouveau les liens qui unissent les hommes au monde, et ces liens si particuliers que sont les hommes eux-mêmes. Fidèle à mes habitudes, je menais plusieurs sujets de front, multipliant notes et commentaires, obligeant un Besler souffrant et fatigué à veiller jusqu'à l'aube pour enregistrer mes pensées ; déjà se dessinaient les ébauches de ce qui bientôt deviendrait mon dernier livre imprimé.

Oui : quelque agréable et plein d'espérance qu'ait été le début de mon séjour au duché, je ne puis songer à cette période de mon existence sans voir les ailes de la mort, peu à peu, se refermer sur moi. Le cercle de *giordanisti* créé autrefois par Besler avait laissé çà et là de mauvais souvenirs dans les esprits, et je m'entendais parfois traité d'intolérant ou de sectateur manichéen. Peu nombreux étaient les aristotéliciens fanatiques à Helmstedt, mais ils déployèrent une énergie à la mesure de leur ignorance. Aussi l'appris-je assez vite : jamais ne me serait confiée la charge de lecteur permanent que j'étais en droit d'espérer, compte tenu de l'importance de mon œuvre. Du reste, le duc Jules devait mourir avant l'été. Malgré l'amitié qu'il déclarait me vouer, son fils et successeur ne parvint pas à endiguer la cabale menée contre ma personne par une poignée de sycophantes. Certes on me laissait travailler en paix, sans qu'aucune menace corporelle vînt rappeler la férocité de mes ennemis parisiens, mais la crainte me tourmentait de n'avoir point encore trouvé le lieu du monde où cesserait mon errance, et peut-être de ne le trouver jamais.

Le premier août de la même année, au matin, Henri III de France fut poignardé par un prêtre du nom de Jacques

Clément ; il rendit l'âme au cours de la nuit suivante, dévoré par la fièvre et tâtant du bout des doigts son boyau perforé. Le religieux avait réussi sans trop de peine à entrer dans sa chambre. Piero del Bene m'adressa une longue lettre afin de m'informer de la triste nouvelle. Il écrivait que ne me surprendraient pas les circonstances d'une telle mort puisque je l'avais prévue autrefois avec une acuité si philosophique. Bien qu'il me parût s'être donné beaucoup de mal pour que sa prose offrît le dehors d'un chagrin sincère, il ne parvenait pas à dissimuler le sentiment de victoire qui le transportait : désormais, son ami Henri de Navarre était roi de France, et prêt à changer de croyance pour conserver sa couronne. Piero disait-il la vérité quand il affirmait que Paris avait allumé des feux de joie en apprenant l'assassinat du Valois ? Se laissait-il au contraire enivrer par le succès de ses ambitions politiques ? Je n'ai jamais éclairci ce point.

Dans son enthousiasme, il me pressait maintenant de regagner la France au plus vite. À l'entendre, le royaume serait bientôt *gouverné de nouveau*, telle était son expression, et garantie la liberté religieuse. Il se faisait fort d'obtenir pour moi une chaire en Sorbonne et des gages d'absolue sécurité. Dans un billet joint à la lettre de son ami, Jacopo Corbinelli embouchait la même trompette. Mais quoi ? Revenir hanter des lieux où les catholiques avaient voulu me tuer ? Voir poser avec insolence les assassins de Jean ? Souffrir qu'ils n'eussent point été jugés pour leur crime ? Et cet Henri de Navarre, se croyait-il donc si assuré de son empire sur les ligueurs ? Pour les fanatiques des deux côtés, serait-il jamais autre chose qu'un traître ? Cent questions tournoyaient sous mon crâne et j'avoue que je délibérai longtemps, pesant un argument après l'autre, interrogeant Besler, écrivant à Cecil... Celui-ci n'avait en rien modifié son opinion et comme d'habitude ne jurait que par Venise – là était mon salut, répondit-il, là était la seule liberté, la plus douce des républiques. Quant à Jérôme, rien ne l'effrayait comme la pensée de devoir un jour vivre en France, pays non civilisé selon lui. En vérité il n'aimait que sa chère Allemagne...

– Je ne puis pourtant pas demeurer éternellement à Helmstedt !

– La vie y est-elle si désagréable ?

– C'est à peine si l'on accepte d'y imprimer mes livres ! Bientôt je n'aurai plus d'argent. Devrai-je recommencer à mendier ?

– Allons à Francfort, Philippe. Aucune ville au monde ne possède plus d'imprimeries, ni autant de libraires...

– Qui me connaît à Francfort ? Non. Nous irons à Paris. Du moins y retrouverai-je ma chaire en Sorbonne, grâce aux quelques amis qui me restent...

– Les ligueurs t'assassineront...

Paris ? Francfort ? Ce fut Baïf qui, en mourant à son tour, emporta la décision. Une lettre de Cecil venait de m'apprendre la nouvelle. Je me trouvais bel et bien à court d'argent, subsistant grâce à des leçons privées que mes ennemis surveillaient d'un œil suspicieux, convaincus que nous avions reconstitué la secte des *giordanisti*. Il est vrai que ma célébrité attirait de nombreux visiteurs, jeunes bien souvent, venus de Saxe et de Pologne. Les plus riches me proposaient parfois leur hospitalité ; je la refusais, arguant que j'étais philosophe, non pas bouffon, et que seule m'intéressait désormais la chaire d'une grande académie. Besler souffrait déjà de l'affection pulmonaire qui allait l'emporter. Et nous en étions toujours à nous quereller sur la direction à prendre. Je ne pus interpréter la fin de Jean-Antoine autrement que comme un mauvais présage planant sur un éventuel retour à Paris.

– Nous irons à Francfort, lançai-je à Jérôme.

Les ouvrages du libraire Jean Wechel comptaient parmi les plus beaux et les plus délicatement reliés que j'eusse jamais tenus entre mes mains. Cet homme connaissait tous mes livres imprimés à Paris et à Londres. Sa bibliothèque personnelle abritait même un exemplaire de mon *Arche de Noé*, acheté dix ans plus tôt à Venise par un de ses agents. Je lui présentai trois manuscrits achevés : le *De minimo* où s'exposait ma métaphysique, le *De monade* qui étudiait la signification des nombres dérivant de l'Un, le *De immenso* enfin, dans lequel je corrigeais certaines erreurs ou imperfections venues autrefois émailler mes dialogues italiens. Feignant la prudence, Wechel me questionna longuement sur mon existence vagabonde. Je lui répondis sans aménité :

– Va-t-on me mépriser, comme Paracelse, sous prétexte que je ne suis pas resté toute ma vie assis sur mon cul dedans un poêle ?

Sans s'offenser de cette rebuffade, le libraire renonça à son inquisition. J'observai même qu'il éprouvait quelque difficulté à dissimuler l'enthousiasme qui l'animait à l'idée de publier mes livres. Une conversation qu'il eut un peu plus tard avec un autre imprimeur, Fischer, devait d'ailleurs me revenir aux oreilles : tous deux voyaient en moi rien de moins que le plus grand philosophe du siècle.

Il me fallait temps et argent, dis-je à Wechel, pour terminer un quatrième ouvrage intitulé *De imaginum, signorum et idearum compositione*, traité de mémoire où l'on pourrait découvrir comment se forment les idées...

– Vos quatre livres seront en vente à la grande foire d'automne, me promit-il. En attendant, vous êtes mon hôte. Vous serez logé – fort bien, croyez-moi – au couvent des carmes.

Je réclamai une maison : mon disciple était gravement malade, son état exigeait des soins...

– Justement, les sœurs…

– Pas de femmes au chevet de Besler, monsieur Wechel. Il faut le sauver.

Un large sourire fendit le visage du libraire.

– Vous et votre ami habiterez chez moi, Giordano de Nola. Et mon médecin personnel s'occupera de guérir le malade.

Mais nous étions déjà au milieu de l'été. À peine eûmes-nous commencé à travailler dans le confortable cabinet mis à notre disposition que l'état de Jérôme empira. Inquiet, occupé par les soins qui lui étaient nécessaires, je ne pouvais ou ne voulais me replonger sans son aide dans mon livre. Seuls les trois premiers, dont je suis parvenu à assurer moi-même les corrections, figurent dans les catalogues que publia Wechel et qui circulèrent à l'automne sur l'immense marché de Francfort.

Homme de parole, le libraire dépensa force thalers en drogues et électuaires, changea trois fois de médecin, fit venir à ses frais l'oncle de Jérôme depuis Magdebourg ; mais aucun effort humain ne paraissait de taille à interrompre le cours de la maladie. Mon disciple autrefois si fougueux et prompt à en découdre ressemblait à présent à une pauvre âme sans souffle ni entrain dont la maigre volonté se laissait dévorer par d'épuisantes quintes de toux. Je le revois encore, pliant sous la douleur et crachant avec peine un filet de sang noir dans le bassin que je lui tendais. Son agonie se prolongea jusqu'au cœur de l'hiver. Il refusait toujours de céder aux assauts de la mort et s'employait à rassembler ses forces avec courage, acceptant de vivre une vie misérable et limitée, continuant d'exiger sa part de labeur et me priant de le laisser écrire sous ma dictée dès que le mal lui accordait un instant de répit. J'installais alors sur son lit un pupitre, de l'encre et des feuilles. À peine avait-il copié une demi-page que la plume lui glissait des doigts. Il s'excusait d'un sourire, et je le voyais sombrer dans le sommeil.

Une nuit que je travaillais à la chandelle, il me rejoignit en titubant et voulut s'asseoir à ma place. Enveloppé dans ma couverture, penché sur l'écritoire, il parcourut des yeux les lignes tracées sur la page…

– Où en es-tu, Philippe ?

Sa voix était à peine audible.

– Deuxième image d'Apollon.

– Allons-y.

– *Un homme tenant un arc*, dictai-je tout près de son oreille, *tuant un loup. Au-dessus de cet homme, un corbeau.*

Jérôme copiait soudain si lentement que je fus saisi par l'effroi. Mes mains se crispèrent sur ses épaules d'enfant chétif. Légèreté du corps, pesanteur de la vie. Épicure enseignait que seuls les malades se sentent exister, parce qu'ils se sentent mourir…

– Y a-t-il une troisième image d'Apollon ?

– *Un homme jeune et beau*, poursuivis-je, *portant un luth.*

Le grattement de la plume sur le papier reprit aussitôt, puis sembla hésiter. Jérôme ne devait jamais parvenir à la fin de l'image.

Ce *De imaginum* fut mon dernier livre publié. Je l'ai achevé d'une traite après l'enterrement de Besler, animé par une sorte de rage. Mais sa relecture ne m'a guère contenté. Il ne faisait que reprendre les thèmes de plusieurs de mes livres anciens – le *De umbris*, la *Bête triomphante* – mais avec moins de vigueur et de clarté. Je n'ai même pas jugé utile d'en surveiller la fabrication. Wechel l'a imprimé et présenté au public à la foire de printemps. Il souhaitait à cette occasion me voir contredire Aristote devant un groupe de lettrés venus des quatre coins de l'Allemagne, mais je déclinai son offre. Déjà certains sénateurs grognaient d'insidieuses menaces chaque fois qu'ils entendaient prononcer mon nom ; un bruit voulait même que fût à l'étude un arrêt d'expulsion dirigé contre moi. Pourquoi me prêter à des disputes qui eussent risqué d'exciter ces gens davantage ? Et puis trop de morts désormais me pesaient sur le cœur. Tout à mon désespoir, j'ai alors décidé de laisser pousser ma barbe, et je me suis enfermé nuit et jour dans la bibliothèque de Wechel, recevant de rares visiteurs, écrivant des lettres à Cecil, lisant et relisant Augustin, Ramon Llull, Érasme…

La foire touchait à son terme quand deux Vénitiens se présentèrent à mon hôte et demandèrent à me rencontrer. Le premier, Battista Ciotti, était le célèbre libraire installé à l'enseigne de *Minerve*, le second un gentilhomme de trente ans fort efféminé, vêtu d'un costume excentrique. Zuan Mocenigo était son nom. Grand admirateur des philosophies magiques, il avait découvert mes livres grâce à son ami ici présent. Il déclara sans cérémonie vouloir étudier sous ma direction l'art mnémotechnique…

– Croyez-vous que je sois un maître facile ? Ignorez-vous que j'ai déjà épuisé deux disciples ?

– On raconte que vous lisez l'avenir dans vos roues lulliennes, et que vous avez conseillé les plus grands princes… Je suis prêt à payer un bon prix pour vos leçons, à vous offrir l'hospitalité aussi. La Sérénissime possède de belles académies…

– Et de charmants inquisiteurs…

– L'Église catholique sera bientôt une grande halle où toutes les opinions tiendront boutique… Venise n'est pas Rome, maître Bruno. On y vit en sécurité.

Cecil…

– Dites-moi maintenant qui vous envoie, signor Zuan…

Pas une seconde le regard de Mocenigo ne faiblit.

– Je crois deviner, répondit-il, à qui vous songez. Mais non, personne ne m'a chargé d'aucune mission ni ambassade. Une fois là-bas, rien ne vous sera plus facile que de le vérifier.

Il tira une bourse de son pourpoint. Puis, aimable, baissant le ton :

– Vous êtes pauvre, Bruno de Nola. Injustement pauvre. Et, tout aussi injustement, je suis riche. Vous n'avez point de maison où travailler, je vous en offre une. Vous ne m'aimez pas ? Aucune importance. Je ne veux servir que votre œuvre. L'excellent libraire que voici me connaît depuis plusieurs années. Il pourra attester au besoin non seulement ma fortune, mais l'amitié vénitienne que je voue aux sages et aux artistes…

Je me tournai vers Ciotti. Le bonhomme possédait une figure honnête.

– Chacun sait, approuva-t-il, que le gouvernement d'ici ne vous laissera pas faire de vieux os dans ses murs. Où comptez-vous donc aller ?

– Le Saint-Siège m'a excommunié autrefois…

– Rien n'est éternel en ce monde, sinon le monde lui-même. Telle est je crois votre propre philosophie. Tout se transforme et tout change. Un jugement ne peut-il être jugé ? Je connais le cardinal Mendoza, pour avoir publié jadis son livre sur l'art militaire…

– J'ai moi-même vu Mendoza à Paris, monsieur Ciotti. Dieu m'est témoin qu'il n'a rien voulu entendre…

– Qui n'a jamais modifié ses opinions ?

– Permettez-moi d'insister, reprit Zuan Mocenigo. Pour ma part, je me mets en route après-demain. Il ne tient qu'à vous de profiter de mon coche. Ce serait un plaisir, et un grand honneur…

La bibliothèque où nous nous trouvions abritait de nombreuses cartes, dont certaines fort rares. Déroulée sous nos yeux, l'une d'elles montrait les pays du Nord et la Méditerranée, l'île d'Angleterre, les grandes cités d'Europe. Les deux Vénitiens m'avaient trouvé méditant sur ce plan, la loupe et le crayon à la main. Je venais d'y dresser l'itinéraire de mes voyages, cahotant sur les chemins de la mémoire et soulignant d'un trait le nom de chacune des trente villes et plus où j'avais résidé, fût-ce quelques semaines ou quelques jours. Griffonnée sur une feuille, une colonne de chiffres livrait sa vérité : de Nola à Francfort, cinq mille lieues parcourues, en quarante-trois années de vie. Était-ce là, selon la science arithmétique, le contenu d'une existence humaine ? Mon père avait vagabondé, lui aussi, avant de trouver sur sa colline la conclusion de son rêve. Appliquée au destin, la logique cusaine eût voulu que le point de départ se confondît avec celui d'arrivée, l'origine avec la fin...

– La moitié de ces villes échappent déjà à l'obédience du pape, observai-je. Cependant, combien sont prêtes à m'accueillir ?

– Venise est prête, insista fièrement Mocenigo.

Pourquoi fus-je visité à cet instant précis par le souvenir du frère Sisto da Lucca me conseillant à Rome de fuir vers les pays hérétiques, là où était, croyait-il, mon salut ? Un vif bouillonnement agita mon âme. Je chassai de mon esprit le visage au sourire antipathique du prieur. Le remplaça aussitôt celui de Cecil. Mon désir, mon cher et furieux désir... Ayant pris congé, les deux hommes franchissaient le seuil de la bibliothèque...

– Signor Zuan...

– Maître Bruno ?

– Quand m'avez-vous dit que vous repartiez ?

16 FÉVRIER 1600, MERCREDI

Voici la fin de mon livre, la fin de mes erreurs, la fin de ma fin. Mon corps est-il déjà vide de moi ? J'observe qu'il produit désormais une écriture aux caractères sans force ni relief. Maudites soient ces heures. Le sommeil m'a quitté, plus ne me visiteront les rêves, et je n'ai d'autre appétit que d'attendre en fermant les yeux le baiser de la mort. Montaigne, je m'en souviens, voulait qu'elle le trouvât plantant ses choux ! Exaucé par le sort, le bonhomme a expiré au cours d'une messe dite dans sa chambre. Que ne suis-je moi aussi un philosophe stoïcien ! Et comme le dernier soupir serait chose facile si quelque génie apaisant, ayant franchi les murs de ma prison, refermait sur moi ses ailes pour obscurcir le monde. Je tomberais la plume à la main, et nous gagnerions ensemble les origines non mesurables de l'univers... Allons, clame une voix en moi, n'as-tu pas exigé de subir l'étreinte du feu ? Oui, le diable veille à l'accomplissement de nos plus fidèles et lointains désirs. Que l'ineffable douleur se confonde avec l'ineffable jouissance...

J'ai parlé cette nuit à Deza. Il sortait du castel Sant'Angelo. Pour le punir de son échec, le pape Clément le chasse de son Conseil, furieux qu'une exécution publique en bonne et due forme vienne compromettre, avant même qu'il ait commencé, le saint jubilé annoncé à grand bruit. L'année ne devait-elle pas être mise à l'enseigne du pardon, de la réconciliation, de la pénitence, de la piété et de la miséricorde ? Dès demain, on verra l'ambassadeur de France se pincer le nez en respirant depuis sa fenêtre l'odeur de la justice apostolique et romaine. Des pasquins placardés aux murs du quartier railleront une fois de plus les cardinaux et les réputeront bêtes viles et ignorantes. Las des crimes fomentés au nom de la religion, beaucoup de gentilshommes parmi les plus cultivés feront entendre leur voix. Certains marchands quitteront la ville pour des contrées plus douces, privant le pontife de leur crédit, l'obligeant à lever de nouveaux impôts. Après avoir juré qu'ils m'égorgeraient de leurs mains, seuls les fanatiques conduits par l'Allemand Schioppius se délecteront de mes souffrances et apporteront à Clément, qui ne demande aujourd'hui qu'à s'en passer, leur soutien criard inspiré par la haine. Quant aux frères de San Giovanni Decollato, nul ne pourra leur interdire de marcher cette nuit en procession vers Tor di Nona, d'entrer dans mon cachot, d'y prier jusqu'à l'aube, et de m'accompagner au Campo dei Fiori.

Deza est à présent délivré – et soulagé, dit-il – de la sujétion papale. Chez un libraire de la Scrofa, il a déniché *Le Banquet des Cendres*. Il languit maintenant de découvrir mes autres ouvrages et d'adopter mes vues. Après avoir rêvé de me sauver la vie, le voici attaché à mon œuvre, prêt à la propager. À peine refroidies les cendres du bûcher, promet-il, mes pages sortiront de l'ombre sous leur forme imprimée…

– Porte-les à Francfort. Il y a là-bas deux bons libraires : Wechel et Fischer. Note bien leurs noms. Ils connaissent tous mes livres…

– Je voyagerai pour toi, Bruno…

En d'autres temps, en d'autres lieux, j'eusse aimé ce nouveau disciple, et le couvrir de caresses. Ce matin, je ne dispose même plus d'assez de force pour imaginer les gestes de l'amour…

– Dans quelques heures, reprend-il, je ne serai plus au service de Clément. Cependant j'ai ordre de tenter une dernière fois de t'adoucir…

– Peine perdue…

– Je sais bien. Mais voici : jusqu'à l'arrivée des frères noirs, un coche se tiendra prêt à quitter Rome sous bonne escorte…

– Si Schioppius le laisse partir…

– Schioppius est l'homme de Madruzzi, de Santaseverina et de mon père. Il ne soupçonne même pas les vraies intentions de Clément…

– Orazio prétend qu'il fait le siège de la prison…

– Les gardes sont sûrs. Il existe des sorties secrètes…

– Comment peux-tu imaginer que ce braillard se contentera de voir brûler demain une effigie ?

– Quand l'effigie brûlera, tu seras loin…

– Et tu prétendais tout à l'heure ne plus rien devoir au pape ! Es-tu son émissaire ou le mien, par le Christ ?

– Pardonne-moi. Il ne s'agissait pas du pape, mais de toi. Ceux que nous aimons, nous préférons les voir vivre que mourir…

Que d'amitié, que de chagrin dans ce beau visage. La lanterne y dessine les ombres noires de l'inquiétude. *S'il t'importe que je vive, aux grâces de ton regard ouvre les portes ; et si tu veux me donner la mort, ô beauté, regarde-moi.* Seuls mes vers survivront. Il me faut détourner les yeux, ne plus songer qu'à la mort du poète.

– Je dispose d'une seule journée pour écrire huit années d'existence. Si tu restes, nous parlerons. Si nous parlons, je cesserai d'écrire. Et si je n'écris plus, je reviens à la vie, au coche de Clément…

Tandis que Deza se lève, s'enveloppe dans son manteau,

la pensée m'effleure d'un baiser de lui sur mes lèvres glacées...

– Je ne trahirai pas ma parole, Bruno. J'irai en Allemagne.

– Te reverrai-je ?

– Ce soir. Je reviendrai chercher tes pages.

En mettant un coche à ma disposition après avoir exigé de mes juges la plus grande sévérité, Clément ne manifeste rien d'autre que l'inconstance dont j'ai eu à souffrir toute ma vie de la part des princes. Cet Ippolito Aldobrandini a été élu pape le jour de mon quarante-quatrième anniversaire. Comment oublier un tel présage ? Je me trouvais alors à Venise depuis six mois. Grâce aux *mouches* de Cecil, j'avais été tenu informé semaine après semaine des travaux du conclave, craignant un moment que la victoire n'échût à son adversaire, Santaseverina, l'allié des Espagnols, celui que nous avions baptisé le *boucher des hérétiques* et qui devait obtenir plus tard ma comparution devant l'Inquisition romaine. Quand fut connu le nom du nouveau pontife, un vent d'espoir – et même de légère folie – souffla sur la société cultivée qui composait notre cercle d'amis. Certain que mon exil venait de prendre définitivement fin par la grâce de cette nouvelle, Cecil avait organisé en mon honneur, dans sa maison de Malamocco, une fête somptueuse avec danseurs, masques et comédiens. Je me revois, une coupe à la main, jurant sous les applaudissements de dédier à Aldobrandini le livre auquel je travaillais : *Des sept arts libéraux*. Grisé par l'enthousiasme, je caressai ensuite le projet de venir à Rome déposer l'ouvrage aux pieds de Sa Béatitude, désormais assuré d'obtenir l'examen de mon cas, l'absolution de l'Église et l'autorisation de vivre libre en pays catholique. Pas une minute je ne songeai à mon

Arche de Noé, ni à la façon dont ce premier manuscrit avait été autrefois accueilli par Pie V, puis par les cardinaux : l'heure n'était-elle pas sous tous les climats à l'espérance, au pardon et à la justice ? Je tenais de Piero del Bene que le successeur d'Henri III s'apprêtait à abjurer sa foi pour sauver la raison et la paix religieuse. Ainsi les prédictions que contenait ma *Bête triomphante* étaient sur le point de s'accomplir : des ténèbres de l'intolérance naissaient déjà les premières étincelles d'une nouvelle, sage et universelle concorde.

Non, point ne me surprit l'élection de Clément : elle s'inscrivait dans l'ordre naturel des choses. Et à la vérité rien ne semblait devoir assombrir les heures assez douces que je coulais auprès de Cecil. Tandis que mon dieu vivant veillait sur les affaires de la République – et sur les siennes propres par la même occasion –, je visitais les libraires, j'entretenais une correspondance assidue avec mes amis parisiens et je me rendais chaque jour, non loin de San Samuele, au domicile de Zuan Mocenigo. Le palais de mon richissime élève abritait une des plus belles bibliothèques de la région où j'aimais à lire, écrire, jouer du compas, tracer les figures complexes de l'esprit, de l'intellect et de l'amour, expliquer enfin les mondes innombrables à une poignée d'adeptes. Certes le disciple se montrait déçu par mon enseignement et depuis quelque temps déjà menaçait de me couper les vivres. Le drôle avait espéré apprendre en quelques leçons tous les secrets de la mémoire et il gémissait de ne pouvoir encore deviner l'avenir, ni percer les mystères ultimes de l'univers. Mais ses menaces non plus que ses plaintes n'avaient de prise sur moi. J'étais l'hôte adulé des meilleures académies, couvert de cadeaux, pressé d'exposer mes vues devant des publics prestigieux. J'avais même eu la surprise de retrouver le duc Rizzo ; une troupe de comédiens payés par lui projetait de donner mon *Candelaio* devant le doge, les sénateurs, les gentilshommes vénitiens. L'argent ne manquait pas et, au cas où je me fusse trouvé dans le besoin, la ville abritait nombre de *pueri* fortunés, séduits par ma réputation, que brûlait le désir d'étudier sous ma férule. Le moment était d'ailleurs venu, estimait Cecil, d'ouvrir enfin ma propre école ; il s'efforçait de réunir les fonds nécessaires à la réalisation de ce qu'il savait être un de mes rêves les plus anciens.

– Pardonnez-moi, signor Zuan, dis-je à mon élève un jour que sa mauvaise humeur m'avait fort irrité, mais je ne crains pas de perdre votre protection. Je dispose à Venise de nombreux amis. Andrea Morosini m'a offert soixante écus pour parler devant ses académiciens.

Mocenigo me lança un regard jaloux.

– Je n'ignore pas que votre charme opère, tant vous êtes habile à séduire les puissants. Mais à moi vous refusez de rien apprendre, quand bien même je vous autorise à fréquenter ma maison…

Il montra d'un geste et posa un regard dépité sur l'exemplaire de mon *De magia* ouvert sur le lutrin.

– La magie que vous professez ici depuis dix mois ne m'est d'aucun usage…

– Qu'y puis-je si vous confondez encore magie et sorcellerie ? Mon art philosophique est une science ardue, une ascèse. Croyez-vous qu'un disciple soit un âne que l'on gave de latin et de formules théurgiques ? Vous devez user de votre intellect, Zuan, et pénétrer en vous jusqu'à y découvrir le reflet de l'univers, telle est la voie. Comme Socrate, je ne suis qu'un guide, un pont, un truchement entre vos pensées et l'*anima mundi*…

Il se boucha tout soudain les oreilles. En avait-il donc assez de m'entendre ?

– Vous m'avez trompé, souffla-t-il entre ses dents.

– Si vous ne pouvez vous fier à un maître, déclarai-je en prenant congé, comment pourrez-vous jamais vous fier à vous-même ?

– Je vais quitter Zuan, dès demain.

– Enfin, tu te décides, soupira Cecil.

La nuit de mai enveloppait Malamocco de ses mystérieuses rumeurs. Je voyais sur la cheminée de marbre la flamme des chandelles osciller faiblement au gré d'un souffle venu de la mer. La chambre de mon aimé abritait un lion de pierre, des livres, le luth entrevu vingt-quatre ans plus tôt à Rome et, accrochés au mur, trois croquis d'un Sarrasin au corps pur du moindre vêtement, dessiné autrefois dans trois poses différentes par Jacopo Robusti. Nichée dans l'ombre des cuisses, la *mentula* du modèle semblait celle d'un enfant. Grand est le pouvoir des images. Il suffisait que l'un de nous l'effleurât du regard pour que naquît aussitôt en lui le frémissement du désir.

Ô Cecil ! Existe-t-il toujours le lien délicieux, le sortilège qui unissait nos âmes ? Nos jeux n'avaient point varié, il m'en souvient, où se confondaient bonté et fureur, affection et combat, paix et tumulte ; et la jouissance nous arrachait des cris d'agonisants. Dans le secret de ta chambre, nous nous entre-dévorions pour effacer la mort et le temps, nous étions l'Un universel, l'amour infini, Dieu et Nature, ciel et océan, soleil et neige, concorde et discorde, sphère étoilée et pure conscience, lumière et ténèbres, raison divine et cécité humaine. Nous parvenaient ensemble le chant monotone de la mer et les messages des dieux, les voix du passé, les gémissements de ceux que nous avions aimés, les clameurs d'un siècle terrible. Nous nous voulions l'un pour l'autre l'amant, l'ami, le frère, le confident et l'impitoyable adversaire. Nos corps brûlaient de n'être plus qu'un corps, nos désirs un seul désir, nos vies une mort unique, un repos éternel, un rêve ininterrompu. Ô le plaisir de nos pensées enchevêtrées ! Deux imaginations produisaient un même langage, un même univers peuplé d'ombres affectueuses, et coïncidaient tout à coup dans l'évocation d'un guerrier sublime, poète et chevalier grand d'allure et de style. Sidney était notre légende, la force de sa geste héroïque notre pain et notre vin, son sacrifice notre victoire. Il vivait auprès de nous sous la forme d'un portrait rapporté de Londres par Cecil, image magnifique où le poète au visage d'opale se détachait du fond nocturne de ses pensées ; en nous grâce à ses livres abîmés par cent lectures et relectures, grâce au souvenir de sa voix mélancolique aussi, que nous ne pouvions oublier.

Ne semblait-elle pas une allégorie de la mort, la gondole qui presque chaque soir nous conduisait à Malamocco, ombre silencieuse glissant sur le miroitement des eaux toujours changeantes, toujours identiques ? Mais la maison était belle et paisible, si la paix existe, heureuses les heures qui allaient s'y écouler, si le bonheur n'est pas une chimère. Nous eûmes beaucoup de nuits en ce lieu magique, fréquenté par les dieux, et dont je ne doute pas qu'il bruit aujourd'hui encore de nos soupirs. Celle dont je parle devait être la dernière.

– Tu ne t'es pas assez méfié de ce Mocenigo.

– Je ne crois pas qu'il soit dangereux. Bête, oui. Pourquoi cette étrange pensée ?

Nous sortions à peine de nos combats guerriers. Était-ce le moment de se tourmenter pour un disciple sans plus de cervelle qu'un oiseau ? Encore essoufflé, je mordis la nuque fraîche de Cecil qui retint un gémissement. Je mordis plus fort. Sa main tâtonna entre nos corps mouillés, à la recherche d'une *mentula* nullement enfantine…

– Il a reçu plusieurs visites de ton vieil ami Sisto da Lucca. Voilà pourquoi je pense à lui.

Un mauvais pressentiment offusqua mon âme, tandis que me visitait le sourire du prieur. *Ton vieil ami!* Plutôt fréquenter un serpent! Un scorpion! Rome lui avait confié, nul ne l'ignorait, la censure des livres hérétiques.

– Ton ventre est glacé, murmura Cecil en rabattant sur nous le drap de soie.

– Sisto da Lucca, dis-tu?

– As-tu beaucoup parlé à Mocenigo? Que sait-il?

– Tout. Il sait tout.

Quand je me présentai le lendemain au domicile de Mocenigo, mon intention était de le remercier pour sa protection et son hospitalité, façon polie de mettre un terme au commerce que nous entretenions depuis Francfort: puisque vous êtes à ce point mécontent de votre professeur, monsieur, cherchez-en donc un autre, et quittons-nous bons amis – telles étaient les paroles que je ruminais en arrivant chez lui. Mais le maître des lieux, me dit-on, avait dû s'absenter. En louchant pour fuir mon regard, les deux brutes styriennes qui lui servaient de domestiques m'invitèrent à l'attendre dans la bibliothèque. Ce que je fis, espérant tuer le temps d'une façon ou d'une autre, et que le signor Zuan ne serait pas trop long.

J'eus d'abord la surprise de découvrir en entrant que mon *De magia* ne se trouvait plus sur le lutrin, puis que mes autres livres eux aussi avaient disparu du pupitre qui leur était réservé; de même pour une liasse de feuilles contenant des notes et des croquis de ma main. Zuan les avait-il emportés dans son cabinet? Hasard ou négligence de sa part, la pièce – dans laquelle je ne pénétrais que rarement – n'était pas fermée à clef. J'y trouvai en effet, déposés en vrac sur le bureau, les ouvrages et les documents dont nous étions accoutumés de nous servir pour travailler, ainsi que divers objets m'appartenant – un compas, des lunettes, une règle... Sur un brouillon de lettre, je reconnus son écriture :

AU TRÈS RÉVÉREND PÈRE GABRIELE DE SALUZZO
INQUISITEUR DE VENISE
LE 22 MAI MDXCII

Je, Zuan Mocenigo, fils du Seigneur Marco Antonio Mocenigo, demeurant près San Samuele, déclare, sous le commandement de ma conscience & sur ordre de mon confesseur, avoir entendu dire par Giordano Bruno Nolano, tandis que nous nous entretenions chez moi de philosophie & de théologie : que c'est grand blasphème de la part des catholiques de prétendre qu'il y a transsubstantiation du pain en chair ; qu'il est, lui, l'ennemi de la Messe ; qu'aucune religion ne lui plaît ; qu'il attend de l'actuel roi de France qu'il réforme enfin les religions ; que notre Foi catholique est pleine de blasphèmes contre la Majesté de Dieu ; que nous ne possédons aucune preuve que notre Foi est celle voulue par Dieu ; qu'il faut interdire aux frères les disputes car elles rendent les gens idiots ; que les frères sont tous des ânes ; que nos opinions sont doctrines d'ânes ; qu'il s'étonne que Dieu continue d'endurer les hérésies des catholiques ; que saint Thomas & autres docteurs ne savent rien ; que lui sait tout & qu'il leur clouera le bec.

Il a dit aussi : que Christ Notre-Seigneur était un triste sire ; qu'au lieu de séduire le peuple avec Ses fourberies, Il eût mieux fait de prévoir qu'Il serait pendu ; qu'il n'existe pas en Dieu de distinction de personnes, car ce serait là imperfection de Dieu ; que les miracles de Christ étaient illusions & Lui un mage ; que Christ point ne fut heureux de mourir ; qu'Il eût échappé à ce sort s'Il avait pu le faire ; qu'il est impossible que la Vierge ait enfanté, car point n'enfante une vierge.

Il a dit : que pour bien vivre il suffit de ne point faire aux autres ce que vous ne voulez pas qu'ils vous fassent ; qu'il se moque de tous les autres péchés ; que d'ailleurs point ne seront punis les péchés ; que les âmes créées par la nature passent d'un animal à l'autre ; que le monde est éternel & qu'il y a une infinité de mondes ; que Dieu en crée chaque jour de nouveaux car il Lui plaît d'agir ainsi ; qu'il connaît & pratique l'art divinatoire ; qu'il a été en Allemagne chef de secte ; qu'il aime les garçons ; qu'il ne sera pas toujours pauvre car il aime aussi les richesses, auxquelles il a goûté en pays hérétiques.

Il m'a dit enfin avoir eu affaire à l'Inquisition à Naples pour hérésie, à Rome à cause d'un prêtre qu'il a expédié près le Tibre, & à Toulouse à cause de sa doctrine ; qu'il ne craint pas l'Inquisition, car ce sont des ânes ; qu'il leur clouera le bec à eux aussi ; que la Sérénissime est une République libre & sage ; qu'elle le protège comme grand philosophe.

Que faisait cet homme-là chez vous ? me demandera-t-on. Je l'ai accueilli dans ma maison pour qu'il m'enseigne les prétendues merveilles de sa philosophie. J'ignorais alors qu'il fût un aussi méchant personnage. Aujourd'hui je le tiens pour enragé & possédé du démon. Que le Très Révérend Père Inquisiteur me permette de lui adresser également trois livres imprimés par ledit Bruno. Dans l'un d'eux, il est question de magie & de certaines choses qui m'échappent pour le moment, mais qui sûrement…

J'empochai la lettre et commençai en tremblant de rage à faire un paquet de mes livres, notes et objets. Mais quand je voulus quitter le palais, je découvris la chose la plus extraordinaire, la plus inouïe, la plus indigne qui pût être en terre civilisée : placés en sentinelles sur le pas de la porte, les deux Styriens à l'œil torve m'empêchaient de franchir le seuil. Ayant rebroussé chemin, je courus d'une pièce à l'autre en quête d'une sortie : peine perdue, toutes les issues avaient été closes. Les domestiques lancés à ma poursuite voulurent alors me maîtriser. J'arguai de mes droits, de mes titres, de mes protections, et même de mes pouvoirs ! Je les menaçai du fouet et de la corde ; rien n'affaiblit leur violence. Les coups sont le seul langage que comprennent de telles gens. Décidé à leur donner du fil à retordre, j'en vins donc aux mains. De ces misérables je fusse facilement venu à bout si n'avait surgi tout à coup Zuan Mocenigo en personne, essoufflé mais criant d'une voix aiguë que l'on ne me laissât point échapper. L'accompagnaient un capitaine et cinq hallebardiers du guet. Ceux-ci se jetèrent sur moi comme une horde de chiens.

On ne me conduisit devant l'inquisiteur Gabriele de Saluzzo qu'après m'avoir laissé croupir quatre jours, seul au fond d'un cachot, sans l'autorisation d'écrire ni de parler à personne. Interrogé sur mes nom, prénom, lieu et famille de naissance, je répondis que je m'appelais Giordano Bruno, né à Nola, ville située à douze lieues de Naples. Feu mon père était Gioan Bruno, soldat du Très Catholique Roi d'Espagne, et ma mère Fraulissa Savolino.

– Quels rapports entretiens-tu avec le seigneur Mocenigo ? me demanda Saluzzo.

– J'ai rencontré cet homme à Francfort, mon révérend, où je me trouvais l'année dernière pour y faire imprimer mes livres. Il a déclaré vouloir être mon disciple, et m'a offert de venir à Venise lui enseigner ma philosophie. Depuis quelque temps, il se montrait déçu par les leçons, convaincu que je lui celais certaines vérités et que le profit qu'il retirait de ma compagnie ne valait pas la dépense…

– A-t-il jamais évoqué son intention de te dénoncer au Saint-Office ?

– À plusieurs reprises, révérend père, mais je ne pouvais prendre de telles menaces pour autre chose que des plaisanteries, n'ayant rien à cacher à votre tribunal, ni à me reprocher…

– Si tu es innocent, de quoi le témoin a-t-il été effrayé ? Vient-on sans raison quérir un capitaine au Saint-Office ? Peut-être l'as-tu menacé de quelque charme…

– Pardonnez-moi, mon père, mais je connais la lettre qu'il vous a adressée. Le hasard me l'a fait découvrir quelques minutes avant que l'on vînt m'arrêter. Un tissu d'inventions dignes d'un enfant sans cervelle…

– Un tissu d'inventions, répéta Saluzzo en parcourant la prose de Zuan. Nies-tu avoir vécu en pays hérétiques ? Tu parlais toi-même à l'instant d'une ville allemande où l'on imprime tes livres…

– Francfort, mon père…

– Il n'y a donc point d'imprimerie chez nous qu'il te faille aller jusque chez les protestants pour en trouver ?

– Mon père, j'ai vécu quatorze ans en France, en Angleterre et en Allemagne, c'est la vérité. Mais sans jamais adopter les croyances des hérétiques ni prendre parti dans les querelles religieuses. Je n'ai pas quitté l'Italie pour écouter les sermons des huguenots, encore moins pour vivre dans la débauche, mais parce que la liberté était nécessaire à mes recherches…

– Tu as pourtant bien renoncé à la foi catholique…

– De ma propre volonté, je ne me suis jamais placé en

dehors de l'Église. Au contraire, j'ai essayé d'obtenir que fût levée mon excommunication, en m'adressant d'abord au frère Sisto da Lucca, jadis prieur à Rome et procureur de l'ordre dominicain, puis au cardinal Mendoza, lors d'une sienne visite à Paris. Le livre que je suis en train d'achever contiendra une épître dédicatoire à Sa Béatitude Clément VIII. De nombreux gentilshommes et savants vénitiens peuvent attester devant votre tribunal mon intention de déposer moi-même l'ouvrage aux pieds du Saint-Père, et d'implorer une fois encore le pardon de l'Église pour mes erreurs passées…

Saluzzo tournait pensivement les pages de mes *Fureurs héroïques*.

– De quelles erreurs parles-tu ? De celles contenues dans tes livres ?

– Non, révérend père. Seulement des écarts et oublis concernant la messe et les sacrements. Comme je vous l'ai dit, j'ai vécu de nombreuses années en des contrées ennemies de la religion. Je ne voulais pas m'afficher là-bas comme catholique, au risque d'offenser mes hôtes, de passer pour un bigot ou un forcené. Je répète : les querelles religieuses me sont étrangères. Ma passion n'est pas de prêcher la foi, mais de faire connaître les vérités naturelles…

– Cet ouvrage, par exemple, ne contient-il pas quelque raillerie contre l'Église ?

– Vous pourrez facilement vous en assurer vous-même, mon père. Je suis disposé à dresser pour le tribunal la liste complète de mes écrits, imprimés ou non. Ils sont fort nombreux…

– Et de quoi traitent-ils ?

– Leur matière, permettez-moi d'y insister à nouveau, n'est pas religieuse, mais philosophique, et plutôt variée de surcroît. J'y procède selon les principes de la lumière naturelle, jamais d'après ceux de la foi, de sorte que vous n'y trouverez rien qui puisse donner lieu à quelque condamnation…

– Rien qui vienne contredire les vérités catholiques, vraiment ?

– Il arrive bien sûr que les doctrines hérétiques y soient mentionnées, révérend père, mais toujours à titre d'exemple, comme il est d'usage lorsque l'on veut examiner un sujet sous l'angle de toutes ses implications…

Cecil eut d'autant moins de difficultés à obtenir du Saint-Office un adoucissement de mon régime que le premier interrogatoire n'avait en rien confirmé les accusations lancées contre moi par le délateur. Au contraire, j'avais répondu à Saluzzo avec courtoisie, sans manifester aucune crainte, sans donner prise au moindre soupçon qu'il pût s'agir d'autre chose que d'une basse vengeance. On me transféra dans une cellule occupée par deux prisonniers – dont un malheureux frère capucin épileptique –, et une autre fut mise à ma disposition afin que je pusse recevoir la visite des nombreux amis qui se présentaient aux portes de San Domenico di Castello pour me consoler en m'apportant de quoi lire, écrire et améliorer mon existence.

L'enquête poursuivie de son côté par Cecil confirmait nos soupçons envers Sisto da Lucca, *deus ex machina & fabricator* du guet-apens. La cause première d'un aussi bel effet tenait-elle à la jouissance secrète qu'il espérait depuis longtemps tirer d'une mienne – et si possible cruelle – condamnation ? La chose était bien dans la manière de ce fourbe convaincu sans doute d'avoir jadis flairé en moi l'infidèle, l'impénitent, le gibier de choix pour les geôles du Saint-Office. Il ne m'avait ouvert à Rome la porte de son monastère, donné de l'argent et des vêtements qu'afin de mieux me juger selon ses fallacieux critères. Plus tard, il défendrait avec une nonchalance étudiée ma cause auprès du Saint-Siège et n'hésiterait pas, le moment venu, à me dénoncer comme hérétique aux ligueurs de Toulouse. Le dernier acte de sa stratégie aura donc consisté à dépêcher à Francfort un Judas chargé d'endormir ma méfiance, de m'attirer à Venise, d'ouvrir grandes ses oreilles et d'enregistrer avec soin tout ce qui pourrait ensuite être retenu contre moi. Quelque stupide qu'il fût, cet âne efféminé de Zuan Mocenigo possédait donc un brin de talent, une aptitude à jouer la comédie et abuser le monde puisqu'il avait en définitive accompli sa mission, au point que j'apparaissais à mes propres yeux – sans parler de ceux de Cecil – comme le plus parfait idiot que la terre eût jamais nourri de son sein généreux.

Dieu merci, pensions-nous, les choses ne risquaient guère de tourner en ma défaveur : Saluzzo n'était point en mauvais terme avec le gouvernement de la Sérénissime où nous comptions plus d'alliés qu'il n'était nécessaire. Quant aux témoins mentionnés de vive voix par Mocenigo et susceptibles d'alourdir les charges accumulées contre moi, ils n'étaient que deux, et plutôt mal choisis : le libraire Ciotti, d'abord, et Andrea Morosini, cet ami – autrefois amant – de Cecil, dont la maison était ouverte aux plus fins esprits de la région.

D'après la relation fournie à Cecil par les *mouches* qui, j'ignore comment, surveillaient les audiences, Ciotti déclara avoir entendu parler de moi en Allemagne où il se rendait chaque année pour faire commerce des livres. En tant que libraire, il connaissait mon *De minimo*, mes *Fureurs héroïques* et mon dialogue sur *L'Infini & les Mondes*. Il savait également que j'étais à cette époque l'hôte de son collègue Wechel. Un jour, Zuan Mocenigo lui affirma au cours d'une conversation que l'avaient séduit les principes contenus dans mes ouvrages et qu'il brûlait de me rencontrer, car il voulait apprendre les secrets de la mémoire et de l'avenir. Étant convenus de partager les dépenses du voyage, ils se rendirent ensemble à Francfort, et Ciotti accepta d'y servir de truchement.

– Quelle était là-bas la réputation de Giordano ? interrogea Saluzzo.

– Révérend père, elle était excellente. On disait de lui qu'il avait un beau talent, des lettres, et que c'était un homme universel…

– Ce que tu exprimes là, est-ce seulement l'opinion de l'Allemand chez qui il vivait, ou celle du grand nombre ?

– Il est vrai que Wechel considérait Giordano comme un philosophe aussi éminent qu'en son temps Aristote, raison pour laquelle il imprimait ses livres. Mais tous ceux qui m'ont parlé de lui, étudiants ou libraires, tenaient à son sujet le même discours. Certains affirment qu'il a été l'ami des plus grands princes. Il aurait même prédit avec exactitude l'assassinat du roi de France par un prêtre…

– Mais ses idées religieuses ?

– Giordano passait là-bas pour un homme sans croyance, révérend père…

– Est-il athée ?

– Athée ? Dieu tout-puissant !

– L'est-il ou non ?

– Par ma foi, je n'en sais rien… Je ne suis pas sûr de savoir avec précision ce que signifie être athée, ni même si une telle abomination est possible…

– Elle l'est. Et ici, à Venise, as-tu fréquenté Giordano ?

– Il vient souvent dans ma librairie…

– Parles-tu avec lui ?

– De mille choses, révérend…

– Selon toi, est-il ou non un bon catholique ?

– Mon Dieu, je ne l'ai jamais rien entendu dire qui pût me faire douter qu'il l'était.

Interrogé à son tour s'il me connaissait, le grave, le tourmenté, le très élégant Andrea Morosini répondit qu'il avait acheté à Ciotti mon livre *Fureurs héroïques*. Nous nous étions rencontrés pour la première fois, ajouta-t-il, à Malamocco, lors d'une fête donnée par un sien ami chez qui il lui sembla d'ailleurs que j'habitais ; puis à plusieurs reprises dans les meilleures maisons…

– Savez-vous quels rapports entretenait Giordano avec le seigneur Mocenigo ? lui demanda l'inquisiteur.

– Je sais qu'il fréquentait sa bibliothèque, mon père, une bibliothèque fort riche ; et qu'il lui donnait des leçons…

– Quel genre de leçons ?

– Il lui enseignait son art mnémotechnique, je crois, tel qu'il le tenait lui-même d'un Catalan, un certain Ramon Llull. Le seigneur Zuan avait été attiré par la grande réputation de Giordano. On dit qu'il est allé jusqu'en Allemagne pour le voir…

– Et vous, seigneur Morosini, quels sont vos rapports avec ce… philosophe ?

– Il est venu chez moi. Nous avons eu des conversations sur la poésie et la littérature, matières en lesquelles je l'ai trouvé si instruit que je lui ai offert d'entrer dans mon académie…

– À quelle foi appartient-il, selon vous ?

– J'avoue que je n'ai point abordé les questions religieuses avec lui. Nous n'avons parlé qu'art, lettres, fureurs amoureuses, physique et métaphysique…

– A-t-il jamais prononcé en votre présence des paroles contraires aux vérités catholiques ?

– Si cela avait été le cas, mon père, je ne l'eusse pas autorisé à pénétrer dans ma maison.

– Mocenigo est leur seul témoin, murmurai-je.

– *Unus testis, nullus testis*, nota Cecil. Ce sera donc bientôt fini. Tu n'auras qu'à faire ce qu'ils demandent, confesser des manquements aux règles, implorer le pardon, etc. Donne-leur quelque chose à se mettre sous la dent et tout ira bien.

Je levai les yeux : que l'architecte de cette prison l'avait dessinée haut sur le mur, la fenêtre où se découpait un ciel si parfaitement clair et lointain !

– Tes compagnons de cellule ?

– Fra Celestino est convaincu d'être possédé par une hérésie diabolique. Il se jette contre la porte en criant qu'il veut être châtié. Il a une crise presque chaque jour...

– Et Graziano ?

– Insupportable. Quand il ne lit pas son missel à haute voix, il prie. Quand il ne prie pas, il m'assomme de questions...

– Surtout ne réponds à aucune...

– J'ai déjà répondu à beaucoup... Tu pars ?

– Prends garde qu'il ne soit payé par Saluzzo pour te faire parler. Oui, on m'attend au Conseil...

Qui dormirait cette nuit entre les bras de mon dieu vivant ? Les visages de plusieurs amants possibles défilèrent dans mon esprit, dont celui – grave, tourmenté – d'Andrea Morosini. Un des jeunes comédiens travaillant pour Rizzo, peut-être... Non. Cecil ne me trahissait plus qu'avec des hommes d'âge mûr, fiers, riches, puissants... Une nouvelle fois mon cœur se pinça quand je songeai à sa chambre, au golfe Adriatique, au beau Sarrasin accroché au mur. Le temps d'un éclair, me parvint même le bruit éternel des vagues... D'une caresse, Cecil m'effleura la joue.

– Tu t'es laissé de nouveau pousser la barbe, comme à la fin de ton séjour en Allemagne...

– Je ne sais quel pressentiment...

Un baiser me ferma les lèvres.

– Nous fêterons sous peu ton retour à Malamocco, Philippe.

Paroles sincères, affectueuses... À dire la vérité, je n'ai pas douté de l'amour de Cecil, ni en la circonstance de sa loyauté. Comment eût-il pu s'inquiéter, perdre espoir ? L'accusation de Mocenigo, qui ne pesait plus rien, se trouvait encore allégée par les lettres que nos amis – dont certains occupaient les plus hautes charges – adressaient chaque jour à l'inquisiteur pour protester de ma valeur et de ma vertu.

Vint la seconde audience, au cours de laquelle j'eus la surprise d'observer que le père Gabriele de Saluzzo paraissait tenir pour opinions négligeables mes vues concernant les mondes innombrables. En effet, ce fut à peine s'il daigna s'y arrêter. En revanche, il se fit un devoir de m'interroger longuement sur la Sainte Trinité et l'Incarnation. Donneleur quelque chose à se mettre sous la dent, chuchota de nouveau Cecil dans le secret de mes pensées.

– Je confesse n'avoir pu vaincre mes doutes sur la transformation du verbe en chair, tant la chose me paraît extraordinaire, examinée du point de vue de la raison. J'admets que l'on puisse m'en tenir rigueur. Cependant, j'ai toujours évité de les exprimer publiquement – et j'ajoutai, sans laisser à Saluzzo le temps de reprendre la parole : Que faut-il entendre par Esprit saint, révérend père ? J'y ai réfléchi toute ma vie philosophiquement ; et philosophiquement ne puis l'entendre comme *personne*. Ce terme de *personne*, voyez-vous, ne me semble pas convenir à la divinité. Vous observerez d'ailleurs qu'il n'est nulle part mentionné dans les Écritures. Non. Je préfère parler, selon le mode pythagoricien, d'*anima mundi*, âme du monde qui engendre toute vie. J'ignore si cela est susceptible de me racheter aux yeux de votre tribunal, mais j'ajouterai que ma métaphysique contient une trinité : le Fils y est l'Esprit du Père…

Le pauvre homme, qui tenait manifestement à garder les pieds sur terre, craignait que les hauteurs vers lesquelles l'entraînaient mes réponses ne lui donnassent le vertige.

– Certes, certes, s'énerva-t-il, mais revenons à l'eucharistie. Nies-tu que le pain et le vin soient le corps et le sang du Christ ?

– Veuillez m'excuser : posée ainsi, la question n'a aucun sens pour moi. Encore une fois, la matière de mes livres et de mes enseignements n'est pas théologique, mais philosophique. Je suis un savant, mon père. Méditer sur la messe ne relève ni de ma compétence ni sans doute de mes capacités…

– Dois-je en conclure que tu n'es pas un philosophe chrétien ?

– Je répète avoir eu des doutes sur un point précis de la doctrine chrétienne. Je demande humblement qu'ils me soient pardonnés. Par contre je n'en ai point à émettre sur la Première Personne, que dans mon langage j'appelle premier principe…

De nouveau mes pensées l'empêchaient d'y voir clair.

– Voyons, dit-il, serais-tu disposé à prononcer par-devant ce tribunal une déclaration en faveur de la Sainte-Trinité, au sens que l'Église donne à ce… mystère ?

– Je crois qu'il existe un Dieu unique, révérend père, et je suis prêt à l'affirmer en lieu et place qu'il vous plaira. Si cela vous convient, je dirai qu'Il se distingue en Père, Verbe et Amour. Ainsi ma doctrine sera-t-elle respectée, et notre religion…

– Notre religion qu'en privé tu te plais à moquer, raillant le Seigneur, niant la pureté de la Vierge.

– Jamais je n'ai blasphémé contre le Christ, mon père, car je Le tiens en grand respect. Ce ne sont là que mensonges, inventions d'un esprit perfide.

– Nous possédons d'autres témoignages que celui du seigneur Mocenigo.

Dieu que le piège était grossier ! Ce Saluzzo n'outrepassait-il pas le droit en alléguant ainsi des documents inexistants ?

– Je répète qu'il s'agit de mensonges, déclarai-je avec

fermeté. Je suis un homme connu, de bonne réputation. Qui oserait se vanter de n'avoir jamais été sali par de basses calomnies ?

– Qui oserait s'affirmer comme un parangon de vertu? répliqua-t-il. Serais-tu prêt à jurer devant Dieu que ta moralité est en tout point conforme aux règles chrétiennes ?

Nous y étions enfin. Le bonhomme marchait plus commodément sur le terrain des bonnes mœurs que sur celui de la science.

– Je crois deviner à quoi vous faites allusion, très révérend père. J'ai confié à Mocenigo que j'aimais enseigner les *pueri* ; ainsi appelle-t-on les novices, à Naples.

– Nous n'affectionnons guère, ici, les sodomites.

Allons donc, vieille canaille ! Les palais et les bordels vénitiens accueillaient plus de bougreries qu'Athènes ; preuve de haute culture, cela dit en passant…

– Je ne les aime pas non plus, mon père. Enseigner, rien d'autre. Au lieu d'écouter mes leçons, le délateur aura encore laissé les sirènes de la médisance caresser sa chaste oreille.

– À l'en croire, le péché de chair ne concernait pas que les… *pueri*.

– Il m'est arrivé de céder à des femmes de mauvaise vie dans ma jeunesse, d'avoir aussi mené commerce avec une Napolitaine au cours d'un de mes voyages. C'est peu de chose, et Dieu m'est témoin que je n'ai pas atteint en cette matière le chiffre du roi Salomon. Si le tribunal m'y autorise, je demanderai pardon à l'Église pour ce péché…

Il ne restait que peu de points à examiner, dont l'un parut troubler la sensibilité de mon juge. Avec une grimace de dégoût, Saluzzo m'interrogea si je voulais absolument que l'âme immortelle passât d'un corps à l'autre, fût-ce dans celui d'une bête. Ma réponse fut non, *catholiquement parlant*. Je tins cependant à introduire une légère nuance dans mon propos. Pythagore, commençai-je, admettait que la chose fût possible… Mais l'heure était tardive, et l'inquisiteur fatigué de mes leçons. Préférant couper court, il me questionna brièvement sur ma pratique des lectures prohibées. Je citai Érasme, Luther, Ramon Llull… Avais-je jamais adopté leurs doctrines ? Non. Ils ne m'avaient rien appris que je ne susse déjà. Tourné vers ses collègues, Saluzzo signifia d'un geste empreint de lassitude qu'il ne voyait rien dans tout cela qui pût justifier une condamnation. Après quoi il leva l'audience.

C'est presque le cœur gai que je m'en fus entre deux gardes retrouver fra Celestino et le pieux Graziano, convaincu de n'en avoir plus pour très longtemps à partager leur sort misérable.

– Frère Giordano, déclara Saluzzo le matin du trente juin, nous allons t'entendre aujourd'hui pour la dernière fois. Je te prie affectueusement de décharger ton âme et, s'il est possible, de dire encore mieux la vérité à tes juges. Pense à ce qui pourrait arriver au cas où tu refuserais de confesser quelque infamie dont ils eussent connaissance à ton insu. Je te supplie de ne pas les forcer à aller jusques aux termes de leur justice, extrémités auxquelles seul le Saint-Office, tu le sais, a le droit d'atteindre. Tu as beaucoup voyagé dans les contrées infidèles, vivant à la façon des hérétiques, trahissant la foi de tes pères, vilipendant l'Église et ceux qui la gouvernent. Y a-t-il un péché que tu veuilles à présent avouer ?

– Très révérend père, j'ai fui l'Italie à cause des menaces qui pesaient sur ma liberté. Au cours de mon exil, je me suis adressé maintes fois à des frères haut placés pour leur signifier mon intention de revenir dans le sein de la religion. Je voulais que fût pardonnée mon impétuosité, levée l'excommunication qui me frappait. Ces tentatives se sont révélées vaines. Certes, je n'incrimine personne, mais qui aujourd'hui le regrette plus que moi ? Ainsi j'ai dû poursuivre mon chemin dans des villes où règnent, il est vrai, des croyances différentes. Ai-je écouté d'autres prédications que les catholiques ? Oui, par curiosité, par courtoisie, sans jamais les applaudir. Ai-je là-bas négligé les règles de la doctrine chrétienne, la confession, la communion, la messe, le jeûne ? Oui, afin de ne pas provoquer les rires par une attitude ostentatoire. M'est-il arrivé de louer des hérétiques ? Oui encore, mais jamais pour leur hérésie ; toujours pour leur vertu, comme je l'ai d'ailleurs fait à Naples il y a bien longtemps, acte qui m'a valu une lourde condamnation. Ai-je dans mes livres chanté la gloire de princes infidèles ? Je confesse cela aussi, mais ces princes protégeaient le poète et philosophe que je suis contre la haine des sycophantes et la violence des intolérants. Il est d'usage dans toutes les religions de remercier ceux qui vous ont accueilli à leur table. Pour ces péchés, révérend père, je demande la miséricorde de l'Église. Je n'ai point d'autre faute à confesser, quand bien même votre tribunal choisirait d'en venir aux extrémités de sa justice. Mon calomniateur prétend que j'ai agi par amour des richesses terrestres. C'est un mensonge facile à réfuter. Ceux qui m'ont connu, ici et ailleurs, savent que je n'ai qu'un seul amour : la vérité, dont l'autre nom est sagesse. Loin de m'enrichir, j'ai payé le prix de l'exil, du malheur, et bien souvent de la misère. Les erreurs que j'ai commises, les doutes auxquels je me suis abandonné, les quelques paroles impies que j'ai pu prononcer, à présent je les déteste et les abhorre. Je me repens de les avoir faites, accueillis, dites. Enfin je prie votre Saint-Tribunal de m'indiquer les remèdes et pénitences qui me conduiront au salut. Ainsi soit-il.

Ayant dit, je tombai à genoux, inclinant la tête dans une

attitude de si profond recueillement que Saluzzo n'osait intervenir. Il finit par murmurer :

– Le tribunal a pris note de ta profession de foi, frère Giordano. Tu peux te relever…

Comme je n'en faisais rien, il reprit sur un ton plus doux encore :

– Penses-tu que le seigneur Mocenigo puisse avoir été poussé par de mauvaises intentions ?

– C'est l'évidence même, mon père. Mais je lui pardonne, comme j'espère que votre tribunal me pardonnera mes fautes.

– Nous n'avons plus de question à te poser, frère Giordano.

Le capucin fra Celestino avait réussi naguère à sauver sa tête lors d'un premier procès en hérésie et c'est comme relaps qu'il se trouvait incarcéré à San Domenico di Castello. Après avoir mené grand tapage au cours des audiences, insulté ses juges et exigé pour lui-même les plus cruelles punitions, il changea brusquement de tactique, saisi d'effroi sans doute devant la vérité de la mort ; Venise se pressa pour l'ouïr abjurer une fois encore les véhémentes paroles qu'il avait coutume de prononcer contre la corruption des prêtres et des cardinaux. Il arracha à la foule un frisson de plaisir en concluant la cérémonie par une formidable crise épileptique. Certains traits de la complexion morale de Celestino ne manquaient pas de me rappeler celle de Félix, mais rien en lui n'inspirait la sympathie. En août, on l'expédia dans un couvent, non loin de Vérone, et je fus soulagé de son départ. Relaps également, Graziano connut, lui, la torture. Grièvement malade, transféré en septembre dans une autre cellule, il manqua de mourir ; l'année suivante, il était condamné à la prison perpétuelle.

Je passai donc ce second été vénitien à me languir au milieu des vociférations, des gémissements et des larmes, ne recevant d'autre visite que celles, régulières et affectueuses, de Cecil, espérant chaque jour entendre de la bouche de l'inquisiteur l'admonition à l'issue de laquelle on se déciderait enfin à me libérer. Malgré l'inquiétude et les fatigues de la vie en prison, j'avais achevé mon livre sur les arts libéraux et rédigé l'épître dédicatoire à Clément VIII. J'envisageais, dès ma sortie de prison, d'apporter moi-même le manuscrit à Francfort.

Mais le droit voulait que Saluzzo attendît, pour prononcer une sentence, d'avoir reçu l'avis de Rome. Sur les conseils du sinistre Sisto da Lucca, que l'on voyait souvent, assurait Cecil, rôder à Venise, il avait envoyé au tribunal central non pas un simple résumé de l'affaire, mais une copie complète de toute l'instruction. Celle-ci tomba entre les mains du cardinal Santaseverina, un homme déçu par son échec au conclave, connu pour sa haine universelle de l'humanité, et qui avait cultivé ce genre de mémoire que possèdent les tyrans. Explorant ses souvenirs, le monsignore revit les années où il était prieur à Nola, se rappela l'étudiant que j'avais été, les circonstances de mon procès napolitain, ma fuite précipitée du couvent ; il dicta à son secrétaire une lettre adressée à Saluzzo, dans laquelle il exigeait que je fusse transporté à Rome afin d'y être entendu à nouveau.

Cinq mois d'efforts lui furent nécessaires pour obtenir du doge qu'il lui donnât satisfaction. On commença par mander l'inquisiteur lui-même, qui se montra fort anxieux d'obéir au plus vite aux ordres de son chef. Un navire, dit-il, s'apprêtait justement à lever l'ancre pour Ancône, qui permettrait le transport du coupable en toute sécurité. Pourquoi ne pas saisir l'occasion ? Le gouverneur d'Ancône, déjà prévenu, se chargerait de garantir la fin du voyage…

– Je vous promets que l'affaire sera examinée avec soin par le collège et par le Sénat, affirma le doge en souriant.

– C'est que le temps presse, Votre Sérénissime. Le navire…

– Vous pouvez pour le moment laisser partir ce navire, cher Saluzzo.

Les sages du collège, ni les sénateurs, ni même le doge n'avaient l'intention de consentir aussi facilement à livrer à la juridiction romaine un prisonnier que l'on avait arrêté et entendu à Venise. Ayant délibéré, ils répondirent courtoisement à Saluzzo – donc à Santaseverina – qu'il n'était pas dans les usages de la République d'agir de la sorte. Ne régnait-il pas ici une bonne justice, placée sous l'autorité de Sa Sainteté elle-même ? N'était-il pas plus facile de faire parvenir des recommandations aux juges que de déplacer un accusé ?

La réplique du cardinal fut de dépêcher en décembre un autre émissaire, en la personne du nonce apostolique.

– La justice de Venise est la meilleure qui puisse être, affirma celui-ci en s'inclinant devant le doge. Mais il s'agit d'un cas particulier. L'instruction a-t-elle réellement débuté ici ?

– Non, Votre Sérénité. Elle a commencé à Naples il y a bien longtemps, et s'est poursuivie à Rome en l'absence de l'accusé. Bruno est un hérésiarque convaincu…

– Précisément, aucun témoin n'a pu attester ce fait. Quant aux fautes de jeunesse commises par Giordano, que je sache, elles ont été jugées en leur temps. Je regrette. Un procès commencé à Venise doit s'achever à Venise. Du reste, il est terminé…

La voix du nonce se fit plus dure :

– J'ai ici la liste de vingt-quatre cas de prisonniers expédiés à Rome sans la moindre difficulté…

– Je regrette, monseigneur, répéta le doge.

Face à ce qu'il considérait bien entendu comme de scandaleux atermoiements, Santaseverina finit par en appeler au pape en personne, ce Clément, ce mal nommé dont j'avais quelques mois plus tôt approuvé à grand bruit la victoire. Le pontife prêta une oreille de plus en plus attentive aux appels réitérés du chef de la Congrégation. Bientôt, il députait à Venise un ambassadeur spécial qui, arguant du fait que j'étais napolitain et non vénitien, parvint à affaiblir la ténacité des sages. Je venais d'achever mon huitième mois d'emprisonnement. Telle une barque donnant de la gîte, le collège inclina tout à coup à céder. La question fut renvoyée une dernière fois devant les sénateurs. Par un vote contraire à leurs opinions précédentes, ceux-ci consentirent à m'expédier à Rome. Informé de la vilaine tournure que prenait l'affaire, Cecil accourut au palais ; mais il était trop tard.

– Je ne puis risquer d'offenser un pape fraîchement élu, soupira le doge. Il est en bonne santé. Il régnera longtemps. On le dit favorable à la paix…

– Altesse Sérénissime, je vous implore à genoux, au nom de l'indépendance de notre ville… Giordano est innocent des crimes dont on l'accable. Songez que Saluzzo n'a pu produire d'autre témoin que ce Zuan…

– Si Giordano est innocent, cher Cecil, il n'a rien à craindre de ses juges, fussent-ils romains.

Je retrouve, dans les papiers que Deza m'a rapportés du Saint-Office, ces mots que je n'ai jamais pu faire partir :

> Mon doux ami, mon astre, ma planète brune, mon dieu vivant, ta dernière lettre date du mois de juillet ; depuis, plus rien. Est-ce la censure ? Il existe ici mille stratagèmes inventés par les prisonniers pour tromper la vigilance des pères inquisiteurs & j'espère que ces pages te parviendront sans être passées entre leurs

mains. Ne peux-tu chercher un moyen de ton côté ? Avec l'ambassade de France, peut-être. Ils ont, paraît-il, des gens bien disposés.

Voici aujourd'hui neuf mois, je franchissais les portes de cette prison vers laquelle un génie vaticinateur, si tu te souviens de ce détail, avait autrefois guidé mes pas au sortir de chez le pape. À l'époque, l'édifice était encore en construction. Aujourd'hui il abrite une cinquantaine de frères bavards comme des pies, bons philosophes parfois, tous accusés d'hérésie, dont certains, dit-on, connaîtront l'infâme supplice.

Pour ma part, je n'ai point encore été entendu par mes juges qui sont au nombre de neuf. Parmi eux figurent Santaseverina (le boucher, tu sais...), un Espagnol nommé Deza & enfin Madruzzi, leur doyen, un vieillard cacochyme, finissant, dévoré par la haine & la peur de la mort. Ils ont, je le sais, obligé Saluzzo à reprendre l'instruction depuis le début. Celui-ci s'est montré fort obéissant (comme d'habitude), mais guère pressé : une copie des nouvelles audiences vient seulement d'arriver au tribunal central. Ainsi on aura une fois de plus invité Zuan Mocenigo à vomir ses fielleuses accusations. Je ne sache pas que Morosini & Ciotti soient revenus sur leur opinion favorable, mais je te supplie de t'en assurer, si ce n'est déjà fait, car je n'ai plus confiance en personne.

Te souviens-tu de fra Celestino, ce capucin dont pour mon malheur je partageais la cellule à San Domenico di Castello ? Je crois bien qu'il a été acheté par les agents de Santaseverina car il vient, depuis Vérone, d'adresser au Saint-Office une lettre me concernant. Il y a ici un greffier napolitain. Obtenir de lui un résumé de cette belle prose m'a coûté une fortune (& même toute ma fortune en vérité, n'oublie pas d'y songer si tu m'écris), mais voici : Celestino prétend m'avoir entendu dire que le Christ était un dévergondé baisant plus fort et plus souvent qu'un bouc ! Te rends-tu compte ? J'aurais aussi affirmé que le pape était un traître, lui faisant même plusieurs fois du doigt la nique. Aucun doute que la lettre du maudit capucin lui a été dictée car, non content de proférer de telles souillures, il y parle de ce qu'il ne connaît pas, comme les mondes innombrables, les cieux infinis, la transmigration des âmes & Moïse, dont j'aurais dit qu'il n'était pas l'instituteur des Hébreux, ni même un mage, mais un simple sorcier, un bouc lui aussi. Celestino m'a également entendu crier que Caïn avait bien fait de tuer son frère & autres inventions de même farine – je ne puis te les énumérer toutes, car la place & le temps me manquent.

J'ignore quel profit Santaseverina compte tirer des allégations d'un épileptique coutumier des procès en hérésie, mais je crains qu'il ne s'en aille interroger Graziano dans sa prison. Lui n'est point fou & il a été condamné à une lourde peine. Qui sait ce qu'on lui promettra en échange de son témoignage ?

Les interrogatoires devraient bientôt commencer. J'agirai selon la même tactique qu'à Venise, leur donnant quelque os à ronger. Puis je demanderai pardon à leur dieu autant qu'ils voudront ; dans quelques mois je serai libre, & à Malamocco entre tes bras. Aime qui tu veux, mon doux Cecil, mais point n'oublie pendant son absence ton fidèle

PHILIPPE

Rome, prison du Saint-Office
ce 27 novembre MDXCIII

Je passai l'année quatre-vingt-quatorze à m'efforcer de nier devant mes juges avoir jamais blasphémé Dieu, l'Église catholique et le pape. Comme prévu, on avait dicté à Graziano (le brave homme vit aussitôt sa peine réduite à cinq années d'emprisonnement) une délation propre à alourdir les charges qui pesaient sur moi. Ainsi, dans sa quête impartiale de la divine Vérité, le Saint-Tribunal disposait-il à présent de trois témoignages par lui considérés comme indubitablement sincères, fruits d'une mûre réflexion et d'un profond examen de conscience. Je dois dire que mes calomniateurs, pour le satisfaire, avaient donné libre cours à une imagination insoupçonnée. À les entendre, j'avais professé un athéisme indéfectible, clamé que Jésus n'était qu'un pleutre et un pécheur, parlé en mauvais termes de Moïse, de Caïn, des prophètes, des anges, des saints, des reliques, des Apôtres, de la messe, du missel et des auteurs du missel. J'avais insulté la Mère de Dieu et douté de sa Virginité, enseigné que le Christ point n'avait été crucifié, mais pendu, servi autrefois un prince infidèle en la personne d'Henri de Navarre, voulu créer partout de coupables sectes de *giordanisti*, pratiqué des religions ennemies, couché en pays hérétiques avec des hommes et des femmes, parfois avec les deux ensemble ; j'avais d'ailleurs affirmé que pas plus n'existait l'enfer que la punition des péchés, et qu'ainsi tout était permis ici-bas. Quand ils refusaient d'adhérer à mes vues, j'avais insulté mes compagnons de cellule, les traitant de chèvres ignorantes et les frappant du poing. Je n'avais cessé de leur crier aux oreilles que j'étais le plus grand philosophe du siècle, que je possédais des pouvoirs surnaturels et ferais bientôt courir le monde entier derrière moi…

À ces mensonges indignes, je ne pouvais qu'opposer le plus ferme mépris, mais Dieu sait que je le fis sans jamais me départir envers le tribunal d'une attitude civile. Afin de ne point passer pour une dupe, j'observai seulement que deux de mes accusateurs, convaincus d'hérésie et habitués des cachots de l'Inquisition, ne pouvaient être tenus pour des modèles de probité. Quant à Mocenigo, l'animaient sans conteste la haine, le dépit, l'esprit de vengeance et la certitude incompréhensible d'avoir été trompé, alors même que c'était lui qui m'avait rendu visite à Francfort et supplié de l'instruire. Aucun témoignage n'avait été produit contre moi par des personnes irréprochables. N'était-ce pas là une preuve a contrario de mon innocence ?

Forcés de quitter ces chemins cahoteux où le chariot de leur cause avançait avec peine, les cardinaux obliquèrent sur une voie mieux tracée, semblait-il, pour en venir à ce que Madruzzi appelait finement mon *art mémoratif & artificiel*. Il se référait à certain petit livre que Zuan avait cru devoir joindre à sa dénonciation, et qui n'était autre que mon *De magia*.

– Je reconnais bien volontiers avoir écrit ce traité, déclarai-je en substance, mais que le Saint-Tribunal ne se méprenne pas sur ce qu'il contient. Je condamne comme péchés la sorcellerie, l'idolâtrie et toute superstition. Magie veut dire selon moi connaissance des secrets de la nature, des liens tissés par elle entre les êtres. Le paysan qui marie l'orme et la vigne pour obtenir un meilleur vin est-il un sorcier ? Et le médecin qui sait les plantes susceptibles d'apaiser les maux ? Le sage qui devine les amitiés et les inimitiés ? L'homme vulgaire s'éloigne de la nature, le savant l'imite et s'en rapproche. Accomplit-il alors des merveilles ? Oui, révérends pères, si l'on tient pour merveilleux les causes et les effets visibles dans l'univers. Telles sont les idées inscrites dans mon livre. Rien qui contredise les principes de la foi, ce me semble…

– Et cette opinion écœurante sur les âmes humaines qui

transmigreraient d'une bête à l'autre, s'écria Madruzzi, n'est-elle pas un affront lancé à la doctrine catholique ?

– Elle l'est, monseigneur, sans le moindre doute…

– Tu l'as néanmoins professée…

– Pas que je sache…

– L'accusé peut-il s'expliquer sur ce point ? demanda, l'air gourmand, le suave Deza.

– Messeigneurs, je tiens comme vous l'âme pour immortelle, et le corps pour périssable. Question : que devient l'âme quand disparaît la chair ?

Ce genre d'apostrophe avait généralement pour effet de les plonger dans des abîmes d'inquiétude et de perplexité.

– Je ne pense pas, dis-je, qu'elle *transmigre*, selon l'expression employée par le révérend père, d'un animal à l'autre, car cela est contraire en effet à notre religion. Je ne prétends pas non plus avoir jamais séjourné dans le corps d'un serpent, d'une grenouille ou d'un âne, car en vérité aucune de ces bêtes ne serait assez sotte pour accueillir un être aussi malplaisant et importun que moi…

Deza éclata de rire, et l'on eût dit que son âme immortelle venait à l'instant même de s'incarner dans un cheval hennissant. Par contagion, l'hilarité gagna plusieurs de ses collègues. Seuls Madruzzi et Santaseverina demeurèrent impassibles.

– Non, continuai-je, il s'agit là d'une pure hypothèse à la mode pythagoricienne, d'un jeu de l'esprit. Il est possible que j'aie soutenu un jour ou l'autre ce postulat, mais en tant que plaisanterie, jamais comme une vérité…

– De ce postulat découlent des conséquences incompatibles avec le dogme catholique, frère Giordano, je me vois dans l'obligation de te le rappeler…

– Je répète : une hypothèse d'école sans aucune inférence pratique. Une simple fantaisie. Une parole pour rire…

Mais les paroles pour rire n'agréaient pas à l'inquisiteur,

dont la justice se voulait plus froide et coupante que la mort. Il n'y avait guère de place dans son tribunal pour les éclairs de gaieté susceptibles de naître parfois des disputes et de calmer le feu des questions. Longs et épuisants, les interrogatoires visaient au contraire à affaiblir l'accusé jusqu'à ce qu'apparût dans ses propos la contradiction qui permettrait de le confondre. Plus que toutes les autres, les audiences portant sur mon univers incréé, les cieux infinis et les mondes innombrables me vidèrent de mes forces.

– L'Écriture postule la création du temps, disait Madruzzi.

– Thomas d'Aquin admet qu'elle ne peut être démontrée… répliquais-je.

– Il admet également qu'il s'agit d'un article de foi, frère Giordano, non d'un fait relevant d'une quelconque démonstration. Je note d'ailleurs ceci : tu as affirmé en présence des témoins que rien de ce qu'enseigne l'Église ne saurait être prouvé. Oseras-tu après cela te prétendre bon catholique ?

– Je n'ai de ma vie prononcé de telles paroles, très chers pères. Quant à ma doctrine cosmologique, je tiens qu'elle n'est pas inconciliable avec le dogme auquel vous faites allusion. Je comprends les mondes – et parmi eux le nôtre – comme étant soumis à génération et à corruption. Ils peuvent donc avoir un début et une fin. Mais l'univers, lui, jamais ne vient à l'existence, jamais ne se corrompt ni ne meurt, car il est matière en perpétuelle transformation. Notre Terre, qui est un corps vivant dans le ciel, fut créée et disparaîtra un jour. L'univers, non…

– Si j'entends bien, tu ne nies pas que sur ce point précis les témoins aient dit la vérité…

– Les témoins m'ont accusé de toutes sortes de blasphèmes contre l'Église et je répète qu'ils ont menti. Nous parlons à présent de ma philosophie naturelle, telle que je l'ai toujours et partout enseignée…

– D'où vient cette folie d'une infinité de mondes, sinon de lectures hérétiques ?

– Je reconnais avoir lu un grand nombre de livres ; ma profession le veut ainsi. Depuis ma tendre enfance je chéris le savoir et n'ai d'autre désir que de le pénétrer et le connaître dans tous ses modes et accidents. Aristote lui-même se penchait sur les opinions contraires, et Thomas, et Augustin. Devrais-je rougir d'être un philosophe consciencieux, amoureux de son art ? Selon moi chaque science et chaque croyance, considérées en elles-mêmes, contiennent leur part d'universelle vérité, car autant de têtes, messeigneurs, autant d'avis. J'ai donc étudié l'ensemble des doctrines, sans jamais en adopter aucune, ne voulant me fier qu'à la force de mon jugement. Il est vrai que l'exercice de la raison m'a parfois conduit à éprouver des doutes quant à certaines vérités religieuses. Ces doutes, je les ai confessés à Venise et les confesse de nouveau, suppliant ce tribunal qu'ils me soient pardonnés, car au fond de mon cœur je suis resté catholique et fidèle à l'enseignement de mes parents et de mes maîtres napolitains, les meilleurs qui se puissent trouver sous le soleil. L'idée des mondes innombrables fut déposée en moi par Dieu, non par les démons. Dieu est l'Auteur de l'univers. Il est Perfection et Infinitude. Pourquoi un effet de la Perfection devrait-il absolument être imparfait ? Dieu est unité. Pourquoi Sa demeure serait-elle divisée sous prétexte qu'elle est aussi la nôtre ? Pourquoi, tandis qu'il n'y a qu'un seul dieu, y aurait-il plusieurs matières ?

– En quel sens Dieu est-Il selon toi Auteur de l'univers ?

– L'univers est l'effet de Sa volonté infinie. Dieu à chaque instant pense la nature, et à chaque instant la nature est, miroir voulu par Lui, ombre ou image en laquelle Il Se réfléchit, dans l'infinité de l'espace et des siècles…

– Crois-tu que ce soit là penser catholiquement ?

– C’est là penser selon la nature, mon père.

– Et l’Écriture ?

– L’Écriture est un autre livre. Quand je prie, je prie ; quand je pense, je pense…

– Continue à tenir de tels discours, frère Giordano, et bientôt tu n’auras plus le loisir de prier ni de penser.

De telles monitions – fréquentes chez un Santaseverina – n’avaient d’autre but que de m’intimider, mais on n’effraie pas facilement le Nolain et je savais ma cause engagée sur une voie point trop dangereuse. En effet, l’impression laissée par quinze interrogatoires dans l’esprit des juges ne confirmait en rien le portrait qu’avaient brossé de moi Zuan Mocenigo d’abord, Celestino et Graziano ensuite. À l’évidence, je n’étais pas le braillard aux manières détestables que les calomniateurs avaient décrit, et les efforts déployés par Santaseverina risquaient de se heurter au simple bon sens chez ceux que répugnait l’idée de condamner un innocent. Certes, ma vie aventureuse – a priori suspecte – semblait émaillée de nombreux manquements aux règles et usages chrétiens, mais ne me montrais-je pas disposé à confesser ces fautes avec humilité, à en demander pardon au Seigneur ? Restait le délicat problème posé par mes mondes innombrables. J’avais sur ce point défendu ma doctrine avec une telle liberté, une telle assurance, un tel souci de n’en rien dissimuler au tribunal que l’on pouvait à bon droit s’interroger si elle était vraiment porteuse d’hérésie. Telle que je la présentais, lisais-je dans les pensées de certains juges, son hétérodoxie n’apparaissait pas clairement. La question, pour le moins, méritait un examen approfondi et le concours des canonistes.

Succédèrent aux audiences vingt mois durant lesquels je ne rencontrai les pères inquisiteurs qu’à deux reprises, lors des visites qu'ils consentaient aux prisonniers pour s'enquérir de leurs besoins et veiller au respect des règles de détention. Comme je me plaignais du retard apporté à la conclusion du procès, Madruzzi m'informa avoir voulu que les témoins fussent interrogés de nouveau à Venise. Mais ni Ciotti ni Morosini ne changèrent un mot à ce qu'ils avaient déclaré, tandis que les trois autres, non contents de répéter infatigablement leurs calomnies, les agrémentèrent de quelques détails horribles, propres à satisfaire mes saints juges et qui, disaient-ils, leur étaient entre-temps revenus en mémoire ; ainsi ces bouffonneries auxquelles ils prétendaient que je m'étais livré quotidiennement en prison, feignant de grotesques prières à seule fin de railler les croyants et de dénigrer la liturgie – comme j'avais nié les blasphèmes et les coups, je nierais cela aussi.

Mais déjà s'ébauchaient les linéaments de mon avenir en ce lieu où chaque nouveau jour amenait la promesse d'un fatal désespoir. Madruzzi ayant ordonné que mon sort fût sévère, j'étais de tous les prisonniers celui que l'on surveillait le plus étroitement, et je ne devais qu'au manque de place et au grand nombre de frères incarcérés de n'être point enfermé seul dans un cachot. Encore arrivait-il bien souvent que mes compagnons fussent des délateurs aux ordres du tribunal, ce qui m'obligeait à me montrer avare de ma sympathie naturelle. À cause de ce filet tissé autour de moi, je cessai bientôt de recevoir aucune nouvelle de Cecil, et il me devint impossible de communiquer avec le reste du monde. Je ne disposais que d'un peu d'encre, d'une quantité de papier soumise à un contrôle rigoureux, de quelques livres aussi, mais on ne m'autorisait à travailler et à prendre la plume que sur des sujets en rapport direct avec mon affaire.

Mon seul véritable ami fut là-bas un nommé Francesco Pucci, qui devait être emprisonné trois ans et partager un moment ma cellule. Nous avions en commun nos voyages en Angleterre et en Bohême, et d'être revenus en Italie animés par la certitude d'une réforme religieuse qui eût permis aux philosophes de vivre enfin librement. Comme moi, il avait placé ses espoirs dans la politique de ce pape qui nous livrait à présent aux fers de sa justice. Ensemble, nous avons enseigné l'art métaphysique aux plus jeunes de nos compagnons. Nous avons échangé aussi de nombreuses vues sur la magie ficinienne, et quantité de souvenirs. Une fois de plus, j'ai eu à souffrir la mort d'un être que je tenais en grande estime et affection. La torture ne lui avait arraché aucun aveu ni pénitence. Au terme de son procès, Francesco refusa d'abjurer ses erreurs. Il est mort la gorge tranchée à Tor di Nona. Ses restes furent transportés au Campo dei Fiori pour y être brûlés. C'était il y a trois ans. En signe de deuil et de révolte, j'ordonnai aux frères de respecter une journée de silence.

L'autre figure qui me revient en mémoire est celle du géant calabrais Tommaso Campanella. Ce diable d'homme ne resta que quelques mois au Saint-Office, mais il y déploya une telle énergie et un tel désir de me connaître que les instructions données par les cardinaux pour qu'on nous empêche de nous voir n'eurent que peu d'effets. Traîtres au dogme pythagoricien, nous disputions la nuit, à voix basse. Nos échanges attiraient une poignée de jeunes infidèles qu'émerveillait notre savoir, et Tommaso n'aimait rien tant que les obliger à tâter sous son béret les sept bosses qui ornaient son crâne volumineux – les sept planètes, disait-il ; et sa main pendant ce temps plongeait dans les chausses des garçons.

Bien que le Calabrais n'eût pas encore trente ans et que sa vie semblât consister à entrer et sortir de prison, il avait déjà lu la plupart de mes livres. Il ne rêvait qu'émeutes et soulèvements dans les pays du Sud, d'où il voulait chasser à grand bruit l'Espagnol et l'Inquisition. Une des raisons pour lesquelles il me vouait une amitié enthousiaste tenait à cette idée que j'avais eue, croyait-il, de fonder une ville de sagesse qui eût fait de moi son prince, une république solaire, une Aldocentyn allemande bâtie sur les bords de l'Elbe. J'eus beau nier tant et plus, affirmer qu'il s'agissait là de folies controuvées par d'anciens disciples se réclamant à tort de ma doctrine ; j'eus beau maudire ceux qui colportaient de tels bruits, il n'en voulut point démordre. Lui-même se disait hanté par un semblable projet. Les astronomes n'avaient-ils pas lu dans le ciel l'annonce des plus grands changements ? Ne voyait-on pas *Sol* se rapprocher de *Terra* ? Oui : le cycle qui s'achevait en engendrait un autre, car de la tourmente naît la concorde, et l'ordre du chaos. À ces révolutions célestes répondraient celles des hommes. Le déclin de la charité, de la bonté et de la foi, les conflits qui opposaient le peuple à ses religieux, la corruption ambiante, la multiplication des hérésies, la violence des guerres et des représailles, les terribles extrémités de la justice, tout laissait deviner le triomphe de la nouvelle loi, et il était urgent de préparer au mieux cette ère de paix et de félicité. La Calabre – et le Sud en général – lui paraissait l'endroit du monde le mieux approprié pour jeter les bases de l'âge d'or sous la forme d'une ville circulaire dressée sur une colline, entourée de sept murailles, vouée aux vertus immortelles et au culte du cosmos… Bien sûr, je retrouvais en l'écoutant les accents de mes propres oracles, mais par le Christ était-il nécessaire d'en inférer d'aussi absurdes conclusions ? Le garçon semblait intelligent ; pourquoi cédait-il à son tour à ces vieilles chimères ?

– Crois-tu qu'il suffise de construire une ville idéale sur une bosse calabraise, Tommaso ? Il faut obtenir la réforme philosophique partout…

– Nous l'obtiendrons. Mais commençons par donner l'exemple en reprenant possession de nos terres et de nos richesses. À Naples, dans ton propre couvent, les frères haïssent le clergé et l'Inquisition…

– C'était déjà le cas il y a vingt ans…

– Aujourd'hui ils veulent la paix, tout de suite, et le bonheur ici-bas…

Le bonheur ? La paix ? Ces deux notions produisaient toujours un frémissement dans mon âme. Mais ne s'y associait l'image de nulle forteresse solaire construite autour d'un temple ; bien plutôt celle d'une chambre bercée, la nuit, par le murmure éternel des vagues.

En avril quatre-vingt-seize, je consolai et soignai Francesco Pucci dont les interrogatoires se poursuivaient sous la torture. Comment pourrait-il s'effacer de mon souvenir le visage au regard horrifié du malheureux, quand les gardiens le ramenaient, ou plutôt le traînaient jusqu'à notre cellule ? Ayant d'un drap occulté la fenêtre afin qu'il ne souffrît point de la lumière, j'enveloppai avec mille précautions ce pauvre camarade dans des couvertures. Puis, tandis qu'il continuait de claquer des dents sur sa couche, je lui murmurais des paroles de réconfort. Francesco avait eu tellement peur d'avouer devant les juges que ses lèvres glacées, au sortir des séances de corde, refusaient de s'ouvrir, fût-ce pour recevoir une gorgée d'eau ; il me fallait épuiser des trésors de patience et d'affection pour le convaincre qu'il n'avait plus affaire au bourreau, mais à un ami. Madruzzi escomptait-il que la compagnie du frère supplicié me forcerait à réfléchir, m'incitant à confesser au tribunal les fautes que j'avais réussi à garder secrètes ? Là encore il faisait fausse route. À la vérité, je ne craignais pas la torture, et n'avais nulle intention de modifier mon attitude.

Lors d'une visite aux prisonniers, le dernier jour du mois, j'eus à ma grande surprise la preuve que les cardinaux considéraient comme imminente la fin de mon procès: le doyen m'informa qu'il s'apprêtait à rédiger la sentence. Elle porterait, dit-il, sur les manquements aux règles de l'Église dont je m'étais rendu coupable, ainsi que sur mes vanités concernant la transmigration des âmes et les mondes innombrables. Pour la dernière fois, étais-je certain de n'avoir rien dissimulé au Saint-Tribunal? Désirais-je ajouter quelque complément à mes précédentes déclarations?

– Je suis prêt, répondis-je, à me repentir de mes erreurs, et n'en ai point d'autre à avouer.

Madruzzi ne put s'empêcher de laisser planer à nouveau la menace d'un interrogatoire plus rigoureux. La question, insinua-t-il, permettait dans bien des cas de suppléer le manque de témoins et d'obtenir de l'accusé une confession pleine et entière. Le temps d'un éclair, je revis Francesco tremblant d'effroi et de douleur sur sa couche; mais je tins bon. Vint ensuite un long silence, au cours duquel je gardai la tête baissée, dans une position d'humble recueillement. Enfin l'inquisiteur parut se radoucir. Il m'interrogea sur ma santé, mes besoins matériels. Je n'étais point malade, admis-je, mais ne possédais d'autre bien qu'une paire de lunettes, un peu de linge et le misérable habit de drap dont j'étais vêtu depuis trois ans…

– Nous veillerons pour ta sortie à ce que l'ordre des Dominicains te fournisse un peu d'argent, assura-t-il.

Sur ces mots, il me renvoya en cellule.

Se pouvait-il que l'affaire fût arrivée à son terme? Déjà m'envahissaient de dangereuses vagues d'espérance. Si Madruzzi ne m'avait pas trompé, il ne restait plus au tribunal qu'à expédier ses conclusions à Clément afin que celui-ci les approuvât. Le châtiment serait léger – un acte de contrition, suivi de quelques mois de pénitence –, le pardon accordé sans difficulté. Bientôt, oui, bientôt je serais libre, et l'on m'autoriserait à regagner Venise. Oubliant toute sagesse, je m'abandonnai à des rêves agréables, teintés de réminiscences et qui avaient pour cadre la Sérénissime, ses académies bavardes, le palais de Malamocco. Dans cette paix retrouvée mon voyage prendrait fin, et le périple de mes pensées. Là s'achèveraient peu à peu mon destin, mes années, mes saisons et mes jours, mon œuvre écrit, ma vie de noise et de fureur. Entreprendre de nouveaux livres, travailler jusqu'à la pointe de l'aube, écouter dans le noir la respiration de mon dieu vivant ! Cecil, mon doux ami, baiser encore tes lèvres. Ton corps recommençait à vivre en moi, que pour ne point ajouter aux douleurs de ma condition je m'étais jusque-là efforcé d'oublier…

Mais le pape, conseillé par quelque génie dont je devine aisément le nom, refusa de se satisfaire du travail des cardinaux. Il laissa passer l'été, puis l'automne, tuant à petit feu mon espoir renaissant. En novembre il exigea que l'instruction reprît, non plus sur la foi des témoignages, qu'il jugeait douteux, mais sur celle de mes livres, tout simplement. Ceux que le tribunal avait à sa disposition, écrivit-il à Madruzzi, ne suffisaient pas à éclairer la vérité de mon hérésie ; il convenait donc d'en réunir d'autres. L'entreprise, pensai-je avec terreur, demanderait plusieurs mois ! À quoi il faudrait ajouter de nouveaux interrogatoires, de nouvelles joutes épuisantes…

La tâche de rassembler mes écrits et la rédaction des censures occupèrent en effet l'année quatre-vingt-dix-sept et une partie de la suivante. Des agents dépêchés en France et en Angleterre retrouvèrent mes dialogues italiens, ouvrages d'abord faciles que les canonistes dépouillèrent avec un zèle infatigable, recopiant les passages hostiles à leur dogme, accumulant contre moi les preuves qui avaient manqué aux cardinaux. Madruzzi n'attendit même pas, pour reprendre les audiences, que ce beau travail eût porté ses fruits. Ayant à nouveau réuni le tribunal, il mit aux voix la torture. Celle-ci fut approuvée par tous, et autorisée par Clément.

Mon doux Cecil, une bête répugne à tourmenter un individu de sa race ; l'homme non. Sache que je n'ai pas tremblé quand les sbires m'ont déshabillé pour un sacrifice qui n'était pas celui de l'amour. Tandis que le bourreau actionnait son treuil & que je m'élevais comme un ange au-dessus du sol, prêt à atteindre aux plus hautes souffrances, j'ai même songé aux paroles de Montaigne contre la géhenne : lui condamnait cette forme de justice au nom de la raison, & parce qu'elle salit celui qui s'y adonne. Qu'eût-il pensé s'il l'avait connue ? Pour ma part, après avoir subi deux fois quatre traits de corde, j'ai voulu mourir, tant étaient insupportables la honte & la douleur. Te souviens-tu de la *mors osculi* ? Les sages d'Égypte pratiquaient jadis cet art d'une extase au terme de laquelle l'âme se détache naturellement du corps. Mais je ne disposais plus d'assez de force pour y parvenir ; or donc je vis, Amour. J'ai même repris la plume, sans pourtant être sûr que cette lettre te parviendra jamais.

Sous la torture, les inquisiteurs m'ont interrogé si j'avais voulu ruiner la foi catholique avec mon *anima mundi*, idée perverse selon eux, & contraire à leur Trinité. Comme je ne cesse de le faire depuis Venise, j'ai regretté mes doutes sur ce point, refusant de rien confesser d'autre. Mes mondes innombrables les révoltent plus encore. Ils sont la preuve, disent-ils, que je méprise les

Saintes Écritures. Madruzzi m'a supplié d'y renoncer. J'ai répondu que je ne pouvais. J'avais si mal que je croyais défaillir. Mes yeux fixaient le sablier retourné sur la table. Comme il restait un peu de temps & que je ne les avais pas satisfaits, les juges ont ordonné une dernière estrapade. Jamais tu n'as entendu un homme hurler plus fort que ton Philippe ce jour-là.

Clément veut que mes livres témoignent contre moi & ses juristes auront bientôt fini de les éplucher. Alors ce procès recommencera, & la question peut-être. Je ne puis dire quand prendront fin mes malheurs. Je sais seulement qu'on me retient ici depuis cinq ans, que je suis sans nouvelles de toi ni de personne, sans argent, sans secours d'aucune sorte. Un seul être aura été mon ami dans cette prison, & ils l'ont emmené l'année dernière à Tor di Nona pour l'égorger. Pardonne mon écriture tremblante & chétive. Pardonne mon désespoir. Te reverrai-je jamais ?

PHILIPPE

ce 2 février MDXCVIII

Mais les audiences reprirent sans qu'il fût question de m'administrer à nouveau la corde. En cette fin d'hiver quatre-vingt-dix-huit, j'eus à livrer devant le tribunal une dernière bataille, ultime défense de ma philosophie dont pourront se délecter ceux qui aiment à lire les minutes des procès. Madruzzi avait sous les yeux, dûment copiés, les extraits de mes livres proposés à la censure par les canonistes. Interrogé une fois de plus *circa rerum generationem*, j'affirmai avec calme qu'il existe dans l'univers deux principes éternels, incorruptibles, inséparables : l'Esprit et la Matière. Tel le fleuve héraclitéen, la Matière toujours varie et se transforme, sans jamais se modifier en son essence. Ma doctrine, répétai-je, n'entrait pas en contradiction avec la Genèse, car s'il est écrit : *Au commencement, Dieu créa les cieux et la Terre*, il est écrit aussi : *Ce qui a été, c'est ce qui sera, & il n'est rien de nouveau sous le soleil.* Interrogé si je voulais encore que l'univers fût infini, je répondis selon ma vieille habitude que l'on pouvait déduire cette vérité des perfections divines :

– Qui nie l'effet infini nie la cause infinie…

– Mais les mondes innombrables ?

– Dieu est libre absolument, et Sa volonté. Pourquoi la création de Dieu obéirait-elle à aucune limite ?

Interrogé sur ma définition de l'âme, je déclarai que tout esprit est le reflet, le miroir, le fragment de l'Esprit unique appelé par les Anciens *anima mundi :*

– L'âme qui vit en moi, en vous, mon père, vient de Dieu et retourne à Dieu, différente en tant qu'accident particulier de l'être, identique au principe dont elle émane. L'esprit de chacun possède toutes les propriétés de l'Esprit universel…

– Telle que tu la conçois, cette âme habite-t-elle le corps des bêtes, ou seulement celui des hommes ?

Plus que mes autres hérésies, la transmigration avait offensé la vanité du vieux prélat. Une telle idée nourrissait-elle son inquiétude à l'approche de la mort ? Je trouvai la force de sourire.

– Puis-je là encore citer la Bible que pourtant vous invoquez contre moi ? Les hommes et les animaux, y ai-je lu il y a bien longtemps, souffrent les mêmes maux et les mêmes accidents : *Telle est la mort de l'un, telle est la mort de l'autre ; ils ont tous un même souffle, & l'homme n'a nul avantage sur la bête.* Cependant je veux bien admettre une différence, et que l'âme d'un homme subsiste après sa mort. Disons que celles des bêtes rejoindront le Grand Tout.

Les cardinaux, qui avaient pris connaissance de mon *Banquet des Cendres*, condamnèrent ensuite mes vues *circa motus Terrae*. Je déclarai avoir démontré en effet que notre planète était un astre tournoyant dans le ciel. Cette théorie n'était pas due à une mienne volonté de dénigrer le dogme, mais au souci d'apprécier à leur juste valeur les calculs astronomiques et les conclusions irréfutables des savants les plus autorisés.

– Tous les sages, un jour, reconnaîtront leur bien-fondé. Et l'Église n'aura pas à en souffrir…

– Une vérité peu conforme aux Écritures, frère Giordano…

– La Bible est un grand livre en lequel se réfléchissent toutes les nuances de l'être et de la pensée. L'Ecclésiaste – pardonnez-moi de le citer à nouveau – met l'accent sur l'éternité du monde, non sur son immobilité…

– L'Ecclésiaste dit aussi que c'est le Soleil, et non la Terre, qui se lève et se couche…

– Car telles sont les apparences, très révérend père. Mais au-delà du langage courant et ô combien poétique de la Bible, il existe une réalité naturelle. Nos yeux voient le soleil se lever, l'aube aux doigts de rose du vieil Homère ; puis vient le jour où notre raison découvre les mystérieuses machines qui engendrent ces phénomènes.

Ayant lu à haute voix le passage du *Banquet des Cendres* où il est écrit que la Terre possède une âme sensitive et intellective, Madruzzi me demanda si je maintenais une telle fantaisie.

– Je maintiens, révérend père, et ne vois point là matière à censure. Notre terre généreuse appartient à l'univers, donc à l'*anima mundi* dont elle possède les propriétés. Elle est un corps doué de vie et de respiration – *un même souffle*, encore et toujours. Je la considère, oui, comme un immense animal, doué en outre de raison. N'est-ce pas un acte parfait et rationnel que le sien ? Ce premier mouvement autour de l'axe de ses pôles, le second autour du Soleil n'obéissent-ils pas à une règle intelligible ?

Une telle définition ne manqua pas d'arracher à mes juges des soupirs d'horreur et d'indignation. Ayant réclamé le silence, l'Inquisiteur évoqua une dernière hérésie tirée de mes écrits :

– Tu as fait imprimer cette proposition que l'âme est dans le corps comme le nocher dans son navire, frère Giordano. Ignores-tu que l'Église condamne ceux qui attribuent une forme à l'âme humaine ?

– Il s'agit d'un malentendu, révérend père. J'ai parlé par métaphore et ne pense en aucune manière que l'âme soit une forme. Mais comment signifier le lien dont la Bible mentionne partout qu'elle unit l'âme et le corps ? Selon ma philosophie, l'âme imprime au corps sa volonté et son désir ; de même l'habitant dans sa demeure, le voyageur dans son périple.

Je sortis fort las de cette dernière série d'interrogatoires, mais point découragé. En effet, m'animait une fois de plus le sentiment que l'affaire touchait à son terme. Sur presque tous les points de l'accusation concernant les insultes et blasphèmes contre le Christ, les saints, la Vierge et les sacrements, les convictions de l'inquisiteur étaient ébranlées. J'avais longuement confessé mes doutes et mon manque de respect envers les règles de la religion, reconnu avoir lu et fréquenté les infidèles, loué des princes hostiles à l'Église. Mais j'avais nié, y compris sous la torture, avoir jamais pratiqué une magie surnaturelle, ni voulu embrasser ou créer une quelconque hérésie. Que restait-il à condamner ? Mon intuition d'un univers infini ? Le soutien d'un philosophe à des doctrines avérées, écoutées dans toute l'Europe par les meilleurs esprits ? Certes, ma défense de l'*anima mundi* constituait un mets indigeste pour l'estomac délicat des neuf cardinaux, mais j'avais cité à l'appui de ma thèse de nombreux passages de la Bible ; du reste j'étais disposé à demander pardon à Dieu pour cette opinion qu'Il m'avait Lui-même envoyée, si tel était le prix de ma liberté. Que les consultants de Madruzzi mettent enfin au point un sommaire de l'instruction, pensais-je, et que la sentence soit prononcée ! Mais elle ne le fut pas, tant était profond l'embarras des juges. En quelque sorte, ce fut la reconquête de Ferrare qui leur sauva la mise, retardant d'une nouvelle année l'expédition de mon procès. Clément ayant décidé de visiter en grande pompe sa nouvelle légation, les préparatifs du voyage et le voyage lui-même occupèrent tout ce que la curie comptait de prélats et conseillers. Les travaux du Saint-Office furent suspendus ; ils ne devaient reprendre qu'en décembre.

Après que toute la cour fut revenue à Rome, Madruzzi s'enquit d'un théologien capable de démêler l'affaire et de rédiger le document qui permettrait de trancher si j'étais ou non coupable d'hérésie. Son choix se porta sur un prêtre qui avait dirigé la province napolitaine de la Compagnie de Jésus. On le disait tenu en grande estime et admiration par Clément qui s'apprêtait à le faire cardinal et ne cessait de louer son intelligence extraordinaire, sa parfaite connaissance du dogme et sa volonté infatigable de combattre l'infidèle. L'élégant Robert Bellarmin – tel est le nom de ce prodige – me rendit visite dans ma cellule le dix-huit janvier de l'année dernière. Il vit mes lunettes posées sur la table, un compas, une règle, ma plume couchée à même la feuille.

– Tu es le prisonnier le plus ancien du Saint-Office, dit-il en s'asseyant.

L'homme était grave, mais guère cérémonieux.

– Privilège dont je me passerais volontiers, répondis-je sans aménité. Quand vont-ils se décider à conclure ?

– Bientôt. Très bientôt. Ce n'est plus qu'une question de

jours. Je t'accorde que le tribunal aurait dû rendre son jugement depuis longtemps, mais le cas est difficile. J'ai examiné tes livres en détail, et les minutes du procès. J'ai obtenu que nous laissions de côté les accusations de blasphème qui n'ont jamais pu être prouvées…

– Un tissu de calomnies…

– Peut-être. Mais tu noteras que le tribunal, en acceptant de n'y point revenir, manifeste sa bonne volonté. Pour le reste, Clément compte sur une rétractation sincère…

– Clément aura ce qu'il veut. Mais qu'on me laisse sortir. Je suis un savant, pas un malfaiteur. J'attends depuis six ans que l'on me dise ce que je dois abjurer…

Bellarmin me tendit un document cacheté.

– Je répète : une rétractation *sincère*. Tel est le vœu du pape. Voici une liste de huit propositions extraites de ta doctrine, rédigées avec la plus grande rigueur à partir de tes propres écrits et déclarations devant tes juges, tant à Venise qu'à Rome. Elles seules nous permettront de réaliser l'accord auquel tout le monde aspire. Permets-moi d'insister, frère Giordano : ce que contient ce catalogue vient de toi absolument ; il ne doit rien aux dénonciateurs.

Je tournais et retournais l'enveloppe entre mes doigts. Il reprit :

– Toutes les propositions que tu vas lire sont hérétiques selon les canons de l'Église.

– Si elles le sont, murmurai-je, ou si le Saint-Siège estime qu'elles le sont, alors je les révoquerai. En lieu et place qu'il vous plaira.

La voix du jésuite se fit plus dure :

– Elles le sont, frère Giordano. Nul ne saurait en douter – s'étant levé, il cogna contre la porte pour appeler le geôlier. Le tribunal te supplie de les étudier attentivement. Il t'accorde pour cela un délai de six jours…

– Et si je refuse ?

– Six jours, frère Giordano. Pas un de plus.

Appuyé sur des citations empruntées à mes écrits et dépositions, ce beau et scrupuleux pensum entendait en effet résumer en huit points ma philosophie, telle qu'elle menaçait de ruiner la religion catholique. Huit propositions hérétiques ! Voici donc ce qu'un théologien aussi expérimenté que Bellarmin avait cru devoir retenir d'une œuvre qui se développait sur plus de quarante volumes !

Le délai écoulé, je fus conduit piazza Navona, au palais de Madruzzi, pour une audience fort solennelle qui eût pu être finale si ne m'avait animé tout à coup je ne sais quel désir de voir souffler sur l'assemblée le vent de la dispute. Les cardinaux s'étaient entourés de leurs consultants, dont l'efficace Robert Bellarmin. Celui-ci ne m'adressa pas un regard. Ayant déclaré avoir pris connaissance des huit propositions extraites de mes livres et être disposé à les abjurer comme fausses, je remis au greffier, qui lui-même le remit au doyen, un écrit de quatre-vingts pages destiné, précisai-je, à assurer ma défense.

– Que contient ce nouveau document ? s'enquit le doyen avec une expression inquiète.

– J'y reviens en détail – et pour la dernière fois, je pense – sur les principes de ma philosophie, très révérend père, afin de démontrer au tribunal qu'ils n'entrent point en contradiction avec les Saintes Écritures.

Bellarmin avait pâli.

– Je m'étonne, reprit le doyen, que tu puisses te déclarer prêt à abjurer tes erreurs et t'obstiner en même temps à les défendre…

– Je veux bien rétracter les huit propositions du révérend

Bellarmin, mon père, puisque telle est la volonté de l'Église. Mais je crains que ma doctrine, elle, ne rechigne à se laisser enfermer dans le maigre filet de quelques phrases sorties de leur contexte. Pardonnez ma vanité, mais l'acte philosophique est une force en mouvement, pareille au monde lui-même, jamais achevée, toujours vivante et prête à rebondir…

– Il se fiche de nous, soupira Santaseverina. À présent, c'est parfaitement clair.

Quelle dérisoire comédie qu'un procès vieux de quatre-vingts mois ! J'avoue que face à cet aréopage de juges impuissants, ne cessaient de me visiter les pensées les plus désinvoltes, l'envie impérieuse de jouer une dernière fois les histrions – oui, une dernière fois, selon l'ordre même de ma philosophie, de tels accès de gaieté ne se pouvaient interpréter que comme le reflet inversé d'une cassure qui s'était produite en mon âme, et qui bientôt me conduirait à la mort : *in tristitia hilaris, in hilaritate tristis*. N'avais-je pas fait imprimer jadis cet apophtegme sur le frontispice de mon *Candelaio* ?

Le traité que je venais de soumettre à la pénétration du tribunal plongea les cardinaux dans un embarras considérable. Le traversait un talent retrouvé, un plaisir d'écrire, de jouer avec les mots et de disputer que j'avais pu croire étouffé par sept années d'ennui. Ô magie du langage ! J'y reprenais point par point la controverse sur les censures et, grâce au truchement de nouvelles métaphores, je m'écartais à grandes enjambées des fameuses et sèches huit propositions sans trahir en rien le sens profond de mes pensées. Écrire ! Écrire encore ! Réinventer la langue des dieux ! Tel était bien le but de ma vie, et donc de ma mort. Le document fut confié à Bellarmin, avec pour mission de démêler s'il contenait de nouvelles erreurs et hérésies, ou s'il allait du côté de la rétractation; auquel cas il deviendrait enfin possible d'en terminer, et de satisfaire le pape. C'était pitié d'imaginer ces juges pris ainsi entre deux feux contraires: d'un côté, Clément qui les pressait d'expédier l'affaire au plus vite; de l'autre, un accusé qui s'efforçait de la compliquer à loisir! Mais le théologien, qui avait eu en mars l'honneur d'endosser la robe de monsignore, se voyait soudain accaparé par les exigences de sa nouvelle charge. Il ne put rendre ses conclusions qu'à la fin de l'été.

Vint l'audience du dix septembre sur laquelle, par une étrange ruse du démon, planait l'ombre de fra Celestino, ce capucin épileptique qui avait à Venise déposé contre moi. Incapable de maîtriser plus longtemps sa folie, le malheureux avait fini par se dénoncer lui-même à l'inquisiteur romain comme infidèle, relaps, blasphémateur, scélérat; et se jeter à corps perdu dans un dernier procès, toujours braillant ses chapelets d'insultes contre le Christ et les chefs de l'Église. Ceux-ci avaient fini par lui clouer définitivement le bec en le brûlant vif au Campo dei Fiori. Le bûcher, dont les cendres étaient à peine refroidies, avait provoqué des accès de mauvaise humeur à l'ambassade de France et dans les cercles cultivés, jetant une fois de plus le discrédit sur la justice du pape.

– Je reconnais les huit propositions comme hérétiques, déclarai-je. Je suis prêt à les abjurer en lieu et temps qu'il plaira au Saint-Office.

– Fort bien, fit Madruzzi en se tournant vers Bellarmin. Mon cher père, vous avez examiné, je crois, le document que nous a remis l'accusé. Y persiste-t-il dans ses erreurs?

Le théologien, qui les avait sous les yeux, considérait mes pages avec une perplexité manifeste.

– L'écrit du frère Giordano est un bien étrange document. Quel est son objet? Je ne saurais le dire avec précision.

Peut-être y est-il question de religion, peut-être pas. Poésie et philosophie, en revanche, s'y donnent volontiers la main pour tenter de séduire habilement le lecteur, et les phrases y sont tournées de telle façon qu'on a de la peine à discerner si les espaces infinis et les mondes innombrables appartiennent à une légende merveilleuse, ou s'ils sont l'expression d'une croyance certaine...

– Oui, oui... mais les dispositions de l'accusé vis-à-vis de vos huit propositions ?

– Les dispositions de l'accusé me paraissent bonnes, mon cher père ; autant, je répète, qu'il soit possible d'en juger. Sur un point, toutefois, le frère Giordano semble clairement persister dans son erreur, en continuant d'affirmer que l'âme habite le corps comme le nocher son navire...

Mes explications réitérées sur cet aspect de ma doctrine eurent si peu l'heur de satisfaire les juges que le doyen, poussé par un Santaseverina anxieux de voir la victoire lui échapper, se trouva contraint de suggérer au tribunal un nouvel interrogatoire *rigoureux*. Le vote eut lieu hors ma présence, dont sortit une courte majorité en faveur de quelques traits de corde. Restait à obtenir l'approbation de Clément. L'émissaire dépêché au castel Sant'Angelo revint au bout d'une couple d'heures avec la réponse : le pape, ayant demandé conseil au Seigneur et délibéré avec lui-même, refusait d'autoriser la torture.

Estimant alors que mon opinion sur la nature de l'âme était mentionnée à la huitième place dans la liste des erreurs rédigée par Bellarmin, Madruzzi décida de s'en tenir à ce seul document pour l'expédition de l'affaire, écartant mon dernier écrit comme il avait écarté les accusations des calomniateurs. Quelle farce ridicule ! Avec des airs de maître d'école, il déclara ensuite m'accorder un nouveau délai de quarante jours, au terme duquel le tribunal exigerait une abjuration complète et sincère, portant sur toutes mes hérésies, *sans exception aucune*. Quarante jours, maintenant ! Cette manœuvre dilatoire me fit sourire. Puisque ces hommes vieillissants me considéraient au fond d'eux-mêmes comme non repenti, pour quelle raison ne pouvaient-ils se résoudre à me condamner ? Ils m'avaient jugé sur mes écrits, et ceux-ci étaient la substance de mon âme, la matière de ma vie, la forme éternelle de mon être ! Craignaient-ils que la mort ne donnât soudain à mon œuvre un éclat extraordinaire ?

Je n'occupai pas le nouveau délai à méditer sur les misérables tribulations de cette justice, mais à échanger des vues avec le frère Cyprien, mon dernier compagnon de cellule. À me préparer à mourir, aussi, en lisant et relisant les *Confessions* d'Augustin, le seul livre, avec la *Somme* de Thomas, que l'on m'autorisait à posséder. Quand, pour la vingt-quatrième fois, on m'eût conduit devant les cardinaux, je fus incapable de dissimuler le mépris que ces gens m'inspiraient et refusai de m'agenouiller. D'une voix insolente, je répétai être disposé à abjurer tout ce qu'on voudrait. Madruzzi me toisa comme si je lui eusse craché au visage. Il ouvrit la bouche, mais rien n'en put sortir.

– Doutes-tu à nouveau que les huit propositions soient hérétiques ? intervint Bellarmin, qui espérait encore sauver la situation.

– Hérétiques, elles le sont, puisque vous les avez réputées telles. Je doute seulement qu'elles soient fausses…

– En doutant qu'elles soient fausses, tu avoues ton hérésie.

– Si je suis hérétique, brûlez-moi.

N'était-ce pas là ce qu'ordonnaient les canons sacrés ? Des cris d'indignation jaillirent aux quatre coins de l'assemblée. Seul Santaseverina sut garder son calme, visiblement satisfait de la tournure que prenait l'affaire.

– Tu t'es dit prêt à abjurer, reprit Bellarmin. Était-ce un mensonge ?

– Je ne mens jamais. J'ai dit cela ; c'était vrai. Ça l'est encore. Vous avez rédigé une liste d'erreurs, je les ai reconnues comme telles. Préparez un écrit d'abjuration et je le lirai publiquement...

– Mais tu ne te repens pas de ces erreurs ?

Je souris.

– Pourquoi me repentirais-je de propositions écrites ou dictées par vous, monseigneur ?

– Il s'agit, écrites par moi, de *tes* opinions. Tu as déclaré les vouloir exécrer comme impies...

– Ce que j'exècre *hic* & *nunc*, c'est ce tribunal et sa misérable procédure. Je crois que vous connaissez Naples, monseigneur. Un homme tel que vous n'a pas été sans observer que les gens du Royaume abhorrent l'Inquisition. Vous êtes-vous jamais demandé pourquoi ? Eh bien je vais vous le dire : parce qu'ils haïssent la peur, et que la peur est l'âme de cette justice. Elle l'habite, pardonnez-moi d'y revenir, comme un mauvais nocher son navire, commettant erreur sur erreur, se trompant orgueilleusement dans ses calculs, avançant à l'aveuglette et au mépris de la raison, toujours prenant le mal pour le bien et à la fin conduisant au désastre les marchandises et l'équipage. L'âme n'a pas de forme, non, mais elle gouverne chaque chose en ce monde...

Tous avaient des mines atterrées.

– Pour ces juges que tu affirmes détester, lança alors Bellarmin, rien n'est plus grave que de voir un frère mourir impénitent – puis, ayant secoué la tête avec colère et se levant pour quitter le tribunal : Quel bienfait naîtra jamais d'une pareille obstination !

Je ressentis tout à coup une sorte de soulagement. Cet

homme habile avait voulu tuer mon esprit; il ne lui restait plus qu'à méditer son échec.

Il y eut, je crois, d'autres délibérations me concernant, dont je refusai d'être tenu informé. Je supposai qu'une fois de plus, l'inquisiteur se trouvait dans une impasse. Clément, pensai-je, voyait approcher avec quelque inquiétude l'année de son jubilé; sans doute continuait-il de réclamer une sentence... La cause, pour moi, était désormais entendue.

Lors de la visite aux prisonniers du vingt et un décembre, Madruzzi m'interrogea selon l'usage sur mes besoins matériels. Je ne jugeai pas utile de rien lui répondre. Abordant alors avec prudence le chapitre des accusations, il me questionna si j'étais toujours disposé à rétracter mes opinions fausses.

– Je ne vois pas, dis-je, qu'il y ait dans mes écrits matière à rétractation. J'affirme ne jamais avoir prononcé ni imprimé aucune hérésie...

– Il semble que le Saint-Office en ait jugé autrement...

– Le Saint-Office se sera trompé. Ses consultants ont mal interprété mes livres...

Aux deux membres du tribunal qui, dès le lendemain, furent dépêchés dans ma cellule pour m'adoucir, j'affirmai que ma décision était irrévocable.

– Tu veux donc mourir brûlé...

– Je veux vivre. Et je vivrai.

– À quelle glorieuse lumière espères-tu atteindre?

– C'est vous qui me condamnez, ne l'oubliez pas...

Le vingt janvier dernier, Madruzzi présenta à Clément la sentence qui devait m'être lue en son palais, lors d'une ultime comparution dont il ne restait plus qu'à arrêter la date. On dit que le pontife est alors entré dans une rage folle, ordonnant à grands cris que je fusse remis au bras séculier, puisque telle était la volonté du Saint-Office. Au prêtre dépêché pour m'apprendre la nouvelle, je n'adressai pas un mot, me contentant d'ouvrir mon livre pour lui indiquer, de la pointe de ma plume, le passage des *Confissions* où il est écrit : *Je franchirai donc à mon tour cette énergie de ma substance pour monter par échelons vers Celui qui m'a fait. Sur ce, me voici dans la mémoire…*

Dans les limites d'une seule existence humaine s'ouvre l'éternité, que l'on appelle aussi Amour. À quelques heures de mon dernier souffle, et tandis qu'à San Giovanni Decollato s'est mise en marche la procession des frères noirs, je suis le plus heureux des mortels : grâce à la diligence extraordinaire de Deza et à la complicité d'Orazio, j'ai pu embrasser mon astre pur, mon dieu vivant, mon Alcibiade ; Cecil, vie de ma vie, âme de mon cœur, trésor de ma mémoire, de mon sang et de mes yeux. À qui d'autre que toi pourraient-elles être consacrées, les dernières lignes écrites ce soir de ma main ? J'ai cru défaillir de bonheur en te voyant. Pourtant, l'âge et la douleur ont durci tes traits, blanchi tes cheveux ; et tu étais si pâle, si tremblant, si fatigué par le voyage, l'attente, l'incertitude. Nous n'avons échangé que peu de paroles, des plus simples, mais au moment de finir, j'aurai joui, tel Socrate en sa prison, de la présence d'un être aimé, plus qu'aimé. Est-ce un miracle ? Un prodige ? Un signe ? Oui, nos lèvres se sont touchées, mes doigts ont effleuré ta nuque ; et mon corps a frémi, qui bientôt ne sera plus que cendres.

Comme si nos deux esprits eussent été soudain un seul et même miroir, nous avons oublié, le temps d'un battement de paupière, la pauvre cellule du condamné à mort, et rêvé du passé qui contient toutes les joies du monde. Une dernière fois nous aurons été des dieux, transportés par la magie de la réminiscence et des phrases murmurées à quelques pas d'ici, piazza Capodiferro – qui sait quelles amours il abrite aujourd'hui, le palais du cardinal fou! –, puis à Genève, Paris, Londres, Wittenberg et Malamocco, dans la maison bercée par les vagues où tu retourneras achever tes jours. Nous aurons évoqué, ô combien brièvement, le souvenir des amis disparus, comme quand nous devisions sous les draps parfumés et que le vent marin, entrant par les fenêtres, menaçait d'éteindre les chandelles et de nous plonger dans la nuit délicieuse. J'ai caressé longtemps l'espoir de poursuivre là-bas mon œuvre auprès de toi, d'y recevoir des visiteurs, d'y enseigner ma sagesse à de graves et beaux *pueri*. As-tu attendu mon retour? Je le crois, je le sais, n'ayant jamais douté de toi. Et puis, si différents que fussent nos corps et nos âmes, tu n'as jamais rien tant aimé que leurs étreintes. Mais il semble que la conclusion de mon existence doive se confondre ici avec celle de mes idées. Longue vie donc à mes livres, à mes mondes innombrables, à mes paradoxes, à mes erreurs! Jadis, Sidney a voulu que sa mort fût un ultime poème; je fais de la mienne le geste final de ma philosophie. Pardon pour les larmes que te coûte le maudit orgueil dont je suis prisonnier. Je t'ai aimé autant que j'ai aimé la science. Tu voulais me voir vivre, la science me tue; et l'existence humaine est une triste farce inventée par les dieux.

Tu m'as rendu visite dans cette antichambre de l'enfer aux murs plus froids que ceux d'un sépulcre; je t'ai demandé de ne pas venir, demain, au Campo dei Fiori. Je ne sais où tu es à présent. Si mes pensées t'atteignent à l'instant où je trace ces mots, je t'en supplie, obéis-moi. Pourquoi devrais-je souffrir que tu me voies attaché nu à un pieu, hué et méprisé par le vulgaire?

Deza est en ce moment auprès de moi, attendant de pouvoir emporter ces pages. Je devine que tu lui as remis une bourse pour le bourreau. Merci, amour. Nul n'a pu m'épargner la mort, mais certaines douleurs doivent être évitées. Je craignais d'avoir à crier dans les flammes comme j'ai crié sous la torture… Les frères noirs seront là dans quelques minutes. Un dernier baiser sur tes lèvres, une dernière caresse sur ta nuque. Pour toi, pour toi seul, un dernier vers :

Au feu d'amour, je meurs dans l'infortune

TABLE

DU MÊME AUTEUR

Aux Éditions Phébus

En littérature française

Deux testaments, 2008.
Haut mal, 1993.
Comœdia, 1992.
L'Homme incendié, *Le roman de Goridano Bruno*, 1990 ; Libretto n° 58, 2000.
L'Aquarium, 1989.
La Vie en double, 1987.

Aux Éditions Grasset

Un amour de Paul, 2000.
Le Roi de Sicile, 1998.

Chez d'autres éditeurs

Viola d'amor, Éditions Hors Collection, Paris, 2011.
Le Combat des Trente, Éditions de l'Archipel, Paris, 2010.
Érotique du mensonge, Éditions Le Cercle, Paris, 2003 ; Cercle Poche n° 64, 2004.
L'Amant absolu, Éditions Vauvenargues, Paris, 1999 ; Cercle Poche n° 24, 2002.
Angèle, Éditions Régine Deforges, Paris, 1987.

Cet ouvrage
a été reproduit et achevé d'imprimer
en juillet 2021
sur les presses de Normandie Roto Impression s.a.s.
60150 Lonrai
N° d'impression : 2102478

Imprimé en France

Dépôt légal : août 2021